국어 생활백서

틀리기 쉬운 우리말 1260가지

김 홍 석

도서출판 역락

지은이 **김 홍 석**

1968년 3월 충북 옥천에서 태어나 1991년 2월 공주사대 국어교육과를 졸업하고, 2003년 2월 단국대에서 국어학 전공으로 박사학위를 받았다. 1991년부터 현재까지 충남에서 고등학교 국어교사로 있으며, 단국대 서울캠퍼스, 순천향대, 백석대, 충남교육연수원, 충남 학생교육문화원 강사를 거쳐 현재는 공주대 강사와 한국언어문학교육학회 연구이사, 한글학회 충남지회 총무이사를 겸하고 있다. 저서로는 『여말·선초(麗末鮮初)의 서법(敍法) 연구』(한국문화사, 2004), 『형태소와 차자표기』(도서출판 역락, 2006), 『국어사 연구와 자료』(태학사, 공저, 2007), 『고정틀 박살내기』(보성, 2007), 『〈우해이어보〉와 《자산어보》 연구』(한국문화사, 2008) 등이 있으며, 논문으로 「우해이어보(牛海異魚譜)에 나타난 차자표기법 연구」를 비롯해 30여 편이 있다.

국어생활백서 틀리기 쉬운 우리말 1260가지

초판 1쇄 발행 2007년 2월 28일
초판 2쇄 발행 2010년 1월 25일
지은이 김홍석 l 펴낸이 이대현 l 펴낸곳 도서출판 **역락**
책임편집 권분옥 l 편집 이태곤 이소희 추다영
마케팅 문택주 안현진 심용창
주소 서울시 서초구 반포4동 577-25 문창빌딩 2층
전화 02-3409-2058, 3409-2060 l 팩시밀리 02-3409-2059
이메일 youkrack@hanmail.net
등록 1999년 4월 19일 제303-2002-000014호

ISBN 978-89-5556-531-7-03710
정 가 10,000원

* 파본은 교환해 드립니다.

사람들 앞에서 '국어'를 가르친 지 10년이 훌쩍 넘어 버렸다. 자국민이 자국어를 가르치는 일이 무에 어려운 일이냐고 묻는 분도 있겠지만, 그게 그렇지 않았다. 언어 속에는 문화가 있고, 정신이 있고, 삶이 녹아 있다. 그리고 언어를 올바르게 쓰도록 가르치는 일도 고민거리이고, 끊임없이 연구해야 가능한 일이었다.

특히 국어 속에 있는 규정을 지키는 일을 인도해야만 하는 상황에서 '올바른 국어사용'에 대한 관념은 항상 머릿속을 맴돌았다. 일상생활을 해나가면서 각종 문자와 말을 접할 때마다 '이건 이렇고 저건 저렇다'라고 생각하기를 수도 없이 반복했다. 그러면서 이러한 것들이 일목요연하고 종합적으로 정리한 자료가 있었으면 하고 생각했었다. 그러던 중 국립국어원에서 50만 어휘를 정리하여 의욕적으로 만든 2001년 판 〈표준국어대사전〉을 떠들어 보는데, '××는 ○○의 잘못'이라는 어휘 풀이를 보다, '아! 그래. 사전 속에 이렇게 되어 있는 부분들을 전부 정리해 보자' 하는 생각이 바로 이 책을 쓰기 시작하게 된 계기였다. 하다보면서 미처 몰랐던 내용도 터득하게 되었고, '이러한 면은 이렇게 했었더라면' 하는 아쉬움도 남았으며, '이런 어휘가 사전에 없다니!' 하며 놀라기도 하였다.

그러니까 이 책은 근저(根底)가 된 것이 국립국어원에서 펴낸 〈표준
국어대사전〉 - 이 사전을 만드셨던 여러분들께 고마움을 표한다 - 이
다. 잘못된 어휘라고 설명한 어휘가 '몇 안 되겠지' 하던 생각은 사전
을 샅샅이 뒤져 보면서 어리석은 것이었음을 알게 되었다. 100개, 200
개, 500개를 훌쩍 뛰어 넘더니, 무려 2,000개를 넘어서기까지 하였다.
그 중에서 너무 알려졌거나 잘못된 표현임을 쉽게 알만한 어휘들은 많
이 빼 버렸다. 그리 하였어도 무려 1,260여 개의 어휘가 정리되었다.

　각각의 올바른 표현들이 왜 옳은 것인지 그 근거를 찾아야만 하였
고, 간혹 어떤 어휘는 독자들의 이해를 돕거나 오랫동안 기억할 수 있
도록 하기 위해 사진 자료도 넣었다. 또 책 본래의 내용상 자칫 지루해
지지는 않을까 염려되어, 중간 중간에 필자가 그동안 살아오면서 직접
겪은 '맞춤법과 관련된 예화(例話)'를 넣었다.

　이 책의 독자층을 좁게는 한국어능력시험과 대학수학능력시험을 준
비하는 수험생들을 비롯하여, 국어교육을 담당하는 선생님과 국어국문
학도, 언론매체 담당자, 넓게는 평소 국어에 관심을 갖고 있는 일반인
들까지 아우르는 구성을 취하고자 하였다. 바라던 바대로 잘 이루어지
지는 않았으나, '그래도 이 정도면 국어를 정확하게 표현할 수 있는 데

적당한 참고자료 쯤은 되겠구나'라고 자위(自慰)하면서 용기 있게 대중들의 평가를 받고자 한다. 사진 자료 몇 컷은 카메라 촬영기술이 없는 필자가 직접 찍다보니 좀 조잡할 수도 있을 것이다. 그러나 이 어휘에 해당하는 실물이 대충 이렇게 생겼다고 느낄 수 있었으면 다행이라는 마음으로 과감하게 내용 속에 넣었다.

이 책이 우리글과 우리말을 올바르게 사용하는 데, 미력이나마 도움이 되었으면 한다. 끝으로 자칫하면 큰 손해가 될 수도 있을 텐데, 이 책을 믿고 출판을 결정해 주신 역락출판사 이대현 사장님, 그리고 편집을 맡으셨던 권분옥 님께 깊은 감사를 드린다.

2006년 세밑 저자 김홍석 씀

일러두기

- 국립국어원에서 2001년 발간한 〈표준국어대사전〉을 중심으로, 그동안 언어현실에서 잘못 쓰는 단어를 추려 보았다.
- 실제 2,000여 단어가 나타났지만, 언중들이 쉽게 구별하거나 인지하는 것들은 많이 생략하고 약 1,260단어 가량을 정리해 보았다.
- 이 중에는 사전에 등재되지 않은 시사적인 단어도 몇 넣었으며, 잘못된 표현으로 알려진 것 중 사전에 등재했으면 하는 단어들도 각각 설명을 겸해서 제시하였다.
- 단어 위의 숫자 첨자는 동음이의어(同音異議語) 중 〈표준국어대사전〉의 기록을 기준으로 삼았다.
- 언어현실의 사용빈도수에 맞춰 단어의 앞에 *표시를 하였다. *표시보다는 **표시가 더 많이 사용됨을 나타낸다.
- ▲표시는 사전에 수록되지 않았거나 필자가 언어현실을 고려하여 넣은 단어들을 지칭한다.
- 각 어휘의 방언에 대한 사항은 문화관광부가 추진하고, 국립국어원에서 주관하는 21세기 세종계획 '2003 한민족 언어정보화'의 자료를 참고자료로 삼았다.
- 독자들이 쉽게 이해하고, 그 단어에 대한 올바른 표현이 오랫동안 머릿속에 남기를 바라는 마음으로, 사진 자료와 그림 자료를 넣었다.
- 자음 순으로 단어를 배열하였다. 그리고 자음이 달라질 때마다 사이사이에 맞춤법과 관련되어 필자가 겪었던 예화(例話)를 실었다.
- 각 항목의 서술문에 간혹 문법 용어가 등장한다. 쉽게 이해하기 어려운 독자를 위해 그 용어는 방주를 달아 개념을 정리하였다.

차 례

국어생활백서

"틀리기 쉬운 우리말 1260가지"

ㄱ

*가가붓자식/각아붓자식 vs. 각아비자식

올바른 표현_각아비자식

'각아비자식(各-子息)'이란 '부모가 각기 다른 사람의 자식'을 일컫는 말로 '각성바지'와 같은 말이다. 그러나 이에 대해 '가가붓자식'이나 '각아붓자식'으로 표기하는 것은 잘못된 것이다.

*가구[5](假構) vs. 허구(虛構)

올바른 표현_허구(虛構)

'빌 허'를 대신하여 '거짓/임시 가'로 쓴 '가구(假構)'는 잘못된 표기이다.

*가귀뜨기 vs. 가귀대기

올바른 표현_가귀대기

'가귀대기'란 '투전에서, 열다섯 끗 뽑기로 내기하는 노름'으로 일명 '가귀노름'이라고도 한다. 동사형은 접미사 '-하다'를 붙여 '가귀대기하다'이다. '가귀뜨기'는 잘못된 표기이다.

*가뀌 vs. 까뀌

올바른 표현_까뀌

'까뀌'는 '손으로 나무를 찍어 깎는 연장의 하나로 날이 가로로 나 있어 자루와 직각으로 되어 있고, 자귀보다 크기가 작은 것'이다. '까뀌'를 '가뀌'로 표기한 것은 잘못이다. 어두 된소리 회피가 올바른 표기일 것이라는 사고방식에서 나온 것이다.

사용된 예문을 제시하면 다음과 같다.

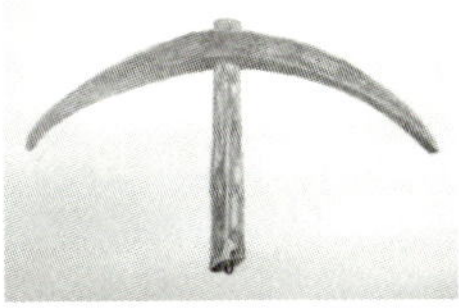

까뀌 그림

예 나무를 톱으로 자르고 까뀌로 깎아 내어 의자를 만들었다.

*가느다랗다 vs. 가느랗다
올바른 표현_가느다랗다

유아어나 방언에서 '가느랗다'로 쓰는 경우가 종종 있는데, 이는 잘못된 표기이다. '아주 가늘다'의 뜻으로 쓸 때, '가느다랗다'로 써야 옳다.

▲가디건 vs. 카디건(cardigan)
올바른 표현_카디건(cardigan)

앞을 단추로 채우는 스웨터를 일컬어, '카디건'이라 한다. 이 단어는 발음이 [ká : digən]이다. 발음에 따라 외래어를 올바르게 표기하면 '카디건'이다. 이를 흔히 '가디건'이라 부르는데, 잘못된 표현이다.

**가라[3] vs. 어깨[1]
올바른 표현_어깨

가라(kara)는 '깃'을 뜻하는 'collar'가 일본을 거쳐 오면서 우리에게 들어온 말이다. 옷소매가 붙은 솔기와 깃 사이의 부분을 뜻하는 '어깨' 또는 '어깨깃'으로 순화하여 써야 할 것이다.

*가든그리다 vs. 가동그리다 / 가둥그리다
올바른 표현_가든그리다

수의적(隨意的)
자기 마음대로 하는=임의적(任意的)

'가든그리다'는 '-을 가든하게 거두어 싸다'의 뜻이다. '가동그리다'나 '가둥그리다'는 '-그리다'의 연구개음 'ㄱ'의 영향으로 선행음절 'ㄴ'이 계열관계의 'ㅇ'으로 대체한 경우로 음운동화에 해당한다. 그러나 이는 수의적(隨意的) 현상으로 잘못된 표기이다. 사용된 예문을 제시하면 다음과 같다.

예 긴 여행에 대비해서 보따리를 가든그렸다.

*가두리[2] vs. 덧두리
올바른 표현_덧두리

'덧두리'는 '정해 놓은 액수 외에 얼마만큼 더 보탬. 또는 그렇게 하는 값'이란 뜻으로 '웃돈'과 같은 의미이다. 그러나 더 보탬의 의미에 치중해 '더할 가(加)'로 잘못 생각하여 '가두리'로 표기하면 잘못된 것이다. 사용된 예문을 제시하면 다음과 같다.

예 요새 물건이 달려서 덧두리를 주고도 구하기가 힘들다.

*가랑머리 vs. 가락머리
올바른 표현_가랑머리

'가랑머리'는 '두 가랑이로 갈라, 땋아 늘인 머리'로 '양태머리'와 같은
의미이다. 가늘고 길게 토막 난 물건을 뜻하는 '가락'과 혼동하여 '가락
머리'로 쓰면 잘못된 표기이다. 사용된 예문을 제시하면 다음과 같다.

⬤예 한 여고생이 가랑머리를 하고 있었다.

**가랑나무 vs. 떡갈나무
올바른 표현_떡갈나무

떡갈나무의 사전적 의미는 다음과 같다.

> 참나뭇과의 낙엽 활엽 교목. 높이는 10m 정도이며, 잎은 어긋나고 긴
> 타원형으로 두꺼우며 마른 뒤에도 겨우내 붙어 있다가 새싹이 나올 때
> 떨어진다. 늦봄에 황갈색의 잔꽃이 이삭 모양으로 늘어져 피고 열매는
> 2cm 정도의 갸름한 견과(堅果)로 10월에 익는다. 재목은 단단하여 침
> 목, 선박재, 기구재 따위로 쓰고 나무껍질의 타닌은 물감 또는 가죽을
> 다루는 데 쓰며, 열매는 주로 묵을 만들어 먹는다.

이런 떡갈나무를 '가랑나무'로 표기하는 것은 방언에서 나타나는 수의
적(隨意的) 표현으로, 잘못된 것이다.

**가랑이¹ vs. 가랭이
올바른 표현_가랑이

하나의 몸에서 끝이 갈라져 두 갈래로 벌어진 부분을 뜻하는 '가랑이'
가 'ㅣ'모음 역행동화에 의해 '가랭이'로 표기한 것은 수의적(隨意的)
현상이다. 표준어 규정 제9항에 따라 '가랑이'로 써야 옳다.

**가로너비/가로넓이 vs. 가로나비
올바른 표현_가로나비

평면이나 넓은 물체의 가로로 건너지른 거리를 뜻하는 표준어는 '너비'
가 옳다. 그러나 옷감 따위를 가로로 잰 길이, 즉 횡폭(橫幅)의 의미일
경우는 '가로나비'가 표준어이다. 이를 '가로너비'니, '가로넓이'로 쓰
는 것은 잘못된 표현이다.

**가르치다/가리키다 vs. 가르키다
올바른 표현_가르치다/가리키다

'가르치다'와 '가리키다'를 혼동하여 '가르키다'로 쓰는 경우가 흔히
있다. 그러나 이는 잘못된 것으로 敎의 의미일 경우는 '가르치다', 指의

'ㅣ'모음 역행동화(umlaut)
한 단어 또는 어절에 있어 전설
(傳說) 모음이 아닌 [ㅏ], [ㅓ],
[ㅗ] 등이 다음 음절에 오는 [i]
나 [j] 등에 영향을 받아 전설
모음 [ㅐ], [ㅔ], [ㅚ] 등으로 변
하는 현상

의미일 경우는 '가리키다'로 엄연히 구별해야 옳다.

*가름³ vs. 갈음

올바른 표현_갈음

연음법칙(連音法則)
앞 음절의 받침에 모음으로 시작되는 형식형태소가 이어지면, 앞의 받침이 뒤의 첫 음절의 모음으로 이어져 소리 나는 현상

다른 것으로 바꾸어 대신한다는 의미로 쓸 때는 '가름'이 아니라, '갈음'이 옳다. '갈음'은 '이미 있는 사물을 다른 것으로 바꾸다'의 의미인 '갈다'에서 명사형어미 '-ㅁ'이 붙은 것이다. 연음법칙에 따라 소리 나는 대로 표기한 경우는 수의적(隨意的) 현상으로 잘못된 것이다.

**가리마² vs. 가르마

올바른 표현_가르마

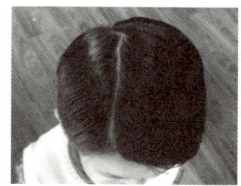

가르마 사진

'이마에서 정수리까지의 머리카락을 양쪽으로 갈랐을 때 생기는 금'의 의미일 경우, '가르마'가 옳다. 언중들이 '가르마'를 경상도 방언인 '가리마'로 잘못 알고 있는 경우가 많다. 그러나 '가르다'에서 파생한 것으로, '가르마'가 올바른 표기이다.

*가리다 vs. 가리우다

올바른 표현_가리다

매개모음
발음의 편의를 위해서 혹은 발음을 보존하기 위해서 두 언어 요소 사이에 첨가되는 모음

'가리우다'를 '가리다'의 기본형으로 잘못 알고 있는 경우가 많다. 특히 'ㅣ'모음 뒤에 어말어미 '-다'를 연결한 경우, 매개모음 '-우-'가 들어가는 경우가 많다. 그러나 '일깨우다'나 '지새우다'처럼, 'ㅐ'모음 뒤에서 '-우-'는 나타나나, 'ㅣ'모음 뒤의 '-우-'는 '갈리우다(×), 갈리다(○)', '불리우다(×), 불리다(○)', '씻기우다(×), 씻기다(○)', '잘리우다(×), 잘리다(○)', '집어세우다(×), 집어세다(○)' 등처럼 '-우-'가 빠진 형태가 올바른 표기이다.

*가리어지다 vs. 가리워지다

올바른 표현_가리어지다

'가리다'의 피동형으로 '-어지-'가 붙어 '보이지 않게 되거나 드러나지 않게 되다'의 뜻인 경우는 '가리어지다'가 올바른 표기이다.

*가막소 vs. 감옥²(監獄)

올바른 표현_감옥(監獄)

과거 연세가 많은 분들이 '가막소'라는 말을 많이 쓴다. 그러나 이는 '감옥'의 잘못된 표기이다.

**가멸다 vs. 가멸지다/가멸하다

올바른 표현_가멸다

'재산이 넉넉하고 많다'의 뜻인 경우, '가멸다'가 옳다. '가멸지다/가멸
하다'는 잘못된 표기이다. 이와 비슷한 단어로 '가멸차다'가 있는데,
이는 '재산이 매우 많고 살림이 풍족하다'의 뜻이다.

*가사리[3] vs. 가장자리

올바른 표현_가장자리

'가장자리'를 방언에서 '가사리'로 잘못 쓰는 경우가 있다. 그러나 '가
장자리'로 써야 옳다. '가장자리'는 둘레나 끝에 해당되는 부분을 일컫
는 것으로 일명 '가녘'이라고도 한다.

**가사일 vs. 가사(家事)

올바른 표현_가사(家事)

'가사일'은 '가사(家事)'의 잘못된 표기이다. '일 사(事)' 뒤에 '일'이
중복되어 의미중복이 된 경우이다. 이런 예들이 더러 있다. '역전(驛
前) 앞, 초가(草家)집, 처갓(妻家)집' 등은 모두 의미중복으로 잘못된 표
기이다.

**가슴츠레하다 vs. 가슴푸레하다

올바른 표현_가슴츠레하다

'졸리거나 술에 취하여서 눈이 정기가 풀리고 흐리멍덩하며 거의 감길
듯하다'의 뜻으로 쓰는 경우, '가슴츠레하다'가 옳다. 좀 더 센 말로
'거슴츠레하다'도 있다. 방언형에서 '개슴츠레하다/게슴츠레하다'도 나
타나는데, 이는 잘못된 표기이다.

*가야금 vs. 가얏고

올바른 표현_가야금

과거 1990년도에 MBC 드라마에 〈춤추는 가얏고〉가 있었다.
이 드라마가 한때 시청자의 관심을 끌면서, 종종 표준어 '가야
금'을 대신해 '가얏고'를 사용한다. 그러나 이는 잘못된 것이다.

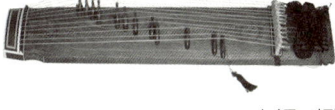

가야금 사진

**가열차다 vs. 가열하다[2]

올바른 표현_가열하다

'싸움이나 경기 따위가 가혹하고 격렬하다'의 의미일 때, '가열하다'가
옳다. 그러나 언중들은 이 말보다 '가열차다'를 더 많이 사용한다. 잘

못된 표현이다. 사용된 예문을 제시하면 다음과 같다.

예 시간이 흐를수록 싸움은 더 가열하였다.

*가위주리 vs. 가새주리
올바른 표현_가새주리

가새주리란 '양 발목과 양 무릎을 동여매고 정강이 사이에 두 개의 긴 몽둥이를 꿰어, 서로 어긋나게 벌리어 가며 잡아 젖히던 고문 방법'을 일컫는다. 가위[剪]는 '가세, 가새'의 표준어이다. 이와 연관하여 '가위주리'를 옳은 표기로 보는 것이다. 그러나 이는 잘못된 유추에서 나온 결과이다.

유추(類推)
화자(話者)의 심리 중에서 어떤 언어 형식이 그것과 어떤 심리적 결합을 이루고 있는 언어 형식에 동화(同化)적인 배경을 형성하거나, 그것과 같은 형식을 새로 창조하게 되는 것과 같은 심리 과정

*가새질사위 vs. 가우질사위 / 가위질사위
올바른 표현_가새질사위

'전라도 무당춤에서, 지전(紙錢)을 가지고 몸 앞으로 두 팔을 엇걸면서 흔드는 동작'을 '가새질사위'라 한다. 그러나 '가새주리'의 경우처럼, '가우질사위'나 '가위질사위'로 표기하는 것은 잘못된 것이다.

*가이 없다 vs. 가없다
올바른 표현_가없다

흔히 부모님이나 선생님의 은혜를 표현할 때, '가이 없어라'라고 쓴다. 그러나 이는 '가없다'라는 형용사를 잘못 사용한 것이다.

**가자미 vs. 가재미
올바른 표현_가자미

가자미 사진

'몸이 납작하여 타원형에 가깝고, 두 눈은 오른쪽에 몰려 붙어 있으며 넙치보다 몸이 작은 물고기'를 '가자미'라 한다. 그러나 'ㅣ'모음 역행 동화에 의해 '가재미'가 널리 쓰이고 있다. 그러나 현행 표준어는 '가자미'가 옳다. 고문헌 〈동의보감(東醫寶鑑)〉(1613년)에도 '가자미'로 쓰인 바 있다.

**가치³/가피¹ vs. 개비¹
올바른 표현_개비

'가늘게 쪼갠 나무토막이나 기름한 토막의 낱개'를 일컬을 때, '개비'가 옳다. 그러나 언중들은 흔히 '가치'나 '가피'를 쓴다. 잘못된 것이다.

*가탈스럽다 /까탈스럽다 vs. 까다롭다

올바른 표현_까다롭다

조건 따위가 복잡하거나 엄격하여 다루기에 순탄하지 않을 때, '가탈스럽다'나 '까탈스럽다'를 쓰는 경우가 있는데, 이는 '까다롭다'의 잘못된 표현이다. 표준어 규정 제25항에 의미가 똑같은 형태가 몇 가지 있을 경우, 그 중 어느 하나가 압도적으로 널리 쓰이면, 그 단어만을 표준어로 삼는다고 하였다. 따라서 '까다롭다'가 올바른 표현이다.

*각작각작 vs. 갉작갉작

올바른 표현_갉작갉작

'날카롭고 뾰족한 끝으로 바닥이나 거죽을 자꾸 문지르는 모양'이나 '되는대로 글이나 그림 따위를 자꾸 쓰거나 그리는 모양'을 일컬을 때, '갉작갉작'이 옳은 표현이다. '긁적긁적'으로 표현하기도 한다. 겹받침에 대한 무의식적 회피 현상으로 '각작각작'이라 표현하는 경우가 있는데, 이는 잘못된 것이다.

*각작거리다 vs. 갉작거리다

올바른 표현_갉작거리다

'갉작'이라는 부사에 같은 동작을 잇달아 되풀이하는 의미의 접미사 '-거리다'가 붙어 타동사 '갉작거리다'가 만들어졌다. '각작거리다'는 부사형을 잘못 적용한 데서 유래한 수의적(隨意的) 표현이다.

*갉죽갉죽 vs. 각죽각죽

올바른 표현_갉죽갉죽

'잇달아 둔하고 무디게 자꾸 갉는 모양'의 부사는 '갉죽갉죽'이 옳다. '각죽각죽'은 겹받침에 대한 무의식적 회피 현상에서 비롯한 표현으로 보인다.

*간[11](間) vs. 칸

올바른 표현_칸

'건물, 기차 안, 책장 따위에서 일정한 규격으로 둘러막아 생긴 공간'을 일컬을 때, '칸'이 옳다. 거센소리를 가진 형태를 표준어로 삼았다. '공간'이라는 의미에서 '간(間)'을 사용한 경우는 잘못된 것이다.

*간드러지다 vs. 간들어지다
올바른 표현_간드러지다

'목소리나 맵시 따위가 마음을 녹일 듯이 예쁘고 애교가 있으며, 멋들어지게 보드랍고 가늘다'의 뜻으로 쓸 때는 소리 나는 대로 표기한 '간드러지다'가 옳다. '간들어지다'는 잘못된 것이다.

간석지 사진

**간사지 vs. 간석지(干潟地)
올바른 표현_간석지(干潟地)

'밀물과 썰물이 드나드는 개펄'은 '간석지'가 옳다. 그러나 '개펄 석(潟)'을 대신해 '모래 사(沙)'로 잘못 알아 '간사지(干沙地)'로 쓰거나, '석(潟)'의 음을 '사(潟)'와 혼동하여 '사'로 잘못 읽어서 나타난 '간사지'는 잘못된 것이다.

*간여리다 vs. 가녀리다
올바른 표현_가녀리다

'가녀린 손'처럼 '물건이나 사람의 신체 부위 따위가 몹시 가늘고 연약하다'의 뜻일 때, 소리 나는 대로 표기한 '가녀리다'가 옳다. '간여리다'는 잘못된 표기이다.

*간주리다 vs. 간종그리다
올바른 표현_간종그리다

'흐트러진 일이나 물건을 가닥가닥 가리고 골라서 가지런하게 하다'의 뜻일 때, '간종그리다'가 옳다. '간종이다'도 같은 표현이다. 그러나 '간주리다, 간종거리다'는 모두 잘못된 표현이다. 사용된 예문을 제시하면 다음과 같다.

　💬 책상 위의 서류 더미들을 간종그렸다.

**간질이다 vs. 간지럽히다
올바른 표현_간질이다

'살갗을 문지르거나 건드려 간지럽게 하다'는 '간질이다'가 옳은 표현이다. 그러나 많은 언중들은 '간지럽히다'를 흔히 쓴다. '간지럽다'에 피동접사 '-히-'가 붙은 것으로 잘못 알고 있다. 그러나 '간질이다'는 타동사로 목적어가 필요한 단어이다. 소리 나는 대로 표기한 '간지리다'도 잘못된 것이다.

*갈리우다¹ vs. 갈리다³

올바른 표현_갈리다

주동사를 사동사로 만드는 접사 '–우–'를 첨가한 '갈리우다'는 잘못된 것이다. 피동접사 '–리–'와 상충(相衝)하기 때문이다. 따라서 '갈리다'가 올바른 표기이다.

*갈캉갈캉 vs. 갈강갈강

올바른 표현_갈강갈강

'가래 따위가 목구멍에 걸려 숨 쉴 때마다 조금 거칠게 나는 소리거나 그 모양'을 뜻하는 '갈그랑갈그랑'의 준말은 '갈강갈강'이다. 그러나 거센소리로 표기해, 청각적 인상과 그 소리를 실감나게 표현하고자 하는 '갈캉갈캉'은 잘못된 것이다.

**갈퀴손 vs. 덩굴손

올바른 표현_덩굴손

'가지나 잎이 실처럼 변하여 다른 물체를 감아 줄기를 지탱하는 가는 덩굴'은 '덩굴손'이 옳다. 그러나 '검불이나 곡식 따위를 긁어모으는 데 쓰는 기구'인 '갈퀴'와 '덩굴'을 혼동하는 데서 나타난 '갈퀴손'은 잘못된 것이며, '덩쿨손, 넝굴손'도 잘못된 것이다. 한편 '덩굴'의 유의어인 '넝쿨'을 사용한 '넝쿨손'은 올바른 표현이다.

**강강술래 vs. 강강수월래(强羌水越來)

올바른 표현_강강술래

우리가 잘못 쓰는 단어 중에 한자를 빌려 표현하면서 혼동을 일으키는 단어들이 여럿 있다. 그 중 대표적인 것이 '강강수월래'이다. 특히 이 단어는 민요 '강강수월래'를 가사로 표기하면서 혼동을 일으키는데, 이것은 잘못된 표현이다. 이처럼 한자를 빌려 쓴 말이 맞춤법에 어긋난 몇 예를 더 제시하면, '막사(莫斯)(×), 막새(○)', '비갑(非甲)(×), 비가비(○)' 등이 있다.

**강낭콩 vs. 강남콩

올바른 표현_강낭콩

1988년 1월 19일 한글맞춤법이 새로 개정되기 이전에는 '강남콩'이 옳은 표현이었다. 그러나 어원에서 멀어진 형태로 굳어져서 널리 쓰이는 것을 표준어로 삼는다는 1988년 맞춤법 개정 이후로는 언중들의 현실을 감안

유의어(類義語)
모든 문맥에서 치환이 가능한 동의어와 구별하여 일부 문맥에서만 치환이 가능한 불완전한 동의어. 흔히 동의어로 취급한다.

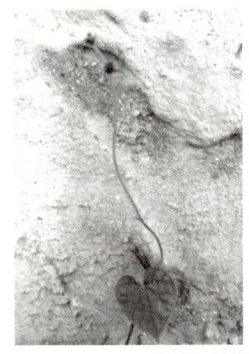

덩굴손 사진

하여 '강낭콩'을 표준어로 바꾸었다. 따라서 '강낭콩'이 올바른 표기이다.

*갖추다 vs. 갖구다
올바른 표현_갖추다

'갖추다'를 방언에서 수의적(隨意的) 표현으로 '갖구다'라 표현하는 경우가 있다. 그러나 이는 잘못된 것이다.

앙감질하는 사진

*개금질 vs. 앙감질
올바른 표현_앙감질

'한 발은 들고 한 발로만 뛰는 짓'을 '앙감질'이라 한다. 그러나 이를 '개금질, 깨금질' 등으로 표현하는 것은 방언에서 유래한 것으로, 잘못이다.

**개개다 vs. 개기다
올바른 표현_개개다

'자꾸 맞닿아 마찰이 일어나면서 표면이 닳거나 해어지거나 벗겨지거나 하다'의 뜻에 '개개다'가 있다. 이를 '개기다'로 사용하면 잘못이다. 사용된 예문을 제시하면 다음과 같다.

> 예) 운동화 뒤축에 개개어서 뒤꿈치의 살가죽이 벗겨졌다.

**개나리봇짐 vs. 괴나리봇짐
올바른 표현_괴나리봇짐

'걸어서 먼 길을 떠날 때에 보자기에 싸서 어깨에 메는 작은 짐'을 '괴나리봇짐'이라 하며, 일명 줄여서 '괴나리'라고도 한다. 잘못된 청각적 인지(認知)로 '개나리봇짐'을 쓰는 것은 올바르지 않다.

**개다리소반 vs. 개다리밥상 / 개상판
올바른 표현_개다리소반

개다리소반 사진

'상다리 모양이 개의 다리처럼 휜 막치 소반'을 일컬어 '개다리소반'이라 한다. 그러나 '소반' 대신 '밥상'으로 쓰거나 '상판'으로 쓴 것은 잘못된 것이다. 소반(小盤)은 그 자체가 '자그마한 밥상'임을 나타낸다. 표준어 규정 제22항은, 고유어 계열의 단어가 생명력을 잃고 그에 대응되는 한자어 계열의 단어가 널리 쓰이면, 한자어 계열의 단어를 표준어로 삼는다. 이에 따라 '개다리소반'이 옳은 표현이다.

*개발쇠발 / 개발새발 vs. 괴발개발 올바른 표현_괴발개발

'괴발개발'은 '고양이의 발과 개의 발이라는 뜻'에서 유래하였기 때문에 '개발쇠발/개발새발'이 아니라, '괴발개발'이 옳다. '괴발개발'은 유래가 그렇지만 지금은 '글씨를 되는대로 아무렇게나 써 놓은 모양을 이르는 말'이라는 뜻으로 사용한다.

*개이다[4] vs. 개다[1] 올바른 표현_개다

'흐리거나 궂은 날씨가 맑아지다'의 뜻으로 사용할 경우는 '개다'가 옳다. 그러나 흔히 언중들이 '날씨가 개이다', '개인 하늘을 보면' 등을 사용하는데, 이는 잘못된 표현이다.

*객쩍다 vs. 객없다 올바른 표현_객쩍다

행동이나 말, 생각이 쓸데없고 싱거울 때, '객쩍은 소리 그만 하세요'라 한다. 그러나 이를 '객없는 소리'나 '객없는 생각, 객없는 수작' 등으로 표현한 것은 잘못이다. 또 한글맞춤법 제54항을 참고할 때, '적다[少]'의 의미가 없이 [쩍]으로 발음되는 경우는 모두 '-쩍다'로 써야 옳다. 따라서 '객쩍다'가 옳은 것이다. 이와 비슷한 경우로, '맥쩍다, 해망쩍다, 겸연쩍다, 멋쩍다' 등이 있다.

*거북살스럽다 vs. 거북상스럽다 올바른 표현_거북살스럽다

'어쩐지 거북한 느낌이 있다'의 뜻일 때, '거북상스럽다'는 옳지 않다. '거북살스럽다'가 올바른 표현이다.

**거칠다 vs. 거치르다 올바른 표현_거칠다

'거치른 벌판, 거치른 표면' 등은 모두 잘못된 것이다. '거친 벌판, 거친 표면' 등이 옳다. 이 단어의 올바른 기본형은 '거칠다'이기 때문이다. 기본형을 '거치르다'로 보아, '거치른'으로 표현하는 것은 잘못된 표현이다.

*거쿨지다 vs. 거푸지다 올바른 표현_거쿨지다

'몸집이 크고 말이나 하는 짓이 씩씩하다'의 뜻일 때, '거쿨지다'가 옳다. '거푸지다, 거프지다' 등은 잘못된 것이다.

사용된 예문을 제시하면 다음과 같다.

예 길동은 허우대도 거쿨지고 소리도 힘차다.

**거푸집²/두껍창 vs. 두껍닫이

올바른 표현_두껍닫이

'미닫이를 열 때, 문짝이 옆벽에 들어가 보이지 아니하도록 만든 것'의 뜻일 때는 '거푸집' 또는 '두껍창'이 아니라, '두껍닫이'가 옳다. 일명 '두껍집'이라고도 한다. 표준어 규정 제21항에, 고유어 계열의 단어가 널리 쓰이고 그에 대응하는 한자어 계열의 단어가 용도를 잃게 된 것은, 고유어 계열의 단어만을 표준어로 삼는다고 하였다.

**건넌마을 vs. 건넛마을

올바른 표현_건넛마을

'건너편에 있는 마을'을 일컬을 때, '건넌마을'로 흔히 표현한다. 그러나 이는 '건넛마을'을 소리 나는 대로 표기하면서 나타난 현상으로, '건넛마을'이 올바른 표기이다.

*건넌편 vs. 건너편

올바른 표현_건너편

'건넌마을'에서 유추하여 '건넌편'이라 쓰는 경우가 있는데, 이는 '건너편'을 잘못 쓴 것이다.

*건느다 vs. 건너다

올바른 표현_건너다

방언에서 수의적(隨意的) 현상으로 나타나는 '건느다'는 잘못된 표현이다. 당연히 '건너다'가 올바른 표현이다.

*건덜거리다 vs. 건들거리다

올바른 표현_건들거리다

'바람이 부드럽게 살랑살랑 불다', '사람이 싱겁고 멋없게 행동하다', '하는 일 없이 빈둥거리다', '물체가 가볍게 천천히 자꾸 흔들리거나 그렇게 되게 하다' 등의 뜻일 때, '건들거리다'가 옳다. '건들대다'로 표현하기도 한다. 그러나 '건덜거리다'는 잘못 쓴 것이다.

**건데기 vs. 건더기

올바른 표현_건더기

'ㅣ' 모음 역행동화의 영향으로 '건더기'를 '건데기'로 쓰는 것은 잘못이다. '건더기'가 올바른 표현이다.

**걷어채다 vs. 걷어채이다

올바른 표현_걷어채다

'걷어차다'의 피동사는 '걷어채다'이다. 피동접사 '-이-'가 두 번 들어간 '걷어채이다'는 잘못이다.

**걸리적거리다 vs. 거치적거리다

올바른 표현_거치적거리다

수의적(隨意的) 현상으로 '거치적거리다'를 '걸리적거리다'로 표현하는 경우가 흔히 있다. 그러나 이는 잘못 쓴 것이다. '거추장스럽게 한 번 걸리거나 닿는 모양'을 나타내는 '거치적'에 같은 동작을 잇달아 되풀이함을 나타내는 접미사 '-거리다'가 연결된 것이 '거치적거리다'이다.

**걸빵² vs. 질빵

올바른 표현_질빵

'짐을 걸어서 메는 데 쓰는 줄'은 '질빵'이다. '짐을 어깨에 걸어 메는 끈'인 '멜빵'과는 비슷한 말이다. 그러나 이를 '걸다'는 의미에 집착해 '걸빵'으로 표기하는 것은 잘못이다.

*걸쭉하다 vs. 걸죽하다

올바른 표현_걸쭉하다

한글맞춤법 제3장 제1절 제5항 'ㄴ, ㄹ, ㅁ, ㅇ' 받침 뒤에서 나는 된소리는 된소리로 적는 규정에 따라, '걸쭉하다'가 옳다. '걸죽하다'는 잘못 쓴 것이다.

'ㄴ, ㄹ, ㅁ, ㅇ'은 모두 유성 자음이다. 따라서 유성 자음 받침 뒤의 된소리는 된소리로 적는 것이 옳다는 것이다.

*걸판지다 vs. 거방지다

올바른 표현_거방지다

'너부죽하고 듬직하다'의 뜻으로 쓰일 때, '거방지다'가 옳다. 방언에서 나타나는 '걸판지다'는 잘못된 것이다.

*-것마는 vs. -건마는

올바른 표현_-건마는

'이다'의 어간, 용언의 어간 또는 어미 '-으시-', '-었-', '-겠-' 뒤에 붙어, 앞 절의 사태가 이미 어떠하니 뒤 절의 사태는 이러할 것이 기대되는데도 그렇지 못함을 나타내는 연결 어미는 '-건마는'이 옳다. 이 어미는 기대가 어그러지는 데 대한 실망의 느낌이 비친다는 뜻을 내포한다. '-것마는'은 잘못된 표현이다.

*것잡다 / 겉잡다 vs. 걷잡다
올바른 표현_걷잡다

주로 '없다', '못하다'와 함께 쓰여 '무엇을 한 방향으로 치우쳐 흘러가는 형세 따위를 붙들어 잡다'의 뜻이거나 '헤아려 짐작하다'의 뜻일 때, '걷잡다'가 올바른 표현이다. 'ㄷ'받침이 어색해 '것-'이나 '겉-'으로 표현하면 잘못이다.

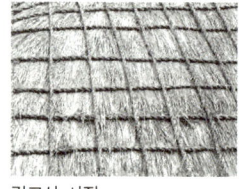
겉고삿 사진

*겉고삿 vs. 겉고샅
올바른 표현_겉고삿

'초가지붕을 일 때 쓰는 새끼'를 일컫는 말이 '고삿'이다. 따라서 명사 '겉'이 붙어 이루어진 복합어는 '겉고삿'이 옳다. '고삿'의 경우는 어원에서 멀어진 형태로 굳어져서 널리 쓰이는 것을 표준어로 삼는다는 원칙에 따른 것이다.

**겸연쩍다 vs. 계면쩍다
올바른 표현_겸연쩍다

'계면쩍다'도 'ㅣ'모음 역행동화의 영향으로 나타난 단어로, 잘못된 경우이다. 올바른 표현은 '겸연쩍다'로, '쑥스럽거나 미안하여 어색하다'의 뜻이다.

*겹다 vs. 겨웁다
올바른 표현_겹다

방언에서 나타나는 '겨웁다'는 '겹다'를 잘못 쓴 것이다. 이 형용사는 '겨워, 겨우니, 겨운' 등으로 활용하는데, '겨웁다'를 그 기본형으로 혼동하는 데서 나타난 현상으로 보인다. 활용형에서 나타나는 '-우-'형은 어두음(語頭音) 받침 'ㅂ'이 변하여 나타난 것이다.

게시판 사진

**계시판 vs. 게시판
올바른 표현_게시판

揭示板의 '게(揭)'음에 따라, 당연히 '게시판'이 옳다. 한글맞춤법 제8항에도 'ㅖ'발음에 따라 본음대로 표기함을 원칙으로 하고 있다. 이를 '계시판'으로 쓰는 경우가 종종 있는데, 이는 잘못이다. '휴계실'도 '휴게실(休憩室)'로 써야 옳은데, 둘째 음절 '憩'의 음이 '게'이기 때문이다.

**고냉지 vs. 고랭지

올바른 표현_고랭지

高冷地의 '冷'은 어두(語頭)가 아니기 때문에 두음법칙(頭音法則)의 적용을 받지 않는다. 따라서 '고냉지'가 아니라, 본음을 살려 '고랭지'로 써야 옳다.

두음법칙(頭音法則)
어두(語頭)에 오는 자음이 특수한 제한을 받기 때문에 일어나는 현상

▲고둥 vs. 고동

올바른 표현_고둥

'고동'의 표준어는 '고둥'이다. 그런데 이 단어는 언중들에게 '고동'이 절대적으로 우세하다. 뿐만 아니라 우리나라 최초의 어류생태보고서인 〈우해이어보(牛海異魚譜)〉(1801년)와 우리의 어종을 가장 잘 집대성한 〈자산어보(玆山魚譜)〉(1814년) 등에도 '고동(古董)'이나 '고동(古蕫)'으로 풀이 되어 있다. 또 〈동문유해(同文類解)：上,49b〉에도 '海螺 고동', 〈방언집석(方言集釋)：亥部 方言,19b〉에도 '海螺 고동', 〈한청문감(漢淸文鑑)：14,46〉에도 '海螺 고동', 〈물명고(物名攷)：2,8〉에도 '鳴螺 … 고동'이라는 기록이 보인다. 그러나 '고둥'이라는 기록은 문헌에 나타나지 않는다. 이러한 현상은 언중들의 음성적인 실현이 '고둥'보다는 '고동'이 훨씬 자연스럽고 과거부터 '고동'으로 죽 써 왔기 때문에 나타난 현상으로 보인다. 그러나 현행 맞춤법에 의하면, '고동'은 잘못된 표현이며, '고둥'으로 써야 옳다.

고둥 사진

*고불 vs. 고붓²

올바른 표현_고불

'피륙 따위의 필을 지을 때에, 꺾이어 겹쳐 넘어간 곳'이란 뜻인 '고부탕이'의 준말이 '고불'이다. 원말 '고부탕이'는 '고불'과 '-앙이'의 결합으로 보인다. 이에 따라 '고붓'이 아니라, '고불'이 표준어인 것이다.

**고삿¹ vs. 고샅²

올바른 표현_고삿

어원에서 멀어진 형태로 굳어져서 널리 쓰이는 것을 표준어로 삼는다

는 원칙에 따라, '고삿'이 옳은 표기이다. '고삿'이란 초가지붕을 일 때 쓰는 새끼의 뜻일 때, 쓰는 표현이다. 그런데, 시골 마을의 좁은 골목 길이나 골목 사이를 뜻할 때는 '고샅' 또는 '고샅길'이 옳다. 상황에 따라 쓰임에 유의해야 한다.

*고시례 vs. 고수레
올바른 표현_고수레

'민간 신앙에서, 산이나 들에서 음식을 먹을 때나 무당이 굿을 할 때, 귀신에게 먼저 바친다는 뜻으로 음식을 조금 떼어 던지는 일'을 뜻할 때, '고수레'가 옳다. 단군 때에 농사와 가축을 관장하던 신장(神將)의 이름인 고시(高矢)에서 유래된 것으로 보아 '고시래'로 쓰거나, 예의(禮儀)라 생각하여 '고시례'로 표기하는 것은 잘못이다.

*고즈넉이 vs. 고즈너기
올바른 표현_고즈넉이

'-하다'가 붙는 어근에 '-히'나 '-이'가 붙어서 부사가 된 경우로 그 어근이나 부사의 원형을 밝혀 적는 것이 옳다. 따라서 '고즈넉이'가 옳다. 소리대로 적은 '고즈너기'는 잘못된 표기이다.

▲꼼장어 vs. 먹장어
올바른 표현_먹장어

먹장어 사진

'꼼장어'의 표준어는 '먹장어'이다. 이 단어의 표준어 '먹장어'는 그 대상물을 모르는 경우가 태반이고, '꼼장어'는 흔히들 아는 어명(魚名)이다. '꼼장어'는 원래 부산지역의 방언이었으나, 그 세력이 커지면서 '꼼'이 언중들의 사고 속에 들어있는 어떠한 맛이나 생각을 표현한 것으로 보인다. 따라서 표준어인 '먹장어'의 사용은 극소수인데 반해, 대다수의 언중들이 '꼼장어'를 흔히 사용한다. 그러나 현행 맞춤법에 표준어는 '먹장어'이다.

**곱빼기 vs. 곱배기
올바른 표현_곱빼기

'-빼기'는 한글맞춤법 제54항에 된소리로 적는 접미사로 규정하고 있다. 이에 따라, 된소리로 적어야 옳다. 이와 비슷한 경우로, '이마빼기, 코빼기' 등이 있다.

*공골 vs. 콘크리트(concrete)
올바른 표현_콘크리트(concrete)

일본식 영어로 들어온 말이 '공골'이다. 이와 비슷한 경우에 '펑크'를 '빵구'로, '머신'을 '미싱'이라 표현하는 경우가 있다. 그러나 이는 이차적으로 수용하면서 나타난 잘못된 외래어로, '콘크리트'로 적는 것이 옳다.

*과람 vs. 과남
올바른 표현_과람

'과람(過濫)'은 한자어로 '분수에 지나침'의 뜻이다. 濫은 본음이 '람'으로 어두(語頭)가 아니기 때문에, 두음법칙(頭音法則)의 적용을 받지 않는다. 따라서 이를 '과남'으로 적는 것은 잘못이다.

**곽 vs. 갑⁵(匣)
올바른 표현_갑(匣)

'물건을 담는 작은 상자'를 뜻할 때는 '갑'이 옳다. 수의적(隨意的) 현상으로 '곽'이 나타나는데, 이는 잘못이다.

갑 사진

*괄시(恝視) vs. 괄새/괄세
올바른 표현_괄시(恝視)

'업신여겨 하찮게 대함'의 뜻은 한자어로 '괄시(恝視)'이다. 이를 방언에서 '괄새'나 '괄세'로 발음하는 경우가 많다. 한자어에서 온 말이기에, 원음을 살려 표현하는 것이 옳다.

*괜스레 vs. 괜시리
올바른 표현_괜스레

표준어 '괜스레'보다 언중들은 '괜시리'를 더 많이 쓴다. 그러나 '공연스럽다'의 뜻인 형용사 '괜스럽다'에서 온 부사는 '괜스레'가 옳다.

특히 이 단어는 노래 가사에서도 흔히 실수를 범하는데, 권진원의 노래 〈살다보면〉에 '살다보면 괜시리 외로운 날', 오석준의 노래 〈우리들이 함께 있는 밤〉에 '내 마음 편안하게 괜시리 부담스런', 김만수의 노래 〈푸른 시절〉에 '찡하는 마음이야 괜시리 설레는 것' 등은 모두 잘못된 표현이다.

**구더기¹ vs. 구데기
올바른 표현_구더기

'건데기'가 아니라, '건더기'가 옳은 것처럼, '구데기'가 아니라, '구더기'가 옳다. 이를 '구데기'로 표현하는 것은 'ㅣ'모음 역행동화의 영향으로 수의적(隨意的) 현상이다. '구더기'는 파리의 애벌레를 일컫는다. 흔한 속담에 '다소 방해되는 것이 있다 하더라도 마땅히 할 일은 하여야 함'을 비유적으로 이를 때, '구더기 무서워 장 못 담글까'라 하는데, 이 속담에서도 '구데기'라 써서는 안 된다.

**구둣주걱 vs. 구두칼

올바른 표현_구둣주걱

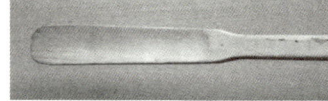

'구두를 신을 때, 발이 잘 들어가도록 뒤축에 대는 주걱 모양의 기구'는 '구둣주걱'이 옳다. 이를 '구두칼'로 표현하는 것은 잘못이다.

구둣주걱 사진

*구들고래 vs. 방고래

올바른 표현_방고래

'구들장 밑으로 나 있는, 불길과 연기가 통하여 나가는 길'을 일컬을 때, '방고래'라 한다. 이를 '구들고래'로 쓰는 것은 잘못이다. 방언에서 나타나는 단어이다. 표준어 규정 제22항에 따르면, 고유어 계열의 단어가 생명력을 잃고 그에 대응되는 한자어 계열의 단어가 널리 쓰이면, 한자어 계열의 단어를 표준어로 삼는다. 이에 따라 '방고래'가 옳은 표현이다.

*구럭 vs. 망태기[2]

올바른 표현_망태기

'물건을 담아 들거나 어깨에 메고 다닐 수 있도록 만든 그릇'은 '구럭'이 아니고, '망태기'이다. 제주도 방언에서 이를 '구덕'이라 흔히 일컫는다.

*-구먼 vs. -구만[2]

올바른 표현_-구먼

'-구먼'은 '이다'의 어간, 형용사 어간 또는 어미 '-으시-', '-었-', '-겠-' 뒤에 붙어 반말할 자리나 혼잣말에 쓰여, 화자가 새롭게 알게 된 사실에 주목함을 나타내는 종결 어미이다. 흔히 감탄의 뜻이 수반된다. 뒤에는 보조사 '요'가 오기도 한다. 준말은 '-군'이다.

표준어 규정 제10항에 따르면, 다음 단어는 모음이 단순화한 형태를

망태기 사진

표준어로 삼는다고 하고, 이에 따라 제시한 단어로, '괴팍하다, -구먼, 미루나무, 여느, 온달, 으레, 케케묵다, 허우대, 허우적허우적' 등을 제시하였다. 이에 따라, '-구먼'이 올바른 표현이다. 이를 수의적(隨意的) 현상에서 '-구만'으로 표현하는 것은 잘못이다.

*구슬리다 vs. 구스르다
올바른 표현_구슬리다

요즘 받침에 'ㄹ'을 습관적으로 덧붙이는 경우가 많다. 그 예로 '날라 가다, 빨르다' 등이 대표적이다. 그러나 '구슬리다'는 'ㄹ'이 받침으로 있는 것이 기본형으로 옳은 표현이다. 이를 잘못 유추해 '구스르다'로 표현하면 잘못이다.

*구슬사탕 vs. 알사탕
올바른 표현_알사탕

그 모양새를 본 따, 방언형에서 '알사탕'을 '구슬사탕'으로 표현하는 경우가 있다. 이는 잘못이다. 표준어 규정 제25항에 의미가 똑같은 형태가 몇 가지 있을 경우, 그 중 어느 하나가 압도적으로 널리 쓰이면, 그 단어만을 표준어로 삼는다고 하였다. 이에 따라 '알사탕'이 옳은 표현이다.

**구안괘사(口眼㖞斜) vs. 구안와사
올바른 표현_구안괘사(口眼㖞斜)

'안면 신경 마비 증상으로 입과 눈이 한쪽으로 틀어지는 병'을 일컬을 때, 흔히 '구안와사'로 표현하는데, 이는 '구안괘사'를 잘못 표현한 것이다. 과거에 나온 사전들은 아직도 '구안와사'를 표준어로 등재하였는데, 잘못된 것이다.

**구유[1] vs. 구유통
올바른 표현_구유

'소나 말 따위의 가축들에게 먹이를 담아 주는 그릇으로 흔히 큰 나무토막이나 큰 돌을 길쭉하게 파내어 만든 것'은 '구유'이다. 이를 '구유통'이라 함은 그릇의 의미를 강조하기 위해 중복하여 표현한 것에 불과하다.

구유 사진

*군더더기 vs. 군더덕지

올바른 표현_군더더기

'군더더기'를 방언에서 '군더덕지'라 하는 경우가 종종 있다. 그러나 올바른 표현은 '군더더기'가 옳다.

*굴르다 vs. 구르다[1]

올바른 표현_구르다

잘못된 표현 '굴르다'는 이유 없이 'ㄹ'이 첨가한 형이다. 기본형은 '구르다'가 옳다. 비슷한 경우로, '빠르다'를 써야 할 상황에 '빨르다'로 쓰는데, 이 또한 마찬가지이다.

**굽신거리다 vs. 굽실거리다

올바른 표현_굽실거리다

몸[身]을 '구부리다'는 의미로 오인(誤認)해, '굽실거리다'를 '굽신거리다'로 표현하는 경우가 있다. 이는 잘못이다.

*굽실굽실 vs. 굽신굽신

올바른 표현_굽실굽실

위의 '굽실거리다'에서 어근만 중첩하여 부사로 쓰이는 경우이다. 당연히 '굽실굽실'이 옳다.

**궁둥이춤 vs. 엉덩춤

올바른 표현_엉덩춤

합성어(合成語)
둘 이상의 실질 형태소가 결합하여 하나의 단어가 된 말

엉덩이와 춤의 합성어는 '엉덩춤'이 옳다. 엉덩이와 궁둥이는 의미에 약간 차이가 있는데, 엉덩이는 '골반에 이어져 있는 볼기의 윗부분'을, 궁둥이는 '엉덩이의 아랫부분'으로 앉으면 바닥에 닿는 근육이 많은 부분이다. 표준어로 정한 것은 이 중에서 '엉덩춤'이다. 참고로 '길짐승의 엉덩이'는 '방둥이'가 옳다

**귀띔 vs. 귀뜸

올바른 표현_귀띔

'처음으로 청각을 느끼다'는 의미에 '뜨다'가 있는데, 이것의 피동사가 '뜨이다'이다. 이를 줄여서 명사형으로 나타내면, '띔'이다. 이것이 '귀'와 결합한 것이 '귀띔'이다. 따라서 '귀뜸'은 잘못이다. 표준어 규정 제17항에, 비슷한 발음의 몇 형태가 쓰일 경우, 그 의미에 아무런 차이가 없고, 그 중 하나가 더 널리 쓰이면, 그 한 형태만을 표준어로 삼는다고

하였다. 이에 따라, '귀뜸, 귀틈, 귀팀' 등은 잘못이고, '귀띔'이 옳다.

*귀밑때기 vs. 귀밑대기

올바른 표현_귀밑때기

한글맞춤법 제54항에 따르면, '-때기'는 '-대기'로 쓰지 않고 통일한다. 그러한 예들로, '귀때기, 볼때기, 판자때기' 등을 제시하는데, 이에 따라 '귀밑때기'가 옳다.

*귀살머리쩍다 vs. 귀살머리적다

올바른 표현_귀살머리쩍다

'-쩍다'의 경우도 위의 경우처럼 한글맞춤법 제54항에 따라, '귀살머리쩍다'가 옳다. 이러한 예로 '겸연쩍다, 맥쩍다, 짓쩍다, 객쩍다' 등이더 있다. '귀살머리쩍다'는 일이나 물건 따위가 마구 얼크러져 정신이 뒤숭숭하거나 산란할 때 쓰는 '귀살쩍다'를 낮잡아 이르는 말이다.

*귀살쩍다 vs. 귀살적다

올바른 표현_귀살쩍다

앞의 '귀살머리쩍다'와 같은 경우로 '귀살쩍다'가 올바른 표현이다.

*귀접스럽다 vs. 귀저분하다

올바른 표현_귀접스럽다

'비위에 거슬리게 지저분한 데가 있거나 사람됨이 천하고 비루하여 품격이 없다'는 뜻으로 '귀접스럽다'가 있다. 이를 그 의미에 '지저분한데가 있음'을 염두에 두어 '귀저분하다'로 표현하는 것은 잘못이다.

*귀찮다 vs. 귀치않다

올바른 표현_귀찮다

표준어 규정 제14항에 따르면, 준말이 널리 쓰이고 본말이 잘 쓰이지 않는 경우에는, 준말만을 표준으로 삼는다. 이에 따라, '똬리, 무, 생쥐, 솔개, 귀찮다, 뱀, 온갖' 등이 옳은 표현이다. 따라서 '귀찮다'가 올바른 것이다.

**그렇찮다 vs. 그렇잖다

올바른 표현_그렇잖다

어미 '-지' 뒤에 '않-'이 어울려 '-잖-'이 될 적과 '-하지' 뒤에 '않-'이 어울려 '-찮-'이 될 적에는 준 대로 적는다. 이에 따라, '그렇지 않다'의 준말은 '그렇잖다'가 옳다. 이와 비슷한 경우의 단어로, '적잖다' 등이 있다.

**그리웁다 vs. 그립다
올바른 표현_그립다

'-우-'를 매개모음처럼 넣은 '그리웁다'는 '그립다'를 잘못 표현한 것이다. 이러한 현상이 요즘 흔하게 나타난다. 이러한 경우의 단어를 제시하면, '겨웁다, 미더웁다, 비쩌웁다, 쉬웁다, 싱거웁다, 정다웁다, 흥겨웁다' 등이 그것으로 모두 잘못된 표현이다. 모두 '-우-'를 탈락시킨 형이 올바른 표현인 것이다.

**그맘때 vs. 그만때
올바른 표현_그맘때

'그만큼 된 때'의 뜻일 때, '그맘때'가 옳다. 그만큼이라는 의미를 염두에 두어 '그만때'로 표현하는 것은 잘못이다.

*그을다 vs. 그으르다
올바른 표현_그을다

매개모음 '-으-'를 이유 없이 삽입하여 '그으르다'로 표현하는 것은 잘못이다. '그을다'가 옳은 표현이다.

*극정이 vs. 극젱이
올바른 표현_극젱이

'극젱이'는 땅을 가는 데 쓰는 농기구로, 쟁기와 비슷하나 쟁깃술이 곧게 내려가고 보습 끝이 무디다. 소 한 마리로 끌어 쟁기로 갈아 놓은 논밭에 골을 타거나, 흙이 얕은 논밭을 가는 데 쓴다. 둘째 음절 '젱'이 마치 후행음절 '이'의 영향으로 'ㅣ'모음 역행동화를 한 모습처럼 보여, 원형이 '극정이'로 착각한다. 그러나 이 농기구는 '극젱이'가 옳다.

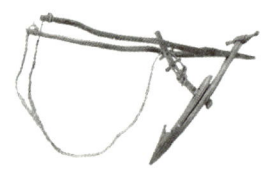

극젱이(인력용) 사진

*글겡이² vs. 글겅이
올바른 표현_글겅이

'글겅이'는 말이나 소 따위의 털을 빗기는 도구이다. 싸리로 결어 만든 고기잡이 도구의 하나이기도 하다. 때로는 남의 재물을 긁어 들이는 사람을 비유적으로 이르는 말에 쓰이기도 한다. 형태소는 '긁- + -엉- + -이'로 분석할 수 있다. 'ㅣ'모음 역행동화가 일어나 '글겡이'로 표현하는 것은 잘못이다.

*글쟁이 vs. 글장이

기술자에게는 '-장이', 그 외에는 '-쟁이'가 붙는 것이 올바른 표기이다. 글 쓰는 일도 기술자에 해당하는 것으로 보아 '글장이'가 옳을 듯하나, 육체적인 전문 기술과는 거리가 먼, 정신적 기능으로 보아 '글쟁이'를 표준어로 삼았다.

*금이빨 vs. 금니빨

금으로 만든 이[齒牙]의 뜻일 때는 '금니'가 옳다. 그러나 금(金)과 이빨[齒牙]이 결합한 합성어는 '금이빨'이 옳다. 이를 혼동하여 '금니빨'로 적는 것은 잘못이다.

*기뜩하다 vs. 기특하다

'말하는 것이나 행동하는 것이 신통하여 귀염성이 있다'의 뜻일 때, '기특하다'로 써야 옳다. 이를 '기뜩하다'로 쓰는 경우가 간혹 있으나 이는 잘못이다.

**기본율(基本律) vs. 기준율

'근본이 되는 운율'을 일컬을 때는 '기준율(基準律)'이 옳다. 이를 '기본율'로 적는 것은 현행 사전에 등재되지 않은 비표준어이다.

**기브스¹ vs. 깁스(Gips)

'gips(깁스붕대)'에 해당하는 우리말 표기는 '깁스'가 옳다. 자음(子音)으로 끝나는 경우, 음절을 늘여서 표현하지 않고 앞 음절의 받침에 적는 것이 원칙이기 때문이다. 이와 비슷한 경우로, '보닛(bonnet), 컷(cut), 타깃(target), 로봇(robot)' 등이 있다.

**기어이 vs. 기여히

유명한 대중가요 중에 '쟈니 리'의 〈뜨거운 안녕〉이 있다. 이 노래의 가사에 '…기여히 가신다면 헤어집시다.…'라는 구절이 있다. 이 노래의 영향 탓인지, 많은 언중들이 '기어이'를 '기여히'로 알고 있다. '기어코'의 의미로 쓰이는 이 단어는 '기어이'로 써야 옳다. 이 단어는 기원적으로 '期於'라는 한자어와 접미사 '-이'가 붙어 만들어진 것이다. 더불어 '期於'라는 한자어에 '코'가 붙어 만들어진 것은 '기어코'이다.

*기엄기엄 vs. 기염기염 올바른 표현_기엄기엄

'가만히 자꾸 기어가는 모양'을 일컬을 때, '기염기염'이 아니라, '기엄기엄'이 옳다.

반의어(反意語)
그 뜻이 서로 정반대되는 관계에 있는 말. 한 쌍의 말 사이에 서로 공통되는 의미 요소가 있으면서 동시에 서로 다른 한 개의 의미 요소가 있어야 한다.

*길다랗다 vs. 기다랗다 올바른 표현_기다랗다

'매우 길거나 생각보다 길다'의 뜻일 때, '기다랗다'가 옳다. 언중들은 '길다'의 어간 '길-'을 연상하여 '길다랗다'로 표현하는 경우가 있는데, 잘못이다. 참고로 '기다랗다'의 반의어(反意語)는 '짤따랗다'이다.

*길쭉길쭉 vs. 길죽길죽 올바른 표현_길쭉길쭉

'모두가 다 길쭉한 모양'을 일컫는 부사는 '길쭉길쭉'이 옳다. 한글맞춤법 제3장 제1절 제5항, 'ㄴ, ㄹ, ㅁ, ㅇ' 받침 뒤에서 나는 된소리는 된소리로 적는 규정에 따라, '길쭉길쭉'이 옳은 것이다. 어감(語感)이 약한 말은 '걀쭉걀쭉'이다. 이를 '길죽길죽'으로 표기한 것은 잘못이다.

*까꿀로 vs. 가꾸로 올바른 표현_가꾸로

한글맞춤법 제5항에 한 단어 항에서 뚜렷한 까닭 없이 나는 된소리는 다음 음절의 첫소리를 된소리로 적는 규정이 있다. 이에 따라 두 모음 사이에서 된소리가 나는 '가꾸로'가 옳다. 수의적(隨意的) 현상에서 '까꿀로'가 등장하는데, 이는 잘못이다. '가꾸로'는 '거꾸로'보다 어감(語感)이 약한 말이다.

*까득 vs. 가득[1] 올바른 표현_가득

청각적 인상을 강하게 하기 위해 어두음(語頭音)을 된소리로 표기한

'까득'은 잘못된 표현이다. '가득'이 옳은 표현이다.

*까망 vs. 깜장

올바른 표현_깜장

'까만 빛깔이나 물감'을 뜻하는 단어는 '깜장'이다. 이를 방언에서 '까망'이라 쓰는 것은 잘못이다. 어감(語感)이 센 말은 '껌정'이다.

*까무러지다 vs. 까무라치다 / 까무라지다

올바른 표현_까무러지다

'정신이 가물가물하여지다'이거나, '촛불이나 등잔불 따위가 약해져서 꺼질 듯 말 듯 하게 되다'의 뜻일 때, '까무러지다'가 옳다. '가무러지다'보다 센 느낌을 준다. 이를 '까무라치다/까무라지다'로 표현하는 것은 잘못이다.

**까발리다 vs. 까발기다

올바른 표현_까발리다

'비밀 따위를 속속들이 들추어내다'는 '까발리다'이다. '까발기다'는 잘못된 표현이다. '발리다'는 '두 물체의 사이를 가까스로 넓히거나 멀게 하다', '껍질 따위를 벗겨 속의 것을 드러내다', '오므라진 것을 펴서 열다', '작은 일 따위를 일으키거나 진행하다', '모아져 있는 것을 헤집어서 흩뜨리다' 등의 의미인데, 여기에 '까서'가 연결된 단어이다.

*까슬까슬 vs. 까실까실

올바른 표현_까슬까슬

대체로 첩어에서 나타나는 '슬/실'의 경우, 'ㅣ'모음보다 'ㅡ'모음을 올바른 표기로 인정하고 있다. 치음 'ㅅ'을 발음하기에는 전설고모음 'ㅣ'가 편하다. 이에 따라 '까슬까슬'을 발음상 편의를 위해 '까실까실'로 발음하는 경우가 흔히 있다. 그러나 이는 잘못이다. 이와 비슷한 경우로, '나슬나슬, 베슬거리다, 보슬보슬, 복슬복슬, 슬근슬근, 오슬오슬, 으슬으슬' 등이 모두 올바른 표현이다.

첩어(疊語)
같은 음이나 비슷한 음을 가진 단어의 반복적 결합으로 이루어진 복합어

*까치² vs. 개비¹

올바른 표현_개비

'가늘게 쪼갠 나무토막이나 기름한 토막의 낱개', '수량을 나타내는 말 뒤에 쓰여 가늘고 짤막하게 쪼갠 토막을 세는 단위'로 '개비'가 있다.

혼히 담배 낱개를 일컬을 때, '까치'로 표현하는 경우가 많은데, 이는 잘못이다.

**까탈스럽다 vs. 까다롭다

올바른 표현_까다롭다

'조건 따위가 복잡하거나 엄격하여 다루기에 순탄하지 않다', '성미나 취향 따위가 원만하지 않고 별스럽게 까탈이 많다'의 뜻에 '까다롭다'가 있다. 이를 흔히 수의적(隨意的)으로 '까탈스럽다'라고 표현하는데, 잘못된 것이다.

*깐 vs. 딴[2]

올바른 표현_딴

인칭 대명사 뒤에서 '딴은', '딴에는', '딴으로는' 꼴로 쓰여 '자기 나름 대로의 생각이나 기준'을 뜻할 때는 '딴'이 옳다. 이를 '깐'으로 표현하는 것은 방언에서 비롯된 것이다. 그러나 '저희들 깐에도 이 일은 심각하다는 것을 알았다'의 경우처럼 '일의 형편 따위를 속으로 헤아려 보는 생각이나 가늠'의 뜻으로 쓰일 때는 '깐'이 옳다. 두 단어의 미묘한 차이를 숙지해야 혼동이 없다.

**깔보다 vs. 깐보다[2]

올바른 표현_깔보다

'얕잡아 보다'의 뜻일 때, '깐보다'가 아니라, '깔보다'가 옳다. 흔히 '깐보다'로 쓰는데, 조속히 바로 잡아야 할 단어이다.

**깜쪽같다 vs. 감쪽같다

올바른 표현_감쪽같다

꾸미거나 고친 것이 전혀 알아챌 수 없을 정도로 티가 나지 아니할 때, '감쪽같다'로 표현해야 옳다. 청각적 인상을 강하게 하기 위해 어두음(語頭音)을 된소리로 표현한 '깜쪽같다'는 잘못된 것이다.

*깝죽새 vs. 종달새/종다리[1]

올바른 표현_종달새/종다리

종다릿과의 새를 통틀어 이르는 말은 복수 표준어로 '종달새'와 '종다리'가 있다. 그러나 수의적(隨意的) 표현으로 '깝죽새'라 쓰는 것은 잘못이다.

복수 표준어
표준어 규정 제5절에 177쌍이 제시되어 있다.

종달새 그림

34

*깝치다² vs. 깝죽거리다

올바른 표현_깝죽거리다

'신이 나서 몸이나 몸의 일부를 자꾸 방정맞게 움직이다'의 뜻은 '깝죽거리다'이다. '깝죽'이라는 어근에, 같은 동작을 잇달아 되풀이함을 나타내는 접미사 '-거리다'가 연결된 것이 '깝죽거리다'이다. 이상화의 유명한 시 〈빼앗긴 들에도 봄은 오는가〉에 '나비, 제비야, 깝치지 마라. / 맨드라미, 들마꽃에도 인사를 해야지'라는 구절이 있다. 이에 영향을 받아, '깝치다'로 쓰면 잘못이다. 이 단어는 시적 허용으로 사용된 경우이기 때문이다.

시적 허용
시의 운율이나 감흥을 맞추기 위해 국어 표기법에 벗어난 것도 시(詩) 안에서 허용되는 것

*깡소주 vs. 강소주

올바른 표현_강소주

'안주 없이 먹는 소주'로 일명 '생소주'를 일컬을 때는, '강소주'가 옳다. '강'은 일부 명사 앞에 붙어, '다른 것이 섞이지 않은'의 뜻을 더하는 접두사(接頭辭)이다. 이를 된소리로 표현하는 것은 청각적으로 강한 인상 때문인 것으로 보이나, 잘못된 표현이다.

*깡술 vs. 강술

올바른 표현_강술

'강술'은 '안주 없이 마시는 술'을 일컫는데, 이 때의 접두사(接頭辭) '강'도 '다른 것이 섞이지 않은'의 뜻을 더한다. 청각적 인상을 강하게 표현하기 위해, 어두음(語頭音)을 된소리로 발음한 '깡술'은 잘못된 표현이다.

**깡충깡충 vs. 깡총깡총

올바른 표현_깡충깡충

양성모음이 음성모음으로 바뀌어 굳어진 단어는 음성모음 형태를 표준어로 삼은 규정에 의한 것이다. 모음조화가 파괴된 모습이다. '깡충깡충'이 올바른 표기이다.

모음조화
두 음절 이상으로 된 단어에서, 뒤 음절의 모음이 앞 음절 모음의 영향을 받아, 동일한 모음 또는 근사한 모음으로 되는 현상. 양성모음(ㅏ, ㅗ 등)끼리, 음성모음(ㅓ, ㅜ 등)끼리 결합한다.

*깨작거리다²/께적거리다 vs. 깨적거리다

올바른 표현_깨작거리다/께적거리다

'달갑지 않은 음식을 자꾸 억지로 굼뜨게 먹다', '달갑지 않은 듯이 자꾸 게으르고 굼뜨게 행동하다'의 뜻일 때, '께지럭거리다'라고 한다. 이 단어의 준말이 '께적거리다'이다. 또 이 준말을 어감(語感)이 좀 약

하게 표현하면, '깨작거리다'이다. 모음조화를 잘 지키고 있는 경우이다. '깨적거리다'는 잘못된 표현이다.

*깨뜨리다 vs. 깨치다[2]

올바른 표현_깨뜨리다

'깨다'를 강조해서 이를 때, '깨뜨리다' 또는 '깨트리다'가 옳다. '일의 이치 따위를 깨달아 알다'의 뜻이 아니라, 파괴(破壞)의 뜻일 경우, '깨치다'로 쓰는 것은 잘못이다.

**꺼꾸로 vs. 거꾸로

올바른 표현_거꾸로

한 단어 안에서 뚜렷한 까닭 없이 나는 된소리는 다음 음절의 첫소리를 된소리로 적는데, 두 모음 사이에서 나는 된소리에 해당하는 것이 '거꾸로'이다. '꺼꾸로'는 청각인상을 강화함으로써 전달하고자 하는 의미를 분명히 하려는 의도일 가능성도 있으나, 이는 잘못된 표현이다. 이와 비슷한 단어에 '해쓱하다, 어찌, 이따금' 등이 더 있다. 어두(語頭)의 된소리는 각박한 사회현상을 반영하는 것으로 인식되기도 한다.

**꺼림칙하다 vs. 꺼림직하다

올바른 표현_꺼림칙하다

'한 일이 뉘우쳐져서 마음이 편하지 못하거나 피하고 싶고 싫은 느낌이 있다'의 뜻인 '꺼림하다'를 강하게 표현한 것이 '꺼림칙하다'이다. '께름칙하다'로 표현하기도 한다. 이를 '꺼림직하다'나 '께름직하다'로 쓰는 것은 잘못이다.

*꺼무튀튀하다 vs. 꺼무테테하다

올바른 표현_꺼무튀튀하다

'너저분해 보일 정도로 탁하게 꺼무스름하다'의 뜻일 때, '꺼무튀튀하다'가 옳다. 발음상 편의를 위해, '꺼무테테하다'로 표현하는 것은 잘못이다.

*꺼슬꺼슬 vs. 꺼실꺼실

올바른 표현_꺼슬꺼슬

치음 'ㅅ'을 발음하기에는 전설고모음 'ㅣ'가 편하다. 이에 따라 '꺼슬꺼슬'을 발음상 편의를 위해 '꺼실꺼실'로 발음하는 경우가 흔히 있다. 그러나 이는 잘못이다.

치음(齒音)
혀끝과 윗니 또는 잇몸 사이에서 나는 소리. 국어의 'ㅅ, ㅆ, ㅈ, ㅉ, ㅊ' 따위

*꺾어내는 소리 vs. 꺾는 소리 올바른 표현_꺾는 소리

'판소리나 전라도 민요 따위의 창법에서, 본디 음보다 높이 낸 다음 끌어내리는 목소리'를 '꺾는 소리'라 한다. 이를 '꺾어내는 소리'로 표현하는 것은 잘못이다.

*-께⁴ vs. -ㄹ게 올바른 표현_-ㄹ게

인터넷이 상용화되면서 '-ㄹ게'를 '-ㄹ께'로 표현하는 경우가 많다. 젊은 세대를 중심으로 나타난 현상이 요즘은 일반적으로 흔히 나타나고 있다. 그러나 현행 맞춤법에 올바른 표기는 '-ㄹ게'가 옳다. 한글맞춤법 제53항에도 이에 대해 예사소리로 적는 것을 제시하였다. 이와 비슷한 현상이 나타나는 것에 '-ㄹ걸'도 있다. '-ㄹ껄' 또한 잘못된 표현이다.

**-께옵서 vs. -께오서 올바른 표현_-께옵서

'-께서'도 주체 높임법을 나타내지만, 이를 더 높이면 '-께옵서'가 된다. 이 어휘의 주체는 극존칭인 대상이 온다. 이를 '-께오서'로 표현하는 것은 잘못이다.

> **주체 높임법**
> 용언의 어간에 높임의 선어말어미 '-시-'를 붙여 문장의 주체를 높이는 높임법

*꼬까워하다 vs. 고까워하다 올바른 표현_고까워하다

청각적 인상을 강하게 표현하기 위한 '꼬까워하다'는 '고까워하다'를 잘못 쓴 것이다.

**꼬깔 vs. 고깔 올바른 표현_고깔

청각적 인상을 강하게 하기 위해 어두음(語頭音)을 된소리로 표현한 '꼬깔'은 잘못된 것이다. 잘못된 된소리 발음은 표기에 반영하지 않고 원래 형태대로 쓰기 때문이다. 따라서 '고깔'이 옳은 표현이다.

고깔 사진

*꼬깝다 vs. 고깝다 올바른 표현_고깝다

'꼬깔'이 아니라, '고깔'이 옳은 것처럼, '꼬깝다'는 '고깝다'를 잘못 쓴 것이다. 첫 음절에 된소리가 올 이유가 없기 때문이다.

*꼬라비 vs. 꼴찌

올바른 표현_꼴찌

방언에서 나타나는 '꼬라비'는 '꼴찌'를 잘못 쓴 것이다. '꼬라비'는 전국적으로 나타나는 방언이다.

*꼬시다^2 vs. 꼬이다^4

올바른 표현_꼬이다

'그럴듯한 말이나 행동으로 남을 속이거나 부추겨서 자기 생각대로 끌다'는 뜻의 '꼬이다'는 '꾀다'와 같이 쓴다. 그러나 이를 수의적(隨意的) 현상에서 '꼬시다'로 나타나는데, 이는 잘못이다. '꼬시다' 또한 전국적으로 나타나는 방언이다.

**꼬아바치다 vs. 까바치다

올바른 표현_까바치다

'비밀 따위를 속속들이 들추어내어 일러바치다'의 뜻으로 '까바치다'가 있다. 흔히 '꼬아바치다'로 표현하는데, 이는 잘못이다. '꼬아바치다'는 전국적으로 나타나는 방언이다.

**꼬집히다 vs. 꼬잡히다

올바른 표현_꼬집히다

'꼬집다'에 피동접사 '-히-'가 연결하면, '꼬집히다'이다. 그러나 이를 흔히 '꼬잡히다'로 표현하는데, 방언에서 비롯된 현상으로 잘못된 것이다.

*꼭두각시 vs. 꼭둑각시

올바른 표현_꼭두각시

1988년 이전 맞춤법 규정에 따르면, '꼭둑각시'가 옳다. 그러나 맞춤법이 개정된 이후로는 '꼭두각시'를 표준어로 삼고 있다. 표준어 규정 제17항에, 비슷한 발음의 몇 형태가 쓰일 경우, 그 의미에 아무런 차이가 없고, 그 중 하나가 더 널리 쓰이면, 그 한 형태만을 표준어로 삼는다고 하였다.

*꼰지르다 vs. 고자질하다

올바른 표현_고자질하다

방언에 나타나는 '꼰지르다'는 '고자질하다'를 잘못 표현한 것이다.

*꿇다² vs. 꼬느다¹

올바른 표현_꼬느다

'긴 칼을 꼬나 잡다'처럼 '무게가 좀 나가는 물건의 한쪽 끝을 쥐고 치켜들어서 내뻗치다'의 뜻이거나, '그는 연필을 꼬느고 시험지를 기다렸다'처럼 '마음을 잔뜩 가다듬고 연필 따위를 힘주어 쥐다'의 뜻일 때, '꼬느다'가 올바른 표현이다. 이를 대신해 '꿇다'로 쓰는 것은 잘못이다. 그러나 '꿇다'가 '선생님께서는 시험결과를 꿇기에 피로가 쌓였다'처럼 '잘잘못을 따져서 평가하다'의 뜻일 때는 '꿇다'가 옳다.

**꽃봉오리¹ vs. 꽃방울

올바른 표현_꽃봉오리

'망울만 맺히고 아직 피지 아니한 꽃'을 일컬을 때, '꽃봉오리'가 옳다. 이를 방언에서 그 생김새로 인해 '꽃방울'로 표현하는 것은 잘못이다. '아직 피지 아니한 어린 꽃봉오리'는 '꽃망울'이 옳다. 한편 '산에서 뾰족하게 높이 솟은 부분'을 일컫는 말은 '산봉우리'가 옳다. 착각하지 않도록 주의해야 할 단어이다.

꽃봉오리 사진

*꽃잔 vs. 꽃받침

올바른 표현_꽃받침

'꽃의 구성 요소 중에서 가장 바깥쪽에 꽃잎을 받치고 있는 꽃의 보호 기관의 하나'를 뜻할 때, '꽃받침'이 옳다. 이 또한 생김새로 인해 '꽃잔'이라 표현하는 경우가 종종 있다. 잘못된 표현이다.

꽃송이(좌)와 꽃받침(우) 사진

*꾸러미 vs. 꾸레미¹

올바른 표현_꾸러미

'ㅣ'모음 역행동화의 영향으로 '꾸러미'를 '꾸레미'로 표현하는 것은 잘못이다. 수의적(隨意的) 현상이기 때문이다.

*끄덩이 vs. 끄뎅이

올바른 표현_끄덩이

이 또한 'ㅣ'모음 역행동화의 영향으로 '끄덩이'를 '끄뎅이'로 표현하는 것은 잘못이다. 수의적(隨意的) 현상에서 비롯된 것이다.

*끌신 vs. 베틀신

올바른 표현_베틀신

'뒤축은 없고 발의 앞부분만 꿰어 신는 신'은 '베틀신'이다. 그러나 이를 '끌고 다니는 신'으로 오인(誤認)해 '끌신'으로 표현하는 것은 잘못이다.

*끝² vs. 끗²

올바른 표현_끗

'접쳐서 파는 피륙의 길이를 나타내는 단위'이거나, '화투나 투전과 같은 노름 따위에서, 셈을 치는 점수를 나타내는 단위'를 뜻할 때는 '끝'이 아니라, '끗'이 옳다.

**끼어들기 vs. 끼여들기

올바른 표현_끼어들기

보조동사 '내다, 내리다, 넣다, 놓다, 당기다, 들다, 들이다, 뜨다, 매다, 버리다, 보다, 서다, 붙이다, 씌우다, 안다, 앉다, 오다, 오르다, 올리다, 잡다, 주다, 쥐다' 등이 한 음절의 말에 붙어 굳어버린 것은 붙여 쓴다. 대신 본동사는 '-어/아'형으로 끝나는 것이 원칙이다. 따라서 이유 없이 [j]가 삽입되어서는 안 된다. 따라서 명사는 '끼어들기'가 옳고, 동사의 기본형은 '끼어들다'가 옳다.

홍당무 대리의 '없슴'

1997년 충남 대천에서 고3 담임교사를 할 때, 경험했던 재미있는 에피소드다.

당시만 해도 번호대기표가 없어 차례대로 줄을 서서 은행 일을 보던 때였다. 그날 ××은행에 볼 일이 있어 간 나는, 순서를 기다리던 참이었다. 내 앞에 네 명의 고객이 먼저 와 있기에, 다섯 번째에서 기다렸다. 그런데 창구 옆에 은행 저축 상품을 알리는 전단지가 있었다. 기다리기가 멋쩍어 전단지 한 장을 꺼냈다. 그리고 죽 읽어가던 차에,

'아뿔싸. 이게 뭐야. 수수료 '없슴'이 뭐야. '없음'이지'

하면서 속으로 되뇌며 안타까워했다.

'이런 큰 은행에서 요런 실수를 범하다니'

창구에서 일을 처리하는 은행원 아가씨는 정신없이 손을 놀리며 업무를 보고 있다. 그런데 그 뒤에 '대리'라는 좌석표를 앞에 두고 말끔하게 생긴 사람은 무슨 잡지를 보면서 한가롭게 있지 않은가. 이야기를 할까 말까 몇 번을 망설였다. 아직 내 차례가 되려면 족히 10여 분은 기다려야 할 상황이었다. 용기를 내어, 은행 업무에 바쁜 아가씨 말고, 그 뒤에 한가롭게 노니는 '대리'라는 분을 향해 손짓을 하였다.

"저기요."

은행 상품 전단지를 쥔 채 부르는 내 목소리에, 상담을 요구하는 것으로 알았는지 대리란 분은 부리나케 다가왔다.

"무엇을 도와 드릴까요? 손님."

"예. 다름이 아니고 여기 이 전단지 하단에 '수수료 없슴'에서 '없슴'이, 맞춤법이 틀린 것 같아서요."

최대한 예의를 차리며 정중하게 그리고 겸손하게 말했다.

"아! 예. 손님께서 잘 모르신가본데 '없슴'이 맞습니다."

'아이코! 이게 웬 말인가 '없슴'이 맞다니'

다시 나의 대응은 시작되었다. 좀 더 강한 어조로 말씀을 드려야겠다는 생각으로,

"제가 알기로는 '없슴'이 아니라 '없음'이 확실하게 맞습니다."

대리라는 분의 반응도 강도 높은 톤으로 힘주어 말했다.

"맞춤법이 바뀌었습니다. '없읍니다'가 '없습니다'로 바뀐 것처럼, '없음'이 아니라 '없슴'이 맞습니다."

이 말과 동시에 그 대리란 분은 '네까짓 것이 뭘 아느냐'는 표정으로 위아래를 훑어봤다. '세상에 이런 엉뚱한 유추로 '없슴'이 옳다고 주장하다니'

거기다가 나의 정중한 요구를 불쾌하게 생각해서 위아래로 훑어보는 태도에, 나는 순간 울컥 부아가 치밀었다.

"전 고등학교 국어교사인데요. '없음'이 맞습니다. 우리말에는 명사형 어미로 '-기'와 '-ㅁ/음'만 있을 뿐입니다. '없습니다'는 옳지만 '있슴, 없슴'은 '있음, 없음'으로 써야 옳습니다."

이를 들은 그 대리의 반응은 얼굴이 빨갛게 홍당무가 되어 아무 말도 하지 못했다. 그러더니 자기 옆에 앉은 또 다른 대리에게 전단지를 들고 쫓아갔다. 아마 전단지의 내용을 편집한 사람이 그 사람이었나 보았다.

"야! 이거 내가 그랬잖아. '없슴'이 아니라, '없음'이 맞다고."

또 다른 대리 여유 있게 대꾸하길,

"응? 친구야! 맞춤법이 바뀌었단다. '없슴'이 옳아"

"야! 저기 국어선생이 와서 그러는데 '없음'이 맞대."

또 다른 대리는 당황하며 내 쪽을 향해 어떤 놈인가 하는 듯 쳐다보았다. 순간 죄도 없이 죄 짓는 마음에 머리를 숙였다.

"이놈의 맞춤법은 맨 날 바뀌어."

그러는 사이에 내 통장의 업무처리가 어느덧 완료되었고, 은행원 아가씨가 피식 웃으며 통장을 건넸다. 나는 통장을 얼른 챙기고 은행을 나왔다. 나오면서 속으로,

'맞춤법은 1988년 한 번밖에 안 바뀌었는데'

라는 말을 곱씹었다.

그런 일이 있은 후 한 달 정도를 그 은행에 가지 못했다. 한 달이 지난 어느 날 그 은행에 다시 가서 전단지를 꺼내 읽어 보았다. '수수료 없음'으로 새롭게 고쳐져서 꽂혀 있었다.

*나꿔채다 vs. 낚아채다   올바른 표현_낚아채다

'낚싯줄을 힘차게 잡아당기다', '무엇을 갑자기 세차게 잡아당기다', '남의 물건을 재빨리 빼앗거나 가로채다', '사람을 꾀거나 가로채서 자기편에 두다', '남의 말이 끝나자마자 받아서 말하다' 등의 뜻일 때, '낚아채다'로 써야 옳다. 이를 방언에서 '나꿔채다'로 쓰는 것은 잘못이다.

**나레이션 vs. 내레이션(narration)   올바른 표현_내레이션(narration)

영어 'narration'에 해당하는 우리말은 '해설'이다. 이 단어는 발음이 [næréiʃən]이다. 따라서 이 단어를 외래어 표기법에 맞춰 표기하면, '내레이션'이 옳다. 아울러 '해설자'의 의미도 '나레이터'가 아니라, '내레이터'가 옳다.

*나무라다 vs. 나무래다   올바른 표현_나무라다

방언에서 나타나는 '나무래다'는 잘못이다. '나무라다'가 옳다.

*나뭇군 vs. 나무꾼   올바른 표현_나무꾼

한글맞춤법 제54항에 따르면, '-꾼, -때기, -꿈치, -빼기, -쩍다' 등의 접미사는 된소리로 적는 것을 올바른 것으로 하였다. 따라서 '나무꾼'이 올바른 표현이다. 이와 비슷한 것으로 '익살꾼, 심부름꾼, 지게꾼' 등이 있다.

43

*나부랭이 vs. 나부라기

올바른 표현_나부랭이

표준어 규정 제19항을 보면, 어감(語感)의 차이를 나타내는 단어 또는 발음이 비슷한 단어들이 다 같이 널리 쓰이는 경우, 그 모두를 표준어로 삼는다고 하였다. 예시 단어로 '나부랭이'와 '너부렁이'를 제시하고 있다. 그러나 '나부라기'는 인정하지 않아 현행 규정상 비표준어이다.

*나붓기다 vs. 나부끼다

올바른 표현_나부끼다

'천, 종이, 머리카락, 연기 따위의 가벼운 물체가 바람을 받아서 가볍게 흔들리다. 또는 그렇게 하다'의 뜻일 때, '나부끼다'가 옳다. '조금 나부죽하다'의 부사형 '나붓이'와 혼동하여 '나붓기다'로 표현하나, 이는 잘못이다.

*나슬나슬 vs. 나실나실

올바른 표현_나슬나슬

대체로 첩어에서 나타나는 '슬/실'의 경우, 'ㅣ'모음보다 'ㅡ'모음을 올바른 표기로 인정하고 있다. 치음 'ㅅ'을 발음하기에는 전설고모음 'ㅣ'가 편하다. 이에 따라 '나슬나슬'을 발음상 편의를 위해 '나실나실'로 발음하는 경우가 흔히 있다. 그러나 이는 잘못이다.

*나염 vs. 날염(捺染)

올바른 표현_날염(捺染)

'피륙에 부분적으로 착색하여 무늬가 나타나게 염색하는 방법'을 한자어로 '날염(捺染)'이라 한다. 'ㄹ'을 탈락하여 표현한 '나염'은 잘못된 것이다.

**나으리 vs. 나리[1]

올바른 표현_나리

구전가요나 구어체에서, 지체가 높거나 권세가 있는 사람을 높여 부를 때, 흔히 쓰는 '나으리'는 '나리'를 잘못 표현한 것이다.

*나일론(nylon) vs. 나이롱

올바른 표현_나일론(nylon)

인조 섬유의 하나인, 'nylon'은 발음이 [náilɔn]이다. 이를 외래어 표기법에 따라 표기하면, '나일론'이 옳다. 일제의 잔재로 남아 현재까지 쓰고 있는 일본식 영어 '나이롱'은 잘못된 표현이다.

**나지막하다 vs. 나즈막하다

올바른 표현_나지막하다

몇몇 시에서 감흥(感興)을 위해 '나즈막하다'라는 용어를 썼다. 또 대화 속에서도 이 단어는 '나즈막하다'로 많이 표현한다. 그러나 현행 표준어는 '나지막하다'가 옳다. 아울러 그의 부사형도 '나지막이'가 옳다.

**나치^2(Nazi) vs. 나찌

올바른 표현_나치(Nazi)

외래어 표기법의 〈국제음성기호와 한글대조표〉에 따르면, [ts]는 모음 앞에서 'ㅊ'으로 적는다. 독일어 'Nazi'의 'z'는 [ts] 발음이다. 따라서 '나치'가 옳고 '나찌'는 그르다. '나치'는 '히틀러를 당수로 한 독일의 파시스트당'이란 뜻이다.

*낚시코^2 vs. 매부리코

올바른 표현_매부리코

'매부리와 같이 코끝이 아래로 삐죽하게 숙은 코'는 '매부리코'가 옳다. 이를 '낚싯바늘'과 그 형태의 유사성을 들어, '낚시코'로 표현함은 잘못이다.

*난작거리다 vs. 난장거리다

올바른 표현_난작거리다

'물체가 자꾸 힘없이 축 처지거나 조금 물러지다'의 뜻일 때, '난작거리다'가 옳다. 이를 '난장거리다'로 표현하면 잘못이다.

*날갯죽지 vs. 날개쭉지

올바른 표현_날갯죽지

'날개'와 '새의 날개가 몸에 붙은 부분'이란 뜻인 '죽지'의 합성어는 '날갯죽지'이다. 물론 사이시옷이 후행 단어 첫 음절의 된소리 현상으로 삽입되었다. 이를 소리대로 표기한 '날개쭉지'는 옳지 않다.

**날라리^2/대평소 vs. 태평소(太平簫)

올바른 표현_태평소(太平簫)

'나팔 모양으로 된 우리나라 고유의 관악기'는 '태평소'이다. 이를 '대평소'나 '날라리'로 쓰면 잘못된 표현이다.

태평소 사진

*날려쓰다 vs. 갈겨쓰다

올바른 표현_갈겨쓰다

'글씨를 아무렇게나 마구 쓰다'는 뜻의 '갈기다'와 '쓰다'가 결합하여 '갈겨쓰다'가 만들어졌다. 그러나 이를 '글씨를 날리다'와 '쓰다'가 결합한 것으로 보아 '날려쓰다'로 쓰는 것은 잘못이다.

*날르다[1] vs. 나르다

올바른 표현_나르다

특별한 이유 없이 'ㄹ'을 덧붙여 '날르다'로 쓰는 것은 잘못이다. '나르다'가 기본형으로 올바른 것이다. 이와 비슷하게 잘못 쓰는 단어로, '굴르다, 눌르다, 둘르다, 문질르다, 빨르다, 별르다, 서둘르다, 약발르다, 일르다, 저질르다, 졸르다, 추슬리다' 등이 있다.

**날빛 vs. 햇빛

올바른 표현_햇빛

日光의 뜻인 '햇빛'을 '날빛'으로 표현하는 경우가 더러 있다. '날 일(日)'에서 유래한 것으로 보이는데, 이는 '햇빛'의 잘못된 표현이다.

*날짱거리다 vs. 날짝거리다

올바른 표현_날짱거리다

'나른한 태도로 쉬엄쉬엄 느리게 행동하다'의 뜻은 '날짱거리다'가 옳다. 이를 '날짝거리다'로 쓰면 잘못이다.

**남우세스럽다 vs. 남사스럽다

올바른 표현_남우세스럽다

'남에게 놀림과 비웃음을 받을 듯하다'의 뜻일 때, '남우세스럽다'가 옳다. 전국적으로 방언에서 '창피하다'의 뜻을 대신해 '남사스럽다' 또는 '남새스럽다'를 자주 쓴다. 그러나 이는 잘못된 것이다.

*낫우다 vs. 고치다

올바른 표현_고치다

'병 따위를 낫게 한다'는 뜻으로 '낫우다, 낫구다' 등을 쓰는데, 이는 '고치다'가 옳은 표현이다. 표준어 규정 제25항에 의미가 똑같은 형태가 몇 가지 있을 경우, 그 중 어느 하나가 압도적으로 널리 쓰이면, 그 단어만을 표준어로 삼는다고 하였다. 이 경우에 해당하는 것이 '고치다'이다.

내노라하다 vs. 내로라하다

‘어떤 분야를 대표할 만하다’의 뜻일 때, 흔히 ‘내노라하다’를 쓰는데, 이는 ‘내로라하다’를 잘못 표현한 것이다. 흔히 잘못 쓰는 단어이다.

내리깔다 vs. 내려깔다

올바른 표현_내리깔다

‘눈꺼풀을 내려 눈동자를 많이 덮게 하여 시선을 아래로 보내다’, ‘자리 따위를 방의 아래쪽에 깔다’의 뜻일 때, ‘내리깔다’가 옳다. 이를 ‘내려서 깔다’의 준말로 인식하여 ‘내려깔다’로 흔히 표현하는데, 이는 잘못이다.

내셍기다 vs. 내섬기다

올바른 표현_내셍기다

둘째 음절 ‘셍’이라는 음절의 낯섦 때문에 표준어로 보지 못하고 착각하기 쉬운 단어가 ‘내셍기다’이다. ‘내리 이 말 저 말 자꾸 주워대다’의 뜻이다. 다음 예문과 같은 상황에서 쓴다.

예 그녀는 쓸데없는 말을 주섬주섬 내셍기며 의자에 앉았다.

내프킨(napkin) vs. 냅킨

올바른 표현_냅킨

받침으로 쓸 [p]음을 늘여 써서 ‘내프킨’으로 쓰는 것은 외래어 표기법상 잘못이다. 짧은 모음과 유음·비음 이외의 자음 사이에 오는 무성파열음은 받침으로 적는 것이 원칙이기 때문이다. 따라서 이를 받침으로 쓴 ‘냅킨’이 옳다. 그 뜻은 ‘주로 양식을 먹을 때, 무릎 위에 펴 놓거나 손이나 입을 닦는 데 쓰는 수건이나 휴지’이다.

무성 파열음
성대가 울리지 않고, 폐에서 나오는 공기를 일단 막았다가 그 막은 자리를 터뜨리면서 내는 소리. 국어의 ‘ㅂ, ㅃ, ㅍ, ㄷ, ㄸ, ㅌ, ㄱ, ㄲ, ㅋ’ 따위

낼름 vs. 날름²

올바른 표현_날름

‘혀, 손 따위를 날쌔게 내밀었다 들이는 모양’, ‘무엇을 날쌔게 받아 가지는 모양’, ‘불길이 밖으로 날쌔게 나왔다 들어가는 모양’, ‘날쌔게 움직이는 모양’ 등은 ‘날름’으로 써야 옳다. ‘낼름’으로 표현하는 경우가 흔한데, 이는 잘못이다.

*너댓 vs. 네댓

올바른 표현_네댓

'네[四]'가 'ㄱ, ㄷ, ㅁ, ㅂ, ㅍ, ㅎ'을 첫소리로 하는 단위를 나타내는 의존명사 앞에 쓰일 때, '너'를 쓴다. '댓'은 단위를 나타내는 의존명사가 아니기에, 당연히 '네댓'으로 써야 옳다. 참고로 '네'가 '냥, 달, 섬, 자'와 같은 단위를 나타내는 의존명사 앞에 쓰일 때는 '넉'으로 써야 옳다.

의존명사(依存名詞)
의미가 형식적이어서 다른 말 아래에 기대어 쓰이는 명사. '것, 따름, 뿐, 데' 따위가 있다.

*너름새² vs. 발림²

올바른 표현_발림

판소리에서, 소리의 극적인 전개를 돕기 위하여 몸짓이나 손짓으로 하는 동작은 '발림'이다. 농악에서, '쇠잡이·징잡이·장구잡이·북잡이' 등의 앞치배들이 풍물을 손에 든 채로 두 팔을 벌리어 들고 추는 춤사위를 '너름새'라 하는데, 이를 판소리에 적용하여 '너름새'라 표현하면 올바른 것이 아니다.

자배기 사진

*너벅지⁴ vs. 자배기¹

올바른 표현_자배기

'둥글넓적하고 아가리가 넓게 벌어진 질그릇'이 '자배기'이다. 표준어 규정 제25항에 의미가 똑같은 형태가 몇 가지 있을 경우, 그 중 어느 하나가 압도적으로 널리 쓰이면, 그 단어만을 표준어로 삼는다고 하였다. 이에 따라 '자배기'가 옳은 표현이다.

*너저분하다 vs. 너저부레하다

올바른 표현_너저분하다

'질서가 없이 마구 널려 있어 어지럽고 깨끗하지 않다'의 뜻일 때, '너저분하다'가 옳다. 방언에서 '너저부레하다'로 표현하는 경우가 있는데, 이는 잘못이다. 강원 방언에서는 '너분지레하다'로, 경상 방언에서는 '너절분하다'로도 나타난다. 이 또한 잘못된 표현이다.

**넉넉하다 vs. 넉근하다

올바른 표현_넉넉하다

'크기나 수량 따위가 기준에 차고도 남음이 있다', '살림살이가 모자라지 않고 여유가 있다', '마음이 넓고 크다', '형세 따위가 제법 번듯하며 듬직하다' 등의 뜻은 '넉넉하다'이다. 그런데 이를 전국에서 방언으로 '넉근하다, 넉근하게'라 표현하는 경우가 있다. 이는 잘못된 표현이다.

48

**넌지시 vs. 넌즈시

올바른 표현_넌지시

셋째 음절 'ㅣ'의 영향으로 둘째 음절의 'ㅣ'모음을 'ㅡ'로 표현해야 옳을 것이라는 착각에서 나온 '넌즈시'는 잘못된 것이다. 언중들이 일종의 이화(異化) 현상에서 비롯된 것으로 보인다.

이화(異化) 현상
동일하거나 성격이 비슷한 두 음이 이웃하여 나타날 때, 그 중 한 음이 다른 음으로 변하거나 탈락하는 현상

*넌질거리다 vs. 는질거리다

올바른 표현_는질거리다

'물체가 물크러질 정도로 자꾸 힘없이 축 처지거나 물러지다', '매우 능청스럽고 능글능글하게 자꾸 말하거나 행동하다'의 뜻일 때, '는질거리다/는질대다'가 옳다. 다음 예문과 같은 상황에서 쓴다.

예 형사는 비밀을 알아낸 듯 는질거리는 미소를 입가에 보였다.

*널따랗다 vs. 널다랗다

올바른 표현_널따랗다

한글맞춤법 제21항에 따르면, 명사나 혹은 용언의 어간 뒤에 자음으로 시작된 접미사가 붙어서 된 말은 그 명사나 어간의 원형을 밝히어 적는다고 하였다. 그러나 겹받침의 끝소리가 드러나지 아니하는 '널따랗다'와 같은 경우는 소리대로 적는다고 제시하였다. 이에 따라 '널따랗다'가 옳은 표현이다.

*널부러뜨리다 vs. 널브러뜨리다

올바른 표현_널브러뜨리다

'너저분하게 널리 퍼뜨리다'의 뜻을 지닌 말은 '널브러뜨리다'가 옳다. '단단한 물체를 꺾어서 부러지게 하다'는 '부러뜨리다'와 혼동하여 '널부러뜨리다'로 쓰는 것은 옳지 않다. '-뜨리다' 대신 '-지다'가 붙어, '널브러지다'도 있다. 이를 '널부러지다'로 표현해도 잘못이다. 그러나 '너부러지다'로 쓰는 것은 올바른 표현이다.

*널판때기 vs. 널판대기

올바른 표현_널판때기

한글맞춤법 제54항에 따르면, '-때기'는 '-대기'로 쓰지 않고 '-때기'로 통일한다. 그러한 예들로, '귀때기, 볼때기, 판자때기' 등을 제시하는데, 이에 따라 '널판때기'가 옳다.

**널판지 vs. 널빤지
올바른 표현_널빤지

언중들이 물건의 높낮이가 없이 평평하고 너르다는 뜻의 '판판하다'와 연관하여, '널판지'로 착각하여 표기한다. 그러나 이 단어는 '널빤지'가 표준어이다. 전국적으로 방언에서 '널판지'로 표현하는데, 특히 경기와 전남에서 많이 쓴다.

*넓죽² vs. 넙죽
올바른 표현_넙죽

표준어 규정 제4장 제11항에 따르면, '넓죽하다'가 옳은 표현이다. 그러나 '넙죽'의 경우는 '넓죽'이 잘못된 표현이다. '넙죽'은 '넓죽하다'와 뜻이 좀 다르다. '말대답을 하거나 무엇을 받아먹을 때 입을 너부죽하게 닁큼 벌렸다가 닫는 모양', '몸을 바닥에 너부죽하게 대고 닁큼 엎드리는 모양', '망설이거나 주저하지 않고 선뜻 행동하는 모양' 등이 '넙죽'의 뜻이다. 참고로 또 혼동을 피해야 할 단어로, '넓죽이'와 '넙죽이'이다. '넓죽이'는 넓적하게 생긴 사람을 조롱하는 명사이지만, '넙죽이'는 '넙죽'과 같은 부사로 쓰인다.

*넘성거리다 vs. 넘싯거리다
올바른 표현_넘성거리다

'자꾸 넘어다보다', '남의 것을 탐내어 가지려고 자꾸 기회를 엿보다' 등의 뜻일 때, '넘성거리다'가 옳다. 이 단어를 '넘싯거리다'로 표현하는 경우가 있는데, 이는 잘못이다. 이 단어를 사용한 예문을 제시하면, 다음과 같다

🗨 도둑이 문 밖에서 우리집을 넘성거리고 있다.

*넓적다리 vs. 넙적다리
올바른 표현_넓적다리

'넓적하다'의 어근 '넓적'에, 그 말을 홀하게 이르는 접미사 '-다리'가 결합하여 '넓적다리'로 쓴다. '넙적다리'로 쓰는 것은 잘못이다. '넓적다리'는 다리에서 무릎 관절 위의 부분을 일컫는다.

*넓적하다 vs. 넙적하다²
올바른 표현_넓적하다

'편편하고 얇으면서 꽤 넓다'는 뜻의 말은 '넓적하다'가 옳다. '넙적하

다'로 쓰면 잘못이다.

▲네비게이션 vs. 내비게이션(navigation)

올바른 표현_내비게이션(navigation)

이 단어는 발음이 [nævəɡéiʃən]이다. 따라서 '내비게이션'이 올바른 표기이다. 〈외래어 표기 용례의 표기 원칙〉에 따르면, [ə]로 소리 나는 'i'는 'ㅣ'로 적는다. 이 단어는 아직 〈표준국어대사전〉에 등재되지 않았다. 영어 사전에서 'navigation'은 '항해, 인도'의 뜻을 지닌 것으로, 그 행위를 하는 사람이나 기계를 뜻하는 단어는 없다. 이러한 상황을 고려하여 우리 사전에 '내비게이터(navigater)'가 등재되어야 할 것이다. 우리말로는 '길도우미'로 순화되어야 할 단어이다.

*네온사인(neon sign) vs. 네온싸인

올바른 표현_네온사인(neon sign)

이 단어는 발음이 [neɔn sain]이다. 따라서 '네온사인'으로 표기하여야 한다. 그러나 이 말은 순화 대상어로 '네온등, 네온 광고' 등으로 쓰는 것이 좋을 것이다.

*네째 vs. 넷째

올바른 표현_넷째

표준어 규정 제6항에 따르면, '둘째, 셋째, 넷째' 등은 의미를 구별함이 없이, 한 가지 형태만을 표준어로 삼는다. 따라서 '두째, 세째, 네째' 등은 표준어로 인정하지 않는다.

*년놈 vs. 연놈

올바른 표현_연놈

'계집과 사내를 함께 낮잡아 이르는 말'은 '연놈'이다. '녀석', '계집년' 등과 혼동하여 '년놈'으로 쓰는 경우가 있는데, 이는 잘못이다. '연놈'이 올바른 표현이다.

*노근하다² vs. 노곤(勞困)하다

올바른 표현_노곤(勞困)하다

'나른하고 피로하다'는 '노곤(勞困)'이란 한자어에 '-하다' 접미사가 붙은 '노곤하다'가 올바른 표현이다. 이를 '노근하다'로 표현하면 잘못이다.

▲노느다 vs. 노누다
올바른 표현_노느다

'여러 상품을 똑같이 노나 가졌다'라는 예문처럼, '나누어야 할 물건을 여러 몫으로 나누다'의 뜻일 때, '노느다'가 옳다. '노누다'는 '나누다'와 혼동을 하면서 일어난 현상으로 보이는데, 잘못된 표현이다. 한편 '나누다'의 뜻은 '하나를 둘 이상으로 가르다', '여러 가지가 섞인 것을 구분하여 분류하다', '나눗셈을 하다', '몫을 분배하다', '음식 따위를 함께 먹거나 갈라 먹다' 등으로, '노느다'의 뜻보다 의미역(意味域)이 넓다.

의미역(意味域)
어휘의 뜻이 미칠 수 있는 일정한 범위 또는 부문

*노다지² vs. 언제나
올바른 표현_언제나

표준어 규정 제25항에 의미가 똑같은 형태가 몇 가지 있을 경우, 그 중 어느 하나가 압도적으로 널리 쓰이면, 그 단어만을 표준어로 삼는다고 하였다. 이에 따라 '언제나'가 옳은 표현이다.

*노동민요(勞動民謠) vs. 일노래
올바른 표현_일노래

일의 능률을 높이고 재미있게 하거나 힘든 것을 잊기 위하여 일하면서 부르는 노래를 '일노래'라 한다. '노동민요(勞動民謠)'라는 한자어를 버리고 순 우리말만 표준어로 인정한 경우이다. 그러나 '노동요(勞動謠)'는 올바른 표현이다.

**노랑이 vs. 노랭이²
올바른 표현_노랑이

속이 좁고 마음 씀씀이가 아주 인색한 사람을 낮잡아 이를 때나, 털빛이 노란 개 그리고 노란 빛깔의 물건을 일컬을 때, '노랑이'가 옳다. 어감(語感)이 좀 더 센 말에 '누렁이'가 있다. 그러나 이 단어를 'ㅣ'모음 역행동화로 '노랭이'라 표현하는 것은 잘못이다.

어감(語感)
말소리 또는 말투의 차이에 따라 말이 주는 느낌

*녹작지근하다 vs. 녹짝지근하다
올바른 표현_녹작지근하다

청각적 인상을 강하게 하기 위해 둘째 음절의 첫소리를 된소리로 표현한 '녹짝지근하다'는 잘못된 것이다. 잘못된 된소리 발음은 표기에 반영하지 않고 원래 형태대로 쓴다. 따라서 '녹작지근하다'가 옳은 표현이다. '녹작지근하다'는 힘이 없고 맥이 풀려 몹시 나른하다는 뜻이다.

**놀잇감 vs. 장난감

올바른 표현_장난감

'아이들이 가지고 노는 여러 가지 물건'을 일컫는 표준어는 '장난감'이다. '놀잇감'은 현재 표준어로 인정하지 않는 말이다.

**놈팡이 vs. 놈팽이

올바른 표현_놈팡이

'사내'를 낮잡아 이르는 말로 '놈팡이'가 있다. 그런데 언중들은 흔히 이를 '놈팽이'로 표현한다. 그러나 이 단어를 'ㅣ'모음 역행동화하여 '놈팽이'라 표현하는 것은 잘못이다. 전국적으로 나타나는 현상이다.

*놋대 vs. 노[12](櫓)

올바른 표현_노(櫓)

'물을 헤쳐 배를 나아가게 하는 기구'는 '노(櫓)'가 옳다. '대'와 결합한 '놋대'는 잘못된 표현이다. 전국적으로는 '농오리', 경상도는 '놋대' 등의 방언으로 나타나는데, 모두 '노'로 써야 옳다.

노 그림

*높이다 vs. 높히다

올바른 표현_높이다

'높다'라는 형용사에 사동접사 '-이-'를 넣어 타동사(他動詞)로 만든 것이 '높이다'이다. 사동접사 '-히-'를 넣은 '높히다'는 잘못된 표현이다. '높이다'와 '높히다'의 발음이 유사하고, 사동접사 '-이-'와 '-히-'의 구분이 애매하여 이러한 현상이 나타난 것으로 보인다.

타동사(他動詞)
동작의 대상인 목적어를 필요로 하는 동사

**뇌졸중(腦卒中) vs. 뇌졸증(腦卒症)

올바른 표현_뇌졸중(腦卒中)

뇌에 혈액 공급이 제대로 되지 않아 손발의 마비, 언어 장애, 호흡 곤란 따위를 일으키는 증상을 일컬어, '뇌졸중(腦卒中)'이라 한다. 한자어인 이 단어를 '뇌졸증(腦卒症)'으로 오인(誤認)하여 표현하는 경우가 흔한데, 잘못된 표현이다.

**누룽지 vs. 누룽밥

올바른 표현_누룽지

솥 바닥에 눌어붙은 밥은 '누룽지'가 옳다. 이를 '누룽밥'이라 표현하면 잘못이다. 그렇다고 솥 바닥에 눌어붙은 밥에 물을 부어 불려서 긁은 밥을 일컫는 말도 '누룽밥'이 아니라, '눌은밥'이 옳다. 흔히 식당에서 잘못 쓰는 표현이다.

눌은밥 사진

▲누른밥 vs. 눌은밥
올바른 표현_눌은밥

'누런빛이 나도록 조금 타다'를 나타내는 동사의 기본형은 '누르다'가
아니라, '눋다'이다. 따라서 그러한 밥을 일컫는 말은 '누른밥'이 아니
라, '눌은밥'이 옳다.

*눈초리 vs. 눈꼬리
올바른 표현_눈초리

'초리'는 '꼬리'의 고어(古語)이다. '눈'에 '초리'가 붙어, '눈의 귀 쪽으
로 째진 부분'을 일컬을 때, '눈초리'라 한다. 고어를 사용한 것이 굳어
진 경우이다. '초리'를 현대어로 바꿔, '눈꼬리'라고 표현하면 잘못이
다. '초리'는 다음과 같은 몇몇 단어에도 나타난다. 끝초리(회초리의
맨 끝 부분), 나무초리(나뭇가지의 가느다란 부분), 위초리(나뭇가지의
맨 끝에 있는 가지) 등이 그것이다.

*눌르다 vs. 누르다[1]
올바른 표현_누르다

특별한 이유 없이 'ㄹ'을 덧붙여 '눌르다'로 쓰는 것은 잘못이다. '누르
다'가 기본형으로, 올바른 것이다.

누치 그림

*눌치 vs. 누치[1]
올바른 표현_누치

'누치'는 잉엇과의 민물고기로, 몸의 길이는 50cm 정도이고 몸빛은 은
빛 바탕에 등은 어두운 잿빛을 띠며, 옆줄 위에는 6~9개의 점이 있다.
잉어와 비슷하나 입가에 한 쌍의 수염이 있으며, 성질이 매우 급하다.
한자어로는 '눌어(訥魚)'이다. 한자어의 영향으로 '눌치'로 표현하면 옳
지 않다.

*느물다 vs. 뽐내다
올바른 표현_뽐내다

표준어 규정 제25항에 의미가 똑같은 형태가 몇 가지 있을 경우, 그 중
어느 하나가 압도적으로 널리 쓰이면, 그 단어만을 표준어로 삼는다고
하였다. 이에 따라 '뽐내다'가 옳은 표현이다. 전남 방언에서는 '게네

다'라고도 표현하는데, 잘못된 표현이다.

*늘 vs. 늘상
올바른 표현_늘

'항상(恒常)'이란 뜻의 '늘'을, '늘'과 '항상 상(常)'을 결합해 '늘상'으로 표현한 것은 잘못이다. '늘'이 간단명료하고 올바른, 순 우리말 표기이다.

*늘어붙다 / 눌러붙다 vs. 눌어붙다
올바른 표현_눌어붙다

'뜨거운 바닥에 조금 타서 붙다'의 의미거나 '한곳에 오래 있으면서 떠나지 아니하다'의 의미일 때 '눌어붙다'가 옳고, 보조동사 '붙다'는 붙여 쓴다. 이를 '늘어붙다'나 '눌러붙다'로 표현하면 잘못이다.

*능금¹ vs. 사과⁶
올바른 표현_사과

과일명인 '사과'를 간혹 '능금'으로 표현하는 경우가 있다. 그러나 이는 잘못된 표현이다. '능금'은 사과와는 품종 자체가 다르다. 능금나무의 열매로 사과와 비슷한 모양이지만 크기가 어른 손톱만한, 훨씬 작은 종이다. 따라서 구별해서 써야 할 단어이다.

능금나무 사진

*늦둥이 vs. 늦동이
올바른 표현_늦둥이

명사에 붙어 명사가 뜻하는 특징을 지닌 어린이를 나타내거나, 명사나 어근이 뜻하는 특징을 지닌 사람이나 짐승을 나타내는 접미사는 '-둥이'이다. '-둥이'는 어원적으로 '-동이(-童이)'에서 왔지만, '-둥이'를 표준어로 삼는다. 따라서 이러한 상황에서 붙는 접미사는 모두 '-둥이'가 옳다. 이와 비슷한 경우로 '쌍둥이, 업둥이, 재간둥이, 재롱둥이, 팔삭둥이, 해방둥이' 등이 있다.

*닐리리야 vs. 늴리리야
올바른 표현_늴리리야

'늴리리야'는 '늴리리'를 후렴구로 가진 경기 민요의 하나로 본래 창부 타령이었던 것이 변하여 된 것이다. 비록 표준 발음이 [닐리리야]로

표준 발음법 제2장 제5항의 셋째에 '자음을 첫소리로 가지고 있는 음절의 'ㅢ'는 [ㅣ]로 발음한다'고 나온다.

될지언정 표기는 '닐리리야'로 써야 옳다.

*닐리리 / 닐니리 vs. 늴리리
올바른 표현_늴리리

이 또한 '늴리리야'의 경우와 같다. 퉁소, 나발, 피리 따위 관악기의 소리를 흉내 낸 소리는 '늴리리'가 옳다. 이를 소리대로 표기하여 '닐리리/닐니리'로 쓰면 잘못이다. 시인 한하운의 〈보리피리〉라는 시를 보면, '닐니리'가 4회 반복된다. 시적 허용으로 인정할 수는 있겠으나, 정확한 표현은 '늴리리'가 옳다.

*닝큼 vs. 닁큼 / 냉큼
올바른 표현_닁큼/냉큼

'머뭇거리지 않고 단번에 빨리'는 '닁큼'이 옳다. '냉큼'으로 쓰기도 한다. 물론 '닁큼'의 발음은 [닝큼]이다. 그러나 발음과 혼동하여 표기까지 '닝큼'으로 쓰면 잘못이다.

〈여인천하〉의 '젖'

2001년 2월 SBS 방송국에서 대하사극 〈여인천하〉를 방영한 적이 있었다. 난세(亂世)의 풍운녀(風雲女) '정난정'의 일대기를 드라마로 만든 작품이다. 당시에 이 드라마는 폭발적인 인기를 받았다. 궁궐 안 '여자들의 비화'를 호소력 있는 내용으로 다루면서, 많은 사람들에게 큰 반향을 일으켰던 것이다. 매 회마다 긴장과 흥분의 연속이었다. 집에 있는 꼬마들에게 역사 공부를 시킨다는 미명(美名) 하에 월요일과 화요일 밤 10시가 되면, 텔레비전을 앞에 두고 온 가족이 집중했던 생각이 난다. 회를 거듭할수록 높은 시청률에 드라마가 방영된 다음날이면 많은 사람들의 입에 자주 회자(膾炙)되기도 하였다.

그해 여름쯤으로 기억한다.

문정왕후 역을 맡은 배우가 세자 책봉을 앞두고 최종 심층 면접시험을 보는 내용이었다. 금흥군, 복성군, 장경왕후의 아들(결국 세자로 책봉되고 나중에 '인종'으로 즉위). 이들 셋이 최후까지 남은 세자 후보자들이었다. 이들에게 문정왕후는,

"임금은 백성에게 어떠한 존재이어야 한다고 생각하십니까?"

라고 묻자, 세자 후보자들은 각각 다음과 같이 대답한 것으로 기억한다.

우선 금흥군은 '빛'과 같은 존재라고 하고, 그렇게 보는 근거를 제시하였다. 다음으로 복성군은 '소금'과 같은 존재라고 말하고 근거를 그럴 듯하게 제시하였다.

문제가 되는 것은 나중에 세자로 책봉되는 '장경왕후의 아들' 대사이다.

문정왕후의 질문에 '젖'이라고 생각한다고 하였다. 그에 대해 문정왕후는 '젖이라고요? 왜 그리 생각하십니까?'라고 되묻자 장경왕후의 아들은 '어머니가 갓난아이를 가슴에 품고 '젖'을 먹이듯이 임금은 따사하고 자상하게 백성을 대하여야 합니다'라는 내용이었다. 그런데 이들 두 사람 사이에 오고간 대사의 발음에서 필자를 당혹하는 부분이 있었다.

어렴풋한 기억을 되살려, 그 대사를 소리대로 표현하면, [저시라고 생가캅니다], [저시라고요? 왜 그리 생가카심니까?], [어머니가 간나나이를 가스메 품꼬 저슬 머기드시 임그믄 따사하고 자상하게 백성을 대하여야 합니다]이다. 문제는 '젖이라고'를 [저지라고]로 발음하지 않고, [저시라고]로, '젖을'을 [저즐]로 발음하지 않고, [저슬]로 발음하는 것이었다.

필자는 엉뚱한 생각이 들었다. 물론 [젓]이라고 발음하였어도 '乳'라는 뜻을 모르는 것은 아니다. 그러나 요즘처럼 받침의 'ㅈ'이나 'ㅊ'을 'ㅅ'으로 발음하는 현상이 못마땅하였다. '꽃을 키우다'를 [꼬슬 키우다]로, '낮이 뜨겁다'를 [나시 뜨겁따]로, 흔히 발음한다.

이렇게 인기 있는 드라마에서 이렇게 발음을 제대로 하지 못한다면, 이를 시청하는 수많은 시청자는 부지불식간(不知不識間)에 그러한 발음을 머릿속에 인지시키는 것이 아닌가 하는 생각을 했다.

그래서 부리나케 집에 있는 컴퓨터를 켜고 〈여인천하〉 홈페이지 게시판에 접속을 하였다. 그리고 의견을 제시하여 등록하였다. 그때 쓴 내용은 대충 다음과 같았던 것으로 기억한다.

귀 방송국에서 의욕적으로 제작한 드라마, 〈여인천하〉를 열심히 시청하는 한 사람입니다. 긴박감과 속도감으로 흥미진진하게 온 가족이 보고 있습니다. 그러나 오늘 방송분에 대해 한 가지 의견이 있어 이렇게 글을 씁니다.

다름이 아니고, 문정왕후와 장경왕후의 아들 간의 대화에서 '[저지라고]'라고 발음해야 할 것을 '[저시라고]'로 발음하고, '[저즐]'이라 발음해야 할 것을 '[저슬]'로 발음하였습니다. 어머니가 간난아이를 품에 안고 '젖(젓갈)'을 먹이는 것이 아닐 텐데, '[저슬]'로 발음하면 '오징어젓, 새우젓'과 같은 젓갈의 의미가 됩니다. 따라서 이는 '[저지라고], [저즐]'로 확실하게 발음하여야 의미가 분명해질 뿐만 아니라 발음도 정확한 것이라고 생각합니다. 높은 시청률로 많은 이들에게 관심을 받는 드라마에서 비록 작은 실수라 생각할 수 있지만, 그 파장은 엄청날 것이라 생각합니다. 따라서 앞으로 이러한 발음이 또 나올 경우에는 배우들이 정확하게 발음할 수 있도록 했으면 좋겠습니다.

이렇게 글을 등록하고 게시판 운영자의 댓글을 기다렸다. 다른 의견에 대해서는 거의 댓글을 달아주었지만, 필자의 글에 대해서는 댓글이 달포가 지나도 달리지 않았다.

그러던 어느 날, 그 드라마를 또다시 보는 순간 필자는 쾌재를 부르지 않을 수 없었다. 그날 〈여인천하〉의 장면은 문정왕후가 드디어, 왕자(나중에 명종이 됨)를 낳은 이후의 상황으로, 상궁이 아기인 왕자를 품에 안고 문정왕후에게 다가오며 하는 대사이었다.

상　　궁 : 마마. 대군께 젖을 먹일 시간이 되었습니다.
　　　　　 [마마. 대군께 저즐 머길 시가니 되어씀니다.]
문정왕후 : 그래. 젖을 먹일 시간이 되었구나.
　　　　　 [그래. 저즐 머길 시가니 되어꾸나]

두 배우는 '젖을'을 [저즐]로 정확하게 발음하고 있었다. 필자는 댓글을 실제 드라마에서 구현된 대사로 받은 것이다.

ㄷ

*다듬이틀 vs. 홍두깨틀

올바른 표현_홍두깨틀

'다듬잇감을 감아서 다듬이질할 때에 쓰는, 단단한 나무로 만든 도구'는 '홍두깨'이고, '다듬이'는 '일명 다듬이질 또는 다듬잇감'을 뜻하는 말이다. 따라서 여기에 '틀'이 붙어 합성할 때, '홍두깨틀'이 명확한 뜻을 지닌다. 따라서 '다듬이틀'은 잘못된 표현이다.

홍두깨와 다듬잇돌 사진

*다리몽둥이 vs. 다리몽댕이 / 다리몽뎅이

올바른 표현_다리몽둥이

'다리[脚]'를 속되게 이르는 말이 '다리몽둥이'이다. 특히 전남 방언에서 '다리몽댕이/다리몽뎅이'로 표현하기도 하는데, 이는 잘못이다.

*다보록하다 vs. 다부룩하다

올바른 표현_다보록하다

모음조화를 잘 지킨 '다보록하다'가 올바른 표현이다. '풀이나 작은 나무 따위가 탐스럽게 소복하다', '수염이나 머리털 따위가 짧고 촘촘하게 많이 나서 소담하다'의 뜻이다. 어감(語感)이 센 말은 '더부룩하다'이다. 그러나 모음조화를 지키지 않은 '다부룩하다'는 잘못된 표현이다.

*다사스럽다 vs. 다사(多辭)하다[5]

올바른 표현_다사스럽다

표준어 규정 제25항에 의미가 똑같은 형태가 몇 가지 있을 경우, 그 중 어느 하나가 압도적으로 널리 쓰이면, 그 단어만을 표준어로 삼는다고

타이어 사진

하였다. 이에 따라 '다사스럽다'가 옳은 표현이다.

*다이아¹ vs. 타이어²(tyre)
올바른 표현_타이어(tyre)

이 단어는 발음이 [taiə]이다. 따라서 '타이어'로 써야 옳다. 일본식 영어의 영향으로 '다이아/다야'로 쓰는 것은 잘못이다.

*닦달 vs. 닥달
올바른 표현_닦달

'남을 단단히 옥박질러서 혼을 냄', '물건을 손질하고 매만짐', '음식물로 쓸 것을 요리하기 좋게 다듬음'의 뜻일 때, '닦달'로 써야 옳다. 이를 '닥달'처럼 하나의 받침으로 처리하면 잘못된 것이다.

*단옷날 vs. 단오날
올바른 표현_단옷날

한자어와 순 우리말로 된 합성어로서 앞말이 모음으로 끝난 경우, 뒷말의 첫소리 'ㄴ, ㅁ' 앞에서 'ㄴ'소리가 덧난 것은 사이시옷을 받치어 적는다. 이에 따라, '단옷날'이 옳은 표현이다. 이와 비슷한 단어로 '곗날, 제삿날, 훗날' 등이 있다.

*달그락 vs. 달가락
올바른 표현_달그락

의성어(擬聲語)
사물의 소리를 흉내 낸 말

'작고 단단한 물건이 부딪쳐 흔들리면서 맞닿는 소리'를 나타내는 의성어는 '달그락'이다. 어감(語感)이 좀 더 센 말로 '딸그락, 덜그럭'이 있다. '달가락'은 잘못된 표현이다.

*달래다² vs. 달라다
올바른 표현_달라다

'달라고 하다'가 줄어서 '달라다'라 한다. 이를 방언에서 '달래다'로 표현하는 것은 잘못이다.

*담박¹ vs. 단박³
올바른 표현_단박

주로 '단박에' 꼴로 쓰여 '그 자리에서 바로'의 뜻으로 쓰이는 말이 '단박'이다. 이를 '담박'으로 표현하는 것은 잘못된 것이다.

**담배꽁초 vs. 담배꽁추

올바른 표현_담배꽁초

표준어 규정 제25항에 의미가 똑같은 형태가 몇 가지 있을 경우, 그 중 어느 하나가 압도적으로 널리 쓰이면, 그 단어만을 표준어로 삼는다고 하였다. 이에 따라 '담배꽁초'가 옳다. 특히 이 단어는 모음조화 규칙을 잘 지키고 있다.

*당금질 vs. 단근질

올바른 표현_단근질

불에 달군 쇠로 몸을 지지는 일을 순 우리말로는 '단근질', 한자어로 '낙형(烙刑)'이라 한다. 이 단어를 자음동화(子音同化)하여 '당금질'로 표현하는 것은 수의적(隨意的) 현상이다. 특히 '불에 담그다'로 착각하고, '담그다'의 잘못된 표현 '당그다'의 명사형으로 오인(誤認)해서 그렇게 표현할 수도 있다.

> **자음동화(子音同化)**
> 한 단어 또는 복합어에서 두 자음이 직접 충돌될 때 일어나는 동화 현상

*댕기다 vs. 당기다²

올바른 표현_댕기다

'불이 옮아 붙거나 그렇게 하다'의 뜻일 때, '댕기다'라고 쓴다. 이를 방언에서 '당기다'로 표현하기도 하는데, 잘못이다.

*더욱이 vs. 더우기

올바른 표현_더욱이

한글맞춤법 제25항에 따르면, '-하다'가 붙는 어근에 '-히'나 '-이'가 붙어서 부사가 되거나, 부사에 '-이'가 붙어서 뜻을 더하는 경우에는, 그 어근이나 부사의 원형을 밝히어 적는다. 따라서 '더욱이'는 소리대로 적어서는 안 된다.

▲덕아웃 vs. 더그아웃(dugout)

올바른 표현_더그아웃(dugout)

야구장의 선수 대기석을 '더그아웃'이라 한다. 이 단어는 발음이 [dʌ́gàut]이다. 기원적으로 이 단어는 'dug'과 'out'의 합성어이다. 따라서 '더그-아웃'으로 보아야 할 것이다. 이러한 사실을 고려하지 않고 발음대로 표기하면 '더가웃'이 올바른 것처럼 보인다. 그러나 이 단어의 올바른 표기는 '더그아웃'이다. 이를 방송 캐스터나 해설자, 그리고 언중들이 '덕아웃'으로 흔히 표현한다. 잘못된 표현이다.

*덜그럭 vs. 덜거럭

올바른 표현_덜그럭

크고 단단한 물건이 부딪쳐 흔들리면서 맞닿는 소리를 '덜그럭'이라 쓴다. 어감(語感)이 센 말로 '떨그럭', 약한 말로 '달그락'이 있다. 이를 '덜거럭'으로 쓰는 것은 잘못이다.

**덤터기 vs. 덤테기

올바른 표현_덤터기

남에게 넘겨씌우거나 남에게서 넘겨받은 허물이나 걱정거리를 일컬어, '덤터기'라 한다. 이를 'ㅣ'모음 역행동화를 적용하여, '덤테기'로 표현하는 것은 수의적(隨意的) 현상으로 잘못이다.

**덥썩 vs. 덥석

올바른 표현_덥석

한 단어 안에서 뚜렷한 까닭 없이 나는 된소리는 다음 음절의 첫소리를 된소리로 적는다. 다만, 'ㄱ, ㅂ' 받침 뒤에서 나는 된소리는, 같은 음절이나 비슷한 음절이 겹쳐 나는 경우가 아니면 된소리로 적지 아니한다. 이에 따라, '덥석'이 옳다. 이와 비슷한 경우로 '딱지, 깍두기, 국수, 색시' 등이 더 있다.

**덩굴 vs. 덩쿨

올바른 표현_덩굴

담쟁이덩굴 사진

표준어 규정 제5절 제26항에 보면, 복수 표준어를 제시하고 있다. '덩굴'은 '넝쿨'과 함께 복수 표준어이다. 이를 '덩쿨'로 쓰는 것은 비표준어로 잘못된 표현이다.

*데구루루 vs. 데르르르

올바른 표현_데구루루

약간 크고 단단한 물건이 단단한 바닥에서 구르는 소리나 그 모양을 일컬어, '데구루루'라 한다. 이를 '데르르르'로 표현하는 것은 잘못이다. '-구루루'가 뒤에 오는 단어로 '대구루루, 댁대구루루, 덱데구루루, 떼구루루, 띠구루루' 등도 모두 올바른 표현이다.

*도롱옷 vs. 도롱이[1]

올바른 표현_도롱이

도롱이 사진

짚, 띠 따위로 엮어 허리나 어깨에 걸쳐 두르는 비옷을 '도롱이'라 한다. 이를 '도롱옷'이라 표현하면 잘못이다.

**돌나물 vs. 돈나물 /돗나물

올바른 표현_돌나물

돌나물사진

돌나물과의 여러해살이풀로 가지가 기는 줄기이며 마디마다 뿌리가 나고, 다육질(多肉質)의 잎은 잎자루가 없이 세 개씩 돌려나는 나물이 '돌나물'이다. 이를 흔히들 '돈나물'이니, '돗나물'이니 표현하는데, 표준어는 '돌나물'이다.

**돌림매 vs. 돌림방 /돌림빵

올바른 표현_돌림매

한 사람을 여러 사람이 돌아가며 때리는 매는 '돌림매'이다. 이를 요즘에 흔히 '돌림방' 또는 '돌림빵'으로 표현한다. 그러나 이는 '돌림매'의 잘못된 표현이다.

*돗데기시장 vs. 도떼기시장

올바른 표현_도떼기시장

상품, 중고품, 고물 따위 여러 종류의 물건을 도산매·방매·비밀 거래하는, 질서가 없고 시끌벅적한 비정상적 시장을 일컬어 '도떼기시장'이라 한다. 이를 '돗데기시장'으로 표기하는 것은 잘못이다.

*동난젓 vs. 방게젓

올바른 표현_방게젓

'방게로 담는 젓'이 '방게젓'이다. 이를 고전문학이나 방언에서 '동난젓'이라 하는 경우가 있는데, 사전에 등재된 올바른 표현은 '방게젓'이다. 조선 후기 사설시조에는 '동난지이'라 표현하는 경우가 있기도 하다. ──●'게젓'의 고어

*되걸리다³ vs. 되치이다

올바른 표현_되치이다

남에게 덮어씌우려다가 도리어 자기가 당할 때, '되치이다'로 써야 옳다. 이를 방언에서 '되걸리다'로 표현하는 것은 잘못이다.

*두겁 vs. 두껍²

올바른 표현_두겁

'붓의 두겁'처럼 가늘고 긴 물건의 끝에 씌우는 물건을 일컬어, '두겁'

이라 한다. 이를 '두껍'이라 표현하는 것은 잘못이다.

**두렁허리 vs. 드렁허리

올바른 표현_드렁허리

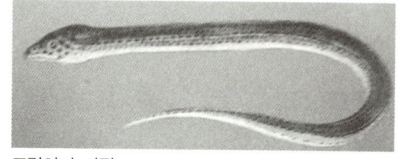

드렁허리 사진

한글과 컴퓨터사에서 만든 〈한글2002〉에서도 '드렁허리'는 맞춤법에 어긋난 단어로 처리할 정도로 잘 알려지지 않은 단어가 '드렁허리'이다. 그러나 이 단어는 농촌의 논바닥에서 흔히 나오는 어종(魚種)으로 방언도 매우 많아, 무려 95개에 달한다고 한다. 일명 '웅어, 선어(鱔魚)' 등으로 표기한다. 그러나 '우어, 두렁허리, 우리, 땅패기' 등은 잘못된 표기로 '드렁허리'가 옳다.

*두루마기 vs. 두루매기

올바른 표현_두루마기

'두루마기'는 우리나라 고유의 웃옷으로 주로 외출할 때 입는다. 옷자락이 무릎까지 내려오며, 소매, 무, 섶, 깃 따위로 이루어져 있다. 이 단어를 'ㅣ'모음 역행동화의 영향으로 '두루매기'라 표현하는 것은 수의적(隨意的) 현상으로 잘못이다.

**두루뭉술하다 vs. 두루뭉실하다/두리뭉실하다

올바른 표현_두루뭉술하다

'모나지도 둥글지도 아니하다' 또는 '말이나 행동 따위가 철저하거나 분명하지 아니하다'라는 뜻이 '두루뭉술하다'이다. 이를 '두루뭉실하다'나 '두리뭉실하다'로 쓰면 잘못이다.

**두째 vs. 둘째

올바른 표현_둘째

표준어 규정 제6항에 따르면, '둘째, 셋째, 넷째' 등은 의미를 구별함이 없이, 한 가지 형태만을 표준어로 삼는다. 따라서 '두째, 세째, 네째' 등은 표준어로 인정하지 않는다.

*둘르다 vs. 두르다

올바른 표현_두르다

특별한 이유 없이 'ㄹ'을 덧붙여 '둘르다'로 쓰는 것은 잘못이다. '두르다'가 기본형으로, 올바른 표현이다.

*둘쳐메다 vs. 둘러메다　　　　　　　　올바른 표현_둘러메다

들어 올려서 어깨에 멜 때, '둘러메다'로 써야 옳다. '둘쳐-'로 시작하는 단어는 없으며, '둘러메다'를 제외하고 '둘러-'로 시작하는 단어는 '둘러내다, 둘러놓다, 둘러대다, 둘러보다, 둘러붙다, 둘러서다, 둘러쌓다, 둘러업다' 등이 있다.

*둘쳐업다 vs. 둘러업다　　　　　　　　올바른 표현_둘러업다

번쩍 들어 올려서 업을 때, '둘러업다'가 옳은 표현이다. 이를 흔히 '둘쳐업다'로 표현하는데, 이는 잘못된 표현이다. '둘쳐-'로 실현되는 표준어는 현행 규정상 전혀 없다. 따라서 '둘쳐-'로 시작하는 단어는 모두 '둘러-'로 표현해야 옳은 것이다.

*뒤치다꺼리 vs. 뒤치닥거리　　　　　　올바른 표현_뒤치다꺼리

뒤에서 일을 보살펴서 도와주는 일을 일컬어 '뒤치다꺼리'라 한다. 이를 '짓거리'처럼 몇몇 명사 뒤에 붙어 '비하'의 뜻을 더하는 접미사 '-거리'와 '뒤치닥'의 결합으로 보아 '뒤치닥거리'로 쓰는 것은 잘못이다. 설혹 기원적으로 그렇게 온 말이라 할지라도, 어원에서 멀어진 경우로 '뒤치다꺼리'로 써야 옳다.

*뒷곁 / 뒤안 vs. 뒤꼍　　　　　　　　　올바른 표현_뒤꼍

뒤에 있는 뜰이나 마당을 일컬어, '뒤꼍'이라 한다. 이를 '뒷곁'이나 '뒤안'으로 표현하는 것은 잘못이다.

*든바람 vs. 동남풍　　　　　　　　　　올바른 표현_동남풍

'동남풍'을 뱃사람들은 '든바람'이라 한다. 그들만 사용하는 일종의 은어(隱語)인 셈이다. 이에 대한 표준어는 '동남풍'이 옳다. 이외에 뱃사람들이 바람을 일컫는 은어로 '샛바람, 마파람, 하늬바람' 등이 더 있는데, 이들은 각각 '동풍(東風), 남풍(南風), 서풍(西風)' 등으로 표현해

은어(隱語)
어떤 계급이나 직업에 속하는 사람들 사이의 특수어

야 올바른 것이다.

*들이닥치다 vs. 들어닥치다
올바른 표현_들이닥치다

'갑자기 바싹 다다르다'를 뜻하는 말은 '들이닥치다'가 옳다. '들어와 닥
치다'로 생각하여 '들어닥치다'로 표현하면 잘못이다. 이때의 '들이-'는
일부 동사 앞에 붙어 '몹시', '마구', '갑자기'의 뜻을 더하는 접두사(接
頭辭)로, '들이갈기다, 들이꽂다, 들이덮치다, 들이퍼붓다' 등도 '들이닥
치다'와 같은 경우이다.

접두사(接頭辭)
파생어를 만드는 접사로, 어떤
단어의 앞에 붙어 새로운 단어
가 되게 하는 말

*들이마시다 vs. 들어마시다
올바른 표현_들이마시다

몸 안으로 빨아들여 마실 때, '들이마시다'로 써야 옳다. 이를 몸에 들
어가게 마시다의 의미에 치중해 '들어마시다'로 착각하여 표현하면 잘
못이다. 이때의 '들이-'는 일부 동사 앞에 붙어 '몹시', '마구', '갑자
기'의 뜻을 더하는 접두사(接頭辭)로, '들이갈기다, 들이꽂다, 들이덮치
다, 들이퍼붓다' 등도 '들이마시다'와 같은 경우이다.

*들장수 vs. 도붓장수
올바른 표현_도붓장수

돌아다니며 물건을 파는 사람을 일컬어 '도붓장수, 부판자, 행상(行商),
행상꾼, 행상인' 등이라 한다. 흔히 '들장수'로 표현하는 경우가 있는
데, 이는 잘못된 표현이다.

*들큰거리다 vs. 들쩍거리다
올바른 표현_들큰거리다

언짢거나 불쾌한 말로 남의 비위를 자꾸 건드릴 때, '들큰거리다'라
한다. 이를 전국적으로 방언에서 '들쩍거리다'로 표현하는 것은 잘못
이다.

**들채 vs. 들것
올바른 표현_들것

환자나 물건을 실어 나르는 기구의 하나가 '들것'이다. 그러나 이를
'들채'라 하는 경우가 있다. 가마, 들것, 목도 따위의 앞뒤로 양옆에 대
서 메거나 들게 되어 있는 긴 나무 막대기를 '채'라고 하는데, 이와 혼

동하여 '들채'가 나타난 것이다. 전국적으로 '들채'
라는 방언이 나타나며, 경기 방언에서는 '들것채'
로도 나타난다. 그러나 이들 방언형은 모두 잘못된
표현이다.

들것 사진

*등겁하다 vs. 덴겁하다

올바른 표현_덴겁하다

'강도(强盜)는 큰 고함에 덴겁하여 도망갔다'의 예문처럼 '뜻밖의 일로
놀라서 허둥지둥하다'가 '덴겁하다'이다. 이를 '등겁하다'로 표현하는
것은 잘못이다.

*디룩디룩 vs. 뒤룩뒤룩[1]

올바른 표현_뒤룩뒤룩

'큰 눈알을 잇따라 굴리는 모양'을 '뒤룩뒤룩'이라 한다. 이를 '디룩디
룩'으로 쓰면 잘못이다. 이 단어에 '-거리다'가 붙은 형도 마찬가지이
다. 즉, '뒤룩거리다'가 정확한 표기인 것이다.

**디엠제트(DMZ) vs. 디엠지

올바른 표현_디엠제트(DMZ)

이 단어는 'Demilitarized zone'으로 한자어 '비무장 지대'를 일컫는다.
그런데, 이 단어를 우리말로 표현할 때, '디엠제트'로 써야 옳다. 'Z'를
미국식으로 하면 '지'이겠으나, 우리말의 외래어 표기는 영국식을 주로
따르기 때문에 영국식 발음인 '제트'로 써야 옳은 것이다.

**따는 vs. 딴은

올바른 표현_딴은

'딴은 그렇다'처럼 남의 행위나 말을 긍정하여 그럴 듯도 하다는 뜻을
나타낼 때 쓰는 부사가 '딴은'이다. 이를 소리대로 '따는'이라 표현하
면 잘못이다.

*딱따구리[1] vs. 딱다구리

올바른 표현_딱따구리

한글맞춤법 제5항에 따르면, 한 단어 항에서 뚜렷한 까닭 없이 나는 된
소리는 다음 음절의 첫소리를 된소리로 적는다. 따라서 '딱따구리'가
올바른 표기이다.

딱따구리 그림

딱지[1] vs. 딱정이[1]

올바른 표현_딱지

'헌데나 상처에서 피, 고름, 진물 따위가 나와 말라붙어 생긴 껍질'을 '딱지'라 써야 옳다. 이를 수의적(隨意的)으로 '딱정이'라 흔히 하는데, 이는 잘못된 표현이다.

*딸그락 vs. 딸가락

올바른 표현_딸그락

작고 단단한 물건이 부딪쳐 흔들리면서 맞닿는 소리를 일컬을 때, '딸그락'으로 써야 옳다. '달그락'보다 어감(語感)이 센 말이다. 그러나 이를 '딸가락'으로 쓰는 것은 잘못된 표현이다.

**딸내미 vs. 딸나미/딸래미

올바른 표현_딸내미

'딸'을 귀엽게 이르는 말이 '딸내미'이다. 방언에서 '딸나미'로 쓰는 경우가 있는데 잘못된 표현이다. 또 설측음화가 일어나 '딸래미'로 표현하기도 한다. 그러나 이는 수의적(隨意的) 현상으로, 잘못된 것이다. 특히 경상도, 전라도, 충청도, 강원도 등에서 방언형으로 '딸래미'가 많이 나타난다.

설측음화(舌側音化)
혀끝을 윗잇몸에 아주 붙이고, 그 양옆 트인 데로 날숨을 흘리어 내는 설측음으로 되는 현상. 우리말은 받침의 'ㄹ'이 설측음[l]이다.

**딸라/달라 vs. 달러(dollar)

올바른 표현_달러(dollar)

이 단어의 발음은 [dalə]이다. 따라서 올바른 표기는 '달러'이다. 청각적 인상을 강하게 하기 위해 '딸러'로 쓰면 잘못이고, 또 모음조화를 지켜 '달라'로 쓰는 것도 잘못이다.

*딸리다 vs. 달리다[2]

올바른 표현_달리다

'물건을 일정한 곳에 걸거나 매어 놓다'라는 뜻의 '달다'에 사동접사 '-리-'가 붙으면 '달리다'가 옳다. 원 기본형이 '딸다'가 아니고, '달다'인 것이다. 따라서 첫소리를 된소리로 발음하는 '딸리다'는 잘못된 표현이다. 이 단어가 쓰인 예문은 다음과 같다.

예 극장에 가는 남편에게 아이를 달려 보냈다.

*땍때굴 vs. 땍대글

올바른 표현_땍때굴

한글맞춤법 제5항에 따르면, 한 단어 항에서 뚜렷한 까닭 없이 나는 된소리는 다음 음절의 첫소리를 된소리로 적는다. 따라서 '땍때굴'이 올바른 표기이다.

**땜[4] vs. 댐[2](dam)

올바른 표현_댐(dam)

이 단어는 발음이 [dæm]이다. 따라서 '댐'으로 써야 옳다. 이를 된소리로 쓰는 것은 잘못이다. 외래어 중 어두(語頭)의 된소리를 인정하는 표기는 '빵, 빨치산, 껌' 등이 있으나, 이들을 제외하고는 모두 된소리로 적으면 잘못이다.

**땡추 vs. 땡초

올바른 표현_땡추

파계하여 중답지 못한 중을 낮잡아 이르기를 '땡추중'이라 하고 이를 더 줄여 '땡추'라고도 한다. 그러나 이를 '땡초'로 발음하고 표기하는 것은 모음조화를 잘 지켜 옳은 듯하지만, 잘못된 표현이다.

*떡충이 vs. 떡보[1]

올바른 표현_떡보

떡을 매우 좋아하여 즐겨 먹는 사람을 놀림조로 이르는 말이 '떡보'이다. 명사 '떡'에, '그것을 특성으로 지닌 사람'의 뜻을 더하는 접미사 '-보'가 결합한 단어로, 이와 비슷한 구조가 '꾀보, 싸움보, 잠보, 털보' 등이 있다. 이를 '벌레 충(蟲)'과 연관하여 표현한 '떡충이'는 잘못된 표현이다.

**떨어뜨리다 vs. 떨구다

올바른 표현_떨어뜨리다

〈표준국어대사전〉에 '위에 있던 것을 아래로 내려가게 하다', '가지고 있던 물건을 빠뜨려 흘리다' 등의 의미일 때, '떨어뜨리다'가 옳은 표현이고, '떨구다'는 잘못된 표현으로 정리하였다. 따라서 이 사전에 의하면, '떨구다'는 잘못된 표현이다. 그런데 우리는 '시선을 떨구다, 고개를 떨구다'처럼 일상생활에서 '아래로 떨어지게 하다'의 의미로 많이 사용한다. '떨어지게 한다'는 뜻의 '떨다'에 사동접사 '-구-'를 넣어 사동사로 만든 것이라면 '떨구다'가 잘못된 표현이 아닐 수 있다는 혼동에 빠진다. 그러나 사동접사는 자동사(自動詞)를 타동사(他動詞)로 만드는데, '떨다'는 그 자체가 타동사로 '떨다'와 '떨구다'의 의미차이가 거의 없다. 따라서 '떨구다'는 옳지 않은 표현인 것이다.

*떨어먹다 vs. 털어먹다

올바른 표현_털어먹다

'재산이나 돈을 함부로 써서 몽땅 없애다'는 뜻은 '털어먹다'이다. 이를 '떨어먹다'와 자주 혼동하여 쓰는데, '떨어먹다'는 잘못된 표현이다.

*떫더름하다 vs. 떨떠름하다

올바른 표현_떨떠름하다

'떫은 맛이 있다'의 뜻일 때, '떨떠름하다'라고 한다. '떫다'의 어간 '떫-'을 의식해 '떫더름하다'로 표현하는 것은 잘못이다.

*떼구루루 vs. 떼그르르[2]

올바른 표현_떼구루루

약간 크고 단단한 물건이 단단한 바닥에서 구르는 소리를 일컬어, '떼구루루'라 한다. 이를 '떼그르르'로 쓰면 잘못이다. '-구루루'가 뒤에 오는 단어로 '대구루루, 댁대구루루, 데구루루, 덱데구루루, 띠구루루' 등도 모두 올바른 표현이다.

*떼기[2] vs. 뙈기[1]

올바른 표현_뙈기

경계를 지어 놓은 논밭의 구획을 일컬어 '뙈기'라 한다. 이를 발음의 편리함을 좇아 '떼기'라 쓰는 것은 잘못이다.

**똬리 vs. 또아리

올바른 표현_똬리

똬리 사진

표준어 규정 제14항에 따르면, 준말이 널리 쓰이고 본말이 잘 쓰이지 않는 경우에는, 준말만을 표준어로 삼는다. 이에 따라, '똬리, 무, 생쥐, 솔개, 귀찮다, 뱀, 온갖' 등이 옳은 표현이다. 따라서 '똬리'가 올바른 것이다. '똬리'는 짐을 머리에 일 때 머리에 받치는 고리 모양의 물건을 일컫는다.

****똘방똘방하다** vs. 또랑또랑하다 올바른 표현_또랑또랑하다

'조금도 흐리지 않고 아주 밝고 똑똑한 모양이다'를 뜻하는 말이 '또랑 또랑하다'이다. 어감(語感)이 좀 약한 말에 '도랑도랑'이 있다. 그러나 이를 방언에서 '똘방똘방하다'로 표현하는 것은 잘못이다.

***뚜께버선** vs. 뚜껑버선 올바른 표현_뚜께버선

바닥이 다 해어져 발등만 덮게 된 버선은 '뚜께버선'이다. 이를 '뚜껑 버선'이라 쓰는 것은 잘못이다.

****뚝³** vs. 둑² 올바른 표현_둑

청각적 인상을 강하게 하기 위해 어두음(語頭音)을 된소리로 표현한 '뚝'은 잘못된 것이다. 잘못된 된소리 발음은 표기에 반영하지 않고 원 래 형태대로 쓰기 때문이다. 따라서 '둑'이 옳은 표현이다.

식당 속의 '육개장'

　과거 10여 년 전 이야기이다. 그때 필자는 충남 대천의 모 고등학교에 재직하고 있었는데, 당시는 지금처럼 학교에서 직영하는 식당이 없어, 점심식사 때면 학교 밖에서 주문해 먹거나, 나가서 먹었다. 끼니 때 직장을 벗어나 점심식사를 사먹는 것도 하루 중 즐거운 일과였다. 날마다 먹고 싶은 메뉴를 정해서 동료끼리 돌아가며 사 먹다보면, 맛이 있어 두세 번 가게 되는 집이 생기고, 그러다보면 단골이 되는 식당도 생긴다.

　찌개백반을 하던 집이었는데, 수더분하게 생긴 주인 내외가 함께 운영하는 백반집이었다. 늘 가던 식당인지라 식당주인과는 가벼운 농담마저 할 정도로 친해졌었다.

　하루는 김치찌개를 먹자는 동료들의 의견에 따라, 그 집을 찾아갔다. 그랬더니 식당 분위기가 확 달라져 있었다. 간판 제작자에게 돈을 주고, 메뉴판을 새로 써서 달았다. 게다가 식당 곁 유리에 하얗고 깔끔한 비닐을 칼로 정교하게 도려내어 써 놓은 메뉴 안내가 새롭게 생긴 것이었다. 전보다 한결 깨끗하고 좋았다.

　그런데, 문제는 새로 써 놓은 메뉴판과 곁 유리 메뉴 안내이었다.

육개장 4,000원　　　김치찌개 4,000원　　　된장찌개 4,000원　　　동태찌개 4,000원

　새로 단장하기 전에는 '육개장, 김치찌개, 된장찌개, 동태찌개'가 정확하게 맞춤법에 맞도록 표기되어 있었다. 그런데, 어찌된 일인지 새롭게 된 메뉴명은 위처럼 모두 잘못된 표기를 해 놓은 것이다. 이야기를 할까 말까 망설이다가 '단골이 이래서야' 하면서, 식당을 아끼는 마음으로,

　"아줌마. 새로 메뉴판을 단장해서 보기는 좋은데, 모두 맞춤법에 맞지 않게 해 놓으셨네요?"
라고 말씀드렸더니, 주인아주머니께서 하시는 말,

　"지가 멀 아남유? 기냥 간판집 아자씨가 해 주는대로 써 놓은 것인디"

　주인아주머니의 말에 달리 무슨 대꾸를 할 수 없었다. 그러면서 느꼈다. 한글을 올바르게 쓰는 것은 2세 교육을 담당한 우리들만의 몫이 아니고, 언론, 광고계뿐만 아니라, 간판 제작자들도 함께 해나가야 할 것임을 깨달았다.

　현재 우리의 정서법 교육은 교육계와 언론계에 한정된 듯한 인상을 받는다. 이제는 이들 뿐만 아니라, 광고와 간판 제작자들도 정기적인 교육이 필요하지 않을까 하는 생각을 가졌다.

러닝(running) vs. **런닝**   올바른 표현_러닝(running)

이 단어는 발음이 [rʌ́niŋ]이다. 따라서 올바른 표기는 '러닝'이 옳다. 이를 흔히 '런닝'으로 표현하는데, 잘못이다. 이 단어에 '머신(machine)'이 붙은 경우도 물론 '러닝머신'이 올바른 표현이다.

레코딩 vs. **리코딩(recording)**   올바른 표현_리코딩(recording)

이 단어는 발음이 [rikɔ́ː diŋ]이다. 이에 따라 표기법은 '리코딩'이 옳다. 이를 '레코딩'으로 표현하는 것은 잘못이다.

레포트 vs. **리포트(report)**   올바른 표현_리포트(report)

이 단어는 발음이 [ripɔ́ː t]이다. 이에 따라 올바른 표기는 '리포트'이다. 이를 흔히 '레포트'라 하는데, 잘못된 표현이다.

렌터카(Rentacar) vs. **렌트카**   올바른 표현_렌터카(Rentacar)

이 단어는 발음이 [réntəkɑ̀ː]이다. 이에 따라 올바른 표기는 '렌터카'이다. 이를 '렌트카'로 흔히 부르는데, 잘못된 표현이다.

로봇(robot) vs. **로보트**   올바른 표현_로봇(robot)

외래어 표기법에, 짧은 모음 다음의 어말 무성 파열음은 받침으로 적는 규정이 있다. 이에 따라 '로봇'이 옳은 표기이다. 이를 '로보트'로 쓰고

로봇 청소기 사진

또 발음도 하는데, 잘못된 표현이다.

**로열젤리(royal jelly) vs. 로얄젤리

올바른 표현_로열젤리(royal jelly)

이 단어는 발음이 [rɔ́jəl dʒéli]이다. 이에 따라 표기하면 '로열젤리'가 옳다. 특히 '로열'을 '로얄'로 표기하는 경우가 많은데, 잘못된 표현이다. 남의 특허권, 상표권 따위의 공업 소유권이나 저작권 따위를 사용하고 지불하는 값을 일컫는 'royalty'도 '로열티'로 써야 옳다. 또 공연장에서 특별하게 대접하여 마련해 놓은 자리도 '로열 석'이 옳다.

**로켓(rocket) vs. 로케트

올바른 표현_로켓(rocket)

'로봇'의 경우와 마찬가지로, 외래어 표기법에, 짧은 모음 다음의 어말 무성 파열음은 받침으로 적는 규정이 있다. 이에 따라 '로켓'이 옳은 표기이다.

**로터리(rotary) vs. 로타리

올바른 표현_로터리(rotary)

이 단어는 발음이 [róutəri]이다. [ou]는 '오'로 적기에, 이를 감안하여 표기하면 '로터리'가 옳은 표기이다. 이를 '로타리'로 표현하는 것은 잘못된 것이다.

**룩스 vs. 럭스(lux)

올바른 표현_럭스(lux)

이 단어는 발음이 [lʌks]이다. 이에 따라 표기하면 '럭스'가 올바른 것이다. 과거 이 단어를 '룩스'로 써 오던 오랜 관례가 있으나, 조속히 바로 잡아야 할 표기이다.

**류머티즘(Rheumatism) vs. 류마치스 / 류마티스

올바른 표현_류머티즘(Rheumatism)

이 단어는 발음이 [rúːmətìzm]이다. 이에 따라 표기하면 '루머티즘'이 옳다. 그런데 첫째 음절은 그동안 의학계에서 사용한 관례를 존중하여 '류'로 표기한다. 따라서 '류머티즘'이 올바른 표기이다. 이를 '류마치스' 또는 '류마티스'로 표기하는 것은 잘못된 것이다.

**리신(lysine) vs. 리진

올바른 표현_리신(lysine)

이 단어는 발음이 [láisi ː n]이다. 이에 따라 표기하면 '라이신'이 옳은 표현이다. 그러나 화학계에서 사용하는 관용을 존중해 '리신'을 올바른 표기로 본다. '리진'으로 쓰는 것은 잘못된 표기이다. '리신'은 아미노산(酸)의 일종이다.

정육점의 '암퇘지'

어려서부터 필자의 할머님께서 유독 필자에게 강조하시던 말씀이 있다.

"목욕탕하고, 정육점하고, 이발소는 꼭 한 곳을 정해서 다녀라."

어릴 때, 그 연유를 여쭈면,

"목욕탕은 그 물이 중요하다. 너의 피부에 맞는 물이 있는 곳이 있다. 센물이 아니고, 단물이 때도 잘 빠진다. 그리고 자주 간 곳이 낯설지 않고, 목욕시설도 요긴하게 사용할 수 있다."

"정육점은 단골로 삼을 만한 곳을 잘 골라 그곳만 다녀라. 고기 맛은 진짜 한우가 있고 수입육이 있다. 속이지 않고 늘 정직하게 주는 곳을 주거래처로 삼으면, 좋은 고기를 먹을 수 있고, 덤으로 더 얻을 수도 있다."

"이발소나 미장원은 자기에게 어울리도록 머리를 잘 깎아주는 곳이 있다. 머리를 한 번 잘 못 깎으면, 한 달간 놀림감이 될 수도 있다. 그러니, 너에게 가장 잘 어울리도록 깎아주는 곳을 정해서 그곳만 다녀라."

라고 하시며 한 곳만을 고집해야만 하는 이유를 밝혀 주셨다.

이러한 할머님 아래서 커온 필자는 당연히 그 말씀을 철칙(鐵則)으로 삼고 그리 행동하였다. 지금도 그 때 말씀을 소중히 지키고 있다.

하루는 내가 자주 다니던 단골 정육점에서의 일이다. 늘 그 정육점을 다니면서 정육점 앞에 써 놓은 세움 간판─흔히 입간판이라 한다─이 영 못마땅했었다. 그 정육점 입구에 커다랗게 써 놓은 문장은 '암돼지 팝니다'이다. 새로 이사 와서 두 달여를 이 정육점과 거래하였다. 이 정도면 정육점 주인장과 가까워졌다고 생각하여, 용기를 내어,

"사장님. 그런데, 여기 입간판 맞춤법 틀렸어요. '암돼지'가 아니고, '암퇘지'라고 써야 옳은데…"

그랬더니 주인장의 낯빛이 확 바뀌었다. 항상 손님에게 친절한 웃음으로 대하던 그 분이 얼굴이 발개졌다. 그러더니 필자가 달라는 고깃덩어리를 화가 나서 쓰는 모양으로 칼질로 하시는 것이 아닌가. 게다가 늘 이 정육점은 저울질도 넉넉하여 이른바 '덤'을 정감 있게 느꼈었는데, 이 말을 들은 직후부터는 저울질도 에누리 없이 정확했다. 필자의 말이 주인장의 자존심을 건드렸나 보았다. 그 이후로 새로운 정육점을 찾아야만 했고, 거리가 더 먼 정육점을 찾아 헤맸던 적이 있다.

'괜한 말로 좋은 집을 놓쳤구나!' 하는 생각과 함께, '나도 참 병이다. 병'이라는 생각도 아울러 했다. 그러나 후회는 하지 않았다. '암[雌]'은 이른바 'ㅎ'종성체언이라는 것이다. 따라서 뒤에 'ㄱ, ㄷ, ㅂ' 등이 오면, 'ㅋ, ㅌ, ㅍ' 등으로 실현된다. 따라서 '암퇘지, 암평아리, 암캐, 암컷, 암탉' 등이 올바른 표현인 것이다. 마치 직업병처럼 나온 필자의 태도가 때로는 장하게 느껴지기도 한다. 대학 시절 모 교수님께서, '내 목소리는 광야의 모기소리일지언정, 그 소리는 그치지 않을 것이다'라고 말씀하신 적이 있다. 그 말씀에 필자도 뜻을 같이 할 것이다. '내 소리가 비록 작더라도 나중에는 올바른 표현을 하는 시대가 오겠지'하는 생각이다.

*마냥³ vs. 처럼

올바른 표현_처럼

'처럼'을 대신해 '마냥'을 쓴 경우는 잘못된 것이다. 특히 전남 방언에서 흔하게 쓰는 표현이다.

*마추다 vs. 맞추다¹

올바른 표현_맞추다

'맞추다'는 그 쓰임이 아주 광범위한 단어이다. 부차적인 의미도 많이 발달하였다. 이를 하나씩 제시하면 다음과 같다.

- 서로 떨어져 있는 부분을 제자리에 맞게 대어 붙이다.
- 둘 이상의 일정한 대상들을 나란히 놓고 비교하여 살피다.
- 서로 어긋남이 없이 조화를 이루다.
- 어떤 기준이나 정도에 어긋나지 아니하게 하다.
- 어떤 기준에 틀리거나 어긋남이 없이 조정하다.
- 일정한 수량이 되게 하다.
- 열이나 차례 따위에 똑바르게 하다.
- 다른 사람의 의도나 의향 따위에 맞게 행동하다.
- 약속 시간 따위를 넘기지 아니하다.
- 일정한 규격의 물건을 만들도록 미리 부탁을 하다.
- 다른 어떤 대상에 닿게 하다.

그런데, 이를 '마추다'로 쓰는 경우가 아직도 많이 남아있다. 이는 1988년 이전에 위에 제시한 의미 중 몇 경우를 '마추다'로 썼었기 때문에 장년층을 중심으로 혼동하는 것이다. 그러나 이 모든 것들이 '맞추

77

다'로 1988년에 새로 맞춤법을 개정하면서 정리되었다. 따라서 '마추다'로 써서는 안 된다. 여기서 기원한 '맞춤'이란 명사도 당연히 '마춤'으로 쓰면 잘못이다. 또 경기도 안성에 유기를 주문하여 만든 것처럼 잘 들어맞는다는 데서 유래한 단어도 '안성맞춤'이 옳다. 이 단어는 현재 요구하거나 생각한 대로 잘된 물건을 비유적으로 이르는 말로 쓰인다.

*마치[5] vs. 만큼
올바른 표현_만큼

앞의 내용에 상당하는 수량이나 정도임을 나타내는 말로 '만큼'이 있다. 이를 '만치'로 표현하기도 한다. 그러나 이를 '마치'로 표현하는 것은 잘못이다.

막새 사진

*막새 vs. 막사[1](莫斯)
올바른 표현_막새

한쪽 끝에 둥근 모양 또는 반달 모양의 혀가 달린 수키와를 '막새'라 하는데, 이를 한자를 빌려 '막사(莫斯)'로 표현하는 것은 잘못이다.

*맏상제(-喪制) vs. 맏상주(-喪主)
올바른 표현_맏상제(-喪制)

부모나 조부모가 죽어서 상중에 있는 맏아들을 일컬어, '맏상제'라 한다. 이를 흔히 '맏상주'라 하는데, 이는 잘못된 표현이다.

*맏손자 vs. 맏손주
올바른 표현_맏손자

'손자(孫子)'를 '손주'로 표현하는 것이 옳지 않은 것처럼, '맏손주'도 잘못된 표현이다. 당연히 '맏손자'가 옳은 표현이다.

*말강스럽다 vs. 말끔하다
올바른 표현_말끔하다

한글맞춤법 제21항에 따르면, 명사나 혹은 용언의 어간 뒤에 자음으로 시작된 접미사가 붙어서 된 말은 그 명사나 어간의 원형을 밝히어 적는다고 하였다. 그러나 겹받침의 끝소리가 드러나지 아니하는 '말끔하다'와 같은 경우는 소리대로 적는다고 제시하였다. 이에 따라 '말끔하다'가 옳은 표현이다. '말강스럽다'는 전국에서 방언으로 사용하는 표현이다.

*말곳말곳하다 vs. 말긋말긋하다[2]
올바른 표현_말긋말긋하다

생기 있게 맑고 환한 모양을 나타낼 때, '말긋말긋하다'라고 한다. 다음과 같은 예문처럼 사용할 수 있다.

📣 품에 안긴 아기가 엄마를 말긋말긋하게 보고 있다.

그러나 이를 '말곳말곳하다'로 표현하는 것은 잘못이다.

*말국[1] vs. 국물
올바른 표현_국물

표준어 규정 제25항에 의미가 똑같은 형태가 몇 가지 있을 경우, 그 중 어느 하나가 압도적으로 널리 쓰이면, 그 단어만을 표준어로 삼는다고 하였다. 따라서 '말국'이 아니고, '국물'이 올바른 표현이다.

*말굽쇠 vs. 편자[1]
올바른 표현_편자

우리 속담에 '개발에 편자'라는 것이 있다. 옷차림이나 지닌 물건 따위가 제격에 맞지 아니하여 어울리지 않음을 비유적으로 이르는 속담이다. '편자'의 뜻은 말굽에 대어 붙이는 'U' 자 모양의 쇳조각을 일컫는다. 따라서 '편자'는 속담에 사용되어 구전될 정도로 일반화가 되었다. 이를 순

편자 그림

우리말로 표현해 '말굽쇠'로 표현한 것은 아직까지 표준어로 인정하지는 않는다. 그러나 이 단어는 앞으로 표준어로 등재될 가능성이 높다.

*말깡 vs. 몹시
올바른 표현_몹시

'몹시'를 전국적으로 방언에서 '말깡'이라 하는 경우가 있다. 잘못된 표현이다.

*말꼬투리 vs. 말꼬뚜리
올바른 표현_말꼬투리

일이 발생하게 되는 말의 동기를 일컬어 '말꼬투리'라 한다. 말과 꼬투리의 합성어이다. 이를 '말꼬뚜리'로 말하거나 표기해서는 안 된다.

*말끄러미 vs. 말꼼히
올바른 표현_말끄러미

우두커니 한 곳만 바라보는 모양을 일컬어, '말끄러미'라 한다. 어감(語

感)이 좀 센 말은 '물끄러미'이다. 이를 전국에서 방언으로 '말꼼히'라 쓴다. 잘못된 표현이다.

*말뚱말뚱 vs. 말똥말똥

올바른 표현_말똥말똥

첩어 중에서 '말똥말똥'은 모음조화를 잘 지키고 있는 단어이다. 어감 (語感)이 센 말은 물론 '멀뚱멀뚱'이다. 그러나 모음조화가 파괴된 '말 뚱말뚱'은 올바른 표현이 아니다.

*말질[1] vs. 마질[1]

올바른 표현_마질

곡식을 말로 되는 일은 '마질'로 쓰고 말해야 한다. 물론 '말질'에서 온 말이지만, '바늘질'이 아니라, '바느질'인 것처럼, '말질'이 아니라, '마질'이 옳다. 한글맞춤법 제28항에 따르면, 끝소리가 'ㄹ'인 말과 딴 말이 어울릴 적에 'ㄹ'소리가 나지 아니하는 것은 아니 나는 대로 적 는다고 하였다. 이에 따라 '마질'이 옳은 것이다. 'ㄹ'이 탈락한 경우 이다.

**맑스 vs. 마르크스(Marx, Karl)

올바른 표현_마르크스(Marx, Karl)

이 단어는 발음이 [mɑːrks]이다. 외래어 표기법 제3장 표기세칙에 따 르면, 자음 앞의 [r]과 [k], 어말의 [s]는 '으'를 붙여 적는다. 이에 따라 '마르크스'가 올바른 표현이다.

**맘모스 vs. 매머드(mammoth)

올바른 표현_매머드(mammoth)

이 단어는 발음이 [mæməθ]이다. 이에 따라 표기하면 '매머스'가 옳지 만, 이미 굳어진 관용을 존중해 마지막 음절은 '드'로 표기한 것이 옳다.

*맛깔 vs. 맛갈

올바른 표현_맛깔

몇몇 명사 뒤에 붙어 '상태' 또는 '바탕'의 뜻을 더하는 접미사는 '-깔' 이 옳다. 이러한 예로 '맛깔, 빛깔, 색깔, 성깔' 등이 있다. 이에 따라 '맛깔'이 옳은 표현이다.

*맛깔스럽다 vs. 맛깔지다

올바른 표현_맛깔스럽다

'맛깔'이란 명사에 '-스럽다'라는 형용사를 만드는 접미사가 붙어, '맛깔스럽다'가 이루어진다. '-지다'도 물론 형용사를 만드는 접미사이나, 그런 성질이 있음' 또는 '그런 모양임'의 의미가 강하다. 그러나 '-스럽다'는 '그러한 성질이 있음'만 나타내기 때문에 '-지다'보다는 의미가 명확하다. 현행 사전에는 '맛깔지다'를 올바른 표기로 인정하지 않는다.

> **접미사(接尾辭)**
> 파생어를 만드는 접사로, 어근이나 단어의 뒤에 붙어 새로운 단어가 되게 하는 말

**맛보기 vs. 맛빼기

올바른 표현_맛보기

'-빼기'는 된소리로 적는 것이 올바른 표기이나, '맛맛으로 먹으려고 조금 차린 음식'이라는 의미를 존중하면, '맛보기'가 옳은 표현임을 금세 알 수 있다. 의미면에서 '-빼기'가 적당하지 않다.

▲맛사지 vs. 마사지(massage)

올바른 표현_마사지(massage)

'안마(按摩)'를 외래어로 '마사지'라 한다. 이 단어는 발음이 [mǽsɑːʒ]이다. 따라서 이에 따라 표기하면 '매사지'가 옳다. 그러나 그동안의 관용을 존중하여 '마사지'를 올바른 표기로 본다. 흔히 이를 '맛사지'로 표기하는데, 잘못이다.

*망그러지다 vs. 망개지다

올바른 표현_망그러지다

'망가지다'와 유의관계에 있는 말에 '망그러지다'가 있다. 이를 '망개지다'로 표현하는 것은 '망가지다'가 'ㅣ'모음 역행동화 현상으로 말미암은 것인데, 수의적(隨意的) 현상으로 잘못된 것이다.

**맞상 vs. 겸상(兼床)

올바른 표현_겸상(兼床)

표준어 규정 제22항은, 고유어 계열의 단어가 생명력을 잃고 그에 대응되는 한자어 계열의 단어가 널리 쓰이면, 한자어 계열의 단어를 표준어로 삼는다. 이에 따라 '겸상'이 옳은 표현이다.

*맞은편 vs. 맞은짝

올바른 표현_맞은편

'서로 마주 바라보이는 편'을 일컬어 '맞은편'이라 한다. 이를 방언에

서 '편' 대신 '짝'을 쓰는 경우가 있는데, 이는 잘못된 표현이다.

*맡기다 vs. 매끼다
올바른 표현_맡기다

방언에서 'ㅣ'모음 역행동화의 영향으로 나타나는 '매끼다'는 '맡기다'를 잘못 쓴 것이다. '매끼다'는 강원, 전라, 경상, 충청 등을 비롯해서 심지어 '제주'까지도 쓰는 방언이다.

▲매니아 vs. 마니아(mania)
올바른 표현_마니아(mania)

이 단어는 발음이 [méiniə]로 이에 따라 표기하면 '메이니어'이다. 그러나 그동안의 관용을 존중해 '마니아'로 쓰는 것이 올바른 표기이다. '열중, 열광, -열, -광' 등의 뜻이다. 흔히 '매니아'로 잘못 쓴다.

*매무작거리다 vs. 만지작거리다
올바른 표현_만지작거리다

'가볍게 주무르듯이 자꾸 만지다'는 뜻을 지닌 말은 '만지작거리다'이다. 이를 '매무작거리다'로 표현하는 것은 방언에서 나타나는 현상으로 잘못된 표현이다.

**매저키즘 vs. 마조히즘(masochism)
올바른 표현_마조히즘(masochism)

이 단어는 영어 발음이 [mǽzəkìzm]이다. 이에 따라 표기하면, '매저키즘'이 옳다. 그런데, '마조히즘'은 의학용어로 원래 독일어이다. 이성(異性)으로부터 정신적·육체적 학대를 받는 데서 성적(性的) 쾌감(快感)을 느끼는 변태 성욕을 일컫는다. 오스트리아의 소설가 자허마조흐가 자신에게 내재한 이런 경향을 소설 속의 한 인물로 그려냄으로써 명칭이 붙여졌다고 한다. 독일어에서 모음 앞의 's'는 'ㅈ'으로 발음되며 'a, u, o'가 아닌 모음 뒤 'ch'는 '히'로 발음한다. 이에 따라 '마조히즘'을 올바른 표기로 설정해 등재하였다.

*맥쩍다 vs. 맥적다
올바른 표현_맥쩍다

한글맞춤법 제54항을 참고할 때, '적다[少]'의 의미가 없이 [쩍]으로 발음되는 경우는 모두 '-쩍다'로 써야 옳다. 따라서 '맥쩍다'가 옳은 것

이다. 이와 비슷한 경우로, '멋쩍다, 해망쩍다, 겸연쩍다, 객쩍다' 등이
있다.

파생어(派生語)
실질 형태소에 접사가 붙은 말

꽁보리밥 사진

*맨보리밥 vs. 꽁보리밥   올바른 표현_꽁보리밥

보리쌀로만 지은 밥, 즉 순맥반(純麥飯)을 일컫는 말은 '꽁보리밥'이다.
다른 것이 없다는 의미를 더한 접두사 '맨-'을 연결해 파생어 '맨보리
밥'을 쓰는 것은 올바른 표현이 아니다. 그러나 반찬이 없는 밥을 뜻하
는 '맨밥'은 올바른 표현이다.

*맨송맨송 vs. 맨숭맨숭   올바른 표현_맨송맨송

'취하지 않아 정신이 말짱한 모양'을 일컫는 말은 '맨송맨송'이 옳다.
모음조화가 지켜진 형태이다.

*머리³ vs. 즈음   올바른 표현_즈음

'일이 어찌 될 무렵'의 뜻일 때, '즈음'으로 써야 옳다. 간혹 이를 방언
에서 '머리'로 쓰는데, 잘못된 표현이다.

**머리말 vs. 머릿말   올바른 표현_머리말

한글맞춤법 제30항에 따라, '머리말'은 [머리말]로 발음되기 때문에 사
이시옷을 받쳐 적지 않는다. '인사말'의 경우도 마찬가지이다. [인산말]
로 발음되지 않고 [인사말]로 발음된다. '예사소리'도 마찬가지로 사이
시옷을 받쳐 적지 않는다.

**머리끄댕이 / 머리끄뎅이 vs. 머리끄덩이   올바른 표현_머리끄덩이

'머리카락을 한데 뭉친 끝'은 '머리끄덩이'이다. 'ㅣ'모음 역행동화 현
상으로 이 단어를 '머리끄댕이'나 '머리끄뎅이'로 표현하는 경우가 많
은데, 잘못된 것이다.

**머쓱하다 vs. 머슥하다   올바른 표현_머쓱하다

한글맞춤법 제5항에 따르면, 한 단어 항에서 뚜렷한 까닭 없이 나는 된

소리는 다음 음절의 첫소리를 된소리로 적는다. 따라서 '머쓱하다'가 올바른 표기이다. '머쓱하다'는 어울리지 않게 키가 크다는 뜻이다. 참고로 이와 비슷한 말에 '멀쑥하다'가 있다. 지저분함이 없이 훤하고 깨끗하거나 멋없이 키가 크고 묽게 생길 때, 사용한다.

**먹거리 vs. 먹을거리

올바른 표현_먹을거리

명사 뒤에 붙거나 어미 '-을' 뒤에 쓰여, 내용이 될 만한 재료를 나타내는 명사가 '거리'이다. 반드시 이 단어 앞에는 명사나 어미 '-을'을 넣어 내용상 수식을 받아야 한다. 그런데, 요즘 각종 방송광고나 인쇄매체를 통해 '먹거리'라는 단어가 급속도로 퍼져, 일상어로 사용하고 있다. '먹거리'는 비통사적(非統辭的) 구조로 잘못된 표현이다. 그러나 이 단어의 유행이나 언어현실을 고려할 때, 언젠가는 표준어로 인정해야 할 단어이다.

비통사적(非統辭的)
문법을 지킨 문장이 아닌

*먹눈 vs. 소경[1]

올바른 표현_소경

한자어 '맹인(盲人)'을 뜻하는 순 우리말은 '소경'이다. '먹눈'은 수의적(隨意的) 표현이거나 방언이다.

**먼지떨이 vs. 먼지떠리게 / 먼지털이게

올바른 표현_먼지떨이

먼지를 떠는 기구는 '먼지떨이'이다. 이를 '먼지떠리게'나 '먼지털이게'로 표현하는 것은 잘못이다.

*멀국 vs. 국물

올바른 표현_국물

방언에서 '국물'을 '멀국'으로 표현하는 경우가 있다. '멀국'은 표준어가 아니다. '멀국'은 경기, 경남, 전라, 충청 등지에서 흔히 쓰는 방언이다.

*멀끄러미 vs. 물끄러미

올바른 표현_물끄러미

우두커니 한 곳만 바라보는 모양을 일컬어, '물끄러미'라 한다. 어감(語感)이 좀 약한 말은 '말끄러미'이다. 그러나 '멀끄러미'는 사전에 없는 잘못된 표현이다.

*멀다랗다 vs. 머다랗다
올바른 표현_머다랗다

'생각보다 꽤 멀다'의 뜻일 때, '머다랗다'가 옳다. 언중들은 '멀다'의 어간 '멀-'을 연상하여 '멀다랗다'로 표현하는 경우가 있는데, 잘못이다.

*멋쩍다 vs. 멋적다
올바른 표현_멋쩍다

한글맞춤법 제54항을 참고할 때, '적다[少]'의 의미가 없이 [쩍]으로 발음되는 경우는 모두 '-쩍다'로 써야 옳다. 따라서 '멋쩍다'가 옳은 것이다. 이와 비슷한 경우로, '맥쩍다, 해망쩍다, 겸연쩍다, 객쩍다' 등이 있다.

*메꾸다 vs. 메우다²
올바른 표현_메우다

'뚫려 있거나 비어 있던 곳이 묻히거나 막히다'란 뜻의 '메다'에 사동 접사 '-우-'가 들어간 단어가 '메우다'이다. 이를 거의 전국적으로 방언에서 '메꾸다'로 표현하는데, 잘못이다.

*메부수수하다 vs. 에부수수하다
올바른 표현_에부수수하다

'에부수수하다'는, 말이나 행동이 메떨어지고 시골티가 난다는 뜻이다. '메떨어진다'는 의미에 주목하여 '메부수수하다'로 표현하면 잘못이다.

*메스껍다 vs. 메시껍다
올바른 표현_메스껍다

'먹은 것이 되넘어 올 것같이 속이 몹시 울렁거리는 느낌이 있다'는 뜻의 말이 '메스껍다'이다. 수의적(隨意的) 표현으로 '메시껍다'로 표현하면 잘못된 것이다.

*메지다² vs. 미어지다
올바른 표현_미어지다

'팽팽한 가죽이나 종이 따위가 해어져서 구멍이 나다', '가득 차서 터질 듯하다' 등의 뜻을 쓸 때, '미어지다'로 써야 옳다. 이를 방언에서 '메지다'로 쓰기도 하는데, 잘못된 표현이다.

*멧부리 vs. 멧봉우리
올바른 표현_멧부리

산등성이나 산봉우리의 가장 높은 꼭대기를 일컬어, '멧부리'

멧부리 사진

85

라 한다. '산꼭대기'와 같은 말이다. '산봉우리'를 대신하여 '멧봉우리'
로 표현하면 잘못이다.

*멧쌀 vs. 멥쌀
올바른 표현_멥쌀

'쌀'을 과거에는 '뿔'로 썼다. 초성 'ㅄ'이 된소리 'ㅆ'로 되면서 'ㅂ'
이 흔적으로 남아 앞 음절에 받침으로 들어간 경우가 몇 있다. '댑싸
리, 멥쌀, 볍씨, 입때, 접때, 햅쌀, 좁쌀, 입쌀' 등이 그것이다. 따라서
'멧쌀'로 표현하는 것은 잘못이다.

*며칠 vs. 몇일
올바른 표현_며칠

한글맞춤법 제27항에 따라, 어원이 분명하지 않으므로 원형을 밝히지
않는다. 따라서 '며칠'이 올바른 표기이다.

*모듬² vs. 모임¹
올바른 표현_모임

어떤 목적 아래 여러 사람이 모이는 일을 일컬어, '모임'이라 해야 한
다. 이를 전국적으로 방언에서 '모듬'이라 표현하기도 하는데, 잘못된
것이다. 이와 비슷한 말로, '모둠'이 있는데, 초·중등학교에서, 효율적
인 학습을 위하여 학생들을 대여섯 명 내외로 묶은 모임을 일컫는다.

모래톱 사진

개펄 갯가의 개흙이 깔린 벌판
갯벌 바닷물이 드나드는 모래톱

*모래톱 vs. 모래펄
올바른 표현_모래톱

강가나 바닷가에 있는 넓고 큰 모래벌판을 일컬어, '모래톱' 또는 '모
래사장'이라 한다. 이를 바닷가 개펄과 연관하여 '모래펄'로 표현하는
것은 잘못이다.

*모랫벌 vs. 모래벌판
올바른 표현_모래벌판

모래가 덮여 있는 벌판은 '모래벌판'으로 써야 옳다. '모랫벌'이라 표
현하는 것은 잘못이다.

*모스기(Morse機) vs. 모르스기
올바른 표현_모스기(Morse機)

'Morse'는 발음이 [mɔːs]이다. 따라서 '모르스'로 표기해서는 안 된

다. '모스'가 올바른 표기이다. 따라서 '부호'가 합성한 경우도 '모스 부호'가 옳다.

*모밀 vs. 메밀

올바른 표현_메밀

'메밀'의 방언이 '모밀'이다. 메밀의 '메'는 '산(山)'의 고어(古語)에서 유래했을 것이다. '멧돼지, 메감자, 메꽃, 메마늘' 등이 이와 비슷한 경우이다.

메밀 사진

*모심기 소리 vs. 모심기 노래

올바른 표현_모심기 소리

모를 심을 때 부르는 노래를 '모심기 소리'라 해야 옳다. '모심기 노래'는 〈표준국어대사전〉에서는 잘못된 표기로 등재하고 있다.

*모질음 vs. 모지름

올바른 표현_모질음

고통을 견디어 내려고 모질게 쓰는 힘을 '모질음'으로 써야 한다. 소리 대로 적은 '모지름'은 잘못된 표기이다.

*모꼬지 vs. 목거지 / 모꺼지

올바른 표현_모꼬지

놀이나 잔치 또는 그 밖의 일로 여러 사람이 모이는 일을 일컬어, 순우리말로 '모꼬지'라 한다. 이를 '목거지'나 '모꺼지'로 표현하면 잘못이다. 이 단어를 적절하게 사용한 예문은 다음과 같다.

  예 할머니 회갑 잔치에 동네 사람들이 모두 모꼬지 자리로 들어섰다.

*목메다 vs. 목메이다

올바른 표현_목메다

기쁨이나 설움 따위의 감정이 북받쳐 솟아올라 그 기운이 목에 엉기어 막힌 상황을 표현할 때, '목메다'로 써야 옳다. '목메이다'로 흔히 쓰는데, 이는 잘못이다.

*목발²(木-) vs. 지겟다리

올바른 표현_지겟다리

표준어 규정 제21항에, 고유어 계열의 단어가 널리 쓰이고 그에 대응하는 한자어 계열의 단어가 용도를 잃게 된 것은, 고유어 계열의 단어만을 표준어로 삼는다고 하였다. 이에 따라 '지겟다리'가 옳은 표현이다.

설타음(舌打音)
입천장과 전설면(前舌面)·후설면(後舌面) 또는 두 입술 사이를 밀폐시키고 밀폐된 안쪽의 입안을 진공상태로 만든 후, 갑자기 열 때에 나는 파열음

*몰핀 vs. 모르핀(morphine)
올바른 표현_모르핀(morphine)

이 단어는 발음이 [mɔ : rfi : n]이다. 이에 따라 표기하면, '모르핀'이 옳다. 만약 발음이 [mɔlfi : n]이라면, '몰핀'이라 할 수 있다. '모르핀'의 'ㄹ'음은 설측음(舌側音)이 아니라 설타음(舌打音)이다.

*몸매 vs. 몸티
올바른 표현_몸매

몸의 맵시나 모양새를 일컬어 '몸매' 또는 '몸태'라고 한다. 이를 '몸티'로 쓰는 경우가 있는데, 이는 잘못이다.

**몹시 vs. 몹씨
올바른 표현_몹시

'몹시'의 둘째 음절을 된소리로 표기하는 것은 잘못된 것이다. 언중들이 흔히 범하는 실수이다.

가는체 사진

*몽근체 vs. 고운체 / 가는체
올바른 표현_고운체/가는체

'올이 가늘고 구멍이 잔 체'를 '고운체' 또는 '가는체'라 한다. 이를 전국적으로 방언에서 '몽근체'라 하는데, 잘못된 표현이다.

**몽둥이 vs. 몽댕이[2]
올바른 표현_몽둥이

조금 굵고 기름한 막대기를 흔히들 '몽댕이'라 표현하는 경우가 많은데, 올바른 표현은 '몽둥이'이다.

**몽타주(montage) vs. 몽따쥬
올바른 표현_몽타주(montage)

이 단어는 원래 프랑스 어인데, 영어식 발음이 [mɔntá : ʒ]이다. 따라서 영어식 발음에 따라 표기하면 '몬타지'가 옳지만, 원어(原語)인 프랑스 어 발음을 존중하여 '몽타주'를 올바른 표기로 본 것이다.

*몽창 vs. 몽땅
올바른 표현_몽땅

'있는 대로 죄다'의 뜻을 지닌 부사는 '몽땅'이다. 이를 전남, 경기, 강

원 방언에서 '몽창'으로 표현하기도 한다. 그러나 '몽창'의 올바른 표현은 '몽땅'이다. 또 이 부사를 첩어(疊語)로 쓸 때, '몽땅몽땅'이 옳다. 이를 '몽딱몽딱'으로 쓰는 것도 잘못된 표현이다.

*묏비둘기 vs. 염주비둘기

올바른 표현_염주비둘기

염주비둘기 그림

비둘깃과의 새로 몸의 길이는 28cm 정도이며, 잿빛을 띤 갈색 비둘기는 '염주비둘기'이다. 이를 방언에서 산에 사는 비둘기라는 뜻으로 '묏비둘기'라 표현하는 것은 잘못된 표현이다.

*묏자리 vs. 묘자리(墓-)

올바른 표현_묏자리

묘가 선 자리라는 뜻이기에 마땅히 '묏자리'로 써야 옳다. 이를 방언에서 '묘자리'로 표현하기도 하는데, 이는 잘못이다. 심지어 충북 방언에서는 '묘짜리', 강원, 경기, 전라 방언에서는 '못자리'로도 표현하는데, 모두 잘못된 표현이다.

*무더기 vs. 무데기

올바른 표현_무더기

'한데 수북이 쌓였거나 뭉쳐 있는 더미나 무리'를 '무더기'라 한다. 이를 'ㅣ'모음 역행동화 현상으로 '무데기'라 하는 것은 수의적(隨意的) 표현이다.

**무동²(舞童) vs. 무등

올바른 표현_무동(舞童)

'조선 시대에, 궁중의 잔치 때 춤을 추고 노래를 부르던 아이', '농악대나 걸립패 따위에서, 상쇠의 목말을 타고 춤추고 재주 부리던 아이'를 일컬어 '무동'이라 한다. 특히 요즘 어른들이 어린아이들과 놀아주면서 어른의 등 위에 걸쳐 앉게 하는데, 이를 지칭하는 말도 '무동'이다. 그러나 '등'에 태운다는 의미에 주목해 '무등'이라 표현하는 경우가 흔히 있다. 이는 잘못된 표현이다.

*무슬다 vs. 무솔다

올바른 표현_무솔다

'땅에 습기가 많아서 푸성귀 따위가 물러서 썩다', '장마가 오래 계속

되어 땅이 질벅질벅하게 되다'의 뜻으로 쓸 때, '무슬다'라 한다. '오랜 기간의 장맛비로 온 동네 마을길이 무슬다'와 같은 상황에서 쓰인다. 유의어로 '슬다'가 있다. 그러나 이를 '무슬다'로 쓰면 잘못된 표현이다.

**무우[1] vs. 무[2]
올바른 표현_무

준말이 널리 쓰이고 본말이 잘 쓰이지 않는 경우에는, 준말만을 표준어로 삼는다. 이에 따라 '무'가 올바른 표기이다. 1988년 이전에는 '무우'가 옳은 표기이었으나, 개정 이후 표준어가 바뀐 경우이다. 이와 비슷한 경우로 '똬리, 생쥐, 솔개, 귀찮다, 뱀, 온갖' 등이 있다.

*묵히다 vs. 묵이다
올바른 표현_묵히다

'일정한 때를 지나서 오래된 상태가 되다'는 뜻의 '묵다'에 사동접사 '-히-'가 붙어 '묵히다'가 되었다. 사동접사 '-히-' 대신 '-이-'로 착각하여 '묵이다'로 표현하는 것은 잘못이다.

*문지르다 vs. 문질르다
올바른 표현_문지르다

특별한 이유 없이 'ㄹ'을 덧붙여 '문질르다'로 쓰는 것은 잘못이다. '문지르다'가 기본형으로, 올바른 것이다.

*물맴이 vs. 물매미
올바른 표현_물맴이

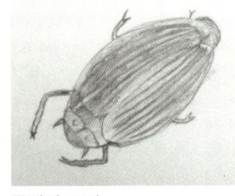

물맴이 그림

'물맴이'는 물맴잇과의 곤충으로 몸의 길이는 6~7.5mm이며, 광택이 나는 검은색이고 수염과 다리는 붉은 갈색이다. 물방개와 비슷하게 생겼고 겹눈이 등과 배에 두 쌍으로 나뉘어 있어 공중과 물속을 따로따로 본다. 이 곤충을 언중들이 잘 아는 '매미'와 혼동하여 '물매미'가 옳다고 착각하여 쓴다. 그러나 '물맴이'가 올바른 표기이다. 〈한글2002〉에서 '물맴이'는 잘못된 말로 처리한다. 시정하여야 할 것이다.

*물와가다 vs. 무롸가다

올바른 표현_무롸가다

'윗사람 앞에서 물러가다'의 뜻인 '무르와가다'의 준말이 '무롸가다'이다. 따라서 '물와가다'로 쓰는 것은 잘못이다. 다음과 같은 예문이 가능하다.

🗨 하인이 상전에게 진짓상을 올리고 조용히 무롸갔다.

*물와내다 vs. 무롸내다

올바른 표현_무롸내다

'윗사람 앞에 놓인 것을 들어 내오다', '윗사람으로부터 무엇을 받다'의 뜻이 '무롸내다'이다. 이를 '물와내다'로 쓰는 것은 잘못이다.

**물때^2 vs. 물이끼^2

올바른 표현_물때

물에 섞여 있는 깨끗하지 못한 것이 다른 데에 옮아 붙어서 끼는 때는 '물때'가 옳다. 이끼가 낀 것이 아니기에, '물이끼'로 쓰는 것은 잘못이다.

*물자위 vs. 무자위

올바른 표현_무자위

물을 높은 곳으로 퍼 올리는 기계는 '무자위'가 옳다. 일명 '물푸개'라고도 한다. 물이라는 의미에 주목해 '물자위'로 쓰는 것은 잘못이다. 한글맞춤법 제28항에 따르면, 끝소리가 'ㄹ'인 말과 딴 말이 어울릴 적에 'ㄹ'소리가 나지 아니하는 것은 아니 나는 대로 적는다고 하였다. 이에 따라 '무자위'가 옳은 것이다.

무자위 사진

**물자맥질 vs. 무자맥질

올바른 표현_무자맥질

물속에서 팔다리를 놀리며 떴다 잠겼다 하는 짓을 일컬어, '무자맥질'이라 한다. 이를 '물자맥질'로 쓰면 잘못된 표현이다. 한글맞춤법 제28항에 따르면, 끝소리가 'ㄹ'인 말과 딴 말이 어울릴 적에 'ㄹ'소리가 나지 아니하는 것은 아니 나는 대로 적는다고 하였다. 이에 따라 '무자맥질'이 옳은 것이다.

*뭉텅뭉텅[1] vs. 뭉턱뭉턱
올바른 표현_뭉텅뭉텅

'잇따라 제법 크게 잘리거나 끊어지는 모양'을 일컬어, '뭉텅뭉텅'이라 한다. 어감(語感)이 좀 약한 말로 '뭉떵뭉떵'도 있다. 그러나 이를 '뭉턱뭉턱'으로 발음하거나 표기하면 잘못이다.

*므릇 vs. 무릇[2]
올바른 표현_무릇

'대체로 헤아려 생각하건대'의 뜻을 지닌 부사는 '무릇'이다. 이를 '므릇'이라 하면 잘못이다.

*미끈둥하다 vs. 미끈덕하다
올바른 표현_미끈둥하다

'부드러우며 미끄럽다'는 '미끈둥하다'로 표현한다. 이를 '미끈덕하다'로 방언에서 표현하고, 강원도 강릉에서는 '밀크덩하다'로까지 표현한다. 그러나 이러한 방언형들은 모두 잘못된 표현이다.

*미덥다 vs. 미더웁다
올바른 표현_미덥다

'믿음성이 있다'는 '미덥다'로 쓴다. 이 단어는 '미더워, 미더우니' 등으로 활용하는데, 이에 착각을 일으켜 '미더웁다'로 기본형을 설정하면 잘못이다.

미루나무 사진

**미루나무 vs. 미류(美柳-)나무
올바른 표현_미루나무

표준어 규정 제10항에 따르면, 다음 단어는 모음이 단순화한 형태를 표준어로 삼는다고 하고, 이에 따라 제시한 단어로, '괴팍하다, -구먼, 미루나무, 여느, 온달, 으레, 케케묵다, 허우대, 허우적허우적' 등을 제시하였다. 이에 따라, '미루나무'가 올바른 표현이다.

**미시즈(Mrs) vs. 미세스
올바른 표현_미시즈(Mrs)

이 단어는 발음이 [mísiz]이다. 따라서 '미시즈'로 써야 옳다. '미세스'로 쓰면 잘못이다.

**미싯가루 vs. 미숫가루

올바른 표현_미숫가루

표준어 규정 제1항에 따라, 모음의 발음 변화를 표준어로 인정한 경우이다. 따라서 '미숫가루'가 옳은 표현이다. 한편 '미수'는 설탕물이나 꿀물에 미숫가루를 탄 여름철 음료를 지칭한다.

**미이라 vs. 미라[1](mirra)

올바른 표현_미라(mirra)

이 단어는 포르투갈 어로 발음이 [mi : ra]이다. 외래어 표기법 제3장 제7항에 '장모음의 장음은 따로 표기하지 않는다'는 규정이 있다. 이에 따라 '미라'가 옳은 표기이다.

**민속악 vs. 민속음악(民俗音樂)

올바른 표현_민속악

민간에서 전해 내려오는 음악은 '민속악'이다. '민속음악'이라 쓰면 잘못된 것이다.

*밀대[2] vs. 밀짚

올바른 표현_밀짚

밀알을 떨고 난 밀의 줄기를 '밀짚'이라 한다. 이를 특히 전라도에서 '밀대'로 쓰는 경우가 많은데, 잘못된 표현이다.

밀 사진

*밀대 방망이 vs. 평미레

올바른 표현_평미레

말이나 되에 곡식을 담고 그 위를 평평하게 밀어 고르게 하는 데 쓰는 방망이 모양의 기구를 '평미레'라 한다. 이를 '밀대 방망이'라 표현하면 잘못이다.

*밑동 vs. 밑둥

올바른 표현_밑동

'긴 물건의 맨 아랫동아리', '나무줄기에서 뿌리에 가까운 부분'을 일컬어, '밑동'이라 한다. '밑둥'으로 쓰면 잘못이다.

홈쇼핑의 '귀고리'

　현대는 바야흐로 '매스미디어의 시대'이다. 심지어 핸드폰을 들고 다니면서도 텔레비전을 시청할 수 있는 시대가 되었다. 특히 요즘은 텔레비전에서 밤새도록 각종 영화나 홈쇼핑 프로그램을 방영한다. 그래서 현대인은 '텔레비전 중독'에 잘 빠지기도 한다. 버튼 하나만 누르면, 이 채널 저 채널 누워서 조정도 할 수 있게 되었다. 앞으로의 시대는 움직임을 최소화하고 최대한 편한 자세로 모든 것을 관장하는 시대가 될 것도 같다.

　한 8년 전 그러니까 1998년 무렵의 일이다. 밤이 늦도록 컴퓨터에서 문서 작업을 하고 잠을 청했으나, 통 잠이 오지 않았다. 쉬고 싶은 생각에 무의식적으로 텔레비전 스위치를 눌렀다. 너무 늦은 시간 탓인지, 영화 몇 편과 홈쇼핑 프로그램만 나왔다. 영화를 중간부터 보자니, 앞부분의 내용을 모른 채 보기가 영 미덥지 않아, 홈쇼핑 프로그램을 잠깐 틀고 보던 차였다. 밤늦은 시각인데도 생방송으로 진행하고 있었는데, 귀금속을 세트로 묶어 파는 상품이었다. 진주목걸이, 진주반지, 진주귀걸이를 모두 묶어, 99,000원에 판다는 내용이었다. 당시만 하여도 '귀걸이'를 표준어로 인정한 경우의 사전도 있었으나, 대체로 '귀고리'만 표준어로 인정하는 추세였다. ㅡ'귀걸이'가 표준어로 인정된 것은, 1999년 국립국어원에서 새로 〈표준국어대사전〉을 편찬하면서, 그동안 '귀걸이'가 표준어이냐 비표준어이냐 하는 혼란을 정리하였고, 그때서야 결국 '귀걸이'를 표준어로 등재했다. ㅡ심심하기도 하고 잠이 오지 않던 차에 생방송으로 하는 그 홈쇼핑회사에 전화를 걸었다. '귀걸이'를 '귀고리'로 정정했으면 하는 뜻을 전하기 위해서였다. 친절한 안내원이 전화를 받았다. 필자는 상품 구입 때문에 전화를 건 것은 아니고, 지금 막 홈쇼핑 선전 자막을 보니, 잘못 쓰인 용어가 있어 정정을 요구하기 위해 전화를 했다고 했다. 그랬더니 여전히 안내원은 친절한 목소리로 무엇이 잘못되었는지 되물었다. 자막에 나오는 '귀걸이'는 현재 표준어인지 비표준어인지 혼란이 많은 단어이니, 이 단어를 대신해서 '귀고리'로 적는 것이 어떠냐는 생각을 전했다. 방송 PD에게 연락하여 조치를 취하겠다는 대답을 듣고 전화를 끊었다. 5분여 시간이 지난 후 홈쇼핑 자막이 바뀌어서 나왔다. 그런데, '귀고리'로 바뀌어 나온 것이 아니라, '이어링(earring)'으로 나오는 것이었다. 아마 방송을 담당하던 PD도 갑자기 걸리어 온 시청자의 의견에 신뢰를 할 수 없었던 모양이다. 옳은 듯도 하고, 그른 듯도 하고. 그래서 결국 고뇌에 찬 '이어링'으로 해결을 한 것처럼 보였다.

　이제는 '귀걸이'도 엄연한 표준어로 인정을 받고 있다. 8년 전의 그 때 일을 생각하면 잔잔한 웃음이 일어난다.

*바동거리다 vs. 바둥거리다

'바동'이라는 어근에 동사를 만드는 '-거리다' 접미사가 붙으면 '바동거리다'이다. 이를 '바둥거리다'로 쓰는 것은 잘못이다.

**바동바동 vs. 바둥바둥

'덩치가 작은 것이 매달리거나 자빠지거나 주저앉아서 팔다리를 내저으며 자꾸 움직이는 모양'은 '바동바동'이다. 어감(語感)이 좀 센 말에 '버둥버둥'도 있다. 이를 언중들이 '바둥바둥'이라 흔히 쓰는데, 잘못된 표현이다.

*바람꾼 vs. 바람둥이

명사에 붙어 명사가 뜻하는 특징을 지닌 어린이이거나 명사나 어근이 뜻하는 특징을 지닌 사람이나 짐승을 나타내는 접미사 '-둥이'는 어원적으로 '-동이(-童이)'에서 왔지만, '-둥이'를 표준어로 삼는다. 따라서 이러한 상황에서 붙는 접미사는 모두 '-둥이'가 옳다.

**바램^2 vs. 바람^2

'바람'은 기본형이 '바라다'인 동사에서 온 명사이다. 따라서 명사형 어미 'ㅁ'이 붙어 명사로 굳어졌기에, '바람'으로 써야 옳다. 가수 노사연의 노래 〈만남〉 중에 '바램이었어'가 나올 정도로 많은 사람들이 혼동하는 단어이다. '바라다'의 과거형도 '바랐다'가 응당 옳지만, 이를

'바랬다'로 쓰는 경우도 많다.

바비큐 사진

**바비큐(barbecue) vs. 바베큐
올바른 표현_바비큐(barbecue)

이 단어는 발음이 [báːbikju]이다. 따라서 올바른 표기는 '바비큐'이다. 흔히 이 단어를 '바베큐'로 쓰는데, 잘못된 표기이다.

*바사지다 vs. 바서지다
올바른 표현_바서지다

'조금 단단한 물체가 깨어져 여러 조각이 나다', '액체나 빛 따위가 부딪쳐 산산이 흩어지다', '짜서 만든 물건이 제대로 쓸 수 없게 조금 헐어지거나 깨어지다', '희망이나 기대 따위가 무너지다' 등의 뜻을 지닌 말이 '바서지다'이다. '부서지다'와 유의어 관계에 있다. 이를 '바사지다'로 쓰면 잘못이다.

**바야으로 vs. 바야흐로
올바른 표현_바야흐로

'이제 한창 또는 지금 바로'를 뜻하는 말은 '바야흐로'이다. 셋째 음절 '흐'가, 부사격조사 '-으로'와 혼동하여 '으'로 표기하는 것은 잘못이다. '바야흐로'가 옳다.

부사격조사(副詞格助詞)
문장 안에서, 체언이 부사어임을 보이는 조사. '-에, -에서, -으로, -와/-과, -보다' 따위

**바흐(Bach) vs. 바하
올바른 표현_바흐(Bach)

독일의 작곡자이기 때문에 독일어 발음으로 'Bach'는 '바흐'가 옳다. 예전에 교육을 받은 중년층 이상의 사람들이 음악교과서에서 '바하'로 배웠었다. 그 영향으로 '바하'로 쓰는 경우가 많다. 그러나 현행 외래어 표기법상 올바른 표기는 '바흐'이다.

구개음화(口蓋音化)
경구개음이 아닌 'ㄷ, ㅌ, ㄱ, ㅎ' 등이 [i]나 [j] 앞에서 구개 파찰음 'ㅈ, ㅊ' 혹은 마찰음 'ㅅ'으로 발음되는 현상

*반걷이 vs. 반거지
올바른 표현_반걷이

'재목의 끝이나 모를 깎아서 둥글게 하는 일'은 '반걷이'이다. 이를 구개음화한 표현 '반거지'는 잘못된 표기이다.

*반다지[1] vs. 반닫이
올바른 표현_반닫이

'앞의 위쪽 절반이 문짝으로 되어 아래로 젖혀 여닫게 된, 궤 모양의

가구"는 '반닫이'이다. 이를 구개음화하여 '반다지'로 표기하는 것은 잘못이다.

반닫이 사진

*반죽음 vs. 반주검
올바른 표현_반죽음

송장을 뜻하는 '주검'과 연관하여 '반죽음'을 '반주검'으로 표현하는 경우가 있다. 그러나 '반죽음'이 올바른 표현이다.

**반짇고리 vs. 반짓고리
올바른 표현_반짇고리

한글맞춤법 제29항에 따르면, 끝소리가 'ㄹ'인 말과 딴 말이 어울릴 적에 'ㄹ'소리가 'ㄷ'소리로 나는 것은 'ㄷ'으로 적는다고 하였다. 이에 따라 '바느질'의 'ㄹ'이 'ㄷ'으로 소리 나는 경우이다. 따라서 '반짇고리'가 옳은 표현이다.

*발가송이 vs. 발가숭이
올바른 표현_발가숭이

옷을 모두 벗은 알몸뚱이는 '발가숭이'이다. 어감(語感)이 센 말로 '빨가숭이, 벌거숭이'가 있다. 수의적(隨意的) 표현으로 '발가송이'라 하는 것은 잘못이다.

**발렌타인데이 vs. 밸런타인데이(Valentine Day)
올바른 표현_밸런타인데이(Valentine Day)

이 단어는 발음이 [væləntàin dei]이다. 따라서 올바른 표기는 '밸런타인데이'가 옳다. 발렌티누스의 축일(祝日)인 2월 14일을 일컫는데, 해마다 성 발렌티누스 사제가 순교한 2월 14일에 사랑하는 사람끼리 선물이나 카드를 주고받는 풍습에서 유래하였다고 한다. 이 풍습이 초콜릿 회사의 상술(商術)과 맞아떨어져 요즘 널리 알려진 축일이다.

*발받침 vs. 발돋움
올바른 표현_발돋움

키를 돋우려고 발밑을 괴고 서거나 발끝만 디디고 서는 것을 '발돋움' 또는 '종부돋움'이라 한다. 이를 방언에서 '발받침'으로 쓰는 것은 잘못이다.

**발자국 vs. 발자욱

발로 밟은 자리에 남은 모양이 '발자국'이다. 그런데, 이를 노래 가사나 시어(詩語)로 '발자욱'으로 쓰는 경우가 나타나면서 언중들이 혼동하고 있다. 그러나 올바른 표기는 '발자국'이다.

**발해만(渤海灣) vs. 보하이 만
올바른 표현_보하이 만

외래어 표기법 제4장 제2절 제2항에 중국의 지명이 현재 지명과 동일한 것은 중국어 표기법에 따라 표기한다는 원칙이 있다. 따라서 이를 한국 한자음으로 읽어서는 옳지 않다. 따라서 '보하이 만'으로 써야 옳으며, 굳이 필요하다면 한자를 병기하는 방식을 취하여야 한다.

*밧다리 걸기 vs. 밭다리 걸기
올바른 표현_밭다리 걸기

씨름에서, 공격 기술의 하나로, 상대편의 오른쪽 다리가 앞으로 나와 있거나 몸무게 중심이 오른쪽에 있을 때, 상대의 왼쪽 다리를 걸고 오른쪽 가슴으로 밀어서 넘어뜨리는 기술이 '밭다리 걸기'이다. 이를 '밧다리 걸기'로 쓰는 것은 잘못된 표현이다.

*밧다리 후리기 vs. 밭다리 후리기
올바른 표현_밭다리 후리기

씨름이나 유도에서, 상대편을 어깨로 밀고 좌측으로 틀며 오른쪽 다리로 상대편의 중심이 실려 있는 바깥다리를 후려치는 기술을 '밭다리 후리기'라 한다. 이를 '밧다리 후리기'라 표현하는 것은 잘못이다.

*방돌 vs. 구들장
올바른 표현_구들장

표준어 규정 제21항에, 고유어 계열의 단어가 널리 쓰이고 그에 대응하는 한자어 계열의 단어가 용도를 잃게 된 것은, 고유어 계열의 단어만을 표준어로 삼는다고 하였다. 이에 따라 '구들장'이 옳은 표현이다. '방돌'은 전남 방언이다.

*방망이[1] vs. 방맹이
올바른 표현_방망이

무엇을 치거나 두드리거나 다듬는 데 쓰기 위하여 둥그스름하고 길게 깎아 만든 도구를 일컬어, '방망이'라 쓴다. 이를 'ㅣ'모음 역행동화를 적용해 '방맹이'라 표현하는 것은 수의적(隨意的) 현상으로 잘못이다.

*밭두둑 vs. 밭두덩   올바른 표현_밭두둑

밭이랑의 두둑한 부분을 일컬어, '밭두둑, 밭두렁, 밭둑'이라 한다. 이를 방언에서 '밭두덩'이라 표현하기도 하는데, 잘못된 것이다.

*밭때기 vs. 밭뙈기   올바른 표현_밭뙈기

얼마 되지 아니하는 조그마한 밭을 '밭뙈기'라 표기한다. 이를 '밭때기'로 쓰는 것은 잘못된 표기이다. 한편 '밭떼기'로 쓰는 경우는 '밭에서 나는 작물을 밭에 나 있는 채로 몽땅 사는 일'을 일컬을 때이다.

*배냇짓 vs. 배내웃음   올바른 표현_배냇짓

갓난아이가 자면서 웃거나 눈, 코, 입 따위를 쫑긋거리는 짓이 '배냇짓'이다. 이를 웃음에만 국한하여 '배내웃음'이라 표현하는 것은 잘못이다.

*배불뚝이 vs. 배불룩이   올바른 표현_배불뚝이

배가 불뚝하게 나온 사람을 낮잡아 이를 때, '배불뚝이' 또는 '배뚱뚱이'라 한다. 이를 '배가 불룩한 사람'으로 파악하여 '배불룩이'라 쓰는 것은 표준어가 아니다.

*배비대다 vs. 뱌비대다   올바른 표현_뱌비대다

두 물체를 맞대어 잇따라 가볍게 마구 문지를 때, '뱌비대다'라고 한다. 어감(語感)에 약간 차이가 있지만, '비비대다'도 있다. 이를 '배비대다'로 쓰는 것은 잘못된 표현이다.

*배비작배비작 vs. 뱌비작뱌비작   올바른 표현_뱌비작뱌비작

'두 물체를 맞대어 잇따라 가볍게 문지르는 모양', '구멍을 뚫기 위하여 송곳 같은 연장으로 잇따라 가볍게 이리저리 돌리는 모양', '손바닥이나 손가락 사이의 물건을 둥글게 하거나 긴 가락이 지게 잇따라 가볍게 문지르는 모양', '좁은 틈을 잇따라 헤집거나 비집는 모양', '좋지 않은 상황을 이겨내기 위하여 끈질기게 버티는 모양' 등을 일컬을 때, '뱌비작뱌비작'이라 한다. 어감(語感)이 좀 더 센 말에 '비비적비비적'도 있다. 그러나 이를 '배비작배비작'으로 표현하는 것은 잘못이다.

*배시시 vs. 바스스

올바른 표현_바스스

'머리카락이나 털 따위가 어지럽게 일어나거나 흐트러진 모양, 눕거나 앉았다가 조용히 가볍게 일어나는 모양, 바스라기 따위가 어지럽게 흩어지는 소리나 그 모양, 미닫이나 장지문 따위를 조용히 가볍게 여닫는 소리나 그 모양, 물건의 사개가 가볍게 물러나는 모양' 등을 일컬을 때, '바스스'라 한다. 어감(語感)이 센 말로 '부스스'도 있다. 이를 '배시시'로 표현하는 것은 잘못이다.

*밴죽거리다 vs. 뱐죽거리다

올바른 표현_뱐죽거리다

이중모음(二重母音)
소리를 내는 도중에 입술 모양이나 혀의 위치가 처음과 나중이 달라지는 모음. 'ㅑ, ㅕ, ㅛ, ㅠ, ㅒ, ㅖ, ㅘ, ㅙ, ㅝ, ㅞ, ㅟ' 따위

반반하게 생긴 사람이 자꾸 얄밉게 이죽이죽하면서 느물거릴 때, '뱐죽거리다'라고 한다. 어감(語感)이 좀 센 말에 '뺜죽거리다, 번죽거리다'가 있다. 이중모음 'ㅑ'로 인해 잘못 쓴 말로 혼동하여 '밴죽거리다'로 쓴다. 그러나 이는 잘못된 표현이다.

▲뺏지 vs. 배지(badge)

올바른 표현_배지(badge)

'휘장(徽章)'을 외래어로 '배지'라 한다. 이 단어는 발음이 [bædʒ]이다. 따라서 '배지'로 표기해야 옳다. 이를 흔히 '뺏지'로 표기하는데, 이는 잘못된 표현이다.

*버끔내기 vs. 겨끔내기

올바른 표현_겨끔내기

'서로 번갈아 하기'라는 뜻을 지닌 순 우리말이 '겨끔내기'이다. 주로 '겨끔내기로'의 형태로 쓰인다. 이를 전국에서 방언으로 '버끔내기'로 쓰는 것은 잘못된 표현이다.

*버네 vs. 보늬

올바른 표현_보늬

밤이나 도토리 따위의 속껍질이 '보늬'이다. 순 우리말이다.
이를 특히 경기도나 충청도에서 방언으로 '버네'라 표현하
기도 하지만, 대체로 그냥 '껍질' 또는 '껍데기'라 표현한다.
좋은 우리말을 살려 '보늬'로 써야 옳다. 참고로 '껍질'과
'껍데기'는 의미에 구별이 있다. '껍질'은 '딱딱하지 않은 물
체의 겉을 싸고 있는 질긴 물질의 켜'를, '껍데기'는 '달걀
이나 조개 따위의 겉을 싸고 있는 단단한 물질'이나 '알맹이
를 빼내고 겉에 남은 물건'을 나타낸다. 따라서 '조개껍질'
이나 '사과껍데기'와 같은 표현은 잘못된 것이다.

밤 보늬 사진

*버들가지³ vs. 지겟가지

올바른 표현_지겟가지

지게 몸에서 뒤쪽으로 갈라져 뻗어 나간 가지는 '지겟가지'이다. 이를
'버들가지'라 함은 버드나무 가지를 뜻하는 '버들가지¹'와 의미의 혼동
을 일으킨다. 방언에서 나타나는데, '지겟가지'를 '버들가지'로 표현하
면 잘못이다.

*버러지 vs. 자배기¹

올바른 표현_자배기

둥글넓적하고 아가리가 넓게 벌어진 질그릇을 '자배기'라 한다. 이를
방언에서 '버러지'라 하는 경우가 있는데, 이는 잘못된 표현이다.

**버르장이 vs. 버르쟁이

올바른 표현_버르장이

'버릇¹'을 구어적으로 이를 때, '버르장이'로 써야 옳다. '-장이'는 기
술자를 의미하는 접미사이나, 이곳에서는 그와 무관한 것으로 '버르장
이'로 써야 옳다.

*벋정다리 vs. 벋장다리

올바른 표현_벋정다리

구부렸다 폈다 하지 못하고 늘 벋어 있는 다리 또는 그런 다리를 가진
사람을 일컬어 '벋정다리'라 한다. 어감(語感)이 센 말로 '뻗정다리'가
있다. 이를 '벋장다리'로 쓰는 것은 잘못이다.

*벌그죽죽하다 vs. 벌거죽죽하다

올바른 표현_벌그죽죽하다

칙칙하고 고르지 않게 벌그스름할 때, '벌그죽죽하다'라 한다. 어감(語感)이 센 말은 '뻘그죽죽하다', 약한 말은 '발그족족하다'이다. '벌겋다'와 연관하여 '벌거죽죽하다'로 쓰면 잘못된 표현이다.

*벌레[1] vs. 벌러지

올바른 표현_벌레

표준어 규정 제26항에 따르면, '벌레'와 '버러지'가 복수 표준어로 인정되고, 그 외의 '벌러지', '벌거지' 등은 비표준어이다. '벌러지'는 '강원, 충청, 경기, 경북, 전라, 황해' 등지에서 방언으로 흔히 쓴다.

*벌이줄 vs. 벌의줄

올바른 표현_벌이줄

'물건이 버틸 수 있도록 이리저리 얽어매는 줄'을 '벌이줄' 또는 '버팀줄'이라 한다. 또 '과녁의 솔대를 켕겨 매는 줄', '연의 두 편 머리 귀퉁이로부터 비스듬히 올라와 가운뎃줄과 한데 모이게 매는 줄'을 일컫기도 한다. 이를 '벌의줄'로 표현하면 잘못이다.

*벌쭉하다[2]/벌쯤하다 vs. 버름하다

올바른 표현_버름하다

물건의 틈이 꼭 맞지 않고 조금 벌어져 있거나 마음이 서로 맞지 않아 사이가 뜰 때, '버름하다'라 한다. 이를 방언에서 '벌쭉하다'나 '벌쯤하다'로 쓰는 경우가 있는데, 잘못된 표현이다.

그런데 요즘 젊은층을 중심으로 시작된 어휘 '뻘쭘하다'가 하루가 다르게 퍼져 나가고 있다. 각종 방송 프로그램에서 이 어휘는 일상어로도 흔하게 쓰이고 있다. 이 단어는 현행 사전에 등재되지 않은 비표준어이다.

이 단어는 '벌쭉하다'의 센말이나 '벌쯤하다'에서 온 것으로 추정되기도 한다. 그러나 '벌쭉하다'는 '좁고 길게 벌어져서 쳐들려 있다'의 뜻으로, 현재 쓰는 '뻘쭘하다'와 의미 격차가 크다. 그렇다면 '벌쯤하다'와는 어떤가.

'벌쯤하다'는 '버름하다'의 잘못된 표현으로 사전에 설명하고 있다. 고어사전(古語辭典)을 참고하니, '벌쯧ᄒ다'가 '버름하다'의 고어(古語)

이다. 그 용례는 〈한청문감(漢淸文鑑) : 11,61〉에 '喇叭嘴 그릇 부리 벌쭉ᄒ다'라는 문장이 등장한다.

한편 이에 대한 국립국어원 홈페이지의 〈묻고 답하기〉의 답변은 다음과 같다.

> '뻘쭘하다'는 방언으로 보이는데, 비교적 젊은 세대에서 최근에 많이 쓰이기 시작한 말인 것 같습니다. 이 말에 관한 자료가 따로 없어서 그 어원을 찾기는 어렵습니다. 원하시는 답변을 드리지 못하여 죄송합니다.

요즘의 '뻘쭘하다'는 그 형태가 '뻘쭉하다'와 가장 유사하지만, 그 의미를 비교해 보면 전혀 둘 사이가 무관한 것으로 보인다. '뻘쭘하다'를 쓰는 경우는 난감하거나 어색할 때, 수줍을 때이다. 따라서 '이러지도 저러지도 못하고 있는 심리상태'로 정의를 내리면 그 사용하는 상황에 가장 근접한 정의가 아닐까 한다.

결국 '뻘쭘하다'는 '뻘쭉하다'와는 의미상 전혀 다른 단어로 보이며, 요즘의 언어현실에 사용되는 빈도수를 고려한다면, 표준어로 사전에 등재되어야 할 것이다.

**법석[1] vs. 법석

올바른 표현_법석

한 단어 안에서 뚜렷한 까닭 없이 나는 된소리는 다음 음절의 첫소리를 된소리로 적는다. 다만, 'ㄱ, ㅂ' 받침 뒤에서 나는 된소리는, 같은 음절이나 비슷한 음절이 겹쳐 나는 경우가 아니면 된소리로 적지 아니한다. 이에 따라, '법석'이 옳다. 이와 비슷한 경우로 '딱지, 깍두기, 국수, 색시' 등이 더 있다. 이 단어는 '야외에서 크게 베푸는 설법의 자리'를 뜻하는 불교용어 '야단법석[1](野壇法席)'에서 온 말로 통상 보지만, 그렇지 않다. 이 단어는 '많은 사람이 모여들어 떠들썩하고 부산스럽게 굴다'라는 뜻인 '야단법석[2](惹端-)'에서 온 것으로 보인다.

*벗나무 vs. 벚나무

올바른 표현_벚나무

봄이 되면 떠들썩하게 자태를 뽐내는 꽃이 있다. 바로 '벚꽃'이다. 벚나무의 꽃이다. 그러나 언중들이 발음은 같지만 '벗꽃'이나 '벗나무'로 표기하는 실수를 흔히 범한다. 요즘의 언어현실을 보면, 받침을 'ㅅ'으로

벚꽃 사진

발음하는 경향이 흔하다. 예를 들어, '꽃이'를 [꼬시]로, '빚이 많다'의 '빚이'를 [비시]로, '젖을 먹인다'의 '젖을'을 [저슬]로 표현하는 경우가 많다. 표기 면에서도 '옻닭'을 '옷닭'으로, '돛'을 '돗'으로, '젖'을 '젓'으로 표현하는 경우도 많다. 모두 잘못된 발음과 표기들이다.

*벗어부치다 vs. 벗어붙이다

올바른 표현_벗어부치다

힘차게 대들 기세로 벗을 때, '벗어부치다'로 써야 옳다. 이를 '벗어붙이다'로 쓰면 잘못이다. 발음이 같아 혼동하는 경우이다.

*벗어젖히다 vs. 벗어제끼다

올바른 표현_벗어젖히다

옷 따위를 힘차게 벗는 것은 '벗어젖히다'가 옳다. 특히 전남 방언에서 '벗어제끼다'로 쓰는데, 이는 잘못된 표현이다.

**베개맡 vs. 머리맡

올바른 표현_머리맡

누웠을 때의 머리 부근을 일컬어, '머리맡'이라 한다. 이 단어는 〈월인석보(月印釋譜)〉에 등장할 정도로 역사가 오랜 단어이다. 그러나 언중들이 흔히 '베개맡'이라는 표현을 쓴다. 잘못된 표현이다.

*베끼다[2] vs. 벗기다[1]

올바른 표현_벗기다

방언에서 '벗기다'를 흔히 '베끼다'로 쓴다. 이 단어는 'ㅣ'모음 역행동화 현상으로 '벳기다'로 되었다가 둘째음절이 첫째음절의 받침에 영향을 받아 '베끼다'까지 간 형태이다. 그러나 이는 잘못된 표현이다.

*베슬거리다 vs. 베실거리다

올바른 표현_베슬거리다

치음 'ㅅ'을 발음하기에는 전설고모음 'ㅣ'가 편하다. 이에 따라 '베슬거리다'를 발음상 편의를 위해 '베실거리다'로 발음하는 경우가 흔히 있다. 그러나 이는 잘못이다.

**벼라별 / 벼레별 vs. 별의별

올바른 표현_별의별

보통과 다른 갖가지의 뜻은 '별의별' 또는 '별별(別別)'이다. 이를 '벼라별'이나 '벼레별'로 표기하는 것은 잘못이다.

*벼쭉정이 vs. 벼죽쟁이

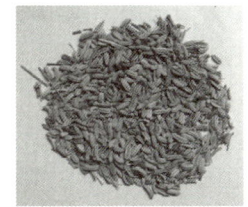

올바른 표현_벼쭉정이

알맹이가 들지 않은 벼 이삭은 '벼쭉정이'가 옳다. 한글맞춤법 제5항에 따르면, 한 단어 항에서 뚜렷한 까닭 없이 나는 된소리는 다음 음절의 첫소리를 된소리로 적는다. 따라서 '벼쭉정이'가 올바른 표기이다. 이런 비슷한 경우로 '딱따구리'도 있다.

벼쭉정이 사진

*변소 vs. 변소간(便所間)/변소간

올바른 표현_변소

변소(便所)에 간(間)을 붙여 표현한 '변소간'이나 사잇소리까지 나는 '변소깐'은 잘못된 표현이다. 변소(便所)를 얕잡아 이를 때 쓰는 방언으로 보인다.

*별똥지기 vs. 천둥지기

올바른 표현_천둥지기

빗물에 의하여서만 벼를 심어 재배할 수 있는 논을 일컬어 '천둥지기'라 한다. 이를 방언에서 '별똥지기'라 표현하기도 하는데, 이는 잘못이다.

*별르다 vs. 벼르다

올바른 표현_벼르다

특별한 이유 없이 'ㄹ'을 덧붙여 '별르다'로 쓰는 것은 잘못이다. '벼르다'가 기본형으로, 올바른 것이다.

*별쭝나다 vs. 별축나다

올바른 표현_별쭝나다

말이나 하는 짓이 아주 별스러울 때, '별쭝나다'라고 한다. 한글맞춤법 제3장 제1절 제5항 'ㄴ, ㄹ, ㅁ, ㅇ' 받침 뒤에서 나는 된소리는 된소리로 적는 규정에 따라, '별쭝나다'가 옳은 것이다. 이를 '별축나다'로 쓰는 것은 잘못된 표현이다. '별쭝맞다'도 같은 경우로 이를 '별축맞다'로 쓰면 잘못이다.

*보로통하다 vs. 보루통하다

올바른 표현_보로통하다

'붓거나 부풀어 올라서 볼록하다', '불만스럽거나 못마땅하여 성난 빛이 얼굴에 조금 나타나 있다' 등의 뜻으로 '보로통하다'가 있다. 어감(語感)이 좀 센 말로 '뽀로통하다, 부루퉁하다'가 있다. 모음조화를 잘 지킨 단어이다.

*보리타작노래 vs. 옹헤야
올바른 표현_옹헤야

영남 지방에서 널리 불리는 일노래의 하나로 보리타작할 때 도리깨질하면서 부르는 노래는 '옹헤야'이다. 이를 일반화하여 표현한 '보리타작노래'는 잘못된 표현이다. '보리타작노래'는 '옹헤야'의 상위개념이다.

밀짚모자 사진

*보릿짚모자 vs. 밀짚모자
올바른 표현_밀짚모자

표준어 규정 제25항에 의미가 똑같은 형태가 몇 가지 있을 경우, 그 중 어느 하나가 압도적으로 널리 쓰이면, 그 단어만을 표준어로 삼는다고 하였다. 이에 따라, '밀짚모자'가 옳은 표현이다. 전남에서는 '밀데모자'라는 방언도 있는데, 잘못된 표현이다.

*보무라지 vs. 보푸라기
올바른 표현_보푸라기

보풀의 낱개를 일컬어 '보푸라기'라 한다. 어감(語感)이 센 말로 '부푸러기'가 있다. 그러나 이를 방언에서 '보무라지'라 표현하는데, 이는 잘못된 표현이다.

*보숭이 vs. 고물[1]
올바른 표현_고물

인절미나 경단 따위의 겉에 묻히거나 시루떡의 켜와 켜 사이에 뿌리는 가루로 된 재료가 '고물'이다. 이를 강원도와 평북 방언에서 '보숭이'로 표현하기도 하는데, 이는 잘못이다.

*보슬보슬[1] vs. 보실보실
올바른 표현_보슬보슬

대체로 첩어에서 나타나는 '슬/실'의 경우, 'ㅣ'모음보다 'ㅡ'모음을 올바른 표기로 인정하고 있다. 치음 'ㅅ'을 발음하기에는 전설고모음 'ㅣ'가 편하다. 이에 따라 '보슬보슬'을 발음상 편의를 위해 '보실보실'로 발음하는 경우가 흔히 있다. 그러나 이는 잘못이다.

*보유스름하다 vs. 보이스름하다

올바른 표현_보유스름하다

'선명하지 않고 약간 보얗다'를 일컬어 '보유스름하다' 또는 '보유스레하다'라고 한다. '동네 골목길을 외등만이 보유스름하게 비치고 있었다'처럼 사용할 수 있다. 어감(語感)이 센 말로 '뽀유스름하다, 부유스름하다'가 있다.

**보이콧(boycott) vs. 보이코트

올바른 표현_보이콧(boycott)

이 단어는 발음이 [bɔ́ikɔt]이다. 외래어 표기법에, 짧은 모음 다음의 어말 무성 파열음은 받침으로 적는 규정이 있다. 이에 따라 '보이콧'으로 표기해야 옳다.

*보행(步行)삯 vs. 길품삯

올바른 표현_길품삯

표준어 규정 제21항에, 고유어 계열의 단어가 널리 쓰이고 그에 대응하는 한자어 계열의 단어가 용도를 잃게 된 것은, 고유어 계열의 단어만을 표준어로 삼는다고 하였다. 이에 따라 '길품삯'이 옳은 표현이다.

*복거리(伏-) vs. 복달임[1]

올바른 표현_복달임

복(伏)이 들어 기후가 지나치게 달아서 더운 철을 지칭할 때, '복달임'이라 한다. 그러나 이를 '복거리'로 표현하는 경우가 있다. 잘못된 표현이다. 강원 방언에서는 '복땔임'으로도 표현하는데, 이 또한 잘못된 표현이다.

*복계[1] vs. 부계[3](伏鷄)

올바른 표현_부계(伏鷄)

알을 품은 암탉은 한자어로 '부계(伏鷄)'이다. 첫째 음절 '伏'은 '엎드리다'의 뜻일 때, 그 음이 '복'이며, '안다'의 의미일 때는 '부'로 읽어야 올바른 독음(讀音)이다. 따라서 '부계'로 읽고 써야 옳다.

　이와는 좀 다른 경우이지만, '부개'와 '복개'가 같이 쓰이다가 '복개'를 널리 사용하는 것으로 인정한 경우가 있다. 바로 '覆蓋'이다. '덮개 또는 뚜껑'을 일컫는다. 이 한자어는 원래 '부개'로 읽는 것이 옳았다. 그러나 시간이 경과하면서 언중들이 '복개'로 널리 쓰이자 '복개'를 표

부계(伏鷄) 그림

준어로 인정하고, '부개'는 '복개'의 원말로 사전에 등재하였다.

**복사뼈 vs. 복숭아뼈

올바른 표현_복사뼈

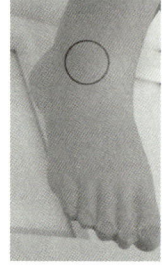

꽃 중에 4월 중순부터 5월 초까지 대지를 하얗게 물들이는 '복사꽃'이 있다. 이 단어는 복수 표준어로 '복숭아꽃'도 표준어로 인정하고 있다. 그런데 인간의 신체 부위 중 '발목 부근에 안팎으로 둥글게 나온 뼈'의 의미로 '복사뼈'가 있다. 이 단어의 어원은 다음 고문헌들의 기록으로 보아도 '복사'가 '복숭아'에서 온 것이 확실하다. 그런데도 이 단어의 경우는 복수 표준어로 인정을 받지 못하여 '복숭아뼈'는 비표준어로 처리하고 있다.

복사뼈 사진

그러면, 고문헌에 나타나는 '복숭아뼈'에 대한 부분을 알아보면, 다음과 같다.

> 복쇼아뼈 〈역어유해(譯語類解) : 上,36〉, 踝子骨 복쇼아쎠 〈동문유해(同文類解) : 上,16〉, 복쇼아쎠 核槌骨 〈한청문감(漢淸文鑑) : 5,56〉, 內外踝 복쇼아쎠 〈물보(物譜), 형체〉

한편 고문헌에 나타나는 '복숭아[桃]'에 대한 부분은 다음과 같다.

> 桃曰 枝棘 〈계림유사(鷄林類事)〉, 복성을 심구니 〈두시언해 초간본(杜詩諺解 初刊本) : 10,14〉, 복성화를 딕먹놋다 〈두시언해 초간본(杜詩諺解 初刊本) : 9,38〉, 복성화 아니며 〈남명천선사계송언해(南明泉禪師繼頌諺解) : 上,26〉, 복성화 동남녁으로 〈구급간이방(救急簡易方) : 6,36〉, 桃 복성화 도 〈훈몽자회(訓蒙字會) : 上,6a〉, 桃 복성화 도 〈신증유합(新增類合) : 上,9〉, 복슝와 근거든 〈언해두창집요(諺解痘瘡集要) : 下,53〉, 복성화 슐흘 〈박통사언해(朴通事諺解) : 下,21〉, 桃子 복쇼아 〈동문유해(同文類解) : 下,5a〉, 桃子 복쇼아 〈몽어유해(蒙語類解)〉, 桃子 복쇼화 〈방언집석(方言集釋) : 戌部方言,27a〉, 桃 복쇼아 〈한청문감(漢淸文鑑) : 13,1〉, 桃 복성화 〈물보(物譜) : 목과〉, 桃 복성화 〈광재물보(廣才物譜) : 果五,1a〉

이상의 '복숭아뼈'와 '복숭아'의 문헌상 기록으로 보면 '복숭아뼈'의 '복숭아'는 '桃'의 의미를 지닌 것임을 알 수 있다. 결국 '복쇼아[桃]'와 '뼈[骨]'의 복합어에서 유래한 것이다.

따라서 '복사뼈'만 표준어로 인정할 것이 아니라, '복숭아뼈'도 당연히 표준어로 인정하여야 할 것이다. 그러나 현재로써는 '복사뼈'만 옳고, '복숭아뼈'는 그르다.

*복슬복슬 vs. 복실복실

올바른 표현_복슬복슬

대체로 첩어에서 나타나는 '슬/실'의 경우, 'ㅣ'모음보다 'ㅡ'모음을 올바른 표기로 인정하고 있다. 치음 'ㅅ'을 발음하기에는 전설고모음 'ㅣ'가 편하다. 이에 따라 '복슬복슬'을 발음상 편의를 위해 '복실복실'로 발음하는 경우가 흔히 있다. 그러나 이는 잘못이다.

**본네트 vs. 보닛(bonnet)

올바른 표현_보닛(bonnet)

이 단어는 발음이 [bɔ́nit]이다. 외래어 표기법에, 짧은 모음 다음의 어말 무성 파열음은 받침으로 적는 규정이 있다. 이에 따라 '보닛'이 옳은 표기이다.

보닛 사진

*본토박이 vs. 본토(本土)배기

올바른 표현_본토박이

일부 명사 뒤에 붙어 무엇이 박혀 있는 사람이나 짐승 또는 물건이라는 뜻을 더하거나, 일부 명사 또는 동사 어간 뒤에 붙어 무엇이 박혀 있는 곳이라는 뜻을 더하거나 한곳에 일정하게 고정되어 있다는 뜻을 더하는 접미사가 '-박이'이다. 따라서 '본토박이'로 적어야 옳다. 'ㅣ'모음 역행동화의 영향으로 이를 '-배기'로 적는 것은 잘못이다.

봉숭아/봉선화 vs. 봉숭화

올바른 표현_봉숭아/봉선화

표준어 규정 제5절 복수 표준어 제26항을 보면, 한 가지 의미를 나타내는 형태 몇 가지가 널리 쓰이며 표준어 규정에 맞으면, 그 모두를 표준어로 삼는다. 따라서 고유어 '봉숭아'와 한자어 '봉선화(鳳仙花)'는 동의어(同義語)이면서 복수 표준어로 모두 옳은 표현이다. 이를 '봉숭화'로 잘못 쓰는 것은 마지막 음절을 '꽃 화(花)'로 착각하는 현상에서 비롯된 것이다.

봉숭아 사진

*봉오리² vs. 봉우리²

올바른 표현_봉오리

'산(山)'은 '봉우리'가 옳고, '꽃[花]'은 '봉오리'가 옳다. 산봉우리는 '山峯'의 뜻이고, '꽃봉오리'는 '花峯'의 뜻이며, 참고로 '꽃부리'는 '꽃을 이루는 가장 아름다운 부분으로, 한 송이 꽃의 꽃잎 전체', 즉 화관(花冠)의 뜻이다. '꽃봉오리'의 준말은 '봉오리²'가 옳다.

*부둥켜안다 vs. 부둥켜안다
올바른 표현_부둥켜안다

'두 팔로 힘써 안거나 두 손으로 힘껏 붙잡다', '애써 꾸려 나가거나 강한 애정을 가지고 집착하다'를 뜻하는 동사의 기본형 '부둥키다'와 '안다抱擁]'의 합성어가 '부둥켜안다'이다. 이를 '부둥켜안다'로 쓰면 잘못이다.

*부서뜨리다 vs. 부숴뜨리다
올바른 표현_부서뜨리다

'깨어져 여러 조각이 나게 하다', '제대로 쓸 수 없게 헐어지거나 깨어지게 하다', '희망이나 기대 따위를 무너지게 하다'의 뜻일 때, '부서뜨리다'가 옳다. '부서트리다'로 쓸 수도 있다. 그러나 '부숴뜨리다'는 잘못된 표현이다.

*부스러기 vs. 부스럭지
올바른 표현_부스러기

표준어 규정 제25항에 의미가 똑같은 형태가 몇 가지 있을 경우, 그 중 어느 하나가 압도적으로 널리 쓰이면, 그 단어만을 표준어로 삼는다고 하였다. 이에 따라 '부스러기'가 옳다. '부스러기'는 잘게 부스러진 물건을 일컫는다.

*부시다⁴ vs. 부수다
올바른 표현_부수다

'단단한 물체를 여러 조각이 나게 두드려 깨뜨리다'를 일컬어, '부수다'로 쓴다. 이를 경기와 전북 방언에서 '부시다'로 쓰는 것은 잘못된 표현이다.

  '부시다'가 올바르게 사용된 경우는, '그릇 따위를 씻어 깨끗하게 하다'의 뜻이거나, '빛이나 색채가 강렬하여 마주 보기가 어려운 상태에 있다'의 뜻일 때이다.

**부시럭 vs. 부스럭
올바른 표현_부스럭

마른 잎이나 검불, 종이 따위를 밟거나 건드릴 때 나는 소리는 '부스럭'이다. 어감(語感)이 센 말로 '뿌스럭'이, 약한 말로 '보스락'이 있다. 흔히 '부시럭'으로 쓰는 경우가 많은데, 이는 잘못된 표현이다. 한편

이 단어에 동작 또는 상태를 나타내는 일부 어근 뒤에 붙어 '그런 상태가 잇따라 계속됨'의 뜻을 더하고 동사를 만드는 접미사인 '-거리다'가 붙은 경우도 '부스럭거리다'가 올바른 표현이다.

**부스스 vs. 부시시

올바른 표현_부스스

'머리카락이나 털 따위가 몹시 어지럽게 일어나거나 흐트러져 있는 모양', '누웠거나 앉았다가 느리게 슬그머니 일어나는 모양', '부스러기 따위가 어지럽게 흩어지는 소리나 그 모양', '미닫이나 장지문 따위를 느리게 슬그머니 여닫는 소리나 그 모양', '물건의 사개가 힘없이 물러나는 모양' 등을 일컬어 '부스스'라 써야 옳다. 어감(語感)이 센 말에 '푸시시'가 있으며, 약한 말로는 '바스스'가 있다. 이를 '부시시'로 흔히 쓰는데, 잘못된 표현이다.

▲부저 vs. 버저(buzzer)

올바른 표현_버저(buzzer)

'전자석의 코일에 단속적(斷續的)으로 전류를 보내어 철판 조각을 진동시켜 내는 신호나 그런 장치'를 '버저'라 한다. 초인종의 대용이나 모스 부호 따위를 수신하는 데 쓰는 것이다. 이 단어는 발음이 [bʌzə]이다. 따라서 표기도 '버저'로 써야 당연히 옳다. 이를 흔히 '부저'라 하는데, 잘못된 표현이다.

버저 사진

*부조[1] vs. 복조(複調)[1]

올바른 표현_복조(複調)

작곡에서, 서로 다른 두 조를 같이 쓴 것은 '복조(複調)'이다. 이를 '부조'로 표현하는 것은 잘못이다. 複은 '같이 겹치다'의 의미일 때는 독음(讀音)이 '복', '거듭'의 의미일 때는 '부'가 독음(讀音)으로 옳다. 따라서 '複調'는 '복조'로 읽어야 올바른 표현이다.

**부조[4](扶助) vs. 부주[1]

올바른 표현_부조(扶助)

표준어 규정 제8항에 따르면, 양성모음이 음성모음으로 바뀌어 굳어진 단어는 음성모음 형태를 표준어로 삼지만, 어원의식이 강하게 작용하는 다음 단어는 양성모음 형태를 그대로 표준어로 삼는다고 하였다.

제시된 단어가 바로 '부조, 사돈, 삼촌' 등이다. 따라서 '부조'가 올바른 표기이다.

**부지러지다 vs. 부러지다
올바른 표현_부러지다

단단한 물체가 꺾여서 둘로 겹쳐지거나 동강이 날 때, '부러지다'로 써야 옳다. 이를 '부지러지다'로 쓰는 것은 방언에서 나타나는 현상으로 잘못된 표현이다. 전국에서 '부지러지다'는 나타나지만, 특히 전남 방언에서 심하다.

**부지르다 vs. 부러뜨리다
올바른 표현_부러뜨리다

'단단한 물체를 꺾어서 부러지게 하다'를 뜻하는 말은 '부러뜨리다'가 옳다. '부러트리다, 분지르다'라고 쓰기도 한다. 이를 방언에서 '부지르다'로 흔히 쓰는데, 이는 잘못된 표현이다.

*부페² vs. 뷔페(buffet)
올바른 표현_뷔페(buffet)

이 단어는 영어 발음이 [buféi]이다. 이에 따라 표기하면 '부페이'가 옳을 것이다. 그러나 이 단어는 영어에서 온 말이 아니라, 프랑스 어에서 온 말로 프랑스 어 발음으로 표기하면 '뷔페'가 옳다. 따라서 원말의 발음을 표기의 기준으로 삼아 '부페'가 아니라, '뷔페'로 써야 올바른 표기이다.

*부항단지 vs. 부항항아리(附缸缸－)
올바른 표현_부항단지

표준어 규정 제25항에 의미가 똑같은 형태가 몇 가지 있을 경우, 그 중 어느 하나가 압도적으로 널리 쓰이면, 그 단어만을 표준어로 삼는다고 하였다. 이에 따라, '부항단지'가 옳은 표현이다. '부항단지'란 부항을 붙이는 데 쓰는 작은 단지를 일컫는다.

*붐비다 vs. 분비다
올바른 표현_붐비다

'좁은 공간에 많은 사람이나 자동차 따위가 들끓다', '어떤 일 따위가 복잡하게 돌아가다'의 뜻으로 '붐비다'를 쓴다. 이를 방언에서 '분비다'

로 쓰는 것은 잘못된 표현이다.

*불그뎅뎅하다 vs. 불그덩덩하다
올바른 표현_불그뎅뎅하다

'고르지 아니하게 불그스름하다'를 뜻하는 말이 '불그뎅뎅하다'이다. 어감(語感)이 약한 말로 '볼그댕댕하다'가 있다. 이를 '불그덩덩하다'로 쓰는 것은 잘못된 표현이다.

*불리우다 vs. 불리다[4]
올바른 표현_불리다

'부르다'의 피동사는 '불리다'이다. 피동접사 '-리-'가 붙은 형태이다. 여기에 접사 '-우-'까지 붙인 '불리우다'는 잘못된 표현이다.

*불복신청(不服申請) vs. 불복신립(不服申立)
올바른 표현_불복신청(不服申請)

행정 처분의 위법 또는 부당을 이유로 그 취소나 변경을 위한 재심사를 관계 행정 기관에 청구하는 일 또는 원재판이나 사실 행위로 불이익을 받은 사람이 원심 법원 또는 상급 법원에 그 취소나 변경의 재판을 요구하는 신청을 일컬어, '불복신청'이라 한다. 그러나 이를 '불복신립'이라 표현하는 것은 잘못된 것이다.

*불야살야 vs. 부랴사랴
올바른 표현_부랴사랴

한글맞춤법 제4절 제27항에 둘 이상의 단어가 어울리거나 접두사가 붙어서 이루어진 말은 각각 그 원형을 밝히어 적는다고 하고, 〈붙임 2〉에 이르기를, 어원이 분명하지 아니한 것은 원형을 밝히어 적지 아니한다고 하였다. 이에 따라, '부랴사랴'는 '불야살야'가 아니라, '부랴사랴'처럼 소리대로 적는 것이 올바른 표기이다. 이 단어는 '매우 부산하고 급하게 서두르는 모양'을 뜻한다.

**불연듯이 vs. 불현듯이
올바른 표현_불현듯이

불을 켜서 불이 일어나는 것과 같다는 뜻이거나, 갑자기 어떠한 생각이 걷잡을 수 없이 일어나는 모양을 일컬어, '불현듯이'라 한다. 이를 '불연둣이'로 표기하면 잘못이다. 흔히 범하는 실수이다.

**불이나케 / 불이낳게 vs. 부리나케
올바른 표현_부리나케

한글맞춤법 제4절 제27항에 둘 이상의 단어가 어울리거나 접두사가 붙어서 이루어진 말은 각각 그 원형을 밝히어 적는다고 하고, 〈붙임 2〉에 이르기를, 어원이 분명하지 아니한 것은 원형을 밝히어 적지 아니한다고 하였다. 이에 따라, '부리나케'는 '불이나케'나 '불이낳게'가 아니라, '부리나케'처럼 소리대로 적는 것이 올바른 표기이다.

*불콰하다 vs. 불카하다
올바른 표현_불콰하다

얼굴빛이 술기운을 띠거나 혈기가 좋아 불그레할 때, '불콰하다'로 표현한다. '어제 먹은 술 때문에, 얼굴빛이 불콰하다'처럼 쓰인다. 이를 '불카하다'로 쓰는 것은 잘못이다. 잘 쓰지 않는 '콰'자를 회피하는 현상에서 비롯된 것으로 보인다.

**붓두껍 vs. 붓뚜껑
올바른 표현_붓두껍

붓촉에 끼워 두는 뚜껑으로, 붓대보다 조금 굵은 대나 얇은 쇠붙이로 만든 것이 '붓두껍'이다. '뚜껑'이라는 기능에 주목해 '붓뚜껑'으로 표현하는 것은 잘못이다.

*붓자루 vs. 붓대
올바른 표현_붓대

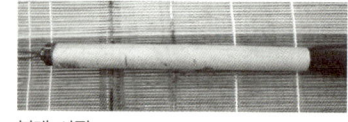
붓대 사진

글씨를 쓰거나 그림을 그릴 때 손으로 잡는 부분으로, 붓촉을 박는 가는 대를 일컬어, '붓대'라 한다. 이를 '붓자루'로 표현하는 것은 잘못이다.

*붙여지내다 vs. 부쳐지내다
올바른 표현_부쳐지내다

한집에 기거하면서 밥을 먹고 살 때, '부쳐지내다'로 써야 옳다. 이를 '붙여지내다'로 쓰는 것은 잘못이다. 이때의 '부치다'는 '먹고 자는 일을 제집이 아닌 다른 곳에서 하다'의 뜻이기에 '붙이다'로 쓰는 것은 옳지 않기 때문이다.

*붙임성 vs. 붙임새

올바른 표현_붙임성

남과 잘 사귀는 성질이나 수단을 일컬어, '붙임성'이라 한다. 이를 '붙임새'라 하는 것은 잘못된 표현이다.

**브라우스 vs. 블라우스(blouse)

올바른 표현_블라우스(blouse)

여자나 아이들이 입는 셔츠 모양의 낙낙한 웃옷이 '블라우스'이다. 이 단어는 발음이 [blaus]이기 때문에, '블라우스'로 표기해야 옳다.

*비가비 vs. 비갑¹(非甲)

올바른 표현_비가비

조선 후기에, 학식 있는 상민으로서 판소리를 배우던 사람을 순 우리말로 '비가비'라 한다. 그런데 이를 한자어로 표기하여 '비갑(非甲)'으로 표현하는 것은 잘못된 것이다.

*비끝 vs. 빗밑

올바른 표현_빗밑

'빗밑이 재다'라는 문장처럼 '비가 그치어 날이 개는 속도'를 일컬을 때, 쓰는 말이 '빗밑'이다. 이를 '비끝'으로 표현하기도 하는데, 잘못된 표현이다.

*비두발괄 vs. 비대발괄

올바른 표현_비대발괄

억울한 사정을 하소연하면서 간절히 청하여 비는 것을 '비대발괄'이라 한다. 이를 '비두발괄'로 쓰는 것은 잘못이다. 다음 문장은 이 단어가 쓰인 예문이다.

　📍 빚으로 가산을 탕진한 그는 여유를 조금만 더 달라고 비대발괄 손으로 빌었다.

*비듬나무 vs. 느릅나무

올바른 표현_느릅나무

느릅나뭇과의 낙엽 활엽 교목으로 높이는 15m 정도이며, 잎은 긴 타원형으로 톱니가 있는 수종(樹種)을 일컬어, '느릅나무'라 한다. 이 수종은 3월에 종 모양의 푸른 자주색 꽃이 피고 열매는 날개가 있는 시과(翅果)로 5~6월에 익으며 전혀 털이 없다. 그런데, 이 나무를 방언에서 '비듬나무'로 잘못 불

느릅나무 사진

115

리어지는 경우가 있다.

**비럭질 vs. 비렁뱅이질
올바른 표현_비럭질

남에게 구걸하는 짓을 낮잡아 이르는 말이 '비럭질'이다. 형태소는 '빌
– ＋ –억 ＋ –질'로 분석할 수 있다. 그런데 이를 방언에서 '비렁뱅이
질'로 표현한다. 이는 잘못된 표현이다.

**비로소 vs. 비로서
올바른 표현_비로소

'비롯'이란 어근에 부사화 접사인 '–오'가 붙은 경우이다. 한글맞춤법
제19항 〈붙임〉을 보면, 어간에 '–이'나 '–음' 이외의 모음으로 시작된
접미사가 붙어서 다른 품사로 바뀐 것은 그 어간의 원형을 밝히어 적
지 아니한다고 하였다. 이에 따라 부사로 바뀐 것에 '비로소'가 있다.

**비석(碑石)치기 vs. 비사치기
올바른 표현_비사치기

아이들 놀이의 하나로, 손바닥만한 납작한 돌을 세워 놓고 얼마쯤 떨어
진 곳에서 돌을 던져 맞히거나 발로 돌을 차서 맞혀 넘어뜨리는 놀이
를 '비사치기' 또는 '돌치기'라 한다. 이 단어는 어원적으로 '비석(碑石)
＋ 치– ＋ –기'에서 온 말이나, 어원에서 멀어진 말로 보아, '비사치기'
를 표준어로 정한 경우이다. 따라서 '비석치기'로 표현하는 것은 잘못
된 것이다.

▲비스킷(biscuit) vs. 비스켓
올바른 표현_비스킷(biscuit)

밀가루에 설탕, 버터, 우유 따위를 섞어서 구운 과자를 일컬어, 외래어로
'비스킷'이라 한다. 이 단어는 발음이 [bískit]이다. 이에 따라 표기하면
'비스킷'이 옳다. '비스켓'이라 발음하고 표기하는 것은 잘못된 표현이다.

**비쓸비쓸 vs. 비씰비씰
올바른 표현_비쓸비쓸

힘없이 자꾸 비틀거리는 모양을 일컬어 '비쓸비쓸'이라 하고, 어감(語感)
이 약한 말에 '비슬비슬'이 있다. 이를 흔히 '비씰비씰'로 표현하는데,
힘없이 흐느적흐느적 자꾸 비틀거리는 모양을 일컫는 '비실비실'과의

혼동에서 나타난 것으로, 잘못된 표현이다. 이 단어의 어근에 '–거리다'가 붙은 경우도 '비쓸거리다'가 옳지, '비씰거리다'는 잘못된 것이다.

*비쩌웁다/비쩝다 vs. 빛접다
올바른 표현_빛접다

'떳떳하고 번듯하여 부끄러울 것이 없다'는 뜻에 '빛접다'가 있다. 이를 소리대로 적은 '비쩝다'나 발음의 유연함을 위해 '비쩌웁다' 등으로 표현하는 것은 잘못이다.

**비프 커틀릿(beef cutlet) vs. 비프가스
올바른 표현_비프 커틀릿(beef cutlet)

서양 요리의 하나로, 쇠고기를 두껍게 썰어 소금과 후춧가루 따위를 뿌리고 밀가루를 묻혀 달걀을 푼 물에 담갔다가 빵가루를 묻힌 후 기름에 튀겨서 만든 음식이 '비프 커틀릿'이다. 이 단어는 발음이 [biːf kʌ́tlit]이다. 이에 따라 표기하면, '비프 커틀릿'이 옳다. 그런데 우리나라 양식집에서 이를 '비프 커틀릿'으로 쓰는 경우는 거의 없다. 대다수가 '비프가스'로 쓰고 있다. 잘못된 표현이다. 이 단어는 '돈가스(豚 kasu)'라는 특이한 일본어의 영향에서 '가스'가 쓰였다. 물론 '돈가스'도 올바른 표현은 '포크 커틀릿'이다.

*빈대코 vs. 납작코
올바른 표현_납작코

콧날이 서지 않고 납작하게 가로 퍼진 코이거나 그런 코를 가진 사람을 일컬어, '납작코'라 한다. 이를 동글납작한 곤충 '빈대'에 빗대어 표현한 '빈대코'는 잘못된 것이다. 특히 전라도 방언에 '빈대코'라는 표현이 많다.

*빙충이 vs. 빙충맞이
올바른 표현_빙충이

표준어 규정 제25항에 의미가 똑같은 형태가 몇 가지 있을 경우, 그 중 어느 하나가 압도적으로 널리 쓰이면, 그 단어만을 표준어로 삼는다고 하였다. 이에 따라 '빙충이'가 옳은 표현이다. 이 단어의 뜻은 '똘똘하지 못하고 어리석으며 수줍음을 잘 타는 사람'이다.

*빚거간 vs. 빚지시

올바른 표현_빚지시

빚을 주고 쓰고 할 때에 중간에서 소개하는 일을 '빚지시'라 한다. 이를 '빚[債]'과 사고파는 사람 사이에 들어 흥정을 붙인다는 '거간(居間)'의 합성어로 보아, '빚거간'으로 쓰는 것은 잘못이다. 순 우리말 '빚지시'가 올바른 표현이다.

*빚놀이 vs. 돈놀이

올바른 표현_돈놀이

남에게 돈을 빌려 주고 이자를 받는 것을 업으로 하는 일은 '돈놀이'이다. 이를 착각하여 '빚'을 가지고 논다고 보아 '빚놀이'로 표현하는 것은, 의미면에서도 옳지 않다.

*빠그라지다 vs. 빠그러지다

올바른 표현_빠그라지다

'짜임새가 물러나서 틈이 조금 벌어지다'의 뜻은 '빠그라지다'이다. '바그라지다'보다 어감(語感)이 센 말이다. 이를 '빠그러지다'로 표현하는 것은 잘못된 것이다.

*빠끔[1] vs. 빠꼼[1]

올바른 표현_빠끔

작은 구멍이나 틈 따위가 깊고 또렷하게 나 있는 모양을 일컬어, '빠끔'이라 하고, 어감(語感)이 센 말로 '뻐끔'이 있다. 이를 '빠꼼'이라 표현하는 것은 잘못이다.

*빠뜨리다 vs. 빠치다[2]

올바른 표현_빠뜨리다

표준어 규정 제25항에 의미가 똑같은 형태가 몇 가지 있을 경우, 그 중 어느 하나가 압도적으로 널리 쓰이면, 그 단어만을 표준어로 삼는다고 하였다. 이에 따라 '빠뜨리다'가 옳은 표현이다. 전남 방언에서 '빠치다'가 흔히 쓰이는데, 잘못된 표현이다.

*빠르다 vs. 빨르다

올바른 표현_빠르다

특별한 이유 없이 'ㄹ'을 덧붙여 '빨르다'로 쓰는 것은 잘못이다. '빠르다'가 기본형으로, 올바른 것이다.

*빼뚜러지다 vs. 빼뚤어지다
올바른 표현_빼뚤어지다

'바르지 아니하고 한쪽으로 조금 기울어지거나 쏠리다'의 뜻이 '빼뚤어
지다'이다. 이를 소리대로 적은 '빼뚜러지다'는 잘못된 표기이다.

*빤죽빤죽 vs. 빤죽빤죽
올바른 표현_빤죽빤죽

반반하게 생긴 사람이 자꾸 이죽이죽하면서 느물거리는 모양을 일컬
어, '빤죽빤죽'이라 한다. 어감(語感)이 약한 말로 '반죽반죽'이 있다.
이를 '빤죽빤죽'으로 쓰는 경우가 더러 있다. 그러나 이는 잘못된 표현
이다. 또 이 단어의 어근에 '-거리다'가 붙은 '빤죽거리다'가 옳은 표
현이지, '빤죽거리다'로 쓰는 것은 잘못된 표현이다.

*뻐개다² vs. 뻐기다¹
올바른 표현_뻐기다

표준어 규정 제17항에, 비슷한 발음의 몇 형태가 쓰일 경우, 그 의미에
아무런 차이가 없고, 그 중 하나가 더 널리 쓰이면, 그 한 형태만을 표
준어로 삼는다고 하였다. 이에 따라 '뻐기다'가 옳은 표현이다. '뻐기
다'는 '얄미울 정도로 매우 우쭐거리며 자랑하다'의 뜻이다.

*뻐기다² vs. 뻐개다¹
올바른 표현_뻐개다

표준어 규정 제17항에, 비슷한 발음의 몇 형태가 쓰일 경우, 그 의미에
아무런 차이가 없고, 그 중 하나가 더 널리 쓰이면, 그 한 형태만을 표
준어로 삼는다고 하였다. 이에 따라 '뻐개다'가 옳은 표현이다. '뻐개
다'는 '크고 딴딴한 물건을 두 쪽으로 가르다'의 뜻이다.

*뻗정다리 vs. 뻗장다리
올바른 표현_뻗정다리

구부렸다 폈다 하지 못하고 늘 벋어 있는 다리나 그런 다리를 가진 사
람을 일컬어, '벋정다리'라 하는데, 이를 센 말로 표현할 때, '뻗정다
리'라 한다. 이를 '뻗장다리'로 표현하는 것은 잘못이다.

*뽀뿌라 vs. 포플러(poplar)
올바른 표현_포플러(poplar)

이 단어는 발음이 [pɔplə]이다. 따라서 '포플러'로 써야 올바른 표기이

다. 우리말로는 '미루나무'라 한다. 이를 일본식 영어발음 '뽀뿌라'로 표현하는 것은 잘못이다.

*뽀서지다 vs. 바서지다
올바른 표현_바서지다

'조금 단단한 물체가 깨어져 여러 조각이 나다'의 뜻이 '바서지다'이다. 이를 청각적 인상을 강하게 하기 위해 '뽀서지다'로 표현하는 것은 잘못이다.

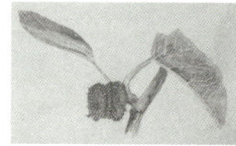

오디 그림

*뽕열매 vs. 오디[1]
올바른 표현_오디

뽕나무의 열매를 일컬어, '오디'라 한다. 이를 '뽕열매'라 경상도 방언에서 표현하는데, 잘못된 표현이다.

*뾰루지 vs. 뾰로지
올바른 표현_뾰루지

뾰족하게 부어오른 작은 부스럼을 일컬어 '뾰루지' 또는 '뾰두라지'라한다. 이를 방언에서 '뾰로지'라 하는데, 잘못된 표현이다.

*뾰쭉뾰쭉 vs. 뾰쪽뾰쪽
올바른 표현_뾰쪽뾰쪽

여럿이 다 끝이 점차 가늘어져서 날카로운 모양을 일컬어 '뾰쪽뾰쪽'이라 하고, 어감(語感)이 약한 말에 '뾰족뾰족'이 있다. 이를 모음조화가파괴된 형태인 '뾰쭉뾰쭉'이라 쓰는 것은 잘못된 표현이다.

*뿌시다 vs. 부수다
올바른 표현_부수다

청각적 인상을 강하게 하기 위해 어두음(語頭音)을 된소리로 표현한'뿌시다'는 잘못된 것이다. 잘못된 된소리 발음은 표기에 반영하지 않고 원래 형태대로 쓰기 때문이다. 그렇다고 '부시다'도 아니다. 이 단어의 기본형은 '부수다'가 옳은 표현이다.

*뿔따구 vs. 뿔따귀[1]
올바른 표현_뿔따구

'성[忿怒]'을 비속하게 이를 때, '뿔따구' 또는 '뿔다귀'가 옳다. 이를'뿔따귀'라 표현한 것은 잘못이다.

*삐까번쩍하다 / 삐까삐까하다 vs. 번쩍번쩍하다

올바른 표현_번쩍번쩍하다

'큰 빛이 잇따라 잠깐 나타났다가 사라지며 빛나는 상태에 있다', '순간순간 갑자기 기발한 생각을 잘해 내는 재치가 있다'의 뜻으로 '번쩍번쩍하다'가 있다. 이를 비속어로 '삐까번쩍하다'나 '삐까삐까하다'로 쓰는 것은 올바른 표현이 아니다.

*삐라(pira) vs. 전단[8](傳單)

올바른 표현_전단(傳單)

선전이나 광고 또는 선동하는 글이 담긴 종이쪽을 일컬어, '전단(傳單)'이라 한다. '알림 쪽지'로 순화해야 할 말이다. 그러나 'pira'를 일본식 영어로 발음해 '삐라'로 표현하는 것은 잘못이다. 이 단어의 발음은 [páirə]로 이에 따라 표기하면, 어말의 '-a[ə]'는 '아'로 적기에 '파이라'라 옳지만, 이 표기를 사전에서는 인정하지 않은 경우이다.

　지방 자치제가 실시된 후, 군(郡) 단위마다 우후죽순(雨後竹筍) 격으로 지역 생활정보지가 많이 생겼다. 주로 물건을 매매하거나 부동산 거래, 자동차 매매 등과 관련된 내용이 태반을 이루고, 그 외에 취업 정보나 지역의 소식, 지역 상점 광고 등으로 채워지는 것이 지역 생활정보지의 현 주소이다.

　그런데, 간혹 이러한 생활정보지를 보다가, 잘못 쓴 단어를 발견하고는 한다. 바로 '전세 놉니다. 월세 놉니다'처럼 '놓습니다'를 '놉니다'로 표현했거나, '세 놓음'을 '세 놈'으로 표현하기도 한다. 또 '사글세'를 '삭월세'로 표현하는 경우도 흔히 접할 수 있다. 모두 '놓습니다. 놓음, 사글세' 등으로 써야 올바른 표현이다.

　'놓다'처럼 'ㄹ' 외의 받침을 가진 용언의 어간에 붙을 경우에는 '−습니다'를 써야 옳다. 따라서 '놓습니다'가 올바른 표현인 것이다. 또 이를 명사형으로 표현할 경우에도 '놓다'의 어간에 명사형 어미 '−음'을 붙여, '놓음'으로 해야 옳다. 이를 '놈'이라 표현하는 것은 잘못된 표현이다.

　다음으로 '사글세'는 기원적으로 '삭월세(朔月貰)'에서 온 단어이다. 그러나 어원에서 멀어진 형태로 굳어져서 널리 쓰이는 것을 표준어로 삼는다는 표준어 규정 제5항에 따라, '사글세'가 올바른 표현이다.

　잘못된 표현을 시정하도록 요구하는 전화를 몇 곳의 생활정보지 회사에 여러 번 했었다. 어떤 경우는 아주 고맙다는 인사를 받기도 했지만, 몇 군데는 짜증나는 목소리로 '알았다' 하며 퉁명스럽게 대꾸하였다. 심지어 어떤 경우는 '놉니다'와 '삭월세'가 올바른 표현이라 역설(力說)하는 곳도 있다. 그럴 때면 필자는 한참을 설명해야 했고, 국어사전을 꼭 참고해 보라는 당부의 말도 아끼지 않았다.

*사그라지다 vs. 사그라들다

올바른 표현_사그라지다

삭아서 없어질 때, '사그라지다'로 써야 옳다. 이를 전남 방언에서 '사그라들다'로 쓰는 것은 잘못된 표현이다.

*사돈(査頓) vs. 사둔

올바른 표현_사돈(査頓)

표준어 규정 제8항에 따르면, 양성모음이 음성모음으로 바뀌어 굳어진 단어는 음성모음 형태를 표준어로 삼지만, 어원의식이 강하게 작용하는 다음 단어는 양성모음 형태를 그대로 표준어로 삼는다고 하였다. 이에 따라 제시한 단어가 바로 '부조, 사돈, 삼촌' 등이다. 따라서 '사돈'이 올바른 표기이다.

*사랑놀이 vs. 사랑놀음

올바른 표현_사랑놀이

사랑방에서 음식과 풍악, 기생 따위를 갖추어 노는 일을 일컬어, '사랑놀이'라 해야 한다. 이를 '사랑놀음'으로 표현하는 것은 잘못이다.

*사래⁴ vs. 사리¹

올바른 표현_사리

국수, 새끼, 실 따위를 동그랗게 포개어 감은 뭉치를 '사리'라 한다. 이를 간혹 방언에서 '사래'라 표현하는데, 잘못된 것이다.

실 사리 사진

*사려물다 vs. 사리물다
올바른 표현_사리물다

'이를 악물다'를 뜻하는 말이 '사리물다'이다. 이를 '사려물다'로 표현하는데, 잘못된 것이다.

**사루비아 vs. 샐비어(salvia)
올바른 표현_샐비어(salvia)

샐비어 사진

이 단어는 발음이 [sǽlviə]이다. 이 발음에 따라, 표기하면 '샐비어'가 옳다. 그런데 이 단어는 표기 원칙에 벗어난 단어이다. 〈외래어 표기 용례의 표기원칙〉에 따르면, 어말의 '-ə[ə]'는 '아'로 적는다는 규정이 있다. 따라서 '샐비아'로 적어야 사실은 올바른 표기이다. 그러나 현행 사전에는 '샐비어'를 올바른 표기로 등재하고 있다. 원칙에 일관된 적용이 아쉬운 단어이다. '샐비어'는 꿀풀과의 여러해살이풀로 높이는 50～80cm이며, 잎은 마주나고 긴 타원형으로 끝이 뾰족하고 가에 톱니가 있다. 이를 흔히 '사루비아'로 쓰는데, 잘못된 표현이다.

*사뭇 vs. 사묻/사못
올바른 표현_사뭇

'ㄷ' 소리로 나는 받침 중에서 'ㄷ'으로 적을 근거가 없는 것은 'ㅅ'으로 적는다. 이에 따라 '사뭇'이 옳다. 이와 비슷한 경우로 '돗자리, 무릇, 얼핏, 자칫하면' 등이 있다. '사뭇'의 경우는 모음조화 현상에 따라 표기한 것이나, 양성모음이 음성모음으로 바뀌어 굳어진 단어는 음성모음 형태를 표준어로 삼은 규정에 따라, '사뭇'이 옳다.

*사양머리 vs. 새앙머리
올바른 표현_새앙머리

예전에, 여자 아이가 예장(禮裝)할 때에 두 갈래로 갈라서 땋은 머리를 일컬어, '새앙머리'라 한다. 이를 '사양머리'라 표현하는 것은 잘못이다.

**사잇길 vs. 샛길
올바른 표현_샛길

큰길 사이로 난 작은 길은 '샛길'이다. 이를 '사잇길'로 표현하는 것은 잘못이다. '사잇길'은 노래 가사나 일반 대화에서 흔히 쓰는데, 조속히 시정해야 할 것이다.

*사족²(四足) vs. 사죽¹

'사족이 멀쩡하다'처럼, '사지(四肢)'를 속되게 이를 때 쓰는 말이다. 원래는 '짐승의 네 발 또는 네 발 가진 짐승'을 뜻하는 말이다. 이를 '사죽'이라 쓰는 것은 잘못된 표현이다. 특히 '사죽'이라는 표현은 전남에서 흔히 쓴다.

*사천성(四川省) vs. 쓰촨 성

올바른 표현_쓰촨 성

외래어 표기법 제4장 제2절 제2항에 중국의 지명이 현재 지명과 동일한 것은 중국어 표기법에 따라 표기한다는 원칙이 있다. 따라서 이를 한국 한자음으로 읽어서는 옳지 않다. 따라서 '쓰촨 성'으로 써야 옳으며, 굳이 필요하다면 한자를 병기하는 방식을 취하여야 한다.

*사촌(四寸) vs. 사춘

올바른 표현_사촌(四寸)

아버지의 친형제자매의 아들이나 딸과의 촌수는 '사촌(四寸)'이다. 한자어이다. 이를 방언에서 '사춘'으로 표현하는 것은 잘못된 것이다. 이러한 비슷한 단어로 '사돈(査頓)'이 있다. 이를 '사둔'으로 표현하는 것도 잘못이다. '사춘'이라는 방언형은 '강원, 충청, 경기, 전라, 평안, 함경' 등지에 흔히 나타나는 형태이다.

*삭둑 vs. 삭독

올바른 표현_삭둑

'연한 물건을 단번에 자르거나 베는 소리나 그 모양'을 일컬어, '삭둑'이라 한다. 어감(語感)이 센 말로 '싹둑, 석둑' 등이 있다. 모음조화를 지킨 '삭독'은 잘못된 표현이다. 이는 양성모음이 음성모음으로 바뀌어 굳어진 단어는 음성모음 형태를 표준어로 삼은 규정에 의한 것이다.

**삭월세 vs. 사글세

올바른 표현_사글세

어원에서 멀어진 형태로 굳어져서 널리 쓰이는 것을 표준어로 삼는다는 표준어 규정 제5항에 따라, '사글세'가 올바른 표현이다.

*삭이다³ vs. 새기다³

올바른 표현_새기다

'양 따위의 반추 동물이 먹었던 것을 되 내어서 다시 씹다'의 뜻에 '새기다'가 있다. 그러나 이를 방언에서 '삭이다'로 표현하는 경우가 있다. 그러나 이는 잘못된 표현이다.

*산갓²(山-) vs. 멧갓¹ 또는 산림(山林)

올바른 표현_멧갓 또는 산림(山林)

함부로 베지 못하게 가꾸는 산을 '멧갓'이라 한다. 또 산과 숲, 또는 산에 있는 숲을 일컬어, '산림(山林)'이라고 한다. 이를 방언에서 '산갓'으로 표현하는 것은 잘못이다.

*산골짜기 vs. 산골창

올바른 표현_산골짜기

'산골짜기'를 방언에서 '산골창'으로 표현하는 경우가 있다. 그러나 이는 잘못된 표현이다. '산골창'은 전남에서 흔히 쓰는 방언이다.

*산동반도(山東半島) vs. 산둥 반도

올바른 표현_산둥 반도

외래어 표기법 제4장 제2절 제2항에 중국의 지명이 현재 지명과 동일한 것은 중국어 표기법에 따라 표기한다는 원칙이 있다. 따라서 이를 한국 한자음으로 읽어서는 옳지 않다. 따라서 '산둥'으로 써야 옳으며, 굳이 필요하다면 한자를 병기하는 방식을 취하여야 한다.

*산삼꾼(山蔘-) vs. 심마니

올바른 표현_심마니

산삼을 캐는 것을 업으로 삼는 사람을 일컬어, '심마니' 또는 '채삼꾼'이라 한다. 그러나 이를 '산삼꾼'으로 표현하는 것은 잘못이다.

*살강니 vs. 사랑니

올바른 표현_사랑니

어금니가 다 난 뒤 성년기에 맨 안쪽 끝에 새로 나는 작은 어금니는 '사랑니'이다. 이를 전국적으로 방언에서 '살강니'라 하는 경우가 있는데, 이는 잘못이다.

*살고기[2] vs. 살코기
올바른 표현_살코기

'살[肌]'과 '고기[肉]'의 합성어는 '살코기'이다. '살[肌]'은 이른바 'ㅎ'종 성체언으로 뒤에 [k·t·p]가 올 때, 'ㅎ'과 결합하여 격음으로 나타난다. 이에 따라, '살코기'가 옳은 것이다. 과거 100여 개이었던 'ㅎ'종성 체언은 현재 '수[雄], 조[粟], 그루[株], 살[肌], 울[籬], 하늘[天], 안[內], 한 [一], 암[雌]' 등이 남아 있다.

*살금살금 vs. 살곰살곰
올바른 표현_살금살금

남이 알아차리지 못하도록 눈치를 살펴 가면서 살며시 행동하는 모양을 일컬어, '살금살금'이라 한다. 이를 방언에서 '살곰살곰'으로 표현하는데, 잘못이다.

*살래살래 vs. 살레살레
올바른 표현_살래살래

작은 동작으로 몸의 한 부분을 가볍게 잇따라 가로흔드는 모양을 일컬어, '살래살래'라 한다. 이를 '살레살레'로 표현하는 것은 잘못이다.

*살풀이[1] vs. 살막이[2]
올바른 표현_살풀이

표준어 규정 제25항에 의미가 똑같은 형태가 몇 가지 있을 경우, 그 중 어느 하나가 압도적으로 널리 쓰이면, 그 단어만을 표준어로 삼는다고 하였다. 이에 따라 '살풀이'가 옳은 표현이다.

*삵괭이 vs. 살쾡이
올바른 표현_살쾡이

거센소리를 가진 형태를 표준어로 삼은 단어이다. 이와 비슷한 경우로 '끄나풀(○), 끄나불(×)'이 있다.

살쾡이 사진

**삼가다 vs. 삼가하다
올바른 표현_삼가다

'몸가짐이나 언행을 조심하다', '꺼리는 마음으로 양(量)이나 횟수가 지나치지 아니하도록 하다' 등의 뜻일 때, '삼가다'가 옳다. 〈월인석보(月印釋譜)〉같은 과거 문헌에도 등장하는 단어로 '삼가다'를 기본형으로 삼고 있다. 흔히 '삼가하다'로 쓰는데 잘못된 표현이다.

*삼줄[2] vs. 탯줄

올바른 표현_탯줄

태아와 태반을 연결하는 교질의 흰 육관(肉管)을 일컬어, '탯줄'이라 한다. 이를 방언에서 '삼줄'이라 하는 경우가 있는데, 잘못된 표현이다.

*삼촌(三寸) vs. 삼춘

올바른 표현_삼촌(三寸)

표준어 규정 제8항에 따르면, 양성모음이 음성모음으로 바뀌어 굳어진 단어는 음성모음 형태를 표준어로 삼지만, 어원의식이 강하게 작용하는 다음 단어는 양성모음 형태를 그대로 표준어로 삼는다고 하였다. 이에 따라 제시한 단어가 바로 '부조, 사돈, 삼촌' 등이다. 따라서 '삼촌'이 올바른 표기이다.

형태소(形態素)
뜻을 가진 가장 작은 말의 단위

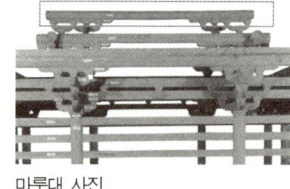

마룻대 사진

*상량대 / 상량보(上樑-) vs. 마룻대

올바른 표현_마룻대

'용마루 밑에 서까래가 걸리게 된 도리'를 순 우리말로 '마룻대'라 하고, 한자어로는 '상량(上樑)'이다. 이를 '상량대'나 '상량보'로 쓰는 것은 필요 없는 형태소를 추가한 것이다.

*상추[1] vs. 상치[2]

올바른 표현_상추

모음의 발음 변화를 인정하여, 발음이 바뀌어 굳어진 형태를 표준어로 삼는 규정이 있다. 이에 따라 '상추'가 옳은 표기이다. 특히 이 단어는 1988년 이전에는 '상치'가 표준어이었으나, 바뀌면서 혼동하는 것이다.

*상판대기 vs. 상판때기

올바른 표현_상판대기

한글맞춤법 제54항에 따르면, '-때기'는 '-대기'로 쓰지 않고 통일한다는 규정이 있으나, 이 단어의 경우는 다른 경우이다. 표준어 규정 제17항에, 비슷한 발음의 몇 형태가 쓰일 경우, 그 의미에 아무런 차이가 없고, 그 중 하나가 더 널리 쓰이면, 그 한 형태만을 표준어로 삼는다고 하였다. 이에 따라 '상판대기'가 옳은 표현이다.

*상한손 vs. 생인손

올바른 표현_생인손

표준어 규정 제24항에, 방언이던 단어가 널리 쓰이게 됨에 따라 표준어이던 단어가 안 쓰이게 된 것은, 방언이던 단어를 표준어로 삼는다고 하였다. 이에 따라 '귀밑머리, 까뭉개다, 막상, 빈대떡, 생인손, 역겹다, 코주부' 등을 그러한 단어로 제시하였다. 그 중 '생인손'은 원래 '생으로 앓게 된 손(가락)'이란 뜻의 '생안손'이 표준어이었으나, 언중들의 사용현실을 고려하여 '생인손'으로 표준어를 정한 경우이다.

▲새디즘 vs. 사디즘(sadism)

올바른 표현_사디즘(sadism)

성적(性的) 대상에게 육체적·정신적 고통을 줌으로써 성적 만족을 얻는 이상(異常) 성욕을 외래어로 '사디즘'이라 한다. 이 단어는 발음이 [séidizm]이다. 이에 따라 표기하면 '세이디즘'이 옳다. 그러나 그동안의 관용을 존중하여 '사디즘'을 올바른 표기로 본다. 흔히 '새디즘'으로 표현하는데, 잘못된 것이다.

*새망스럽다 vs. 경망스럽다

올바른 표현_경망스럽다

'행동이나 말이 가볍고 방정맞은 데가 있다'는 뜻을 지닌 말이 '경망스럽다'이다. 방언에서 이를 '새망스럽다'로 표현하는 것은 잘못이다.

**새벽별 vs. 샛별

올바른 표현_샛별

'샛별'은 '금성(金星)'을 일상적으로 이르는 말로, '계명(啓明), 신성(晨星), 효성(曉星)'이라고도 한다. 또 장래에 큰 발전을 이룩할 만한 사람을 비유적으로 이를 때, 쓰기도 한다. 이 단어의 '새'는 '동쪽' 또는 '흰[白]'을 뜻한다. '새벽'에 뜨는 별이라는 뜻에서 유래한 것이 아니다. '샛별'을 '새벽별'로 표현하는 것은 전국적인 현상으로 잘못된 표현이다.

*새살까다 vs. 놀소리하다

올바른 표현_놀소리하다

'젖먹이가 누워 놀면서 입으로 내는 군소리를 하다'는 뜻으로 '놀소리하다'나 '옹알이하다'가 있다. 이를 비속어로 '새살까다'라 하는 경우가 있는데, 잘못된 표현이다.

*새앙쥐 vs. 생쥐

올바른 표현_생쥐

표준어 규정 제14항에 따르면, 준말이 널리 쓰이고 본말이 잘 쓰이지 않는 경우에는, 준말만을 표준어로 삼는다. 이에 따라, '똬리, 무, 생쥐, 솔개, 귀찮다, 뱀, 온갖' 등이 옳은 표현이다. 따라서 '생쥐'가 올바른 것이다.

*새지근하다 vs. 새척지근하다

올바른 표현_새척지근하다

'음식이 쉬어서 맛이나 냄새 따위가 조금 시다'는 '새척지근하다'가 옳은 표현이다. '시척지근하다'로 표현하기도 한다. 그러나 이를 방언에서 '새지근하다'로 표현하는데, 잘못이다.

*새짐승 vs. 날짐승

올바른 표현_날짐승

유개념(類槪念)
어떤 개념의 외연(外延)이 다른 어떤 개념의 외연보다 커서, 그것을 자기 안에 포괄하는 경우에 전자(前者)를 후자(後者)의 유개념이라 함.

'새짐승'이라 함은 '새'와 '짐승'의 합성어로 뒷단어가 앞단어보다 큰 유개념(類槪念)이다. 즉, 새는 짐승의 하위어에 해당한다. 이러한 조합은 잘못이다. 따라서 '날짐승'으로 써야 올바른 표기이다.

**새치름하다 vs. 새초롬하다

올바른 표현_새치름하다

'그녀는 걱정 어린 낯빛에 새치름하게 앉아서'라는 예문처럼 쓰이는 '새치름하다'는 '조금 쌀쌀맞게 시치미를 떼는 태도가 있다'라는 뜻이다. 이를 '새초롬하다'로 간혹 쓰는데, 특히 문학 작품 등에 잘 나타난다. 어감(語感)이 작고 예쁘게 느껴지기 때문이 아닌가 생각한다. 그러나 현행 표준어에 '새초롬하다'는 잘못된 표현이다.

*색소폰(saxophone) vs. 색스폰

올바른 표현_색소폰(saxophone)

이 단어는 발음이 [sǽksəfòun]이다. 이에 따라 표기하면 '색서폰'이 옳다. 그러나 둘째 음절의 'o'는 비록 발음이 [ə]이나 관례를 존중하여 '오'로 적는다. 또 셋째 음절의 발음 [ou]는 외래어 표기법 제3장 제8항에 '오'로 적는다고 명시하였다. 따라서 '색소폰'이라 써야 옳다.

색소폰 사진

▲샛강 vs. 지류(支流)

올바른 표현_지류(支流)

산업화 속에서 우리는 자연을 많이 잃었다. 늦었지만 이제야 각성하고 각종 환경 단체에서 자연을 살리자는 목소리를 내고 있다. 이때 흔히 등장하는 말이 '샛강을 살리자!'가 있다. 이때 '샛강'은 '큰 강에서 갈려져 나간 작은 강'의 의미로 쓴 것이다. 그러나 '샛강'의 사전적 의미는 '큰 강에서 한 줄기가 갈라나가서 중간에 섬을 이루고 하류에 가서 다시 합친 강'이다. 따라서 우리가 흔히 쓰는 의미로 '샛강'은 잘못된 표현이며, '지류(支流)'로 써야 옳다.

그러나 '큰 길에서 갈려져 나간 작은 길'은 '샛길'이 옳은 표현이다.

**샛까맣다 vs. 새까맣다   올바른 표현_새까맣다

어두음(語頭音)이 된소리나 거센소리 또는 'ㅎ'이고 첫 음절의 모음이 양성인 색채를 나타내는 일부 형용사 앞에 붙어 '매우 짙고 선명하게'의 뜻을 더하는 접두사는 '새-'이다. 그렇게 형성된 단어들이 '새까맣다, 새빨갛다, 새뽀얗다, 새카맣다, 새하얗다' 등이다. 따라서 이들 단어에 사이시옷을 넣어 '샛까맣다, 샛빨갛다, 샛뽀얗다, 샛카맣다, 샛하얗다' 등으로 표현하면 잘못이다. 특히 이 접두사 뒤의 첫소리가 모두 된소리나 거센소리이기 때문에 더더욱 사이시옷은 필요하지 않다.

*생판 vs. 생무지²(生-)   올바른 표현_생판

'어떤 일에 대하여 전혀 모르거나 손을 대지 아니함. 또는 그런 사람', '매우 생소하게', '터무니없이 무리하게' 등의 뜻을 지닌 말은 '생판'이다. 첫째 음절 '생'은 한자 '生'에서 왔다. 이를 방언에서 '생무지'로 쓰는 것은 잘못된 표현이다.

**샤베트 vs. 셔벗(sherbet)   올바른 표현_셔벗(sherbet)

외래어 표기법에, 짧은 모음 다음의 어말 무성 파열음은 받침으로 적는 규정이 있다. 그리고 이 단어는 발음이 [ʃə́ːbət]이다. 이에 따라 '셔벗'이 옳은 표기이다. '셔벗'은 '과즙에 물, 우유, 설탕 따위를 섞어 얼린 얼음과자'를 뜻한다.

*샤시 vs. 섀시(chassis)
올바른 표현_섀시(chassis)

자동차의 차대(車臺)를 일컫는 말은 '섀시'가 옳다. 이 단어는 발음이
[ʃæsi]이다. 따라서 올바른 표기는 '섀시'이다.

*샤타 / 샷다[1] vs. 셔터(shutter)
올바른 표현_셔터(shutter)

이 단어는 발음이 [ʃʌtəː]이다. 이에 따라, 올바르게 표기하면 '셔터'
가 옳다. 이를 '샤타, 샷다' 등으로 표현하는 것은 잘못이다.

▲샷시 vs. 섀시(sash)
올바른 표현_섀시(sash)

'금속제의 창틀이나 어리, 문얼굴 따위'를 일컬을 때, '섀시'가 옳다.
이 단어의 발음은 [sæʃ]이다. 따라서 '섀시'가 옳은 표기이다. 언중들
은 많은 수가 '샷시'로 발음하고 표기하는데, 이는 잘못이다.

*서두르다 / 서둘다 vs. 서둘르다
올바른 표현_서두르다/서둘다

특별한 이유 없이 'ㄹ'을 덧붙여 '서둘르다'로 쓰는 것은 잘못이다. '서
두르다'가 기본형으로, 올바른 것이다. 표준어 규정 제16항에, 준말과
본말이 다 같이 널리 쓰이면서 준말의 효용이 뚜렷이 인정되는 것은,
두 가지를 다 표준어로 삼는다고 하였다. 이에 따라, '서둘다'와 '서두
르다', 모두 옳은 표현이다. 이와 비슷한 경우로 '서투르다'와 '서툴다'
도 함께 복수 표준어이다.

*서사군도(西沙群島) vs. 시사 군도
올바른 표현_시사 군도

외래어 표기법 제4장 제2절 제2항에 중국의 지명이 현재 지명과 동일
한 것은 중국어 표기법에 따라 표기한다는 원칙이 있다. 따라서 이를
한국 한자음으로 읽어서는 옳지 않다. 따라서 '시사'로 써야 옳으며,
굳이 필요하다면 한자를 병기하는 방식을 취하여야 한다.

*서안[1](西安) vs. 시안[7]
올바른 표현_시안

외래어 표기법 제4장 제2절 제2항에 중국의 지명이 현재 지명과 동일
한 것은 중국어 표기법에 따라 표기한다는 원칙이 있다. 따라서 이를

한국 한자음으로 읽어서는 옳지 않다. 따라서 '시안'으로 써야 옳으며, 굳이 필요하다면 한자를 병기하는 방식을 취하여야 한다.

*서울내기 vs. 서울나기

올바른 표현_서울내기

한글맞춤법 제2장 제9항에 따르면, 'ㅣ'모음 역행동화 현상에 의한 발음은 원칙적으로 표준 발음으로 인정하지 아니하되, 다만, 다음 단어들은 그러한 동화가 적용된 형태를 표준어로 삼는 규정이 있다. 다음 단어들이 바로 '서울내기, 시골내기, 신출내기, 풋내기, 냄비, 동댕이치다' 등이다. 따라서 이 단어는 '서울내기'가 옳다.

*선들이다 vs. 선드리다

올바른 표현_선들이다

'선방(禪房)에 참선하러 들어가다'를 뜻하는 '선들다'에 사동접사 '-이-'가 붙은 것이 '선들이다'이다. 따라서 마땅히 '선들이다'가 옳다. 소리대로 쓴 '선드리다'는 잘못이다.

*선록색 vs. 선녹색(鮮綠色)

올바른 표현_선녹색(鮮綠色)

밝고 산뜻한 녹색을 일컬어 '선녹색'이라 한다. 둘째 음절은 본음은 '록'으로, '선록색'으로 써야 옳을 듯하지만, 한글맞춤법 제12항 〈붙임 2〉에 추가하길, 접두사처럼 쓰이는 한자가 붙어서 된 단어는 뒷말을 두음법칙에 따라 적는다고 하였다. 이에 따라 접두사처럼 붙은 '선'에 의해, '선녹색'으로 두음법칙을 적용하여 표기해야 옳다.

*선잡다 vs. 설잡다

올바른 표현_설잡다

'설잡다'는 '어설프게 잡다'의 뜻이다. 이를 '선잡다'로 쓰는 것은 잘못이다.

**설거지 vs. 설걷이/설겆이

올바른 표현_설거지

한글맞춤법 제6항에 따르면, 'ㄷ, ㅌ'받침 뒤에 종속적 관계를 가진 '-이(-)'나 '-히-'가 올 적에는 그 'ㄷ, ㅌ'이 'ㅈ, ㅊ'으로 소리 나더라도 'ㄷ, ㅌ'으로 적는 규정이 있다. 이 조항에 따르면 '설걷이'가

133

옳을 듯하나, 이 단어의 경우는 '설거지'로 써야 옳다. 제6항이 적용된 예로 '맏이, 걷히다, 낱낱이, 붙이다' 등이 있다.

*설렁탕 vs. 설농탕(雪濃湯)

올바른 표현_설렁탕

표준어 규정 제5항에 따라, 어원에서 멀어진 형태로 굳어진 경우에 해당하는 단어이다. 따라서 '설렁탕'이 올바른 표현이다.

*설장구 vs. 설장고(-杖鼓)

올바른 표현_설장구

설장구 사진

일어서서 장구를 어깨에 걸어 메고 치는 장구를 '설장구'라 한다. 보통 정악 국악에서 쓰는 장구보다 크기가 좀 작아, 어깨에 메고 공연할 때 쓰는 장구이다. 표준어 규정 제8항에 따르면, 양성모음이 음성모음으로 바뀌어 굳어진 단어는 음성모음 형태를 표준어로 삼는다고 하였다. 이에 따라 '설장구'가 올바른 표기이다. 물론 '장고'가 그리고 '장구'가 옳은 표기이다.

*섬벅섬벅[2] vs. 슴벅슴벅

올바른 표현_슴벅슴벅

'눈꺼풀을 움직이며 눈을 자꾸 감았다 떴다 하는 모양'이나 '눈이나 살 속이 찌르듯이 자꾸 시근시근한 모양'을 일컬을 때, '슴벅슴벅'이라 한다. 어감(語感)에 차이가 있는 '슴뻑슴뻑, 씀벅씀벅, 씀뻑씀뻑, 삼박삼박' 등도 있다. '섬벅섬벅'은 잘못된 표현으로 사전에 등재되지 않았다.

**섬뜩 vs. 섬짓/섬찟

올바른 표현_섬뜩

갑자기 소름이 끼치도록 무섭고 끔찍한 느낌이 드는 모양을 일컬을 때, '섬뜩'으로 써야 옳다. 이를 '섬짓, 섬찟'이라 흔히 쓰지만 옳지 않은 표현이다.

*섭슬리다 vs. 섭쓸리다

올바른 표현_섭슬리다

'우리는 불량 청소년들이 섭슬려 다니는 모습을 흔히 본다'라는 문장처럼 '함께 섞여 휩쓸리다'의 뜻으로 '섭슬리다'를 쓴다. 이 단어가 쓰인 문장에 '-과'가 나타나지 않을 때는 여럿임을 뜻하는 말이 주어로 온다. 둘째 음절을 된소리로 표기한 '섭쓸리다'는 잘못된 표현이다.

*섭하다 / 애운하다 vs. 섭섭하다[1]

올바른 표현_섭섭하다

표준어 규정 제25항에 의미가 똑같은 형태가 몇 가지 있을 경우, 그 중 어느 하나가 압도적으로 널리 쓰이면, 그 단어만을 표준어로 삼는다고 하였다. 이에 따라 '섭섭하다'가 옳은 표현이다. 또 이를 '섭하다'나 '애운하다'로 표현하면 잘못이다.

*성냥갑 vs. 성냥곽

올바른 표현_성냥갑

성냥개비를 넣는 갑은 '성냥갑'이다. 이를 방언에서 '성냥곽'으로 쓰는 것은 잘못이다. 원래 '곽'은 마른 물건을 넣어 두는, 뚜껑 있는 작은 그릇을 일컫는다. 반면에 '갑(匣)'은 물건을 담는 작은 상자를 일컫는 것이다.

성냥갑 사진

*세간[1] vs. 세간살이

올바른 표현_세간

집안 살림에 쓰는 온갖 물건을 일컬어 '세간'이라 한다. 여기에 '−살이'라는 접미사를 붙여서는 안 된다. '−살이'는 '셋방살이, 종살이, 타향살이'처럼 일부 명사 뒤에 붙어, '어떤 일에 종사하거나 어디에 기거하여 사는 생활'의 뜻을 더한다.

*세넷[1] vs. 서넛

올바른 표현_서넛

'서[三]'는 'ㄷ, ㅁ, ㅂ, ㅍ, ㅎ' 등을 첫소리로 하는 의존명사 앞에 쓰이는 수관형사로, '세'의 변이형태이다. 그러나 '서넛'의 경우는 특이한 형태로 '네[四]'를 나타내는 '넷' 앞에도 '서'로 표기하는 것이 올바른 표기이다. 참고로 '석[三]'은 '냥, 달, 동, 섬, 자, 장, 줄, 짐' 등의 의존명사 앞에서 쓴다.

변이형태(變異形態)
동일한 기능과 의미를 가지면서
상이하게 실현된 형태

**세느강 vs. 센 강(seine 江)

올바른 표현_센 강(seine 江)

이 단어는 영어 발음이 [sein]이다. 그러나 이 단어는 영어가 아니라, 프랑스 어이다. 프랑스 어 발음으로 [sen]이다. 따라서 이에 따라 표기하면 '센 강'으로 써야 옳다. 외래어 표기법 제3장 제3절 프랑스 어 표기법에 따르면, 제1항에 명시한 바와 같이 파열음 [p], [t], [k] ; [b], [d], [g] 등이 어말에 있을 때만 '으'를 붙여 적는다. 또 외래어 표기법 제3장 제5항에도 '어말 또는 자음 앞의 비음은 모두 받침으로 적는다'가 있다. 따라서 '세느'가 아니라, '센'이 올바른 것이다.

*세멘트 vs. 시멘트(cement)

올바른 표현_시멘트(cement)

이 단어는 발음이 [siment]이다. 따라서 '시멘트'로 써야 올바른 표기이다. 이를 '세멘트, 세멘' 등으로 쓰는 것은 잘못된 표현이다.

*세무[1] vs. 섀미(chamois)

올바른 표현_섀미(chamois)

이 단어의 발음은 [ʃǽmi]이다. 따라서 '섀미'로 써야 올바른 표현이다. 이를 프랑스 어식으로 발음해 '세무, 새무, 쌔무, 쎄무' 등으로 발음하거나 표기하면 잘못이다. '섀미'는 '무두질한 염소나 양의 부드러운 가죽'을 뜻한다.

*세발다리 vs. 삼발이

올바른 표현_삼발이

둥근 쇠 테두리에 발이 세 개 달린 기구는 '삼발이'이다. 이를 '세발다리'로 표현하는 것은 잘못이다.

*셈놓다 vs. 셈하다

올바른 표현_셈하다

계산하다의 의미는 '셈하다'가 올바른 표현이다. 이를 '셈놓다'로 표현하는 것은 잘못된 것이다.

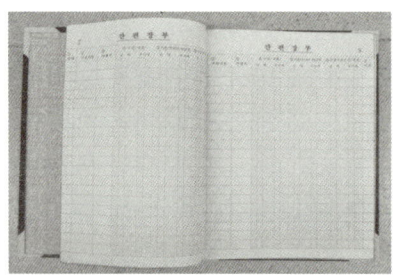
치부책 사진

*셈책(-冊) vs. 치부책(置簿冊)

올바른 표현_치부책(置簿冊)

돈이나 물건이 들고 나고 하는 것을 기록하는 책을 한자어로 '치부책' 또는 '치부장'이라 한다. 수를 세는 셈만 적어 놓은 책이 아니기 때문에, '셈책'이라 함은 잘못된 표현이다.

**소고[4](小鼓) vs. 소구[1]

올바른 표현_소고(小鼓)

농악에 쓰는 작은 북인 '소고'는 한자어이다. '고'가 '북'을 나타낸다. 따라서 '소고'로 써야 올바른 것이다. 방언에서 '소구'로 쓰는 것은 잘못이다. 그러나 국악기의 일종인 '장구'의 경우는 한자어가 아니라 순우리말로, '장구'로 써야 옳다.

*소구루마 vs. 소달구지

올바른 표현_소달구지

'구루마'는 일본어이다. 따라서 '소'와 합성한 '소구루마'는 순화 대상 단어이다. '소달구지'로 써야 옳다.

소달구지 사진

**소근소근 vs. 소곤소곤

올바른 표현_소곤소곤

남이 알아듣지 못하도록 작은 목소리로 자꾸 가만가만 이야기하는 소리나 그 모양은 '소곤소곤'이다. 어감(語感)이 좀 더 센 말로 '쏘곤쏘곤, 수군수군'이 있다. 그러나 '소근소근'은 잘못된 표현이다.

**소꿉 vs. 소꼽

올바른 표현_소꿉

'아이들이 살림살이하는 흉내를 내며 놀 때 쓰는, 자질구레한 그릇 따위의 장난감'을 '소꿉'이라 한다. 양성모음이 음성모음으로 바뀌어 굳어진 단어는 음성모음 형태를 표준어로 삼은 규정에 의해 '소꿉'을 표준어로 정하지 않았나 한다. 모음조화가 파괴된 모습이다. 경상도, 전라도, 충청도에서는 방언으로 '바꿈사리'라 흔히 하는데, 이 또한 잘못된 표현이다.

*소딱지[2] vs. 쇠딱지

올바른 표현_쇠딱지

'어린아이의 머리에 덕지덕지 눌어붙은 때'를 일컬어 '쇠딱지'라 한다. '쇠고기'와 '소고기'는 복수 표준어로 인정하였지만, 이 단어의 경우는 첫째 음절 '쇠'가 '소[牛]'와 직접적인 연관이 없기 때문에, '소딱지'로 쓰는 것은 잘못이다.

*소로[1](小路) vs. 소로길

올바른 표현_소로(小路)

작은 길을 일컬을 때, '소로(小路)'가 옳다. 이를 '소로길'이나 '소롯길'로 쓰는 것은 '길'의 의미가 중복된 것이다.

**소세지 vs. 소시지(sausage)

올바른 표현_소시지(sausage)

이 단어의 발음은 [sɔːsidʒ]이다. 이를 표기하면 '소시지'가 옳다. '소세지'로 표기하는 것은 잘못이다.

*소스랑바람 vs. 회오리바람

올바른 표현_회오리바람

'갑자기 생긴 저기압 주변으로 한꺼번에 모여든 공기가 나선 모양으로 일으키는 선회(旋回) 운동'을 순 우리말로 '회오리바람' 또는 '돌개바람'이라 한다. 이를 경상도와 전라도에서 방언으로 '소스랑바람'이라 표현하는 것은 잘못이다.

솟을대문 사진

*소슬대문 vs. 솟을대문

올바른 표현_솟을대문

행랑채의 지붕보다 높이 솟게 지은 대문이 '솟을대문'이다. 좌우의 행랑채보다 기둥을 훨씬 높이어 우뚝 솟게 짓는다. 일명 '고주 대문'이라고도 한다. 그러나 이를 소리대로 적은 '소슬대문'은 잘못된 표기이다.

*속속들이 vs. 속속이

올바른 표현_속속들이

'깊은 속까지 샅샅이'라는 뜻의 부사는 '속속들이'이다. 이를 '속속이'로 표현하는 것은 잘못이다.

*속앓이 vs. 속병[1]

올바른 표현_속병

몸속의 병을 통틀어 이르거나 위장병을 일컬을 때, 화가 나거나 속이 상하여 생긴 마음의 심한 아픔을 일컬을 때, '속병'으로 표현한다. 이를 '속앓이'로 표현하기도 하는데, 잘못된 표현이다.

*속풀이 vs. 분풀이

올바른 표현_분풀이

분하고 원통한 마음을 풀어 버리는 일은 '분풀이'이다. 이를 '속풀이'

로 표현하는 경우가 있는데, 잘못이다. 과음을 하고 해장국을 먹어 속을 달래는 경우, '속풀이'라는 말을 자주 쓴다. 그러나 아직 이런 의미의 '속풀이'는 사전에 올라 있지 않다. 앞으로 등재할 가능성이 있는 단어이다.

*손구루마 vs. 손수레
올바른 표현_손수레

일본어로 '차(車)'를 '구루마(くるま)'라 한다. 이 말에, 손으로 끌기 때문에 '손[手]'을 덧붙여, '손구루마'로 표현하는 것은 잘못된 표현이다. 당연히 '손수레'가 옳은 표현이다. 경북에서는 '손구루마'로, 강원과 충남에서는 '리아까, 리아카'로 많이 쓰는데, 모두 잘못된 표현이다.

*손비비다 vs. 비손하다
올바른 표현_비손하다

'두 손을 싹싹 비비면서 신에게 소원을 빌다'는 뜻이 '비손하다'이다. 이를 '손[手]을 비비다'라는 의미에만 주목해 '손비비다'로 표현하는 것은 잘못이다.

*손자딸 vs. 손녀딸
올바른 표현_손녀딸

'손녀(孫女)'를 귀엽게 이를 때, '손녀딸'이라 해야 한다. 수의적(隨意的) 표현으로 '손자딸'이라는 말은 손자(孫子)의 자(子)와 딸의 녀(女)가 상충(相衝)한다. 따라서 '손자딸'은 잘못된 표현이다.

**손주 vs. 손자[1](孫子)
올바른 표현_손자(孫子)

아들의 아들 또는 딸의 아들을 일컬어, '손자(孫子)'라 해야 옳다. 이를 '손주'로 흔히 표현하는데, 잘못된 것이다.

*솔래솔래 vs. 솔랑솔랑
올바른 표현_솔래솔래

조금씩조금씩 가만히 빠져나가는 모양을 일컬어, '솔래솔래'라 한다. 이를 방언에서 '솔랑솔랑'으로 표현하는 것은 잘못된 표현이다.

139

*솟구다² vs. 솟다

올바른 표현_솟다

'촘촘히 있는 것을 군데군데 골라 뽑아 성기게 하다'를 뜻하는 동사는 '솎다'이다. '빠르고 세게 날듯이 높이 뛰어오르다'란 뜻인 '솟구다'와 혼동하여 '솎다'를 쓸 곳에 '솟구다'를 쓰는 것은 잘못된 표현이다.

*송골송골 vs. 송글송글

올바른 표현_송골송골

땀이나 소름, 물방울 따위가 살갗이나 표면에 잘게 많이 돋아나 있는 모양을 일컬어, '송골송골'이라 한다. 이를 '송글송글'로 표현하는 것은 잘못이다.

**송엽장(松葉杖) vs. 쌍지팡이

올바른 표현_쌍지팡이

다리를 못 쓰는 사람이 짚고 다니는 한 쌍의 지팡이를 '쌍지팡이'로 써야 옳다. 이를 한자어로 '송엽장'이라 표현하는 것은 잘못이다.

*송화강(松花江) vs. 쑹화 강

올바른 표현_쑹화 강

외래어 표기법 제4장 제2절 제2항에 중국의 지명이 현재 지명과 동일한 것은 중국어 표기법에 따라 표기한다는 원칙이 있다. 따라서 이를 한국 한자음으로 읽어서는 옳지 않다. 따라서 '쑹화 강'으로 써야 옳으며, 굳이 필요하다면 한자를 병기하는 방식을 취하여야 한다.

*쇄납(瑣吶)/대평소 vs. 태평소

올바른 표현_태평소

나팔 모양으로 된 우리나라 고유의 관악기로, 나무로 만든 관에 여덟 개의 구멍을 뚫고, 아래 끝에는 깔때기 모양의 놋쇠를 달며, 부리에는 갈대로 만든 서를 끼워 부는 것을 '태평소'라 한다. 이를 한자어로 '쇄납(瑣吶)'으로 표현하는 것은 잘못된 것이다. 또 '대평소'라는 표현도 잘못이다.

*쇠꼬챙이 vs. 쇠꼬창이

올바른 표현_쇠꼬챙이

쇠로 만든 꼬챙이는 '쇠꼬챙이'가 옳다. 'ㅣ'모음 역행동화를 회피하고자 쓰는 '쇠꼬창이'는 잘못된 표현이다.

*쇠버짐 vs. 쇠버즘

피부가 몹시 가렵고 쇠가죽처럼 두껍고 단단하게 번지는 버짐을 '쇠버짐'
이라 한다. 이를 방언에서 '쇠버즘'으로 표현하는데, 잘못된 표현이다.

**쇼트[1] vs. 숏(shot)

외래어 표기법에, 짧은 모음 다음의 어말 무성 파열음은 받침으로 적는
규정이 있다. 이에 따라 '숏'이 옳은 표기이다.

**쇼파 vs. 소파[6](sofa)

이 단어는 발음이 [sóufə]로 이에 따라 표기하면 '소퍼'가 옳다. 그러나
〈외래어 표기 용례의 표기원칙〉에 따르면, 어말의 '-a[ə]'는 '아'로 적
는다는 규정이 있다. 따라서 '소파'가 올바른 표기이다. '쇼파'로 흔히
표기하는데, 잘못된 표현이다.

*수군거리다 vs. 수근거리다

남이 알아듣지 못하도록 낮은 목소리로 자꾸 가만가만 이야기할 때,
'수군거리다'라 한다. 어감(語感)이 센 말로 '쑤군거리다', 약한 말로
'소곤거리다'가 있다. 이를 '수근거리다'로 표현하는 것은 잘못이다.

**수랭식(水冷式) vs. 수냉식

물로 식히는 방식을 한자어로 '수랭식'이라 한다. 둘째 음절 '冷'은 본
음이 '랭'이다. 따라서 어두(語頭)가 아니기 때문에 두음법칙(頭音法則)
의 적용을 받지 않는다. 따라서 '수랭식'으로 써야지, '수냉식'으로 쓰
면 잘못된 표현이다.

*수뤼나물 vs. 수리나물

현삼과의 여러해살이풀로 높이는 1~1.5m이며, 잎은 3~5개씩 돌려나
고 넓은 피침 모양의 나물이 '수뤼나물'이다. 이 나물은 여름에 붉은
자주색 꽃이 줄기 끝에 피고 열매는 둥근 모양이라 한다. 그런데 이 나
물을 방언에서 발음의 편리함을 좇아 '수리나물'로 쓰는 경우가 있다.

수뤼나물 그림

잘못된 표현이다.

*수북하다 vs. 수부룩하다
올바른 표현_수북하다

'쌓이거나 담긴 물건이 불룩하게 많다', '식물이나 털 따위가 촘촘하고 길게 나 있다', '살이 찌거나 부어 불룩하게 도드라져 있다' 등의 뜻일 때, '수북하다'라 한다. 이를 방언에서 흔히 '수부룩하다'로 쓴다. 잘못된 표현이다. 어감(語感)이 약한 말로 '소복하다'가 있다.

*수양(-羊) vs. 숫양
올바른 표현_숫양

수컷을 이르는 접두사는 '수'로 통일하나, 예외 조항으로 '숫양, 숫염소, 숫쥐'는 사이시옷을 허용하였다. 이에 따라 '숫양'이 올바른 표기이다.

*수염[2] vs. 수렴[1](水廉)
올바른 표현_수렴(水廉)

廉은 본음이 '렴'이다. 물론 어두(語頭)에 올 경우는 두음법칙(頭音法則)의 적용을 받아 '염'으로 쓴다. 그러나 어두 이외에는 본음대로 적는 것이 원칙이다. 따라서 한자어 '水廉'은 '수렴'으로 써야 옳다. '수렴'의 뜻은 '무덤 안에 물이 괴어 송장이 해를 입음'이다.

*수염소 vs. 숫염소
올바른 표현_숫염소

표준어 규정 제7항 단서 둘째 항을 보면, 수컷을 이르는 접두사 '수-'를 '숫-'으로 하는 경우를 제시하였다. 바로 '숫양, 숫염소, 숫쥐'가 그 것이다. 이에 따라 '숫염소'가 올바른 표기이다.

*수이[1] vs. 쉬이
올바른 표현_쉬이

'어렵거나 힘들지 아니하게'를 뜻하는 부사는 '쉬이'이다. 이를 고전이나 방언에서 '수이'라 표현하는 경우가 종종 있는데, 잘못된 표현이다.

*수쥐 vs. 숫쥐
올바른 표현_숫쥐

표준어 규정 제7항 단서 둘째 항을 보면, 수컷을 이르는 접두사 '수-'를 '숫-'으로 하는 경우를 제시하였다. 바로 '숫양, 숫염소, 숫쥐'가 그

것이다. 이에 따라 '숫쥐'가 올바른 표기이다.

*수캐미 vs. 수개미 올바른 표현_수개미

'수[雄]' 접두사는 '암[雌]'과 같이, 뒤에 'ㄱ, ㄷ, ㅂ'이 어두(語頭)에 온 명사들과 합성하면 'ㅋ, ㅌ, ㅍ' 등으로 각각 나타나는 'ㅎ종성 체언' 이다. 그러나 현대어에서는 반드시 그렇지만은 않다. 후행어(後行語)의 어두(語頭)가 'ㄱ, ㄷ, ㅂ'인 명사는 'ㅎ종성 체언'이 나타나는 경우와 그렇지 않은 경우가 있다.

- 수캉아지, 수캐, 수컷, 수키와, 수탉, 수탕나귀, 수퇘지, 수톨쩌귀, 수평아리 등
- 수개미, 수거미, 수게, 수고양이, 수곰, 수구렁이, 수단추, 수벌, 수비둘기, 수범 등

그런데 '암[雌]', '수[雄]'가 선행어(先行語)로 쓰인 '암/수퇘지, 암/수평아리, 암/수탕나귀'는 현재 '암/수돼지, 암/수병아리, 암/수당나귀'로 쓰는 것이 언중들에게 자연스럽다. 따라서 'ㅎ종성 체언'에 대한 대대적인 정리가 필요하다. '암/수'가 선행어로 쓰인 몇 단어─암/수컷, 암/수캐, 암/수탉─를 제외하고 여타의 합성어는 'ㅎ종성 체언'이 나타나지 않는 것을 표준으로 삼는 것이 앞으로 바람직할 것이다. 그러나 현재까지는 'ㅎ종성 체언'이 들어간 것으로 '수캉아지, 수캐, 수컷, 수키와, 수탉, 수탕나귀, 수퇘지, 수톨쩌귀, 수평아리' 등이 올바른 표현이다.

*숙보다 vs. 업신여기다 올바른 표현_업신여기다

교만한 마음에서 남을 낮추어 보거나 하찮게 여길 때, '업신여기다'라 한다. 기원적으로 이 단어는 '없- + -이 + 너기- + -다'에서 온 말이다. 한글맞춤법 제4질 제27항에 둘 이상의 단어가 어울리거나 접두사가 붙어서 이루어진 말은 각각 그 원형을 밝히어 적는다고 하고, 〈붙임 2〉에 이르기를, 어원이 분명하지 아니한 것은 원형을 밝히어 적지 아니한다고 하였다. 이에 따라 '업신여기다'는 원형을 밝히어 적지 아니한다. 이를 방언에서 '숙보다'로 표현하는 경우가 있는데, 이는 잘못

된 표현이다. 특히 전국적으로 나타나는 방언으로 '머저리보다'가 있는데, 이 또한 잘못된 표현이다.

*술고래 vs. 술보

올바른 표현_술고래

표준어 규정 제25항에 의미가 똑같은 형태가 몇 가지 있을 경우, 그 중 어느 하나가 압도적으로 널리 쓰이면, 그 단어만을 표준어로 삼는다고 하였다. 이에 따라 '술고래'가 옳은 표현이다. 또 이 단어를 '술꾸러기, 술부대, 술푸대' 등으로 표현해도 잘못이다.

*숫꿩 vs. 수꿩

올바른 표현_수꿩

수꿩 그림

표준어 규정 제7항에, 수컷을 이르는 접두사는 '수-'로 통일한다고 나온다. 이에 따라 '수꿩'이 올바른 표기이다. 이를 '숫꿩'이나 '수퀑'으로 쓰는 것은 잘못된 표현이다. 물론 같은 의미를 지닌 '장끼'도 표준어이다. 이와 같은 단어들로, '수나사, 수놈, 수 사돈, 수소, 수은행나무' 등이 있다.

*숭굴숭굴하다 vs. 숭글숭글하다

올바른 표현_숭굴숭굴하다

얼굴 생김새가 귀염성이 있고 너그럽게 생긴 모양이나 성질이 까다롭지 않고 수더분하며 원만한 모양을 지닌다는 뜻으로 '숭굴숭굴하다'를 쓴다. 그러나 이를 '숭글숭글하다'로 쓰는 것은 잘못된 표현이다.

*쉽다 vs. 쉬웁다

올바른 표현_쉽다

'쉽다'의 활용형에 '쉬우니, 쉬워' 등이 있다. 이에 혼동하여 '-우-'를 삽입한 '쉬웁다'는 잘못된 표현이다. 활용형에서 나타나는 '우'는 'ㅂ'의 변이형이기 때문이다.

▲슛트／슈트 vs. 슛(shoot)

올바른 표현_슛(shoot)

'영화 따위의 촬영 시작'이나 '구기(球技)에서 공을 차거나 던지는 일'을 외래어로 '슛'이라 표기한다. 이를 '슛트'나 '슈트'로 표기하는 경우가 있는데, 잘못된 표현이다. 'shoot'를 '슈트'로 표기할 경우는 '야구에서, 투수가 던진 볼이 타자 앞에 와서 떠오르거나 휘거나 떨어지는 변화구'를 일컬을 때 쓰면 올바르다.

*스르죽다 vs. 시르죽다   올바른 표현_시르죽다

기운을 차리지 못하거나 기를 펴지 못할 때, '시르죽다'라 한다. 이를 '스르죽다'로 표현하는 것은 잘못이다.

*스물째 vs. 스무째   올바른 표현_스물째

맨 앞에서부터 세어 모두 스무 개가 됨을 이를 때, '스물째'라 쓴다. 'ㄹ'을 탈락시킨 '스무째'는 잘못된 표기이다.

*스물둘째 vs. 스물두째   올바른 표현_스물둘째

표준어 규정 제6항 단서에 '둘째'는 십 단위 이상의 서수사에 쓰일 때에 '두째'로 한다고 하였다. 이에 따라 서수(序數)를 나타내는 경우에는, '스물두 째'가 올바른 표기이다. 그러나 맨 앞에서부터 세어 모두 스물두 개가 됨을 이르는 말은 '스물둘째'로 써야 올바른 표기이다.

서수사(序數詞)
순서를 나타내는 수사

*스물스물 vs. 스멀스멀   올바른 표현_스멀스멀

살갗에 벌레가 자꾸 기어가는 것처럼 근질근질한 느낌을 일컬어, '스멀스멀'이라 한다. 이를 '스물스물'이라 쓰는 것은 잘못된 표현이다.

*스치다² vs. 시치다¹   올바른 표현_시치다

'바느질을 할 때, 여러 겹을 맞대어 듬성듬성 호다'의 뜻일 때, '시치다'로 써야 옳다. 이를 '스치다'로 쓰는 것은 잘못된 표현이다.

**스태프(staff) vs. 스탭   올바른 표현_스태프(staff)

이 단어는 발음이 [stæf]이다. 외래어 표기법 제3항에 따르면, 어말 또는 자음 앞의 [f]는 '으'를 붙여 적는다고 하였다. 따라서 '스태프'로 써야 올바른 표기이다. 이를 '스탭'으로 쓰는 것은 잘못된 표현이다.

**스테인리스 강(stainless 鋼) vs. 스텐/스뎅

올바른 표현_스테인리스 강(stainless 鋼)

이 단어는 발음이 [stéinlis]이다. 이에 따라 '스테인리스 강'이라 표현해야 올바른 표기이다. 이를 줄여서 '스텐'이라 하거나 일본식 영어로 '스뎅'으로 표현하는 것은 잘못된 표현이다.

**스티로폼(styrofoam) vs. 스티로폴(styropor)

올바른 표현_스티로폼(styrofoam)

스티로폼을 'styropor'로 알고 이에 따라 표기한 '스티로폴'은 원어 자체가 잘못된 표현이다. 이 단어의 원어는 'styrofoam'으로 발음이 [stáirəfòum]이다. 이에 따라 표기하면, '스타이러폼'이 옳다. 그러나 그동안의 관용을 존중해 '스티로폼'으로 표기하는 것을 올바르다고 본다. 그 뜻은 '발포(發泡) 스티렌 수지' 절연이나 충격 완화에 쓰는 물질로 상품명에서 유래하였다고 한다.

**스펀지(sponge) vs. 스폰지

올바른 표현_스펀지(sponge)

이 단어는 발음이 [spʌndʒ]이다. 이에 따라 올바르게 표기하면, '스펀지'가 옳다. 이를 철자에 연연해 '스폰지'로 표기하는 것은 잘못된 것이다.

*슬몃슬몃 vs. 슬밋슬밋

올바른 표현_슬몃슬몃

남의 눈에 띄지 않게 잇따라 슬며시 행동하는 모양을 일컬어, '슬몃슬몃'이라 한다. 이를 '슬밋슬밋'으로 표현하는 것은 잘못이다.

**승낙(承諾) vs. 승락

올바른 표현_승낙(承諾)

청하는 바를 들어줌을 뜻하는 한자어는 '승낙'이다. 둘째 음절의 '諾'은 그 음이 '낙'이지 '락'이 아니다. 따라서 '승낙'으로 읽어야 올바른 표현이다. 그러나 청하는 일을 하도록 들어줌을 뜻하는 '허락(許諾)'은 활음조(滑音調)현상으로 인해 관용으로 굳어져 속음으로 나는 경우이다.

특히 한글 맞춤법 제52항에, 한자어에서 본음으로도 나고 속음으로도 나는 것은 각각 그 소리에 따라 적는다고 하고, 본음으로 나는 것에

활음조(滑音調)현상
한 단어의 내부에서 또는 두 단어가 연속될 때에, 인접한 음소들 사이에 일어나는 변화로, 발음이 자연스럽게 이루어지도록 하는 현상을 말한다.

'승낙(承諾)'을, 속음으로 나는 것에 '수락(受諾), 쾌락(快諾), 허락(許諾)' 등을 제시하고 있다.

*시골내기 vs. 시골나기
올바른 표현_시골내기

한글맞춤법 제2장 제9항에 따르면, 'ㅣ'모음 역행동화 현상에 의한 발음은 원칙적으로 표준 발음으로 인정하지 아니하되, 다만, 다음 단어들은 그러한 동화가 적용된 형태를 표준어로 삼는 규정이 있다. 다음 단어들이 바로 '서울내기, 시골내기, 신출내기, 풋내기, 냄비, 동댕이치다' 등이다. 따라서 이 단어는 '시골내기'가 옳다.

*시꺼메지다 vs. 시꺼매지다
올바른 표현_시꺼메지다

'시꺼멓게 되다'의 뜻으로 '시꺼메지다'를 쓴다. 이를 '시꺼매지다'로 쓰는 것은 잘못이다. '시꺼메지다'는 모음조화를 잘 지키는 단어이다.

*시끈거리다 vs. 시큰거리다
올바른 표현_시큰거리다

뼈마디 따위에 저리고 신 느낌이 자꾸 들 때, '시큰거리다'가 옳다. 어감(語感)이 약한 말로 '시근거리다'가 있다. 이를 '시끈거리다'로 표현하는 것은 잘못된 표현이다.

*시끌시끌하다 vs. 시끌덤벙하다
올바른 표현_시끌시끌하다

몹시 시끄럽거나 일이 마구 얽히어 정신이 어지러울 때, '시끌시끌하다'고 한다. '시끌덤벙하다'로 방언에서 표현하기도 하는데, 이는 잘못된 것이다.

**시라소니 vs. 스라소니
올바른 표현_스라소니

고양잇과의 동물로 살쾡이와 비슷한데 몸의 길이는 1m 정도이며, 잿빛을 띤 적갈색 또는 잿빛을 띤 갈색에 짙은 반점이 있는 것이 순 우리말로 '스라소니'이다. 이를 일본어로 착각하는 경우가 많은데, 순수한 우리말이다. 이를 발음의 편의를 위해 '시라소니'라 읽고 표기하는 경우가 많은데, 잘못된 표현이다. 특히 일제 강점기를 무대로 삼은 드라

스라소니 사진

마나 영화에 등장인물의 별명(別名)으로 '스라소니'가 많이 등장하면서 '시라소니'로 쓰는 경우가 흔하다. 그러나 고양잇과의 동물은 '스라소니'가 올바른 표현이다.

시루떡 사진

*시루떡 vs. 시루편
올바른 표현_시루떡

떡가루에 콩이나 팥 따위를 섞어 시루에 켜를 안치고 찐 떡을 순 우리말로는 '시루떡', 한자어로는 '증병(甑餠)'이라 한다. 이를 전국에서 방언으로 '시루편'이라 쓰는데, 잘못된 표현이다.

**시뻘게지다 vs. 시뻘개지다
올바른 표현_시뻘게지다

'시뻘겋게 되다'라는 뜻을 지닌 말이 '시뻘게지다'이다. 모음조화가 잘 지켜지고 있는 단어이다. 이를 '시뻘개지다'로 쓰는 것은 잘못된 표현이다.

**시뿌예지다 vs. 시뿌얘지다
올바른 표현_시뿌예지다

'시뿌옇게 되다'의 뜻하는 말은 '시뿌예지다'이다. 모음조화를 잘 지켜 표현한 말이다. '시뿌얘지다'는 모음조화를 파괴한 잘못된 표현이다.

**시지푸스 vs. 시시포스(sisyphus)
올바른 표현_시시포스(sisyphus)

그리스 신화에서 코린토스의 못된 왕으로, 죽은 후 지옥에서 돌을 산꼭대기에 굴려 올리면 되굴러 떨어져 이를 되풀이해야 하는 벌을 받는 인물이 '시시포스'이다. 이 단어의 발음은 [sísəfəs]이다. 이에 따라 표기는 '시서퍼스'로 써야 옳다. 그러나 〈외래어 표기 용례의 표기 원칙〉에 따르면, [ə]로 소리 나는 'y'는 'ㅣ'로 적는다. 따라서 '시시-'로 표기한다. 그러나 셋째 음절의 [fə]는 '퍼'로 적지 않고, 그동안의 관례를 존중하여 '포'로 표기한 것을 옳은 것으로 본다. 따라서 이 단어의 표기를 '시시포스'라고 써야 올바른 표기이다.

*시커메지다 vs. 시커매지다
올바른 표현_시커메지다

'시커멓게 되다'라는 뜻을 지닌 말이 '시커메지다'이다. 모음조화를 잘 지킨 단어이다. 이를 '시커매지다'로 쓰는 것은 잘못된 표현이다.

*시퍼레지다 vs. 시퍼래지다
올바른 표현_시퍼레지다

'시퍼렇게 되다'라는 뜻을 지닌 말이 '시퍼레지다'이다. 모음조화를 잘
지킨 단어이다. 이를 '시퍼래지다'로 쓰는 것은 잘못된 표현이다.

*시허애지다 vs. 시허예지다
올바른 표현_시허예지다

'시허옇게 되다'라는 뜻을 지닌 말이 '시허예지다'이다. 모음조화를 잘
지킨 단어이다. 그러나 이를 '시허애지다'로 쓰는 것은 잘못된 표현이다.

*신기롭다[1] vs. 신기스럽다
올바른 표현_신기롭다

표준어 규정 제25항에 의미가 똑같은 형태가 몇 가지 있을 경우, 그 중
어느 하나가 압도적으로 널리 쓰이면, 그 단어만을 표준어로 삼는다고
하였다. 이에 따라 '신기롭다'가 옳은 표현이다. 물론 '신기하다'도 표
준어이다.

**신나 vs. 시너(thinner)
올바른 표현_시너(thinner)

페인트를 칠할 때 도료의 점성도를 낮추기 위하여 사용하는 혼합 용제
가 '시너'이다. 이 단어는 발음이 [θínə:]이다. 이에 따라 표기하면,
'시너'가 옳다. '신나'로 발음하고 표기하는 경우가 흔한데, 잘못된 표
현이다.

**신새벽 vs. 첫새벽
올바른 표현_첫새벽

날이 새기 시작하는 새벽을 일컬어, '첫새벽'이라 해야 옳다. 이를 한
자 신(新)을 넣어 표현한 '신새벽'은 올바르지 못한 표현이다.

**실강이 vs. 실랑이
올바른 표현_실랑이

'실강이'는 '실랑이'의 방언이다. 특히 전남 방언에서 '실강이, 실갱이,
실겡이' 등으로 표현한다. '실랑이'가 옳은 표현이다. '실랑이'는 '이러니
저러니, 옳으니 그르니 하며 남을 못살게 굴거나 괴롭히는 일'을 뜻한다.

*실근실근 vs. 슬근슬근 올바른 표현_슬근슬근

대체로 첩어에서 나타나는 '슬/실'의 경우, 'ㅣ'모음보다 'ㅡ'모음을 올바른 표기로 인정하고 있다. 치음 'ㅅ'을 발음하기에는 전설고모음 'ㅣ'가 편하다. 이에 따라 '슬근슬근'을 발음상 편의를 위해 '실근실근'으로 발음하는 경우가 흔히 있다. 그러나 이는 잘못이다.

*실낙원 vs. 실락원 올바른 표현_실낙원

한글맞춤법 제12항에 따르면, 한자음 '라, 래, 로, 뢰, 루, 르'가 단어의 첫머리에 올 적에는 두음법칙(頭音法則)에 따라 '나, 내, 노, 뇌, 누, 느'로 적는데, 〈붙임 2〉에 추가하길, 접두사처럼 쓰이는 한자가 붙어서 된 단어는 뒷말을 두음법칙에 따라 적는다고 하였다. 이에 따라 접두사처럼 붙은 '실'에 의해, '실낙원'으로 두음법칙을 적용하여 표기해야 옳다.

*실비변상(實費辨償) vs. 실비판상(實費辦償) 올바른 표현_실비변상(實費辨償)

공무원이 직무를 수행하기 위하여 필요한 비용을 자신이 지출하였을 때, 국가가 이를 보상하는 일을 '실비변상'이라 한다. 셋째 음절은 '분별할 변'자인 '辨'을 써야 옳다. 그러나 이를 대신해 '힘쓸 판, 또 판별할 판'자인 '辦'을 써서 '실비판상(實費辦償)'으로 표현하는 것은 잘못된 것이다.

*실업의아들 vs. 시러베아들 올바른 표현_시러베아들

표준어 규정 제11항에 따르면, 다음 단어에서는 모음의 발음 변화를 인정하여, 발음이 바뀌어 굳어진 형태를 표준어로 삼는다고 하고, 제시한 단어가 바로 '시러베아들'이다. 이를 '실업의아들'로 쓰는 것은 잘못된 표현이라는 것이다. '시러베아들'이란 실없는 사람을 낮잡아 이르는 말로 '시러베자식'과 유의어 관계에 있다.

*심벌 vs. 심볼(symbol) 올바른 표현_심벌

이 단어는 발음이 [símbəl]이다. 이에 따라 표기하면, '심벌'이 옳다.

철자에 연연하여 '심볼'로 표기하는 것은 잘못된 것이다.

*심술꾸러기 vs. 심술꾼

올바른 표현_심술꾸러기

심술이 매우 많은 사람을 귀엽게 이르는 말이 '심술꾸러기' 또는 '심술쟁이'이다. 이를 '심술꾼'이라고 흔히 표현하는데, 이는 잘못된 것이다.

**심술딱지 vs. 심술머리(心術−)

올바른 표현_심술딱지

'심술'을 속되게 이를 때, '심술딱지'라 한다. 이를 '싹수머리, 안달머리, 인정머리, 주변머리, 주책머리'처럼, 일부 명사 뒤에 붙어 '비하'의 뜻을 더하는 접미사 '−머리'가 붙은 '심술머리'는 현행 사전에 등재되지 않은 비표준어이다.

*십월(十月) vs. 시월[1]

올바른 표현_시월

한글 맞춤법 제52항에, 한자어에서 본음으로도 나고 속음으로도 나는 것은 각각 그 소리에 따라 적는다고 하고, 본음으로 나는 것에 '십일(十日)'을, 속음으로 나는 것에 '시방정토(十方淨土), 시왕(十王), 시월(十月)'을 제시하고 있다. 이에 따라 '시월'로 써야 올바른 표기이다.

*싱겁다 vs. 싱거웁다

올바른 표현_싱겁다

'음식의 간이 보통 정도에 이르지 못하고 약하다', '술이나 담배나 한약 따위의 맛이 약하다', '사람의 말이나 행동이 상황에 어울리지 않고 다소 엉뚱한 느낌을 준다', '어떤 행동이나 말, 글 따위가 흥미를 끌지 못하고 흐지부지하다', '물건이나 그림의 배치에 빈 곳이 많아 야물지 못하고 엉성하다' 등을 뜻하는 말이 '싱겁다'이다. 여기에 '−우−'를 넣어 표기한 '싱거웁다'는 잘못된 표현이다. '싱겁다'가 활용형에서 나타나는 '싱거워, 싱거우니' 등의 '우'는 'ㅂ'의 변이형이다.

**싸리문 vs. 사립문

올바른 표현_사립문

사립짝을 달아서 만든 문을 '사립문'이라 한다. 이

사립문 사진

를 강원, 경기, 경남, 전라, 충청, 평안, 함경 방언형으로 '싸리문'이라 흔히 표현하는데, 잘못된 것이다.

**쌉싸래하다 vs. 쌉싸름하다 / 쌉쓰름하다 올바른 표현_쌉싸래하다

'조금 쓴 맛이 있는 듯하다'를 뜻하는 말이 '쌉싸래하다'이다. 이를 흔히 '쌉싸름하다'나 '쌉쓰름하다'로 표현하는데, 모두 잘못된 표현이다. 이 단어의 센 말은 '쑵쓰레하다'이다.

*쌍동이(雙童-) vs. 쌍둥이 올바른 표현_쌍둥이

표준어 규정 제8항에 따르면, 양성모음이 음성모음으로 바뀌어 굳어진 단어는 음성모음 형태를 표준어로 삼는다고 하였다. 이에 따라 '쌍둥이'가 올바른 표기이다. 또 명사에 붙어 명사가 뜻하는 특징을 지닌 어린이이거나 명사나 어근이 뜻하는 특징을 지닌 사람이나 짐승을 나타내는 접미사 '-둥이'는 어원적으로 '-동이(-童이)'에서 왔지만, '-둥이'를 표준어로 삼는다. 따라서 이러한 상황에서 붙는 접미사는 모두 '-둥이'가 옳다.

**쌍둥아들 vs. 쌍동아들 올바른 표현_쌍동아들

위의 '쌍둥이'와 다른 모습이다. 이 경우는 '쌍동아들'로 굳어졌다고 보기 어려워 '쌍동아들'을 올바른 표기로 보고 있다.

*쌍판대기 vs. 상판대기 올바른 표현_상판대기

청각적 인상을 강하게 하기 위해 어두음(語頭音)을 된소리로 표현한 '쌍판대기'는 잘못된 것이다. 잘못된 된소리 발음은 표기에 반영하지 않고 원래 형태대로 쓰기 때문이다. 따라서 '상판대기'가 옳은 표현이다.

*쌔부랑거리다 / 씨부랑거리다 vs. 싸부랑거리다
올바른 표현_싸부랑거리다

주책없이 쓸데없는 말을 자꾸 지껄일 때, '싸부랑거리다'라고 표현한다. 어감(語感)이 약한 말로 '사부랑거리다'가 있다. 이를 '쌔부랑거리다'나 '씨부랑거리다'로 표현하는 것은 잘못된 것이다.

*썸뻑썸뻑[2] vs. 씀뻑씀뻑
올바른 표현_씀뻑씀뻑

'눈꺼풀을 움직이며 눈을 자꾸 감았다 떴다 하는 모양'을 일컬어, '씀뻑씀뻑'이라 한다. 어감(語感)이 약한 말로 '슴벅슴벅'이 있다. 이를 '썸뻑썸뻑'으로 표현하는 것은 잘못된 것이다.

*쏙소그레하다 vs. 쏙소그르르하다
올바른 표현_쏙소그레하다

조금 작은 여러 개의 물건이 크기가 거의 고를 때, '쏙소그레하다'라 한다. 어감(語感)이 센 말로 '쑥수그레하다', 약한 말로 '속소그레하다'가 있다. 이를 '쏙소그르르하다'로 표현하는 것은 잘못된 것이다.

**쑤꾹새 vs. 뻐꾸기
올바른 표현_뻐꾸기

두견과의 새로, 두견이와 비슷한데 훨씬 커서 몸의 길이는 33cm, 편 날개의 길이는 20~22cm이며, 등 쪽과 멱은 잿빛을 띤 청색, 배 쪽은 흰 바탕에 어두운 적색의 촘촘한 가로줄 무늬가 있는 것이 '뻐꾸기'이다. 이를 방언에서 '쑤꾹새'로 표현하는 경우가 있는데, 잘못된 것이다.

**쑤세미 vs. 수세미외
올바른 표현_수세미외

청각적 인상을 강하게 하기 위해 어두음(語頭音)을 된소리로 표현한 '쑤세미'는 잘못된 것이다. 잘못된 된소리 발음은 표기에 반영하지 않고 원래 형태대로 쓰기 때문이다. 따라서 '수세미'가 옳고, 여기에 오이의 준말인 '외'까지 넣어 '수세미외'로 하여야 올바른 표기이다.

수세미외 사진

*쑥맥 vs. 숙맥[2]
올바른 표현_숙맥

청각적 인상을 강하게 하기 위해 어두음(語頭音)을 된소리로 표현한 '쑥맥'은 잘못된 것이다. 잘못된 된소리 발음은 표기에 반영하지 않고 원래 형태대로 쓰기 때문이다. 따라서 '숙맥'이 옳은 표현이다. '숙맥'은 숙맥불변(菽麥不辨)의 준말로 콩인지 보리인지를 구별하지 못한다는 뜻이며, 사리 분별을 못하는 모자라고 어리석은 사람을 이르기도 한다.

**쓱싹쓱싹 vs. 쓱삭쓱삭

한 단어 안에서 같은 음절이나 비슷한 음절이 겹쳐 나는 부분을 같은 글자로 적는다. 이에 따라, '쓱싹쓱싹'이 올바른 표기이다.

**씨까스르다 vs. 쓸까스르다

올바른 표현_쓸까스르다

남을 추기었다 낮추었다 하여 비위를 거스를 때, '쓸까스르다'라고 표현한다. 이를 흔히 '씨까스르다'로 표현하는데, 잘못된 것이다.

*씻기다[1] vs. 씻기우다

올바른 표현_씻기다

'씻다'에 피동접사 '-기-'가 연결한 동사가 '씻기다'이다. 접사 '-우-' 까지 넣어 '씻기우다'로 표현한 것은 잘못된 것이다.

*씽씽이 vs. 털매미

올바른 표현_털매미

매밋과의 곤충으로, 몸의 길이는 2~2.5cm이며, 머리와 앞가슴은 녹색을 띤 누런 갈색, 배의 등 쪽은 어두운 갈색이라 한다. 이를 지칭하는 말이 '털매미'이다. 그런데 방언에서 '씽씽이'로 표현하는 경우가 있는데, 이는 잘못된 것이다.

방송국 앵커의 발음

평소 필자는, 뉴스를 진행하는 앵커나 아나운서들이 우리말의 첨병(尖兵)으로 항상 바른 말을 위해 노력하는 분들이라고 안다. 특히 방송국 자체 내에서도 우리말 연구회 등이 있어, 옳은 표현을 쓰기 위해 서로 배우고 느끼고 토의하는 과정이 있다는 소문을 들었다. 참 고무적인 일이다. 수십만, 아니 많게는 수백만, 수천만을 대상으로 하는 주역들이 어쩌면 그러한 정도의 노력은 당연지사(當然之事)일지도 모르겠다. 그러나 그 분들이 가끔 실수를 하는 경우를 본다. 그 때 필자는 기존에 생각했던 관념들이 무너지면서 정말 안타까울 때가 있다. 한번은 이런 일이 있었다.

2004년 7월 초에 있었던 일이다. 한 방송국의 뉴스를 저녁에 시청하고 있었다. 그런데, 뉴스를 진행하던 여자 앵커가 '워크숍(workshop)'을 '워크샵'으로, '효과(效果)'를 '[효꽈]'로 발음하지 않는가! 평소 '워크숍'의 올바른 발음과 표기는 '워크숍'이고, '효과'의 발음은 '[효:과]'가 옳다고 명확하게 알고 있었던 필자는, 바로 그 방송국 홈페이지 시청자 의견란에 잘못됨을 지적하는 글을 올렸다. 그 때의 글은 지금도 게시판에 남아 있다. 그 글 내용은 다음과 같다(글의 내용 중 실명(實名) 부분은 삭제하거나 바꾸었다).

어제 저녁 뉴스를 보니, 여자 앵커분이 '워크숍'을 [워크샵]으로 발음하고, '효과'를 [효꽈]로 발음했습니다. 'shop'은 '숍'으로 표기하고 읽어야 되며, '교과서, 관건' 등이 [교꽈서], [관껀]이 아니고, [교과서], [관건]인 것처럼, [효:과]로 읽어야 합니다. 또 시내버스도 [시내뻐스]가 아니라, [시:내버스]가 옳습니다. 이들은 공통적으로 된소리가 일어날 이유가 전혀 없습니다.

이렇게 글을 올렸더니, 그 여자 앵커분의 댓글이 바로 올라왔다. 그 댓글은 다음과 같다.

우선 저희 ○○○뉴스를 시청해주셔서 감사합니다. 님께서 말씀하신 '교과서', '관건'의 경우, [교과서], [관건]으로 발음하는 것이 맞고요, '효과'의 경우는 [효:과], [효:꽈] 두 가지 다~ 맞는 걸로 하고 있습니다. 사회가 각박하게 변하다보니 경음화현상을 우려하는 경우가 많은데요. 순리대로, 물론 지킬 것은 지켜가면서 우리말도 변하고 발전하는 것입니다.

workshop은 '워크숍'이 표기상 맞지만, 다른 나라 언어이기 때문에 발음은 되도록이면 원어에 가깝게 하는 것이 맞습니다. 저도 배우는 단계이고 끊임없는 노력이 필요한 실력이지만, 우리말에 대해서 이제는 조금은 융통성이 필요한 것 아닌가 싶습니다. 발음은 정확하게 올바르게 해야 하고, 또 하나 어색하지 않고 편하게 해야 한다고 생각합니다. 시내버스처럼, 우리말과 외래어가 합성된 경우는 보통사람들, 회사 내에서도 너무 [시:내 버스]라고 발음을 하면 '촌스럽다, 어색하다, 이상하다'라는 반응을 하기도 합니다. 앞으로도 우리말의 표기와 발음, 그리고 올바른 사용에 대해서 끊임없이 연구하고 공부할 것입니다. 애정 어린 질책, 감사합니다.

이 댓글을 받은 필자는 좀 더 상세하게 알려야겠다는 생각이 들었다. 혹 댓글 속에서 논쟁하다보면, 감정적인 싸움이 될 수도 있겠구나 싶어, 제목을 〈사랑하는 마음으로〉라고 달고, 댓글에 대한 댓글을 다시 달았다.

이번은 제가 두 번째로 올리는 글인데, 우선 전제해야 할 것으로 ○○방송에 대해 많은 관심과 사랑을 갖고 있다는 것입니다. 이것저것 지적하는 것도 올바른 언어생활을 선도했으면 하는 바람과 ○○방송을 아끼는 심정에 나온 것임을 분명히 밝힙니다.

먼저 '효과'의 발음이 [효:과]와 [효:꽈] 둘 다 옳다는 주장은 잘못되었습니다. 모 대학의 모 교수님께서 그 주장을 여러 방송국에 설파하여, 그렇게들 알고 계신데, 충분한 근거를 제시하면 다음과 같습니다.

우선 국립국어원에 문의해 보십시오. 그리고 그곳에서 최근 발간한 사전 중 가장 잘 정리하고 방대한 사전인, 1999년판 〈표준국어대사전〉을 참고하면, [효:-]('-'은 표기와 같다는 표시)라 하여, [효:과]가 옳음을 제시하였습니다. 또, 고등학교 문법 교과서 243쪽에도 [효:과]가 옳음을 무려 반쪽을 할애하여 제시하였습니다. 아울러 서울대 국어국문학과 음운론 교수님께서도 [효:과]가 옳음을 〈표준 발음법〉이라는 저작물과 사견(私見)으로 제시하십니다. 생활에 편한 발음을 언중들은 하고자 하지만, 언어규범과 가장 밀접하게 관련 있는 학교나 방송국에서는 원칙을 살려 쓰는 것이 온당하다고 생각합니다. 한 예로 언중은 '알미늄 샷시'가 일반화되었지만, 이 또한 '알루미늄 새시'가 옳습니다. 따라서 언중들을 선도해야 하는 방송국에서 정확한 표준 발음과 올바른 정서법은 지당하다고 사료됩니다.

이 댓글이 있은 후, 또다시 댓글은 없었다. 이렇게 일단락된 일로 필자는, 그 뉴스를 예전보다 더 열심히 시청하는, 시쳇말로 '왕팬'이 되었다. 지금 그 여자 앵커는 어느 아나운서보다 발음이 정확한 분이 되었다.

**아구⁶ vs. 아귀²

올바른 표현_아귀

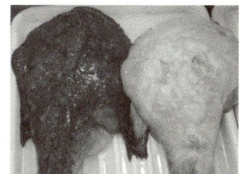

아귀 사진

아귓과의 바닷물고기로, 몸의 길이는 60cm 정도이고 넓적하며, 등은 회갈색, 배는 흰색이다. 머리 폭이 넓고 입이 큰 것이 '아귀'이다. 그런데, 시중에서 흔히 '아구'로 통용한다. 그러나 이 단어의 표준어는 '아귀'이다. 그러나 이 단어 또한 전국적으로 '아구'가 훨씬 널리 쓰인다. 합성어로 '아구찜, 아구탕' 등도 흔하게 사용한다. 언중들의 잠재적 사고에는 발음상의 편의를 추구하는 것이 무의식적으로 작용할 것이다. 이에 따라 앞에서 제시했던, '고등'보다 '고동'이 일반적으로 널리 쓰이는 것처럼 이중모음인 'ㅟ'보다는 단모음인 'ㅜ'가 더 발음 면에서 편리하기 때문에 '아귀'보다는 '아구'로 불리어지는 것이다.

*아궁이 vs. 아궁지

올바른 표현_아궁이

표준어 규정 제17항에, 비슷한 발음의 몇 형태가 쓰일 경우, 그 의미에 아무런 차이가 없고, 그 중 하나가 더 널리 쓰이면, 그 한 형태만을 표준어로 삼는다고 하였다. 이에 따라 '아궁이'가 옳은 표현이다. '아궁지'라는 방언은 '경기, 경상, 전북, 충청, 평안, 황해' 등지에서 나타난다.

*아니요 vs. 아니오

올바른 표현_아니요

윗사람이 묻는 말에 부정하여 대답할 때 쓰는 말은 '아니요'이다. '아니오’는 ‘이것은 책이 아니오.’, ‘나는 홍길동이 아니오.’와 같이 한 문장의 서술어로만 쓴다. “다음 물음에 ‘예’, ‘아니요’로 답하시오.”와 같이 ‘예’에 상대되는 말은 ‘아니요’이다.

*아더 왕 vs. 아서 왕(Arthur 王)   올바른 표현_아서 왕(Arthur 王)

5세기에서 6세기에 걸친 영국의 전설적 영웅이 ‘아서 왕’이다. ‘아서’의 발음은 [áːθə]이다. 이에 따라 올바른 표기는 ‘아서’가 옳다. 따라서 왕(王)까지 결합한 단어의 올바른 표기는 ‘아서 왕’이 올바른 표기이다. [θ]는 ‘ㅅ’으로 적는 것이 옳다. ‘아더 왕’은 과거 [θ]를 ‘ㄷ’으로 발음하던 습관에서 유래한 잘못된 표현이다.

*아랫목 vs. 아랫골   올바른 표현_아랫목

온돌방에서 아궁이 가까운 쪽의 방바닥을 일컬어 ‘아랫목’이라 한다. 이를 방언에서 ‘아랫골’로 표현하는데, 잘못된 표현이다.

*아랫누이 vs. 누이동생   올바른 표현_누이동생

같은 부모에게서 태어난 사이이거나 일가친척 가운데 항렬이 같은 사이에서, 남자의 나이 어린 여자 형제를 일컬어, ‘누이동생’이라 한다. 이를 ‘아랫누이’로 표현하는 경우도 있는데, 잘못된 표현이다.

*아랫도리 vs. 아랫두리   올바른 표현_아랫도리

허리 아래의 부분 또는 아랫도리옷을 일컬어, ‘아랫도리’라 한다. 이를 ‘아랫두리’라 표현하는 것은 잘못이다.

**아르키다 vs. 가르치다[1]/가리키다[1]   올바른 표현_가르치다/가리키다

지식이나 기능, 이치 따위를 깨닫거나 익히게 할 때, 쓰는 ‘가르치다’와 손가락 따위로 어떤 방향이나 대상을 집어서 보이거나 말하거나 알릴 때, 쓰는 ‘가리키다’를 방언에서 ‘아르키다’로 표현하는 경우가 많다. 그러나 상황에 맞게 ‘가르치다’와 ‘가리키다’를 표현하여야 할 것이다.

**아리까리하다 vs. 알쏭달쏭하다 /아리송하다

올바른 표현_알쏭달쏭하다/아리송하다

여러 가지 빛깔로 된 점이나 줄이 고르지 않게 뒤섞여 무늬를 이룬 모양을 지니거나, 그런 것 같기도 하고 그렇지 않은 것 같기도 하여 얼른 분간이 안 되는 모양일 때, '알쏭달쏭하다' 또는 '아리송하다'라고 한다. 방언에서 흔히 '아리까리하다'로 쓰는데, 이는 비속어로 잘못된 표현이다.

비속어(卑俗語)
통속적으로 쓰는 저속한 말

*아무렇다 vs. 아뭏다

올바른 표현_아무렇다

'아무러하다'의 준말은 '아무렇다'이다. 이를 '아뭏다'로 쓰는 것은 잘못된 표현이다.

**아뭏든 vs. 아무튼

올바른 표현_아무튼

한글맞춤법 제40항에 따라, '아무튼'의 경우는 소리대로 적는 것이 옳다. 이러한 비슷한 예로 '결단코, 무심코, 요컨대, 정녕코, 하마터면, 하여튼, 한사코' 등이 더 있다.

*아미산²(蛾眉山) vs. 어메이 산

올바른 표현_어메이 산

외래어 표기법 제4장 제2절 제2항에 중국의 지명이 현재 지명과 동일한 것은 중국어 표기법에 따라 표기한다는 원칙이 있다. 따라서 이를 한국 한자음으로 읽어서는 옳지 않다. 따라서 '어메이 산'으로 써야 옳으며, 굳이 필요하다면 한자를 병기하는 방식을 취하여야 한다.

*아슴푸레하다 vs. 아스름하다

올바른 표현_아슴푸레하다

빛이 약하거나 멀어서 조금 어둑하고 희미한 모양이거나 또렷하게 보이거나 들리지 아니하고 희미하고 흐릿한 모양을 지닐 때, '아슴푸레하다'라 한다. 이를 '아스름하다'로 시어(詩語)나 방언에서 쓰기도 하는데, 표준어는 아니다.

*아옹다옹 vs. 아웅다웅

올바른 표현_아웅다웅

대수롭지 아니한 일로 서로 자꾸 다투는 모양을 일컬어, '아옹다옹'이라 한다. 모음조화를 잘 지킨 단어이다. 그러나 모음조화가 파괴된 형인 '아웅다웅'은 잘못된 표현이다. 흔히 잘못된 표현을 쓰는데, 조속히 고쳐야 할 것이다.

*아이고 vs. 아이구

올바른 표현_아이고

감탄사에, '아프거나 힘들거나 놀라거나 원통하거나 기막힐 때 내는 소리', '반갑거나 좋을 때 내는 소리', '절망하거나 좌절하거나 탄식할 때 내는 소리', '우는 소리로, 특히 상중(喪中)에 곡하는 소리' 등을 일컬어, '아이고'로 표현해야 옳다. 이를 젊은층을 중심으로 많은 언중들이 '아이구'로 표현하는데, 잘못된 표현이다. '아이고'보다 어감(語感)이 센 말인 '아이코'도 마찬가지다. '아이쿠'로 쓰는 것은 잘못된 표현이다.

*아즈테카 왕국/아즈텍 족 vs. 아스테카 왕국(Azteca 王國)/아스텍 족(Aztec族)

올바른 표현_아스테카 왕국(Azteca 王國)/아스텍 족(Aztec族)

멕시코 고원에 살던 고대 인디언의 한 부족은 '아스텍 족(Aztec 族)'이고, 1520년 에스파냐가 침입하기 직전까지 멕시코 고원에 발달한 왕국은 '아스텍 왕국(Azteca 王國)'이다. 'Aztec'의 발음은 [æztek]이고, 'Azteca'의 발음은 [æzteka]이다. 이에 따라 표기하면 '애즈텍'과 '애즈테카'이다. 그러나 멕시코 언어의 발음을 존중하고, 그동안 써온 관용을 존중하여 '아스텍'과 '아스테카'로 적는 것을 올바른 것으로 본다.

**아지랭이 vs. 아지랑이

올바른 표현_아지랑이

봄날 햇빛이 강하게 쬘 때 공기가 공중에서 아른아른 움직이는 현상을 일컬어, '아지랑이'라 표현한다. 그런데 흔히 이 단어가 'ㅣ'모음 역행 동화로 인해 '아지랭이'로 표현하는 경우가 많다. 그러나 이는 잘못된 표현이다.

**아프터 서비스 vs. 애프터 서비스(after service)

올바른 표현_애프터 서비스(after service)

이 단어의 발음은 [ǽftə sə́ːvis]이다. 이에 따라 표기하면, '애프터 서

비스'가 올바른 표현이다. 이를 철자에 연연하여 '아프터 서비스'라 표기하면 잘못이다.

*약대² vs. 약대¹

올바른 표현_약대

'약대'는 '낙타(駱駝)'를 뜻한다. 이를 '약대'라 표현하는 것은 잘못이다.

**악세사리 vs. 액세서리(accessory)

올바른 표현_액세서리(accessory)

이 단어는 발음이 [æksesəri]이다. 이에 따라, '액세서리'로 써야 옳다. 이를 언중들이 흔히 '악세사리'라 표현한다. 이는 잘못된 표현이다.

*악셀 vs. 액셀러레이터(accelerator)

올바른 표현_액셀러레이터(accelerator)

가속 페달을 뜻하는 본말은 '액셀러레이터'가 옳다. 이 단어는 발음이 [æikseləreitə]이기 때문이다. 이는 줄여서 '액셀'로 표기해도 옳다. 그러나 이를 '악셀'로 표기하면 잘못이다.

*안성맞춤 vs. 안성마춤

올바른 표현_안성맞춤

한글맞춤법 제55항에 따르면, 뜻을 구별해 쓰던 말을 한 가지로 통일하는데, '안성맞춤'이 그런 경우이다. 과거 '마춤'이 옳은 표기였던 시절이 있었으나, '맞춤'으로 통일되면서 이 단어로 그에 따른 것이다.

*안쓰럽다 vs. 안스럽다 / 안슬프다

올바른 표현_안쓰럽다

표준어 규정 제25항에 의미가 똑같은 형태가 몇 가지 있을 경우, 그 중 어느 하나가 압도적으로 널리 쓰이면, 그 단어만을 표준어로 삼는다고 하였다. 이에 따라 '안쓰럽다'가 옳은 표현이다. 또 이를 '안스럽다'나 '안슬프다'로 표현하면 잘못이다.

**안절부절못하다 vs. 안절부절하다

올바른 표현_안절부절못하다

표준어 규정 제25항에 의미가 똑같은 형태가 몇 가지 있을 경우, 그 중 어느 하나가 압도적으로 널리 쓰이면, 그 단어만을 표준어로 삼는다고 하였다. 이에 따라 '안절부절못하다'가 옳은 표현이다.

▲알람 시그널/알람 vs. 얼람 시그널(alarm signal)

올바른 표현_얼람 시그널(alarm signal)

'경보, 비상 신호, 놀람, 경보기, 자명종' 등을 외래어로 '얼람'이라 하고 발음기호는 [əlá∶m]이다. '신호, 암호, 신호기' 등을 외래어로 '시그널'이라 하고, 발음기호는 [sígn-əl]이다. 따라서 이 단어를 합친 합성어는 '얼람 시그널'로 표기해야 옳다. 이를 '알람 시그널'이나, 줄여서 '알람'이라 표현하는 것은 잘못이다.

**알루미늄(aluminium) vs. 알미늄

올바른 표현_알루미늄(aluminium)

이 단어의 발음은 [ӕljumíniəm]이다. 이에 따라 표기하면, '앨류미니엄'이 옳다. 그러나 외래어 표기법 제5항에 명시한 바와 같이 이미 굳어진 외래어는 관용을 존중한다. 따라서 '알루미늄'으로 적는 것을 옳은 표기로 본다. '알미늄'은 발음과 멀 뿐만 아니라, 빠진 발음도 있어, 올바른 표기로 보기 어렵다.

**알배기 vs. 알박이

올바른 표현_알배기

일부 명사 뒤에 붙어 무엇이 박혀 있는 사람이나 짐승 또는 물건이라는 뜻을 더하거나, 일부 명사 또는 동사 어간 뒤에 붙어 무엇이 박혀 있는 곳이라는 뜻을 더하거나 또는 한곳에 일정하게 고정되어 있다는 뜻을 더하는 접미사가 '-박이'이다. 그리고 '두 살배기'처럼 어린아이의 나이를 나타내는 명사구 뒤에 붙어 '그 나이를 먹은 아이'의 뜻을 더할 때, '알배기'처럼 몇몇 명사 뒤에 붙어 '그것이 들어 있거나 차 있음'의 뜻일 때, 몇몇 명사 뒤에 붙어 '그런 물건'의 뜻을 더할 때 쓰는 접미사가 '-배기'이다. 여기에서는 '-배기'의 뜻으로 사용한 경우이다. 따라서 '알배기'가 옳은 표현이다.

**알아맞히다 vs. 알아맞추다

올바른 표현_알아맞히다

'요구되거나 기대되는 답을 알아서 맞게 하다'의 뜻은 '알아맞히다'이다. 이를 '알아맞추다'로 쓰는 것은 잘못된 표현이다.

**알코올(alcohol) vs. 알콜

올바른 표현_알코올(alcohol)

이 단어는 발음이 [ǽlkəhɔl]이다. 이에 따르면, '앨커홀'이 옳은 표기이
나, 그동안 써온 관례를 존중하여 '알코올'을 올바른 표기로 정하였다.
특히 세 음절로 표기한 것은 원말의 음절수를 고려했기 때문이다.

**알타리무 vs. 총각무

올바른 표현_총각무

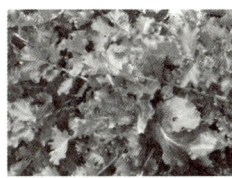

표준어 규정 제22항은, 고유어 계열의 단어가 생명력을 잃고 그에 대
응되는 한자어 계열의 단어가 널리 쓰이면, 한자어 계열의 단어를 표준
어로 삼는다. 이에 따라 '총각무'가 옳은 표현이다. 총각무는 '무청째
로 김치를 담그는, 뿌리가 잔 어린 무'를 일컫는다.

무청 사진

*알탕갈탕 vs. 애면글면

올바른 표현_애면글면

힘에 겨운 일을 이루려고 갖은 애를 쓰는 모양을 일컬어, '애면글면'이
라 한다. '그녀는 지난 세월을 애면글면 살다보니 벌써 불혹의 나이가
되었다'처럼 쓰인다. 그런데 이를 특히 전남 방언에서 '알탕갈탕'으로
표현하는 것은 잘못된 것이다.

*암기와 vs. 암키와

올바른 표현_암키와

'암[雌]'접두사는 '수[雄]'과 같이, 뒤에 'ㄱ, ㄷ, ㅂ'이 어두(語頭)에 오
는 명사들과 합성하면, 'ㅋ, ㅌ, ㅍ' 등으로 각각 나타나는 'ㅎ종성 체
언'이다. 그러나 현대어에서는 반드시 그렇지만은 않다. 후행어(後行語)
의 어두(語頭)가 'ㄱ, ㄷ, ㅂ'인 명사는 'ㅎ종성 체언'이 나타나는 경우
와 그렇지 않은 경우가 있다.
- 암캉아지, 암캐, 암컷, 암키와, 암탉, 암탕나귀, 암퇘지, 암톨쩌귀, 암
  평아리 등
- 암개미, 암거미, 암게, 암고양이, 암곰, 암구렁이, 암단추, 암벌, 암비
  둘기, 암범 등
현재까지는 'ㅎ종성 체언'이 들어간 것으로 '암캉아지, 암캐, 암컷, 암키

와, 암탉, 암탕나귀, 암퇘지, 암톨쩌귀, 암평아리' 등이 올바른 표현이다.

**암녹색(暗綠色) vs. 암록색

올바른 표현_암녹색(暗綠色)

어두운 녹색을 일컬어 '암녹색'이라 한다. 둘째 음절은 본음은 '록'으로, '암록색'으로 써야 옳을 듯하지만, 한글맞춤법 제12항 〈붙임 2〉에 추가하길, 접두사처럼 쓰이는 한자가 붙어서 된 단어는 뒷말을 두음법칙에 따라 적는다고 하였다. 이에 따라 접두사처럼 붙은 '암'에 의해, '암녹색'으로 두음법칙을 적용하여 표기해야 옳다.

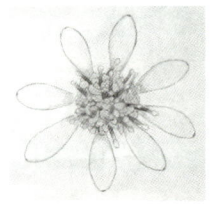

참취꽃 그림

*암칙[1] vs. 참취

올바른 표현_참취

'참취'는 국화과의 여러해살이풀로 높이는 1.5m 정도이며, 잎은 어긋나고 심장 모양인데 끝이 뾰족하고 가에 톱니가 있다. 방언에서 이 풀을 '암칙'으로 표현하는 것은 잘못이다.

*앗아라/아사라 vs. 아서라

올바른 표현_아서라

'아서라'는 그렇게 하지 말라고 금지할 때 하는 말이다. 이를 '앗아라/아사라'로 쓰는 것은 발음을 편하게 하기 위한 현상으로 보이며, 잘못된 표현이다.

**앙알거리다 vs. 앙살거리다

올바른 표현_앙알거리다

윗사람에 대하여 조금 원망스럽게 자꾸 입속말로 군소리(하지 아니하여도 좋을 쓸데없는 말)를 할 때, '앙알거리다'라고 표현한다. 이를 방언에서 '앙살거리다'로 표현하는데, 이는 잘못된 것이다.

*앙이 vs. 송곳니

올바른 표현_송곳니

앞니와 어금니 사이에 있는 뾰족한 이를 '송곳니'라 표현한다. 그런데 이를 '앙이'라고 표현하는 것은 잘못된 표현이다.

*앙증스럽다 vs. 앙징스럽다

올바른 표현_앙증스럽다

작으면서도 갖출 것은 다 갖추어 아주 깜찍한 데가 있을 때, '앙증스럽다'고 한다. 이를 '앙징스럽다'로 표현하는 것은 잘못이다.

**앙코르(encore)¹ vs. 앙콜/앵콜

올바른 표현_앙코르(encore)

이 단어는 발음이 [ɑŋkɔːr]이다. 이에 따라, '앙코르'가 옳은 표기이다. 이를 '앙콜/앵콜' 등으로 표현하는 것은 잘못이다.

*앙티크(antique) vs. 앤티크

올바른 표현_앤티크

'앤티크'란 '산세리프체에 살찌고 납작한 세리프를 붙인 활자체'를 일컫는다. 이 단어는 [æntiːk]로 발음한다. 짧은 모음이 아닌, 긴 모음 다음에 오는 무성 파열음이기 때문에 이 발음에 충실하면, '앤티크'로 써야 옳다. 이 단어가 원래 프랑스 어에서 유래된 단어이기에, 이를 존중해 프랑스 어식으로 '앙티크'로 표기하는 경우가 있는데, 이는 잘못이다.

**애개 vs. 애걔

올바른 표현_애개

'뉘우치거나 탄식할 때 아주 가볍게 내는 소리' 또는 '대단지 아니한 것을 보고 업신여기어 내는 소리'가 '애개'이다. 감탄사로 흔히 쓰는 말이지만, 표기할 때 조심할 단어이다. '걔'를 쓰는 경우가 흔하지 않기 때문이다. '애개'를 잇따라 내는 소리도 '애개개'로 써야 옳다.

*애고¹ vs. 애구¹

올바른 표현_애고

'아이고'의 준말은 '애고'이다. 그러나 '아이고'를 '아이구'로 잘못 알고 언중들은 이 말의 준말도 '애구'로 쓴다. 그러나 '애고'가 옳은 표현이다.

**애고머니 vs. 애구머니/애그머니

올바른 표현_애고머니

'아이고머니'의 준말은 '애고머니'이다. 어감(語感)이 센 말로 '에구머니'가 있다. 그러나 이를 '애구머니'니, '애그머니'로 표현하는 것은 잘못된 것이다.

*애기¹ vs. 아기¹

올바른 표현_아기

아기를 'ㅣ'모음 역행동화 현상으로 인하여 '애기'로 발음하는 것은 수의적(隨意的) 현상으로 잘못된 것이다. 참고로 어린아이가 아기를 일컬을 때, 또 어른이 아기를 부를 때 쓰는 '아가'는 표준어이다.

*애꾸장이 vs. 애꾸눈이
올바른 표현_애꾸눈이

한쪽 눈이 먼 사람을 낮잡아 이르는 말이 '애꾸눈이' 또는 '외눈박이'이다. 이를 '애꾸장이'로 표현하는 것은 잘못이다. '애꾸'는 기술자가 아니기 때문에 '-장이'를 붙이는 것은 타당하지 않다.

**애달프다 vs. 애닲다
올바른 표현_애달프다

'애닲다'는 사어(死語)로, '애달프다'로 써야 옳다. 표준어 규정 제20항을 보면, 사어(死語)가 되어 쓰이지 않게 된 단어는 고어(古語)로 처리하고, 널리 사용되는 단어를 표준어로 삼는다고 하였다. 이에 따라 사어(死語)로 처리되어 버리는 경우가, '봉(난봉), 낭(낭떠러지), 설겆다(설거지하다), 머귀나무(오동나무), 오얏(자두)' 등이 있다.

사어(死語)
과거에 사용되었던 언어이지만 지금은 사용되지 않는 언어

*애송이 vs. 애숭이
올바른 표현_애송이

애티가 나는 사람이나 물건은 '애송이'이다. 모음조화를 잘 지킨 단어이다. 모음조화를 파괴하여 '애숭이'로 표현하는 것은 잘못이다.

**애시[1]/애시당초 vs. 애초[1]/애당초
올바른 표현_애초/애당초

맨 처음을 일컬어 '애초'라 한다. '당초(當初), 시초(始初)'와 유의어 관계에 있다. 흔히 쓰는 말에 '애시당초'가 있는데, 이는 '애당초'를 잘못 표현한 것으로 '애당초'는 '애초'를 강조하여 이르는 말이다. 여기에 혼동되어 '애시'라는 말을 쓰는 것은 잘못된 표현이다.

*액막이 vs. 액매기
올바른 표현_액막이

가정이나 개인에게 닥칠 액을 미리 막는 일을 '액막이'라 한다. 이 단어가 'ㅣ'모음 역행동화로 인해 '액맥이/액매기'로 표현하는 것은 잘못된 것이다.

**액센트 vs. 악센트(accent)

올바른 표현_악센트(accent)

이 단어는 발음이 [ǽksent]이다. 이에 따르면, '액센트'로 표기해야 옳다. 그러나 이 경우 오래된 관용을 인정하여 '악센트'를 올바른 표기로 본다. 따라서 발음에 따라 외래어 표기를 정확하게 한 '액센트'는 잘못이다.

▲앰브란스 vs. 앰뷸런스(ambulance)

올바른 표현_앰뷸런스(ambulance)

'구급차'를 뜻하는 외래어는 '앰뷸런스'라 표기해야 옳다. 이 단어는 발음이 [ǽmbjuləns]이다. 따라서 표기도 '앰뷸런스'가 옳은 것이다. 이를 언중들이 '앰브란스'라 발음하고 표기하는데, 이는 잘못된 표현이다.

**야경치다 vs. 야기부리다

올바른 표현_야기부리다

불만을 품고 야단을 부릴 때를 일컬어, '야기부리다'라고 한다. 이를 흔히 '야경치다'로 방언에서 표현하는데, 잘못된 표현이다.

*야곰야곰 vs. 야금야금

올바른 표현_야금야금

무엇을 입 안에 넣고 잇따라 조금씩 먹어 들어가는 모양을 일컬어, '야금야금'이라 한다. 이를 모음조화를 고려하여 '야곰야곰'으로 생각하는 것은 잘못된 것이다. 이와 비슷한 경우로, '살곰살곰'도 잘못된 표현이며, '살금살금'이 올바른 표현이다.

**야구르트 / 야쿠르트 vs. 요구르트(yogurt)

올바른 표현_요구르트(yogurt)

이 단어는 발음이 [jɔɡərt]이다. 따라서 '요거르트'로 써야 옳다. 그러나 둘째 음절은 그동안 써온 관례를 존중하여 '구'로 적는다. '요구르트'가 올바른 표기이다.

**야멸치다 vs. 야멸차다

올바른 표현_야멸치다

남의 사정은 돌보지 아니하고 자기만 생각하거나 태도가 차고 야무질 때, '야멸치다'라고 한다. 이를 '야멸차다'로 쓰는 것은 잘못된 표현이다. '야멸차다'는 흔히 쓰는 말이지만, 사전에 없다.

**야반도주(夜半逃走) vs. 야밤도주(夜-逃走)

올바른 표현_야반도주(夜半逃走)

남의 눈을 피하여 한밤중에 도망함을 일컬어, 한자어로 '야반도주'라한다. '야간도주(夜間逃走)'도 같은 말이다. 그러나 '밤'에 도망한다는사실에 치중에 '야밤도주'로 표기하는 것은 잘못된 표현이다.

*야젓잖다 vs. 야잣잖다

올바른 표현_야젓잖다

'말이나 행동 따위가 좀스러워 점잖지 못하고 가벼운 데가 있다'는 뜻이 '야젓잖다'이다. 다음 예문과 같이 쓰인다.

> 예 우리 반에서 그는 자기가 너무 야젓잖게 굴었다고 뉘우쳤다.

그러나 모음조화를 지켜 '야잣잖다'로 표현하는 것은 발음이 쉬운 면이있지만, 잘못된 표현이다.

*약꼬챙이 vs. 약막대기

올바른 표현_약막대기

표준어 규정 제17항에, 비슷한 발음의 몇 형태가 쓰일 경우, 그 의미에아무런 차이가 없고, 그 중 하나가 더 널리 쓰이면, 그 한 형태만을 표준어로 삼는다고 하였다. 이에 따라 '약막대기'가 옳은 표현이다.

*약담배(藥-) vs. 양귀비[1]

올바른 표현_양귀비

'양귀비'를 수의적(隨意的) 표현으로 '약담배'라 표현하는 것은 잘못이다. '약담배'는 양귀비의 약 효능을 미화(美化)하는 데서 유래된 단어로보인다.

*약빠르다 vs. 약바르다 / 약빨르다

올바른 표현_약빠르다

특별한 이유 없이 'ㄹ'을 덧붙여 '약빨르다'로 쓰거나 된소리로 표현하지 않은 '약바르다'는 잘못된 표현이다. '약빠르다'가 기본형으로, 올바른 것이다.

*얄쌍스럽다 vs. 예쁘장스럽다

올바른 표현_예쁘장스럽다

제법 예쁜 데가 있을 때, '예쁘장스럽다'고 표현한다. 그런데 이를 방언에서 '얄쌍스럽다'고 표현하는 경우가 있다. 잘못된 표현이다. 또 예쁘장스럽게 생긴 모습을 보고, '얄쌍하게 생겼다'라고 표현하기도 하는데, '얄쌍하게' 또한 잘못된 표현이다.

**얇다랗다 vs. 얄따랗다 올바른 표현_얄따랗다

한글맞춤법 제21항에 따르면, 명사나 혹은 용언의 어간 뒤에 자음으로 시작된 접미사가 붙어서 된 말은 그 명사나 어간의 원형을 밝히어 적는다고 하였다. 그러나 겹받침의 끝소리가 드러나지 아니하는 '얄따랗다'와 같은 경우는 소리대로 적는다고 제시하였다. 이에 따라 '얄따랗다'가 옳은 표현이다.

*얌냠 vs. 냠냠 올바른 표현_냠냠

표준어 규정 제17항에, 비슷한 발음의 몇 형태가 쓰일 경우, 그 의미에 아무런 차이가 없고, 그 중 하나가 더 널리 쓰이면, 그 한 형태만을 표준어로 삼는다고 하였다. '냠냠'이 옳은 표현이다.

*양상추 vs. 양상치 올바른 표현_양상추

개량종 상추인 '양상추'는 '양상치'로 쓰면 잘못이다. '상추'는 1988년 이전에 잘못된 표현이었으나, 1988년 한글맞춤법 개정 후 '상추'를 표준어로 인정하고, '상치'를 버렸다. 언중들의 언어현실을 반영한 경우이다.

**양쯔 강 vs. 양자강(揚子江) 올바른 표현_양쯔 강

외래어 표기법 제4장 제2절 제2항에, 중국의 역사 지명으로서 현재 쓰이지 않는 것은 우리 한자음대로 하고, 현재 지명과 동일한 것은 중국어 표기법에 따라 표기하되, 필요한 경우 한자를 병기한다고 하였다. 이에 따라 '양쯔 강'이 옳은 표현이다. 이를 우리 한자음으로 읽는 것은 잘못이다.

*얄으막하다 vs. 야트막하다 올바른 표현_야트막하다

한글맞춤법 제19항 단서 조항에 그 어간의 뜻과 멀어진 것은 원형을 밝히어 적지 아니한다. 이에 따라 '야트막하다'가 옳은 표현이다.

**어렵쇼 vs. 어렵소
올바른 표현_어렵소

'어렵소'는 '어렵다'라는 말과 무관한 단어이다. 그런데 이를 '어렵쇼'로 표현하는 경우가 있다. '어렵소'로 표현해야 옳다. '어렵쇼'는 '어어'의 속된 표현이다.

*어름장 vs. 으름장
올바른 표현_으름장

말과 행동으로 위협하는 짓은 '으름장'이다. 이를 '어름장'이라 표현하는 것은 잘못이다.

**어수룩하다 vs. 어리숙하다
올바른 표현_어수룩하다

'말이나 행동이 매우 숫되고 후하다', '되바라지지 않고 매우 어리석은 데가 있다', '제도나 규율에 의한 통제가 제대로 되지 않아 매우 느슨하다' 등의 뜻일 때, '어수룩하다'로 쓴다. 어감(語感)이 약한 말로 '아수룩하다'가 있다. 그런데 정말 많은 사람들이 '어리숙하다'라는 말로 이 뜻을 표현한다. 특히 강원과 전남은 심하다. '어리숙하다'는 '어리다[幼]'라는 뜻에서 유추하여 나타난 현상으로 보인다.

*어우러지다 vs. 어울러지다
올바른 표현_어우러지다

여럿이 조화되어 한 덩어리나 한판을 크게 이루게 될 때, '어우러지다'라 한다. 이를 '어울리다'와 연관하여 '어울러지다'로 표현하는 것은 잘못된 표현이다.

*어쭙잖다 vs. 어줍잖다
올바른 표현_어쭙잖다

비웃음을 살 만큼 언행이 분수에 넘치는 데가 있다는 뜻으로 '어쭙잖다'가 옳다. 한글맞춤법 제5항에 따르면, 한 단어 항에서 뚜렷한 까닭 없이 나는 된소리는 다음 음절의 첫소리를 된소리로 적는다. 이를 '어줍잖다'로 표현하는 것은 잘못된 것이다.

*억척빼기 vs. 억척배기

한글맞춤법 제54항에 따르면, '-꾼, -때기, -꿈치, -빼기, -쩍다' 등의 접미사는 된소리로 적는 것을 올바른 것으로 하였다. 따라서 '억척빼기'가 올바른 표현이다. 이와 비슷한 것으로 '낯빼기, 머리빼기, 이마빼기, 코빼기' 등이 있다.

**얼떨김 vs. 얼떨결

뜻밖의 일을 갑자기 당하거나, 여러 가지 일이 너무 복잡하여 정신을 가다듬지 못하는 판을 일컬어, '얼떨결'이라 한다. '얼결'이라고도 쓴다. 이를 흔히 '얼떨김'으로 쓰는 경우가 있는데, 잘못된 표현이다.

*얼룩빼기 vs. 얼룩배기

한글맞춤법 제54항에 따르면, '-꾼, -때기, -꿈치, -빼기, -쩍다' 등의 접미사는 된소리로 적는 것을 올바른 것으로 하였다. 따라서 '얼룩빼기'가 올바른 표현이다. 이와 비슷한 것으로 '낯빼기, 머리빼기, 이마빼기, 코빼기' 등이 있다.

*얼룩이 vs. 얼루기[1]

한글맞춤법 제23항에 따르면, '-하다'나 '-거리다'가 붙는 어근에 '-이'가 붙어서 명사가 된 것은 그 원형을 밝히어 적는다. 그러나 〈붙임〉에 명시하길, '-하다'나 '-거리다'가 붙을 수 없는 어근에 '-이'나 또는 다른 모음으로 시작되는 접미사가 붙어서 명사가 된 것은 그 원형을 밝히어 적지 아니한다고 하였다. 이에 따라 '얼루기'가 올바른 표기이다. '-하다'나 '-거리다'가 붙을 수 없기 때문이다.

*얼씬하다 vs. 얼른하다

조금 큰 것이 눈앞에 잠깐 나타났다 없어지는 모양이 있을 때, '얼씬하다'라 표현한다. 한글맞춤법 제3장 제1절 제5항 'ㄴ, ㄹ, ㅁ, ㅇ' 받침 뒤에서 나는 된소리는 된소리로 적는 규정에 따라, '얼씬하다'가 옳다. 이를 '얼른하다'로 쓰는 것은 잘못된 표현이다.

*얼핏하면 vs. 걸핏하면

올바른 표현_걸핏하면

'조금이라도 일이 있기만 하면 곧'이라는 뜻으로 '걸핏하면' 또는 '제 꺽하면'이 있다. 이를 '얼핏하면'이라 흔히 쓰는데, 잘못된 표현이다.

*업둥이 vs. 업동이

올바른 표현_업둥이

명사에 붙어 명사가 뜻하는 특징을 지닌 어린이이거나 명사나 어근이 뜻하는 특징을 지닌 사람이나 짐승을 나타내는 접미사 '-둥이'는 어원 적으로 '-동이(-童이)'에서 왔지만, '-둥이'를 표준어로 삼는다. 따라서 이러한 상황에서 붙는 접미사는 모두 '-둥이'가 옳다.

*엇모리장단 vs. 엇몰이장단

올바른 표현_엇모리장단

산조(散調)
민속 음악에 속하는 기악 독주
곡 형태의 하나

산조(散調)나 판소리에 쓰이는, 2박과 3박이 뒤섞인 빠른 10박 장단은 '엇모리장단'이다. 소리대로 적으며 '장단'을 뒤에 붙여야 옳다. 판소 리나 산조의 장단과 관련된 용어를 일컬을 때, 소리대로 적고 '장단'을 반드시 붙여야 옳은 표현이다.

**에구머니 vs. 에그머니

올바른 표현_에구머니

'어이구'보다 느낌이 더 간절할 때 내는 소리인 '어이구머니'의 준말은 '에구머니'이다. 어감(語感)이 좀 약한 말에 '애고머니'가 있다. 그러나 이를 '에그머니'로 쓰는 것은 잘못이다.

**에레베이타 vs. 엘리베이터(elevator)

올바른 표현_엘리베이터(elevator)

이 단어는 발음이 [eləveitə]이다. 이에 따르면, '엘러베이터'로 써야 옳 다. 그러나 둘째 음절의 [ə]는 그동안의 관례를 고려하여 '리'로 표기한 다. 결국 '엘리베이터'가 옳은 표기이다.

*에면데면하다 vs. 데면데면하다

올바른 표현_데면데면하다

사람을 대하는 태도가 친밀감이 없이 예사로운 모양을 지닐 때, '데면 데면하다'라고 한다. 이를 방언에서 '에면데면하다'로 쓰는 것은 잘못 된 표현이다.

**여드레 vs. 여드래

여덟 날은 '여드레'로 써야 올바르다. 이를 '여드래'로 표기하는 것은 잘못된 것이다.

**여라문 vs. 여남은

올바른 표현_여남은

열이 조금 넘는 수를 일컬어, '여남은'이라 표현한다. '열 하고 남다'라는 의미에서 비롯된 단어로 보인다. 이를 '여라문'으로 표현하면 잘못이다.

*여우불 vs. 도깨비불

올바른 표현_도깨비불

밤에 무덤이나 축축한 땅 또는 고목이나 낡고 오래된 집에서 화학 원소 인(p) 따위의 작용으로 저절로 번쩍이는 푸른빛의 불꽃을 '도깨비불'이라 한다. 이를 방언에서 '여우불'로 표현하기도 하는데, 잘못된 것이다.

*여위다² vs. 여의다

올바른 표현_여의다

'부모나 사랑하는 사람이 죽어서 이별하다', '딸을 시집보내다', '멀리 떠나보내다' 등의 뜻으로 '여의다'가 있다. 이를 '여위다'로 잘못 표현하는 경우가 있다. '여위다'는 '몸의 살이 빠져 파리하게 되다'의 뜻으로 사용해야 옳다.

*여위살이 vs. 시집살이

올바른 표현_시집살이

여자가 시집에 들어가서 살림하는 일을 '시집살이'라 한다. 이를 '여위살이'라 방언에서 부르는데, 잘못된 표현이다.

**여태껏 vs. 여지껏

올바른 표현_여태껏

표준어 규정 제26항에 따라, '여태껏, 이제껏, 입때껏'만 표준어로 인정한다. 따라서 '여지껏'은 잘못된 표현이다.

*역빠르다 vs. 역바르다

올바른 표현_역빠르다

역어서 눈치나 행동 따위가 재빠를 때, '역빠르다'가 옳다. 어감(語感)이 약한 말로 '약빠르다'가 있다. 이를 '역바르다'로 쓰는 것은 잘못된 표현이다.

**역전[11](驛前) vs. 역전 앞

올바른 표현_역전(驛前)

'역전(驛前) 앞'은 의미가 중복된 경우로 올바른 표현은 '역전'이다. '역전' 자체가 '역 앞'이라는 뜻이기 때문이다. 이와 같은 경우로 '초가(草家)집, 처갓(妻家)집' 등이 있다.

**역활 vs. 역할(役割)

올바른 표현_역할(役割)

자기가 마땅히 하여야 할 맡은 바 직책이나 임무를 일컬어 '역할'이라 해야 옳다. 이를 '역활'로 표기하는 경우가 종종 있다. 잘못된 표현이다.

*연거퍼 vs. 연거푸

올바른 표현_연거푸

'잇따라 여러 번 되풀이하여'라는 뜻에 '연거푸'가 있다. 이를 '연거퍼'로 표현하는 경우가 있는데, 발음 측면에서는 편함이 있으나, 올바른 표현은 아니다.

*연들다 vs. 연앉다

올바른 표현_연들다

'감이 익어 말랑말랑하게 되다'의 뜻으로 '연들다'가 있다. 이를 '연앉다'로 표현하는 것은 잘못된 것이다.

연자매 그림

**연자매 vs. 연지방아

올바른 표현_연자매

둥글고 넓적한 돌판 위에 그보다 작고 둥근 돌을 세로로 세워서 이를 말이나 소 따위로 하여금 끌어 돌리게 하여 곡식을 찧는 방아를 일컬어, '연자매'라 한다. 일명 '연자방아'라고도 한다. 그런데 이를 '연지방아'로 방언에서 표현하는데, 잘못된 것이다.

*열두무날 vs. 열두물

올바른 표현_열두무날

음력 5일과 6일, 20일과 21일의 밀물과 썰물을 일컬어 '열두무날'이라 한다. 이를 어촌에서 '열두물'이라 표현하는데, 잘못된 표현이다.

*열심히 vs. 열심으로

표준어 규정 제25항에 의미가 똑같은 형태가 몇 가지 있을 경우, 그 중 어느 하나가 압도적으로 널리 쓰이면, 그 단어만을 표준어로 삼는다고 하였다. 이에 따라 '열심히'가 옳은 표현이다.

**열어젖히다 vs. 열어재끼다 / 열어저치다

표준어 규정 제25항에 의미가 똑같은 형태가 몇 가지 있을 경우, 그 중 어느 하나가 압도적으로 널리 쓰이면, 그 단어만을 표준어로 삼는다고 하였다. 이에 따라 '열어젖히다'가 옳은 표현이다. '열어재끼다, 열어저치다, 열어제치다' 등은 모두 잘못된 것이다.

**열없다 vs. 열적다

'겸연쩍고 부끄럽다', '담이 작고 겁이 많다', '성질이 다부지지 못하고 묽다', '어설프고 짜임새가 없다' 등의 뜻으로 '열없다'를 쓴다. 이를 흔히 '열적다'로 표현하는데, 잘못된 표현이다.

**열쭝이 vs. 열중이

겨우 날기 시작한 어린 새를 일컬어 '열쭝이'라 한다. 흔히 잘 자라지 아니하는 병아리를 이른다. 때로는 겁이 많고 나약한 사람을 비유적으로 이르기도 한다. 이를 '열중이'라 표현하여 둘째 음절의 된소리를 회피하는 것은 잘못된 표현이다. 한글맞춤법 제3장 제1절 제5항 'ㄴ, ㄹ, ㅁ, ㅇ' 받침 뒤에서 나는 된소리는 된소리로 적는 규정에 따라, '열쭝이'가 옳기 때문이다.

*열하[3](熱河) vs. 리허

외래어 표기법 제4장 제2절 제2항에 중국의 지명이 현재 지명과 동일한 것은 중국어 표기법에 따라 표기한다는 원칙이 있다. 따라서 이를 한국 한자음으로 읽어서는 옳지 않다. 따라서 '리허'로 써야 옳으며, 굳이 필요하다면 한자를 병기하는 방식을 취하여야 한다. 그러나 박지원의 연행기(燕行記)인 『열하일기(熱河日記)』(1780)는 그대로 쓰는 것이 옳다.

*열한물 vs. 열한무날

올바른 표현_열한무날

음력 4, 5일과 19, 20일의 밀물과 썰물을 일컬어, '열한무날'이라 한다. 이를 어촌에서 '열한물'이라 표현하는 것은 잘못된 것이다.

*염두에 두다 vs. 염두하다

올바른 표현_염두에 두다

염두(念頭)는 '마음이나 생각'을 뜻한다. 이 명사에 접미사 '-하다'가 붙어 '염두하다'라는 단어가 있을 성 싶으나, 현행 사전에는 등재되지 않는 단어이다. 따라서 '염두에 두다'로 써야 현재는 옳은 표현인 것이다.

*염소띠 vs. 양띠

올바른 표현_양띠

양해에 태어난 사람의 띠는 '양띠'이다. 서양의 짐승인 '양'을 대신해 우리나라에서 예전부터 기르던 '염소'로 표현하는 것이 '염소띠'이다. 그러나 띠를 지칭하는 짐승에 '염소'는 없다. 따라서 '염소띠'는 잘못된 표현이다. '양띠'로 써야 옳다.

**엿장사[2] vs. 엿장수

올바른 표현_엿장수

'장사'는 생산자와 소비자 사이에서 이득을 목적으로 상품을 사서 파는 일을 지칭한다. 반면에 '장수'는 장사하는 사람, 즉 '상인'을 지칭한다. 따라서 '엿을 장사하는 사람'은 '엿장수'이다. '엿장사'는 잘못된 표현이다.

**영락없다 vs. 영낙없다

올바른 표현_영락없다

조금도 틀리지 아니하고 꼭 들어맞을 때, '영락없다'로 표현한다. 이를 '영낙없다'로 혼동하여 표현하는 것은 잘못이다.

*영판[1] vs. 아주[1]

올바른 표현_아주

표준어 규정 제25항에 의미가 똑같은 형태가 몇 가지 있을 경우, 그 중 어느 하나가 압도적으로 널리 쓰이면, 그 단어만을 표준어로 삼는다고 하였다. 이에 따라 '아주'가 옳은 표현이다.

*옅우다 vs. 여투다
올바른 표현_여투다

돈이나 물건을 아껴 쓰고 나머지를 모아 두는 행위를 '여투다'라 한다. '용돈을 여투다, 쌀을 여투다'처럼 쓰인다. 이를 소리대로 적지 않고 '옅우다'로 표기한 것은 잘못된 것이다.

**옆눈 vs. 곁눈[1]
올바른 표현_곁눈

얼굴은 돌리지 않고 눈알만 옆으로 굴려서 보는 눈을 일컬어, '곁눈'이라 한다. 이를 옆으로 굴린다는 의미에 주목해 '옆눈'이라 표현하는 것은 잘못이다. 이 단어에 '그 신체 부위를 이용한 어떤 행위'의 뜻을 더하는 접미사 '-질'이 붙은 경우도 '곁눈질'이 옳지, '옆눈질'은 그르다.

**옆댕이 vs. 옆대기
올바른 표현_옆댕이

'옆'을 속되게 이를 때, '옆댕이'로 써야 옳다. 이를 '옆대기'로 쓰는 것은 잘못이다.

**예따 vs. 옛다
올바른 표현_옛다

가까이 있는 사람에게 무엇을 주면서 하는 말로 '해라'할 자리에 쓰는 것이 '옛다'이다. 이를 '예따'처럼 소리대로 적은 것은 잘못된 표현이다.

**예사일(例事−) vs. 예삿일
올바른 표현_예삿일

순 우리말과 한자어로 된 합성어로서 앞말이 모음으로 끝난 경우, 뒷말의 첫소리 모음 앞에서 'ㄴㄴ'소리가 덧나는 것은 사이시옷을 넣는다. 따라서 '예삿일'이 옳다. 이런 비슷한 단어로 '가욋일, 사삿일, 훗일' 등이 있다.

*예일곱 vs. 예닐곱
올바른 표현_예닐곱

여섯이나 일곱쯤 되는 수는 '예닐곱'이다. '여섯'과 일곱의 고어(古語) '닐곱'이 결합하여, 예전부터 써 내려오는 단어이다. 이를 '예일곱'으로 표현하는 것은 현대의 관점에서 본 것으로 기원적인 측면을 고려하지 않은 표기이다.

▲ 예취기(刈取幾) vs. 예초기

〈표준국어대사전〉에 일단 '예초기'는 등재되어 있지 않아 표준어로 인정받지 못한 상황이다. 그러나 '예취기'는 그 설명이 나와 있어 표준어로 인정되고 있다.

〈표준국어대사전〉에 등재된 '예취기'와 '예초'의 뜻은 다음과 같다.

> 예취기(刈取幾) : 곡식이나 풀 따위를 베는 기계
> 예초(刈草) : =풀베기

그러나 다음의 국립국어원의 홈페이지에 나오는 답변은 이와 달리 두 단어를 모두 인정하고 있다.

> 곡식을 베어 거두어들이거나 곡식이나 풀 따위를 베는 기계를 이르는 말로 '예취기(刈取機)'와 '예초기(刈草機)'는 모두 사용 가능합니다. 그리고 이 둘을 정확하게 구분해서 사용하는 것 같지는 않으나 '예초기'는 '풀만 베어 버리는 기계'이고 '예취기'는 '풀 이외의 곡식을 베어 거두어 들인다'는 의미를 좀 더 분명히 가지고 있는 듯합니다.

한식이나 추석 명절을 전후해 '벌초'하기는 오래된 미풍양속이다. 그때마다 풀을 베기 위한 도구를 일컫는 단어들이 사람들 입에 오르내리는데, 최근 기계 문명의 발달로 전동식 벌초기계를 대다수 사람들이 벌초용으로 사용한다. 그때 자주 등장하는 단어가 바로 '예초기'이다. 그

예취기 사진

기계를, 표준어로 등재된 '예취기'로 명명하는 경우는 드물다. 따라서 국립국어원의 홈페이지 답변처럼 '풀만 베어 버리는 기계'의 뜻으로 '예초기'를 사전의 표제어로 등재하여야 할 것이다.

*옛스럽다 vs. 예스럽다

'옛것과 같은 맛이나 멋이 있다'는 뜻으로 '예스럽다'가 있다. '옛것'이라는 의미에 주목해 '옛스럽다'로 표현하는 것은 통사구조상 옳지 못하다. '-스럽다'는 일부 명사 뒤에 붙어 '그러한 성질이 있음'의 뜻을 더하고 형용사를 만드는 접미사이다. 따라서 관형사 '옛' 뒤에 붙을 수 없다.

*오글거리다[1] vs. 오골거리다[1]
올바른 표현_오글거리다

좁은 그릇에서 적은 양의 물이나 찌개 따위가 자꾸 요란스럽게 끓어오를 때, '오글거리다'라 표현한다. 어감(語感)이 센 말로 '우글거리다'가 있다. 이를 '오골거리다'로 표현하는 것은 잘못이다.

**오델로 vs. 오셀로(Othello)
올바른 표현_오셀로(Othello)

'영국의 극작가 셰익스피어가 지은 4대 비극-〈햄릿〉, 〈리어 왕〉, 〈맥베스〉, 〈오셀로〉-의 하나'에 〈오셀로〉가 있다. 이 단어는 발음이 [əθelou]이다. 이에 따르면, '어셀로'가 옳지만, 첫째 음절은 이미 언중들에게 널리 쓰인 관례를 인정하여 '오셀로'로 표기한다. [θ]음은 'ㅅ'으로 적어야 옳다. 〈맥베스〉도 〈맥베드〉로 알려져 있으나 잘못된 표현이다.

**오도마니 vs. 오도카니
올바른 표현_오도카니

작은 사람이 넋이 나간 듯이 가만히 한자리에 서 있거나 앉아 있는 모양을 '오도카니'라 한다. 모음조화를 잘 지킨 단어이다. 흔히 쓰는 '우두커니'는 '오도카니'보다 어감(語感)이 센 말이다. 따라서 이를 방언에서 '오도마니'로 쓰는 것은 잘못된 표현이다.

*오두방정 vs. 오도방정
올바른 표현_오두방정

몹시 방정맞은 행동을 일컬어, '오두방정'이라 한다. 모음조화를 지켜 표현한 '오도방정'은 잘못된 표현이다.

*오뚝 vs. 오똑
올바른 표현_오뚝

'작은 물건이 도드라지게 높이 솟아 있는 모양'을 일컬을 때, 쓰는 명사는 '오뚝'이다. 여기에 접미사 '-하다'가 붙어 형용사가 되기도 한다.

**오뚝이[1] vs. 오뚜기
올바른 표현_오뚝이

'-하다'나 '-거리다'가 붙는 어근에 '-이'가 붙어서 명사가 된 것은 그 원형을 밝히어 적는다. 이에 따라, '오뚝이'가 옳다. 우리나라 식품회

오뚝이 사진

사에 '오뚜기식품'이 있다. 대대적인 광고와 실생활에서의 사용 때문인지, 많은 언중들이 '오뚜기'로 잘못 알고 있다. 이렇게 그 원형을 밝히어 적는 단어로, '깔쭉이, 배불뚝이, 살살이, 홀쭉이' 등이 있다.

**오랫동안 vs. 오랜동안   <small>올바른 표현_오랫동안</small>

실질형태소 '오래'와 '동안'이 결합하면서 사이시옷이 들어간 합성어이기 때문에 '오랫동안'이 올바른 표기이다. '오랜동안'이라 흔히 쓰는데, 잘못된 표현이다.

**오랫만 vs. 오랜만   <small>올바른 표현_오랜만</small>

'오래간만'의 준말은 '오랜만'이다. 이를 '오랫만'으로 쓰는 것은 '오랫동안'처럼 실질형태소의 결합으로 착각하는 데서 나온 현상이다.

*오막집 vs. 오두막집   <small>올바른 표현_오두막집</small>

오두막처럼 작고 초라한 집을 일컬어, '오두막집' 또는 '오막살이'라고 표현한다. 이를 '오막집'으로 표현하는 것은 현재로써 비표준어이다. 반면, '오막'은 '오두막'의 준말로 옳은 표현이다.

*오면가면 vs. 오명가명   <small>올바른 표현_오면가면</small>

'오면서 가면서'의 뜻으로 '오면가면'이 있다. 이를 '오명가명'으로 표현하는 것은 잘못된 표현이다. 방언에서 일어난 자음동화(子音同化) 때문으로 수의적(隨意的)인 현상이다. 이와 비슷한 단어로 '애명글명'이 있다. '애명글명'도 '애면글면'을 잘못 쓴 경우이다.

*오므라지다 vs. 오무라지다   <small>올바른 표현_오므라지다</small>

물건의 가장자리 끝이 한곳으로 줄어지어 모일 때, '오므라지다'라고 한다. '물건의 가장자리 끝을 한곳으로 모으다'라는 '오므리다'에서 온 말이다. 따라서 이를 '오무라지다'로 표현하는 것은 잘못된 것이다.

**오바 vs. 오버(over)

올바른 표현_오버(over)

외래어 '오버'는 우리나라에 들어와 '외투' 또는 '무선 통신 따위에서, 한쪽 대화의 끝을 알릴 때 하는 말' 등으로 쓰인다. 이 단어는 영어발음이 [óuvə]이다. [óu]는 '오'로 표기한다. 따라서 이 단어의 올바른 표기는 '오버'이다. 그러나 언중들이 이 단어를 '오바'로 흔히 발음한다. 잘못된 표현이다.

*오방지다 vs. 옹골지다[1]

올바른 표현_옹골지다

실속이 있게 속이 꽉 차 있을 때, '옹골지다'라 한다. 이를 방언에서 '오방지다'로 표현하는 경우가 있는데, 잘못된 표현이다.

*오삭오삭[2] vs. 와삭와삭

올바른 표현_와삭와삭

마른 가랑잎이나 얇고 빳빳한 물건이 자꾸 서로 스치거나 바스러지는 소리를 일컬어, '와삭와삭'이라 한다. 이를 '오삭오삭'으로 표현하는 것은 잘못이다.

**오순도순 vs. 오손도손

올바른 표현_오순도순

의좋게 지내거나 이야기하는 모양은 '오순도순'이다. '깡충깡충'처럼 모음조화를 지키지 않은 말이 올바른 표현이다. 이를 '오손도손'으로 흔히 표현하는데, 잘못된 표현이다.

*오슬오슬 vs. 오실오실

올바른 표현_오슬오슬

대체로 첩어에서 나타나는 '슬/실'의 경우, 'ㅣ'모음보다 'ㅡ'모음을 올바른 표기로 인정하고 있다. 치음 'ㅅ'을 발음하기에는 전설고모음 'ㅣ'가 편하다. 이에 따라 '오슬오슬'을 발음상 편의를 위해 '오실오실'로 발음하는 경우가 흔히 있다. 그러나 이는 잘못이다.

*오얏 vs. 자두[1]

올바른 표현_자두

자두나무의 열매로, 살구보다 조금 크고 껍질 표면은 털이 없이 매끈하며 맛은 시큼하며 달콤한 과일은 '자두'이다. 이를 방언이나 한자의 뜻에 '오얏 리(李)'와 혼동하여 '오얏'으로 쓰는 것은 잘못이다. 표준어 규정 제20항을 보면, 사어(死語)가 되어 쓰이지 않게 된 단어는 고어(古語)로 처리하고, 널리 사용되는 단어를 표준어로 삼는다고 하였다. 이에 따라 사어(死語)로 처리되어 버리는 경우가, '봉(난봉), 낭(낭떠러지), 설겆다(설거지하다), 머귀나무(오동나무), 오얏(자두)' 등이 있다.

*오지랖 vs. 오지랍

올바른 표현_오지랖

'웃옷이나 윗도리의 앞자락'을 뜻하는 단어는 '오지랖'이 옳다. 이를 '오지랍'으로 쓰면 잘못이다.

**온랭(溫冷) vs. 온냉

올바른 표현_온랭(溫冷)

'온랭(溫冷)'의 '冷'은 본음이 '랭'이다. 따라서 어두(語頭)가 아니기 때문에 두음법칙(頭音法則)의 적용을 받지 않는다. 따라서 '온랭'으로 써야 옳다. 흔히 광고나 상품에 '온냉'이라 쓴 것은 잘못이다.

▲옷닭 / 옷닭 vs. 옻닭

올바른 표현_옻닭

옻나무 가지 사진

닭 요리의 하나로 털을 뽑은 닭과 옻나무 껍질 따위를 함께 삶아 요리한 것이 '옻닭'이다. 그러나 간혹 몇몇 사람들이 이를 '옷닭' 또는 '옫닭'으로 표기하는 경우가 있다. 발음은 셋이 같지만, 표기에 주의하여야 할 단어이다.

*왁자그르르 vs. 왁자그르

올바른 표현_왁자그르르

여럿이 한데 모여 시끄럽게 웃고 떠드는 소리나 그 모양을 표현할 때, '왁자그르르'가 옳다. 이를 '왁자그르'로 표현하는 것은 잘못이다.

*왜긋다 vs. 뻣뻣하다

올바른 표현_뻣뻣하다

표준어 규정 제25항에 의미가 똑같은 형태가 몇 가지 있을 경우, 그 중 어느 하나가 압도적으로 널리 쓰이면, 그 단어만을 표준어로 삼는다고 하였다. 이에 따라 '뻣뻣하다'가 옳은 표현이다.

*외가닥길 vs. 외길

올바른 표현_외길

'단 한 군데로만 난 길' 또는 '한 가지 방법이나 방향에만 전념하는 태도'를 일컬을 때, '외길'로 써야 옳다. 방언에서 '외가닥길'로 쓰는데, 이는 잘못이다.

*외곡[1] vs. 왜곡[1](歪曲)

올바른 표현_왜곡(歪曲)

'歪'는 한자음(漢字音)이 '왜'만 있다. 따라서 이를 '외'로 표현하는 것은 잘못이다. 이 단어는 한자어이기 때문이다.

**외곬 vs. 외골수

올바른 표현_외곬

'단 한 곳으로만 트인 길'이나 '단 하나의 방법이나 방향'을 일컬어 '외곬'이라 한다. 주로 부사격 조사 '-으로'가 뒤에 붙는다. 따라서 '외곬으로'로 많이 나타나며, 이를 발음할 때, [외골스로]로 하면서 '외골수'에 부사격 조사 '-로'가 붙은 것으로 착각한다. 그러나 정확한 표현은 '외골수'가 아니라, '외곬'이다.

**외눈깔 vs. 애꾸눈이

올바른 표현_애꾸눈이

한글 맞춤법 제20항에 따르면, 명사 뒤에 '-이'가 붙어서 된 말은 그 명사의 원형을 밝히어 적는데, 명사로 된 것에 '애꾸눈이'를 있음을 제시하였다. 이에 따라 '애꾸눈이'가 올바른 표기이다. 이를 방언에서 '외눈깔'로 표현하는 것은 잘못이다.

**외손자 vs. 외손주(外孫-)

올바른 표현_외손자

딸의 아들을 일컬어, '외손자(外孫子)'라 해야 옳다. 이를 '외손주'로 흔히 표현하는데, 잘못된 것이다.

**외양치레(外樣-) vs. 면치레

올바른 표현_면치레

체면이 서도록 일부러 어떤 행동을 하거나 그 행동 자체를 일컬어, '면치레'라 표현한다. 일명 '외면치레, 체면치레'라 하기도 한다. 그러나 이를 '외양치레'라 흔히 쓴다. 잘못된 표현이다.

*외종질(外從姪) vs. 외조카(外-)
올바른 표현_외종질(外從姪)

외사촌의 아들은 '외종질(外從姪)'이다. 이를 '외조카'라 하는 것은 올바른 표현이 아니다. '조카'는 형제자매의 자식으로 주로 친조카를 이르기 때문이다.

*외톨이 vs. 외토리
올바른 표현_외톨이

매인 데도 없고 의지할 데도 없는 홀몸을 일컬어, '외톨이' 또는 '외돌토리'라 한다. '외톨이'를 소리대로 적은 '외토리'는 잘못된 표기이다.

**요령성 vs. 요녕성(遼寧省)
올바른 표현_요령성

'랴오닝 성(遼寧省)'을 우리 한자음으로 읽은 이름은 '요령성'이어야 옳다. 둘째 음절 '寧'은 본음이 '령'으로 어두가 아니기 때문에 두음법칙의 적용을 받지 않고 본음대로 적어야 옳다. 그런데, '요령성'도 '랴오닝 성'으로 써야 본래 올바른 표기이다.

**요동반도(遼東半島) vs. 랴오둥 반도
올바른 표현_랴오둥 반도

외래어 표기법 제4장 제2절 제2항에 중국의 지명이 현재 지명과 동일한 것은 중국어 표기법에 따라 표기한다는 원칙이 있다. 따라서 이를 한국 한자음으로 읽어서는 옳지 않다. 따라서 '랴오둥 반도'로 써야 옳으며, 굳이 필요하다면 한자를 병기하는 방식을 취하여야 한다.

**요상스럽다 vs. 이상스럽다
올바른 표현_이상스럽다

보기에 이상한 데가 있을 때, '이상스럽다'라 표현한다. 이를 방언에서 '요상스럽다'라고 표현하는 것은 잘못이다. '이상하다'의 경우도 마찬가지로, '요상하다'로 쓰는 것은 올바른 표기가 아니다.

**우겨싸다 vs. 욱여싸다
올바른 표현_욱여싸다

'한가운데로 모아들여서 둘러싸다' 또는 '가의 것을 욱이어 속의 것을 싸다' 등의 뜻을 지닌 말은 '욱여싸다'이다. 이를 소리대로 적은 '우겨싸다'는 잘못된 표현이다.

*우그러지다 vs. 우글다

올바른 표현_우그러지다

'물체가 안쪽으로 우묵하게 휘어지다', '물체의 거죽이 우글쭈글하게 주름이 잡히며 줄어들다', '형세나 형편 따위가 전보다 아주 못하여지다' 등의 뜻을 지닌 말이 '우그러지다'이다. 모음조화를 잘 지킨 단어이다. 어감(語感)이 약한 말로, '오그라지다'가 있다. 이를 방언에서 '우글다'로 표현하는 것은 잘못된 것이다.

*우렁 vs. 우렁이

올바른 표현_우렁이

우렁잇과의 고둥을 통틀어 이르는 말은 '우렁이'이다. 이를 '우렁'이라 표현하는 경우도 있는데, 잘못된 표현이다.

우렁이 사진

*우련하다[1] vs. 우렷하다

올바른 표현_우련하다

형태가 약간 나타나 보일 정도로 희미하거나 빛깔이 엷고 희미할 때, 또는 나타날 듯 말 듯 하면서도 분명할 때, '우련하다'라고 한다. '우련한 달빛에 그녀의 모습이 잘 보이지 않았다'처럼 쓸 수 있다. 그런데 이를 '우렷하다'로 표현한 것은 잘못된 것이다.

**우뢰[1] vs. 우레[1]

올바른 표현_우레

표준어 제26항에 따르면, 雷에 해당하는 표준어는 '우레/천둥'이다. 이를 한자음에 연관하여 '우뢰(雨雷)'로 보아, 한자어로 착각하는 경우가 있는데, '우레'는 어원적으로 '울에'에서 온 순 우리말이다.

**우르르[1] vs. 우루루

올바른 표현_우르르

'사람이나 동물 따위가 한꺼번에 움직이거나 한곳에 몰리는 모양', '액체가 갑자기 끓어오르거나 넘치는 소리나 그 모양', '쌓여 있던 물건들이 갑자기 무너져 내리거나 쏟아질 때 나는 소리나 그 모양', '폭포수가 쏟아져 내리거나 천둥이 울리는 소리' 등을 표현할 때, '우르르'로 써야 옳다. 이를 '우루루'로 쓰는 것은 잘못된 표현이다. 그러나 '-루루'가 뒤에 오는 단어 중에 '대구루루, 댁대구루루, 덱데구루루, 떼구루루, 띠구루루, 후루루' 등은 모두 올바른 표현이다.

*우멍하다² vs. 의뭉하다

올바른 표현_의뭉하다

겉으로는 어리석은 것처럼 보이면서 속으로는 엉큼할 때, '의뭉하다'로 써야 옳다. 이를 전남 전역에서 방언으로 '우멍하다'로 쓰는 것은 잘못된 표현이다.

갓버섯 사진

*우산버섯 vs. 갓버섯

올바른 표현_갓버섯

송이과의 버섯으로 크고 자루가 긴 우산 모양이며, 갓의 겉면은 갈색이고 줄기는 속이 비어 있는 버섯이 '갓버섯'이다. 이를 '우산버섯'으로 잘못 알고 '우산버섯'으로 표현하는 것은 잘못된 것이다. '우산버섯'은 따로 있는 버섯으로, 광대버섯과의 버섯이며, 갓의 지름은 3~9cm로, 어렸을 때는 달걀 모양이나 자라면서 볼록하고 평평해진다고 한다.

*욱박지르다 vs. 윽박지르다

올바른 표현_윽박지르다

심하게 짓눌러 기를 꺾을 때, '윽박지르다'라고 표기해야 옳다. 이를 '욱박지르다'로 표기하는 것은 잘못된 것이다.

*울그다 vs. 우리다²

올바른 표현_우리다

'어떤 물건을 액체에 담가 맛이나 빛깔 따위의 성질이 액체 속으로 빠져나오게 하다', '꾀거나 위협하거나 하여 물품 따위를 취하다', '색칠하거나 수를 놓을 때, 진한 색에서 점차 연한 색으로 퍼지게 하다', '조금 있는 것을 이러저러하게 자꾸 이용한다' 등의 뜻일 때, '우리다'라고 한다. 그런데 전남, 강원, 함경, 경기 방언에서 이를 '울그다'로 쓰는 경우가 간혹 있는데, 잘못된 표현이다.

*웅덩이 vs. 웅뎅이

올바른 표현_웅덩이

움푹 패어 물이 괴어 있는 곳을 일컬어 '웅덩이'라 한다. 이를 방언에서 'ㅣ'모음 역행동화로 '웅뎅이'라 표현하는 것은 수의적(隨意的) 현상으로 잘못된 표현이다.

186

****웅쿰/웅큼 vs. 움큼

올바른 표현_움큼

손으로 한 줌 움켜쥘 만한 분량을 세는 단위는 '움큼'이다. 이를 '웅쿰'이나 '웅큼'으로 쓰면 잘못된 표현이다. 첫째 음절 '움'을 발음상 편의를 위해 자음동화(子音同化)한 경우인데, 수의적(隨意的) 현상으로 잘못이다.

****워낙 vs. 원채[1]

올바른 표현_워낙

'두드러지게 아주' 또는 '본디부터 원래'의 뜻을 지닌 말은 '워낙' 또는 한자어 '원체(元體)'가 옳다. 한자어 원체(元體)를 '원채'로 쓰는 것은 잘못된 표현이다.

****웬간하다 vs. 웬만하다

올바른 표현_웬만하다

정도나 형편이 표준에 가깝거나 그보다 약간 낮을 때, '웬만하다'로 써야 옳다. 이를 방언에서 '웬간하다'로 흔히 쓰지만, 잘못된 표현이다.

****웬지 vs. 왠지

올바른 표현_왠지

'왜 그런지 모르게 또는 뚜렷한 이유도 없이'라는 뜻으로 '왠지'가 있다. 그런데 이를 '웬지'로 쓰는 경우가 흔히 있다. '어찌 된'의 의미로 쓰는 부사 '웬'과 혼동하여 나타나는 현상이다. '웬 일이니?'처럼 써야 옳고, '왠지 외롭다'처럼 써야 옳다.

***위격다짐 vs. 우격다짐

올바른 표현_우격다짐

억지로 우겨서 남을 굴복시킴 또는 그런 행위를 일컬어 '우격다짐'이라 한다. 이를 '위격다짐'이라 표현하는 것은 잘못된 것이다.

▲윗글 vs. 위 글

올바른 표현_위 글

2003년도까지 대학수학능력시험 언어영역 문제에는 '前揭文'의 의미로 '윗글'이란 합성어를 사용하였다. 그러던 것이 2004년도부터 갑자기 이 말이 한 단어로 보기 힘들다고 생각해서 '위 글'로 나타나고 있다. 그러나 '위'와 '글'이 합성어를 구성하기 어려운 형태소들도 아닐 뿐더러 통상 그 동안 사용된 이력을 감안한다면, '윗글'이란 단어를 표준어로 인정하는 것이 타당하리라 본다.

한편 이에 대한 국립국어원의 답변은 다음과 같다.

> 사전에 '윗글'이 표제어로 올라 있지 않기 때문에 일단 '위 글' 혹은 '위
> 의 글'로 쓰는 것이 맞습니다. 〈표준국어대사전〉을 편찬할 당시에는 아
> 직 한 단어로 인정하기 어렵다고 보아 표제어로 올리지 않은 것입니다
> 만, 재검토의 여지는 남아 있다고 봅니다. 만일 이것이 한 단어로 인정
> 된다면 '윗글'로 쓸 수 있습니다.

그러나 현재까지는 '위 글'로 써야 옳지, '윗글'로 쓰는 것은 잘못된 표
현이다.

**위력성당(威力成黨) vs. 울력성당   올바른 표현_울력성당

'떼를 지어서 으르고 협박하는 일'을 '울력성당'이라 한다. 표준어 규
정 제5항에, 어원에서 멀어진 형태로 굳어져서 널리 쓰이는 것은, 그것
을 표준어로 삼는다고 하였다. 이에 따라, '울력성당'이 옳은 표현이다.

**위통[1] vs. 웃통   올바른 표현_웃통

'몸에서 허리 위의 부분'을 '웃통'이라 한다. 표준어 규정 제12항의
〈붙임〉 두 번째 부분에 '아래, 위'의 대립이 없는 단어는 '웃-'으로 발
음되는 형태를 표준어로 삼는다는 규정이 있다. 이 단어는 마치 '웃어
른'과 마찬가지로 '위'와 '아래'가 대립이 없기 때문에 '웃통'이 옳은
표현이다.

*윗고명 vs. 웃고명   올바른 표현_웃고명

웃고명 얹은 사진

'웃-' 및 '윗-'은 명사 '위'에 맞추어 '윗'으로 통일한다. 다만, 된소리
나 거센소리 앞에서는 '위-'로 한다. 또, '아래, 위'의 대립이 없는 단
어는 '웃-'으로 발음되는 형태를 표준어로 삼는다. '고명'은 '음식의
모양과 빛깔을 돋보이게 하고 음식의 맛을 더하기 위하여 음식 위에
얹거나 뿌리는 것을 통틀어 이르는 말'이다. 반드시 '위'에만 얹기 때
문에 '웃고명'이 옳은 것이다.

*윗국 vs. 웃국

올바른 표현_웃국

표준어 규정 제12항의 〈붙임〉 두 번째 부분에 '아래, 위'의 대립이 없는 단어는 '웃-'으로 발음되는 형태를 표준어로 삼는다는 규정이 있다. 이에 따라 '웃국'이 옳은 표현이다.

**윗돈 vs. 웃돈

올바른 표현_웃돈

표준어 규정 제12항의 〈붙임〉 두 번째 부분에 '아래, 위'의 대립이 없는 단어는 '웃-'으로 발음되는 형태를 표준어로 삼는다는 규정이 있다. 이에 따라 '웃돈'이 옳은 표현이다.

**유독[4](唯獨) vs. 유독히

올바른 표현_유독(唯獨)

'많은 것 가운데 홀로 두드러지게'를 나타내는 한자어는 '유독'이다. 여기에 '-히'를 붙이지 않아도 부사 역할을 충분히 해 낸다. 따라서 '-히'가 들어간 '유독히'는 잘못된 표현이다.

**유희요(遊戲謠) vs. 놀이노래

올바른 표현_놀이노래

놀이를 하면서 부르는 노래가 '놀이노래'이다. 이를 군이 한자어로 표현한 '유희요(遊戲謠)'는 잘못된 표현이다. '유희(遊戲)'는 즐겁게 놀며 장난하는 행위를 지칭하는 것으로 '놀음놀이'와 같은 말이다. 따라서 '놀이를 하면서 부르는 노래'라는 뜻인 '놀이노래'와 '놀음놀이를 하면서 부르는 노래'라는 뜻의 '유희요'와는 의미 차이가 있다.

**육간[2](肉間) vs. 푸줏간(-間)

올바른 표현_푸줏간(-間)

쇠고기, 돼지고기 따위의 고기를 파는 가게를 일컬어, '푸줏간' 또는 '고깃간'이라 한다. 이를 한자어로 파악해 '육간(肉間)'이라 쓰는 것은 잘못된 표현이다. 그런데 요즘은 '정육점(精肉店)'이라는 한자어를 주로 쓴다.

**으레[1] vs. 으례

올바른 표현_으레

표준어 규정 제10항에 따르면, 다음 단어는 모음이 단순화한 형태를 표준어로 삼는다고 하고, 이에 따라 제시한 단어로, '괴팍하다, -구먼,

미루나무, 여느, 온달, 으레, 케케묵다, 허우대, 허우적허우적' 등을 제시하였다. 이에 따라, '으레'가 올바른 표현이다.

*으뭉스럽다 vs. 의뭉스럽다

올바른 표현_의뭉스럽다

보기에 겉으로는 어리석어 보이나 속으로는 엉큼한 데가 있을 때, '의뭉스럽다'란 말을 쓴다. 그런데 이를 '으뭉스럽다'로 표현해 발음을 쉽게 하고자 한다. 그러나 이는 잘못된 표현이다.

**으스대다 vs. 으시대다

올바른 표현_으스대다

어울리지 아니하게 우쭐거리며 뽐낼 때, '으스대다'로 써야 옳다. 이를 흔히들 '으시대다'로 쓰는데, 이는 잘못된 표현이다.

**으스스 vs. 으시시

올바른 표현_으스스

차거나 싫은 것이 몸에 닿았을 때 크게 소름이 돋는 모양을 일컬어, '으스스'라 한다. 어감(語感)이 약한 말로 '아스스, 오스스'가 있다. 이를 흔히 '으시시'라 표현하기도 하는데, 잘못된 표현이다.

*으실으실 vs. 으슬으슬

올바른 표현_으슬으슬

대체로 첩어에서 나타나는 '슬/실'의 경우, 'ㅣ'모음보다 'ㅡ'모음을 올바른 표기로 인정하고 있다. 치음 'ㅅ'을 발음하기에는 전설고모음 'ㅣ'가 편하다. 이에 따라 '으슬으슬'을 발음상 편의를 위해 '으실으실'로 발음하는 경우가 흔히 있다. 그러나 이는 잘못이다.

*은닉 vs. 은익[1]

올바른 표현_은닉

단어의 첫머리 이외의 경우에는 본음대로 적는 원칙에 따라, '은닉(隱匿)'이 옳다. '은닉(隱匿)'이란 남의 물건이나 범죄인을 감추거나 물건의 효용을 잃게 하는 행위를 일컫는다.

**-을는지 vs. -을런지

올바른 표현_-을는지

'ㄹ'을 제외한 받침 있는 용언의 어간이나 어미 '-었-' 뒤에 붙어, 뒤절이 나타내는 일과 상관이 있는 어떤 일의 실현 가능성에 대한 의문을 나타내는 연결 어미는 '-을는지'이다. '그 의문의 답을 몰라도', '그 의문의 답을 모르기 때문에' 따위의 의미를 나타낸다. 이를 흔히 '-을런지'와 혼동한다. '-을는지'로 써야 올바른 표현이다.

**-을려고 vs. -으려고
올바른 표현_-으려고

'ㄹ'을 제외한 받침 있는 동사 어간 뒤에 붙어, 어떤 행동을 할 의도나 욕망을 가지고 있음을 나타내는 연결 어미는 '-으려고'이다. 이유 없이 'ㄹ'이 덧붙은 '-을려고'는 잘못된 표현이다.

**-을쏘냐 vs. -을소냐
올바른 표현_-을쏘냐

'-을쏘냐'는 'ㄹ'을 제외한 받침 있는 용언의 어간이나 어미 '-었-' 뒤에 붙어, 예스러운 표현으로 해라할 자리에 쓰여, '어찌 그럴 리가 있겠느냐'의 뜻으로 강한 부정을 나타내는 종결어미이다. 주로 의문문 형식을 취한다. 그런데 이를 '-을소냐'로 쓰는 것은 잘못된 표현이다.

종결어미(終結語尾)
한 문장을 종결되게 하는 어말 어미

**-을쏜가 vs. -을손가
올바른 표현_-을쏜가

'-을쏜가'는 'ㄹ'을 제외한 받침 있는 용언의 어간이나 어미 '-었-' 뒤에 붙어, 예스러운 표현으로 하게할 자리에 쓰여, '어찌 그럴 리가 있겠느냐'의 뜻으로 의문의 형식을 빌려 앞의 내용을 강하게 부인할 때 쓰는 종결 어미이다. 주로 의문문 형식을 취한다. 그런데 이를 '-을손가'로 쓰는 것은 잘못된 표현이다.

*을씨년하다 vs. 을씨년스럽다
올바른 표현_을씨년스럽다

보기에 날씨나 분위기 따위가 몹시 스산하고 쓸쓸한 데가 있거나, 보기에 살림이 매우 가난한 데가 있을 때, '을씨년스럽다'라고 표현해야 옳다. 이를 '을씨년하다'로 방언에서 표현하기도 하는데, 잘못된 표현이다.

*이그러지다 vs. 일그러지다
올바른 표현_일그러지다

얼굴이 비뚤어지거나 우글쭈글하여질 때, '일그러지다'로 써야 옳다.

이를 받침 'ㄹ'을 탈락시켜 표현한 '이그러지다'는 올바른 표현이 아니다. 이 단어가 쓰인 좋은 예로 이문열의 소설 〈우리들의 일그러진 영웅〉이 있다.

**이등박문(伊藤博文) vs. 이토히로부미   올바른 표현_이토히로부미

외래어 표기법 제4장 제2절 제3항에 따르면, 일본의 인명과 지명은 과거와 현대의 구분 없이 일본어 표기법에 따라 표기하는 것을 원칙으로 하되, 필요한 경우 한자를 병기한다. 이에 따라, '伊藤博文'은 '이토히로부미'로 써야 올바른 것이다.

*이따금 vs. 이따만큼   올바른 표현_이따금

'얼마쯤씩 있다가 가끔'을 일컬을 때, '이따금'이 옳다. 이를 '이따만큼'으로 쓰는 것은 잘못된 표현이다.

**이러고저러고 vs. 이러구저러구   올바른 표현_이러고저러고

'이러하고 저러하고'의 준말은 '이러고저러고'라 해야 옳다. 이를 대화나 인터넷상에서 '이러구저러구'로 흔히 쓰는데, 잘못된 표현이다.

*이마빼기 vs. 이마배기   올바른 표현_이마빼기

'이마'를 속되게 이를 때, '이마빼기'로 써야 옳다. 셋째 음절을 된소리로 표기하지 않은 '이마배기'는 잘못된 표현이다. 한글맞춤법 제54항에 따르면, '-꾼, -때기, -꿈치, -빼기, -쩍다' 등의 접미사는 된소리로 적는 것을 올바른 것으로 하였다. 따라서 '이마빼기'가 올바른 표현이다.

**이맘때 vs. 이만때   올바른 표현_이맘때

이만큼 된 때를 일컬어, '이맘때'라 표기한다. 이를 '이만때'라 표기하는 것은 잘못된 것이다. 이러한 비슷한 현상에 '담임'을 [다님]으로 발음하는 경우가 있다. '이맘때'도 [이만때]로 발음하면서 '이만때'라 표기하는 오류를 범한 것으로 보인다.

**이면수 vs. 임연수어(林延壽魚)

올바른 표현_임연수어(林延壽魚)

쥐노래밋과의 바닷물고기로, 쥐노래미와 비슷한데 몸의 길이는 45cm 정도이고, 몸의 색깔은 누런색 또는 잿빛을 띤 누런색이며 줄무늬가 있는 것이 '임연수어'이다. 이를 어촌에서 소리대로 적은 '이면수'는 올바른 표기가 아니다.

임연수어 사진

**이쁘다 vs. 예쁘다

올바른 표현_예쁘다

'모양이 작거나 섬세하여 눈으로 보기에 좋다', '행동이나 동작이 보기에 사랑스럽거나 귀엽다'의 뜻에 '예쁘다'가 있다. 전국에서 방언으로 '이쁘다'라고 표현하는 것은 잘못된 것이다.

*이여차 vs. 이어차

올바른 표현_이여차

여러 사람이 기운을 돋우려고 함께 힘을 주어 내는 소리를 일컫는 감탄사는 '이여차' 또는 '이영차'이다. 이를 '이어차'라고 표현하는 것은 잘못된 것이다.

*이영² vs. 이엉

올바른 표현_이엉

초가집의 지붕이나 담을 이기 위하여 짚이나 새 따위로 엮은 물건을 일컬어, '이엉'이라 한다. 이를 방언에서 '이영'이라 하는 것은 잘못된 표현이다.

이엉 사진

**이음매 vs. 이음새

올바른 표현_이음매

두 물체를 이은 자리를 일컬어, '이음매'라 한다. 이를 '이음새'라 방언에서 표현하는 것은 잘못된 것이다.

*이키¹ vs. 이크

올바른 표현_이키

몹시 놀라거나 뜻밖의 상황을 접하였을 때 갑자기 나오는 소리 또는 남을 슬쩍 추어주면서 비웃을 때 내는 소리를 일컫는 감탄사는 '이키'가 옳다. 통상 '이크'라 많이 쓰는데, 잘못된 표기이다.

*인도소리 vs. 범패(梵唄)

올바른 표현_범패(梵唄)

석가여래의 공덕을 찬미하는 노래는 '범패(梵唄)'이다. 이를 국명(國名)을 붙여 '인도소리'라 하는 것은 잘못이다. 범패는 인도의 노랫소리를 뜻하지 않기 때문이다.

**인사말 vs. 인삿말

올바른 표현_인사말

이 말은 [인산말]로 발음되지 않고 [인사말]로 발음된다. 이와 비슷한 경우로 '머리말'이 [머린말]이 올바른 발음이 아니고, [머리말]이 정확한 발음이다. 따라서 사이시옷이 들어가야 할 환경이 아니기에 '인사말'이 올바른 표현이다.

*일꾼 vs. 일군[1]

올바른 표현_일꾼

한글맞춤법 제54항에 따르면, '-꾼, -때기, -꿈치, -빼기, -쩍다' 등의 접미사는 된소리로 적는 것을 올바른 것으로 하였다. 따라서 '일꾼'이 올바른 표현이다. 이와 비슷한 것으로 '익살꾼, 심부름꾼, 지게꾼' 등이 있다.

*일깨우다[1] vs. 일깨다[2]

올바른 표현_일깨우다

사동(使動)
주체가 제3의 대상에게 동작이나 행동을 하게 하는 동사의 성질

'잠을 일찍 깨다'의 뜻으로 '일깨다'가 있다. 이 단어에 사동접사 '-우-'를 붙여 사동사로 한 것이 '일깨우다'이다. 그런데 사동사 '일깨우다'를 써야 할 상황에 '일깨다'를 쓰는 경우가 있다. 사동(使動)의 의미가 있을 때는 '일깨우다'로 써야 옳다.

*일르다[2] vs. 이르다[2]

올바른 표현_이르다

특별한 이유 없이 '르'을 덧붙여 '일르다'로 쓰는 것은 잘못이다. '이르다'가 기본형으로, 올바른 것이다.

**일삯 vs. 품삯

올바른 표현_품삯

판 대가로 받거나, 품을 산 대가로 주는 돈이나 물건을 일컬어, '품삯'이라 한다. 이를 '일삯'으로 흔히 표현하는데, 잘못된 표현이다.

**일찍이 vs. 일찌기

올바른 표현_일찍이

'-하다'가 붙는 어근에 '-히'나 '-이'가 붙어서 부사가 되거나, 부사에 '-이'가 붙어서 뜻을 더하는 경우에는 그 어근이나 부사의 원형을 밝히어 적는다. 이에 따라, '일찍이'가 올바른 표기이다. '해죽이, 생긋이, 더욱이, 곰곰이'의 경우도 마찬가지이다.

**임어당(林語堂) vs. 린위탕

올바른 표현_린위탕

외래어 표기법 제4장 제2절 제1항에 중국 인명은 과거인과 현대인을 구분하여 과거인은 종전의 한자음대로 표기하고, 현대인은 원칙적으로 중국어 표기법에 따라 표기하되, 필요한 경우 한자를 병기한다. 이에 따라 林語堂은 '린위탕'으로 써야 옳다.

*입매^2 vs. 입다심

올바른 표현_입매

음식을 간단하게 조금만 먹어 시장기를 면하는 일을 일컬어, '입매'라 한다. 아름다운 순 우리말이다. 이를 방언에서 '입다심'으로 쓰는 것은 잘못된 표현이다.

**있다^2 vs. 이따^1

올바른 표현_이따

'조금 지난 뒤에'라는 뜻을 표현할 때, '이따가' 또는 이를 더 줄여 '이따'라고 써야 옳다. 이를 '있다'로 쓰는 것은 잘못된 표현이다. 한글맞춤법 제57항 구별하여 적을 단어로 제시한 단어 중에 '이따가'와 '있다가'가 있다. 전자(前者)는 '이따가 오너라'처럼, 후자(後者)는 '돈은 있다가도 없다'처럼 쓰는 것을 예문으로 제시하였다.

*잎담배 vs. 잎초

올바른 표현_잎담배

표준어 규정 제21항에, 고유어 계열의 단어가 널리 쓰이고 그에 대응하는 한자어 계열의 단어가 용도를 잃게 된 것은, 고유어 계열의 단어만을 표준어로 삼는다고 하였다. 이에 따라 '잎담배'가 옳은 표현이다.

잎담배 그림

**잎파리 vs. 이파리

명사 '잎'에 접사 '-아리'가 붙은 형태는 '이파리'가 옳다. 이는 한글맞춤법 제20항 〈붙임〉에 '-이' 이외의 모음으로 시작된 접미사가 붙어서 된 말은 그 명사의 원형을 밝히어 적지 아니한다는 원칙에 따른 것이다. 언중들이 흔히 잘못 쓰는 단어이다.

연수 강의 중의 '자장면과 짬뽕'

    2006년 여름, 충청남도 교육연수원 강사로 위촉되어, 충남에 계신 근무경력 3년 이내의 국어선생님들에게 한글맞춤법, 표준어 규정, 외래어 표기법에 대해 강의를 할 기회가 있었다. 2급 정교사를 대상으로 하는 연수였는데, 국어교사들이 이 연수과정을 마쳐야 1급 정교사가 될 수 있는 연수였다. 평소 국어 교과 영역 중에서 '어휘, 어법' 분야는 늘 고민스럽고 헷갈리는 영역이기도 하다. 그래서인지 국어선생님들께서 귀추를 주목한 채 강사의 입과 손을 쳐다보셨다. 같은 교육현장에서 근무하는 동료에게 무엇을 알려 주는 것만큼 부담이 클 때도 없다. 강단이나 교단에 수많이 서 보았지만, 같은 국어 선생님에게 강의하기란 여간 심적 부담이 큰 게 아니었다.

    필자가 한 10여 년을 교육현장에 있으면서 고민거리였던 부분을 정리하여 이야기했다. 모두 초년생 교사로서 그렇지 않아도 고민거리였던 것을 선배 교사가 꼭꼭 잘 집어내어 이야기한다는 반응으로 강의실 분위기는 뜨거웠다.

    표기나 표현에 혼동이 가는 것 중, 전문적이고 난해한 부분까지 섭렵해서 강의를 했다. 그렇게, 한 2시간 20분가량 지난 무렵이었다. 뒤쪽에 자리하고 계시던 한 남자 선생님이,

    "저 질문이 있습니다. 중국집에 가면 '자장면'과 '짬뽕'이 있는데, 과거 '짜장면'이라 했던 말이 왜 '자장면'으로 표현이 바뀌었으며, '자장면'이 옳다면 '짬뽕'도 '잠봉'으로 써야 하나요?"라는 질문이었다. 필자도 이에 대해서 학생들에게 전부터 흔하게 질문 받았던 내용인지라 그 내용에 대해 벌써부터 정리한 바가 있었고, 심지어 논문 속에 일부분으로 써서 학회에 제출한 적도 있었다. 그래서 이 부분에 대한 부분을 자세하게 정리하여 답해 주었는데, 그 내용은 다음과 같다(이 내용은 본서의 '자장면'부분에도 나와 있다).

중국어로 국어의 '자장면'에 해당하는 단어에 '炸醬麵'이 있습니다. 이 단어의 중국음은 'Zhajiangmian'이며, 어두의 'zh[ㅂ]'를 'ㅈ'으로 표기하는 원칙에 따라, '자장면'이 올바른 표기입니다. 따라서 '짜장면'은 잘못된 표현입니다. 반면에 '짬뽕'은 일본어로 'ちゃんぽん/チャンポン'에서 유래한 것입니다. 이 단어를 외래어 표기법 제3장 표기세칙에 따라 표기하면, '잔폰'이라 함이 옳습니다. '짬뽕'이 중국식 요리이지만, 그 어휘는 일본어에서 유래한 경우입니다. '잔폰'이 우리말에 들어오면서 '섞다'라는 뜻도 함께 '짬뽕'이라는 말이 생긴 것입니다. 국립국어원의 〈표준국어대사전〉에는 '짬뽕'을 'champon'에서 온 것으로 보고, '음식'의 의미일 때는 '초마면'으로, 서로 뒤섞음의 의미일 때는 '뒤섞기'로 순화하여야 한다고 설명합니다.

질문을 했던 그 선생님은 이제야 알았다는 식으로 고개를 끄덕였다. 여기에 한마디 덧붙여 알아두어야 할 것은, 중국음식점의 메뉴 중, '우동'도 '가락국수'로 순화해서 표현할 단어라는 것이며, '양장피, 유산슬, 난자완스'는 아직 사전에 등재되지도 않았다는 것이다.

ㅈ

*자갈[3] vs. 재갈[1]

올바른 표현_재갈

말을 부리기 위하여 아가리에 가로 물리는 가느다란 막대를 일컬어 '재갈'이라 한다. 그런데 흔히 '자갈'이라 쓴다. 이는 잘못된 표현이다.

*자그마치 vs. 자그만치

올바른 표현_자그마치

'예상보다 훨씬 많이 또는 적지 않게'의 뜻일 때, '자그마치'라 한다. 이를 방언으로 '자그만치'로 표현하는 것은 잘못된 표현이다.

*자꾸[2] vs. 지퍼(zipper)

올바른 표현_지퍼(zipper)

이 단어는 발음이 [zipə]이다. 이에 따라 '지퍼'로 써야 옳다. 이를 '자꾸'로 흔히 발음하는데, 이는 일본식 영어의 영향이다.

*자다랗다 vs. 잗다랗다

올바른 표현_잗다랗다

한글맞춤법 제29항에 따르면, 끝소리가 'ㄹ'인 말과 딴 말이 어울릴 적에 'ㄹ'소리가 'ㄷ'소리로 나는 것은 'ㄷ'으로 적는다. '설'과 '달'이 결합하여 '섣달'이 된 것처럼 '잗다랗다'는 '잘-'과 '다랗다'의 결합으로 보아 '잗다랗다'가 옳은 표기이다. '잗다랗다'는 '꽤 잘다', '아주 자질구레하다', '볼 만한 가치가 없을 정도로 하찮다'의 뜻이다.

*자맥질 vs. 자먹질

올바른 표현_자맥질

물속에서 팔다리를 놀리며 떴다 잠겼다 하는 짓인 '무자맥질'을 줄여서 '자맥질'이라고도 한다. 이를 방언으로 '자먹질'이라 하는데, 잘못된 표현이다. 강원도에서는 방언으로 '자무락질'이라고도 하는데, 이 또한 잘못된 표현이다.

*자발없다 vs. 자발적다

올바른 표현_자발없다

행동이 가볍고 참을성이 없을 때, '자발없다'고 한다. 다음과 같은 예문이 가능하다.

예 가만히 있으면 중간치라도 가는데, 워낙 자발없이 굴다가 낭패를 보았다.

그런데 이 말을 '자발적다'로 표현하는 경우가 있다. 이는 잘못된 표현이다.

*자빠듬하다 vs. 잦바듬하다

올바른 표현_잦바듬하다

'뒤로 넘어질 듯이 비스듬하다', '어떤 일에 대하여 탐탁해하거나 즐겨 하는 빛이 없다' 등의 뜻으로 쓰일 때, '잦바듬하다'가 옳다. 어감(語感)이 약한 말로 '젖버듬하다'가 있다. 이를 소리대로 적은 '자빠듬하다'는 잘못된 표현이다.

*자살궂다 vs. 데설궂다

올바른 표현_데설궂다

'성질이 털털하고 걸걸하여 꼼꼼하지 못하다', '성질이나 표정, 태도 따위가 걸걸하고 조금 심술 맞은 데가 있다', '말투나 표정 따위가 무뚝뚝하고 거칠다'의 뜻은 '데설궂다'이다. 이를 방언에서 '자살궂다'로 표현하기도 하는데, 잘못이다. 이 단어가 잘 쓰인 예문을 제시하면 다음과 같다.

예 그 꼬마는 성격이 데설궂어 찢어진 바지를 몇 시간동안 입고 다닌다.

재스민 차 사진

**자스민 vs. 재스민(jasmine)

올바른 표현_재스민(jasmine)

열대 또는 아열대에 나는 목본(木本) 식물이 '재스민'이다. 이 단어는 발음이 [ʤǽzmin]이다. 이에 따라 표기하면 '재즈민'이 옳다. 그러나 둘째 음절은 널리 쓰이는 용법을 존중하여 '재스민'으로 표기한다. 그러나 '자스민'이라 쓰면 잘못이다.

*자욱[2] vs. 자국[1]
올바른 표현_자국

'다른 물건이 닿거나 묻어서 생긴 자리. 또는 어떤 것에 의하여 원래의 상태가 달라진 흔적', '부스럼이나 상처가 생겼다가 아문 자리', '발자국' 등을 일컬을 때, '자국'으로 써야 옳다. 이를 시어(詩語)나 방언에서 '자욱'이라 쓰는데, 잘못된 표현이다. 특히 '발자국'을 '발자욱'으로 표현하는 경우가 있는데, '발자국'으로 써야 한다.

*자일러폰 vs. 실로폰(xylophone)
올바른 표현_실로폰(xylophone)

이 단어는 발음이 [zailəfoun]이다. 이에 따라 표기하면 '자일러폰'이 옳다. 그러나 이 경우는 외래어 표기법 제5항 이미 굳어진 외래어는 관용을 존중한다는 원칙에 따라, '실포폰'으로 표기해야 올바른 표기이다.

**자잘못 vs. 잘잘못
올바른 표현_잘잘못

'잘함과 잘못함'을 일컬을 때, '잘잘못'이 옳다. 이를 어떤 이유도 없이 첫째 음절의 받침 'ㄹ'을 탈락해 표현한 '자잘못'은 잘못된 표현이다.

*자전거(自轉車) vs. 자전차
올바른 표현_자전거(自轉車)

한자어 '자전거(自轉車)'에서 셋째 음절 '거(車)'는 수레의 뜻으로 쓰인 것이다. 그러나 이 한자는 음(音)이 둘이어서 '차'로도 발음이 가능한데, 그때는 자동차의 의미가 강할 때, 그렇게 읽는다. 따라서 인력으로 가는 자전거는 '수레'의 의미인 '거'로 읽어야 올바른 표현이다. 요즘은 외래어의 남발로 이 단어보다 '사이클(cycle)'을 더 많이 사용한다.

*자진모리 vs. 자진몰이
올바른 표현_자진모리

판소리나 산조 장단의 하나로 휘모리장단보다 좀 느리고 중중모리장단보다 빠른 속도로, 섬세하면서도 명랑하고 차분하면서 상쾌한 장단이

'자진모리장단'이다. 줄여서 '자진모리'라고도 한다. 대체로 판소리나 산조(散調) 장단은 소리대로 적고 뒤에 '장단'을 붙이는 것이 일반적이나, '자진모리'의 경우는 '장단'을 붙이지 않아도 '자진모리장단'을 뜻하는 경우이다. 또 판소리나 산조(散調) 장단은 소리대로 적는 것이 올바른 표기이다. 따라서 '자진몰이'뿐만 아니라 '잦은가락('자진가락'의 잘못), 잦은모리'도 잘못된 표기이다.

*자쳐지다 vs. 잦혀지다
올바른 표현_잦혀지다

'뒤로 기울어지다'의 뜻으로 쓰이는 말이 '잦혀지다'이다. 어감(語感)이 센 말로 '젖혀지다'가 있다. 이를 소리대로 적은 '자쳐지다'는 잘못된 표기이다.

**자취눈 vs. 자국눈
올바른 표현_자국눈

겨우 발자국이 날 만큼 적게 내린 눈을 일컬어, '자국눈'이라 한다. 이를 자취가 남는다는 의미에 주목해 '자취눈'으로 표현하는 것은 잘못이다.

**자켓 vs. 재킷(jacket)
올바른 표현_재킷(jacket)

재킷은 '앞이 터지고 소매가 달린 짧은 상의'를 일컫는다. 이 단어의 발음은 [ʤækit]이다. 따라서 '재킷'으로 써야 옳다. 참고로 '품이 넉넉하고 활동성이 좋은 서양식 웃옷'인 '점퍼(jumper)'는 점퍼도 옳지만, 관례를 인정하여 '잠바'도 옳은 표기로 본다.

*자포[4](恣暴) vs. 자폭[1]
올바른 표현_자포(恣暴)

제멋대로 날뜀을 일컫는 한자어가 '자포(恣暴)'이다. 포(暴)는 '사납다'라는 의미일 때의 음(音)인데, 이 한자는 '포'와 '폭' 두 음(音)이 모두 가능하다. '포'로 읽는 경우는 '사납다'의 뜻일 때이고, '폭'으로 읽는 경우는 '햇빛 쪼이다, 나타나다, 드러나다'의 뜻일 때이다. 따라서 '자포'의 의미를 고려하면 '포'로 읽는 것이 올바른 것이다. 따라서 이를 '자폭'으로 쓰는 것은 잘못이다.

*잔등⁴ vs. 등¹

올바른 표현_등

사람이나 동물의 몸통에서 가슴과 배의 반대쪽 부분이 '등'이다. 그러나 이를 방언에서 '잔등'이라 표현하는 경우가 종종 있다. 잘못된 표현이다.

*잔말쟁이 vs. 잔말꾸러기

올바른 표현_잔말쟁이

쓸데없이 자질구레하게 늘어놓는 말을 잘하는 버릇이 있는 사람을 일컬어, '잔말쟁이' 또는 '잔소리꾼'이라 한다. 기술자 이외는 '-쟁이'를 붙인다는 원칙에 따른 것이다. 이를 일부 명사 뒤에 붙어 '그것이 심하거나 많은 사람'의 뜻을 더하는 접미사인 '-꾸러기'를 붙인 '잔말꾸러기'는 표준어가 아니다.

**잔비¹ vs. 가랑비

올바른 표현_가랑비

이슬비보다는 좀 굵지만, 가늘게 내리는 비를 일컬어, '가랑비'라 한다. 전국에서 방언으로 '잔비'가 나타나는데, 이는 잘못된 표현이다.

**잔전푼(-錢-) vs. 잔돈푼

올바른 표현_잔돈푼

표준어 규정 제21항에, 고유어 계열의 단어가 널리 쓰이고 그에 대응하는 한자어 계열의 단어가 용도를 잃게 된 것은, 고유어 계열의 단어만을 표준어로 삼는다고 하였다. 이에 따라 '잔돈푼'이 옳은 표현이다.

**잘꾸사니 vs. 잘코사니

올바른 표현_잘코사니

'고소하게 여겨지는 일'을 뜻하며, 주로 미운 사람이 불행을 당한 경우에 하는 말이 '잘코사니'이다. 이를 '잘꾸사니'나 '잘쿠사니'로 쓰는 것은 잘못된 표현이다. 참고로, 남이 낭패 본 것을 고소해하는 뜻으로 이르는 말에 '쌤통'도 있다.

**잘다랗다 vs. 잗다랗다

올바른 표현_잗다랗다

한글맞춤법 제29항 끝소리가 'ㄹ'인 말과 딴 말이 어울릴 적에 'ㄹ'소리가 'ㄷ'소리로 나는 것은 'ㄷ'으로 적는다고 하였다. 이에 따라, '잗다랗다'가 올바른 표현이다. 이 단어의 뜻은 '꽤 잘다', '아주 자질구레하다', '볼 만한 가치가 없을 정도로 하찮다' 등이다.

*잘록이² vs. 잘룩이   올바른 표현_잘록이

물체의 잘록한 부분이나 산줄기의 잘록한 곳을 일컬어 '잘록이'라 한다. 모음조화가 잘 지켜지고 있다. 그러나 이를 '잘룩이'라 표현하는 것은 잘못이다.

*잘름발이 vs. 잘름뱅이   올바른 표현_잘름발이

다리를 가볍게 조금씩 저는 사람을 일컬어, '잘름발이'라 한다. 이를 '잘름뱅이'로 쓰는 것은 잘못된 표현이다. 의미 차이가 다소 있지만, '절름발이'도 올바른 표현이다.

*잘리다¹ vs. 잘리우다   올바른 표현_잘리다

피동사(被動詞)
남의 행동을 입어서 행하여지는 동작을 나타내는 동사

'자르다'의 피동사가 '잘리다'이다. 피동접사 '-리-'가 붙은 경우이다. 그런데 여기에 접사 '-우-'를 덧붙이면 잘못된 표현이다. 따라서 '잘리우다'가 아니라, '잘리다'가 올바른 표기이다.

*잠그다¹ vs. 잠구다¹   올바른 표현_잠그다

'여닫는 물건을 열지 못하도록 자물쇠를 채우거나 빗장을 걸거나 하다', '물, 가스 따위가 흘러나오지 않도록 차단하다', '옷을 입고 단추를 끼우다', '입을 다물고 아무 말도 하지 않다' 등의 뜻일 때, '잠그다'가 옳다. 이를 방언에서 '잠구다'로 발음하고 표기하는데, 잘못된 표현이다.

**잠기(-氣) vs. 잠끼   올바른 표현_잠기(-氣)

잠이 오거나 아직 잠에서 깨어나지 못한 기운이나 기색은 '잠기'이다. 발음은 [잠끼]이다. 그러나 발음을 그대로 표기에 반영한 '잠끼'는 잘못된 표현이다.

**잠방이 vs. 잠뱅이

올바른 표현_잠방이

가랑이가 무릎까지 내려오도록 짧게 만든 홑바지를 순 우리말로는 '잠방이', 한자어로는 '곤의(褌衣)'라 한다. 이 단어를 'ㅣ'모음 역행동화 현상으로 발음하여 '잠뱅이'라 쓰는 것은 수의적(隨意的) 표현으로 잘못된 것이다. '잠뱅이'라는 방언은 '강원, 경기, 전라, 경북, 충청' 등지에서 나타난다.

**잠자코 vs. 잠자꼬

올바른 표현_잠자코

'아무 말 없이 가만히'란 부사는 '잠자코'이다. 이를 '잠자꼬'로 혼동하여 표기하는 경우가 있는데, 잘못된 표현이다.

**잠자리옷 vs. 자리옷

올바른 표현_자리옷

잠잘 때 입는 옷은 '자리옷'이다. 이를 '잠자리옷'이라 표현하는 것은 현행 사전에 잘못된 표현으로 등재되어 있다. 한편 요즘은 표준어 '잠옷'이라는 단어가 일반적으로 쓰인다.

**잡아당기다 vs. 잡아다니다

올바른 표현_잡아당기다

잡아서 자기 있는 쪽으로 끌어당길 때, '잡아당기다'라고 한다. 이를 언중들이 흔히 '잡아다니다'로 표현한다. 그러나 이는 잘못된 표현이다.

**장고[1](杖鼓) vs. 장구[1]

올바른 표현_장구

표준어 규정 제8항에 따르면, 양성모음이 음성모음으로 바뀌어 굳어진 단어는 음성모음 형태를 표준어로 삼는다고 하였다. 이에 따라 '장구'가 올바른 표기이다. 그리고 현행 '장구'는 한자어가 아니라, 순 우리말로 본다.

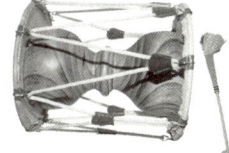

장구 사진

*장광[1]/장꽝 vs. 장독대

올바른 표현_장독대

장독 따위를 놓아두려고 뜰 안에 좀 높직하게 만들어 놓은 곳이 '장독대'이다. 그런데 이를 방언에서 '장광' 또는 '장꽝'으로 표현한다. 특히 전남 방언에서 심하다. 그러나 이는 잘못된 표현이다.

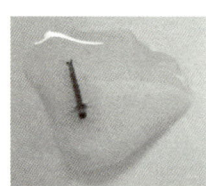

장구벌레 사진

**장구벌레 vs. 장구애비[2]

올바른 표현_장구벌레

모기의 애벌레를 일컬어 '장구벌레'라 한다. 이를 방언에서 '장구애비'로 표현하는데, 이는 잘못이다.

**장롱(欌籠) vs. 장농

올바른 표현_장롱(欌籠)

옷 따위를 넣어 두는 장과 농을 아울러 이르기를 한자어로 '장롱'이라한다. 둘째 음절 '籠'은 본음이 '롱'이다. 단어의 처음에 오지 않기 때문에 두음법칙(頭音法則)의 적용을 받지 않는다. 따라서 본음대로 발음하고 표기해야 옳다. '장농'이라 쓰는 것은 잘못된 표현이다.

**장맛비 vs. 장마비[1]

올바른 표현_장맛비

장마 때에 오는 비는 '장맛비'이다. 합성어로서 [장마삐]라 발음한다.그러나 이를 사이시옷을 넣지 않고 된소리가 나지 않는 '장마비'로 흔히 표현한다. 이는 정확한 표기와 발음이 아니다. 이와 비슷한 경우로,'머릿방[머리빵]'이 있다. 이 또한 '머리방'으로 표기하고 발음도 [머리방]으로 하는 경우가 있다. 그러나 마찬가지로 잘못된 표현이다.

*장이다 vs. 쟁이다

올바른 표현_쟁이다

'물건을 차곡차곡 포개어 쌓아 두다', '고기 따위의 음식을 양념하여그릇에 차곡차곡 담아 두다' 등의 뜻을 지닌 말이 둘 있다. 복수 표준어로 '재다'와 '쟁이다'가 그것이다. 그러나 이를 방언에서 '장이다'로표현하는 것은 잘못이다.

*잦추다[1] vs. 잦치다

올바른 표현_잦추다

'동작을 재게 하여 잇따라 재촉하다'를 뜻할 때, '잦추다'라 한다. 이를방언에서 '잦치다'로 표현하는 것은 잘못이다.

*재간둥이 vs. 재간동이

올바른 표현_재간둥이

명사에 붙어 명사가 뜻하는 특징을 지닌 어린이이거나 명사나 어근이뜻하는 특징을 지닌 사람이나 짐승을 나타내는 접미사 '-둥이'는 어원적으로 '-동이(-童이)'에서 왔지만, '-둥이'를 표준어로 삼는다. 따라서 이러한 상황에서 붙는 접미사는 모두 '-둥이'가 옳다.

*재깔이다 vs. 재까리다
올바른 표현_재깔이다

나직한 소리로 조금 떠들썩하게 이야기할 때, '재깔이다'라고 표현한다. 그러나 이를 소리대로 적은 '재까리다'는 잘못된 표현이다.

**재떨이 vs. 재떠리 / 재털이
올바른 표현_재떨이

담뱃재는 터는 것이 아니라, 떠는 것이다. 이 단어의 형태소 분석은 '재 + 떨- + -이'로 보아야 할 것이다. 따라서 표준어는 '재떨이'로 써야 올바른 것이다.

*재롱둥이 vs. 재롱동이
올바른 표현_재롱둥이

명사에 붙어 명사가 뜻하는 특징을 지닌 어린이이거나 명사나 어근이 뜻하는 특징을 지닌 사람이나 짐승을 나타내는 접미사 '-둥이'는 어원적으로 '-동이(-童이)'에서 왔지만, '-둥이'를 표준어로 삼는다. 따라서 이러한 상황에서 붙는 접미사는 모두 '-둥이'가 옳다.

**재벌[1](再-) vs. 두벌
올바른 표현_두벌

초벌 다음에 두 번째로 하는 일 또는 두 번 하는 일을 일컬어 '두벌'이라 한다. '두벌'의 '두[二]'를, 한자 '재(再)'로 표현한 '재벌'은 잘못된 표현이다.

*재보[1] vs. 째보
올바른 표현_째보

선천적으로 윗입술이 세로로 찢어진 사람이나 그렇게 찢어진 입술을 일컬어 '언청이'라 하는데, 이를 놀림조로 이를 때, '째보'라 한다. 된소리를 회피하여 표현한 '재보'는 잘못된 표현이다.

*재수통 vs. 개수통
올바른 표현_개수통

음식 그릇을 씻을 때 쓰는, 물을 담는 통을 일컬어, '개수통' 또는 '설거지통’이라 한다. 이를 방언으로 ‘재수통’이라 표현하기도 하는데, 잘 못이다.

*재인놈(才人-) vs. 박수[1]

올바른 표현_박수

남자 무당을 일명 ‘박수’라 한다. 그런데 이를 깔보는 말로 ‘재인놈’이라 표현하지만, 이는 사전에 등재되지 않은 비표준어이다.

*재적거리다 vs. 재깔거리다

올바른 표현_재깔거리다

나직한 소리로 조금 떠들썩하게 자꾸 이야기할 때, ‘재깔거리다’라 한다. 이를 ‘재적거리다’로 표현하면 잘못이다.

**잭(jack) vs. 재크

올바른 표현_잭(jack)

잭 카드 사진

‘잭’은 ‘병사가 그려져 있는 서양 카드’, ‘작은 힘으로 무거운 것을 수직으로 들어 올리는 기중기의 하나’, ‘플러그를 꽂아 전기를 접속시키는 장치’ 등의 뜻이다. 이 단어는 발음이 [dʒæk]이다. 짧은 모음 다음의 어말 무성 파열음은 받침으로 적는 외래어 표기법에 따라, ‘잭’이 올바른 표기이다.

**잼잼 / 쟘쟘 vs. 죔죔

올바른 표현_죔죔

젖먹이에게 죄암질을 하라는 뜻으로 내는 소리 또는 젖먹이가 두 손을 쥐었다 폈다 하는 동작을 일컬어, ‘죄암죄암’이라 하는데, 이를 줄여서 ‘죔죔’으로 쓴다. 따라서 이를 ‘잼잼’이나 ‘쟘쟘’으로 쓰는 것은 잘못된 표현이다.

*쟁기다[2] vs. 잠기다[1]

올바른 표현_잠기다

‘잠그다’의 피동사는 ‘잠기다’가 옳다. 이를 강원도와 함북에서 방언으로 ‘쟁기다’라 표현하는데, 잘못된 표현이다.

*저겨디디다 vs. 제겨디디다

올바른 표현_제겨디디다

발끝이나 발뒤꿈치만으로 땅을 디디는 것을 ‘제겨디디다’라 한다. 이를

'저겨디다'로 표현하는 것은 잘못된 표현이다.

*저끼다 vs. 젖히다[1]

올바른 표현_젖히다

뒤로 기울다의 뜻에 '젖다'가 있다. 이 단어에 사동접사 '-히-'를 붙여 된 사동사가 '젖히다'이다. 이를 방언으로 '저끼다'라 하는 경우가 있는데, 잘못된 표현이다. 또 '젖히다'라는 동사 뒤에서 '-어지다'가 붙어, 남의 힘에 의하여 앞말이 뜻하는 행동을 입음을 나타내는 말은 '젖혀지다'가 옳다. 이를 '저껴지다'로 표현하는 것도 잘못된 표현이다.

> **사동사(使動詞)**
> 문장의 주체가 자기 스스로 행하지 않고 남에게 그 행동이나 동작을 하게 함을 나타내는 동사 주동사에 사동접사 '-이-, -하-, -리-, -가-,' 따위가 결합

*저달[1] vs. 지난달

올바른 표현_지난달

이달의 바로 앞의 달을 일컬어, '지난달'이라 한다. 이를 '저달'로 방언에서 표현하는데, 잘못이다.

*저분저분[1] vs. 저븐저븐

올바른 표현_저분저분

성질이나 태도가 아주 부드럽고 조용하며 찬찬한 모양을 일컬어 '저분저분'이라 한다. 어감(語感)이 약한 말로 '자분자분'이 있다. 이를 '저븐저븐'으로 표현하는 것은 잘못이다.

**저승빚 vs. 저승돈

올바른 표현_저승빚

저승에서 이승으로 올 때에 지고 온다는 빚은 '저승빚'이다. 이를 '저승돈'이라 표현하는 것은 잘못이다.

*저으기 vs. 적이

올바른 표현_적이

한글맞춤법 제51항에 따라, 원형에 더 가까운 형태인 '적이'를 표준어로 정하였다. 이를 '저으기'로 쓰는 것은 잘못이다.

**저지난 vs. 지지난

올바른 표현_지지난

지난번의 바로 그 전을 '지지난'으로 써야 옳다. 이를 '저지난'으로 잘못 쓴 경우가 흔하다.

**저지르다 vs. 저질르다

특별한 이유 없이 'ㄹ'을 덧붙여 '저질르다'로 쓰는 것은 잘못이다. '자지르다'가 기본형으로, 올바른 것이다.

*적적다 vs. 수줍다

숫기가 없어 다른 사람 앞에서 말이나 행동을 활발하게 하지 못하고 어려워하거나 부끄러워하는 태도가 있을 때, '수줍다'로 써야 옳다. 이를 방언에서 '적적다'로 표현하는 것은 잘못이다.

*전률(戰慄) vs. 전율[2]

모음이나 'ㄴ' 받침 뒤에 이어지는 '렬, 률'은 '열, 율'로 적는다. 이에 따라, '전율'이 올바른 표기이다. 이와 비슷한 경우로, '선율(旋律), 실패율(失敗率), 백분율(百分率)' 등이 있다.

*전봇대 vs. 전선대[1](電線-)

표준어 규정 제25항에 의미가 똑같은 형태가 몇 가지 있을 경우, 그 중 어느 하나가 압도적으로 널리 쓰이면, 그 단어만을 표준으로 삼는다고 하였다. 이에 따라 '전봇대'가 옳은 표현이다.

*전장터(戰場-) vs. 전쟁터(戰爭-)

싸움을 치르는 장소를 일컫는 말은 '전쟁터'이다. 한자어 전쟁(戰爭)과 우리말 '터'가 합성한 경우이다. 이를 한자어로 '전장(戰場)'이라 표현하여도 옳다. 그러나 '전장'에 '터'를 덧붙이는 것은 마치 '草家집, 妻家집, 驛前 앞'처럼, 의미중복에 해당되어 잘못이다.

**전쟁놀음 vs. 전쟁놀이

아이들이 전쟁하는 흉내를 내어 노는 일을 일컬어, '전쟁놀이'라 한다. 이를 흔히 '전쟁놀음'으로 표현하기도 하는데, 잘못이다.

**전통악기(傳統樂器) vs. 국악기(國樂器)　　올바른 표현_국악기(國樂器)

국악에 쓰는 기구를 통틀어 이르는 말이 '국악기'이다. 이를 '전통악기'로 흔하게 쓰는 경우가 많은데, 잘못된 표현이다.

**절강성(浙江省) vs. 저장 성²　　올바른 표현_저장 성

외래어 표기법 제4장 제2절 제2항에 중국의 지명이 현재 지명과 동일한 것은 중국어 표기법에 따라 표기한다는 원칙이 있다. 따라서 이를 한국 한자음으로 읽어서는 옳지 않다. 따라서 '저장 성'으로 써야 옳으며, 굳이 필요하다면 한자를 병기하는 방식을 취하여야 한다.

**절대절명(絕對絕命) vs. 절체절명(絕體絕命)

올바른 표현_절체절명(絕體絕命)

'도저히 어찌할 수 없는 절박한 상황이나 궁지'를 일컬을 때, '절체절명'이 옳은 것이다.

*절래마누라 vs. 전냇마누라(殿內-)　　올바른 표현_전냇마누라(殿內-)

신위를 모시고 길흉을 점치는 늙은 여자를 일컬을 때, '전냇마누라'가 옳다. 한자어 '전내(殿內)'와 우리말 '마누라'의 합성어이다. 둘째 음절의 사이시옷은 한글맞춤법 제30항 뒷말의 첫소리 'ㄴ, ㅁ' 앞에서 'ㄴ' 소리가 덧나기 때문에 받치어 적은 것이다.

**절름발이 vs. 절름뱅이　　올바른 표현_절름발이

'한쪽 다리가 짧거나 다치거나 하여 걷거나 뛸 때에 몸이 한쪽으로 자꾸 거볍게 기우뚱하는 사람'을 일컬어 '절름발이'라 한다. 이를 '절름뱅이'로 표현하는 것은 잘못이다. '-뱅이'는 '가난뱅이, 게으름뱅이, 앉은뱅이, 주정뱅이'처럼, 몇몇 명사 뒤에 붙어 '그것을 특성으로 가진 사람'의 뜻을 더하는 접미사(接尾辭)이다. 그러나 '절름뱅이'는 여기에 해당되지 않는다. 실제 언중들이 '절름뱅이'보다는 '절름발이'가 더 일반적으로 쓴다고 보아, '절름발이'를 표준어로 인정하지 않았나 한다.

*점글다 vs. 저물다
올바른 표현_저물다

'저물다'를 '점글다'로 잘못 쓰는 경우가 간혹 있다. 고문헌에는 '점글다'라는 형태가 등장하기도 하지만, 현재는 '저물다'가 올바른 표현이다.

*점쟁이 vs. 점장이
올바른 표현_점쟁이

기술자에게는 '-장이', 그 외에는 '-쟁이'가 붙는 것이 올바른 표기이다. 점치는 일도 기술자에 해당하는 것으로 보아 '점장이'가 옳을 듯하나, 육체적인 전문 기술과는 거리가 먼, 정신적 기능으로 보아 '점쟁이'가 옳은 것으로 표준어를 정하였다.

**접질리다 vs. 접지르다
올바른 표현_접질리다

'심한 충격으로 지나치게 접혀서 삔 지경에 이르다'는 뜻은 '접질리다'가 옳다. 이를 '접지르다'로 표현하는 것은 잘못이다.

*젓² vs. 젖
올바른 표현_젖

이 단어는 특히 발음상에 혼란을 겪으면서 '젖' 대신 '젓'으로 잘못 쓰는 대표적인 경우이다. 뒤에 모음으로 시작하는 조사가 올 때, 특히 '젓'으로 많이 발음한다.

▲젓갈 vs. 젓깔
올바른 표현_젓갈

젓으로 담근 음식을 '젓갈'이라 한다. 이를 흔히 '젓깔'이라 표현하는데, 이는 잘못이다. 일반적으로 '-깔'로 표현하는 것이 올바른 표기가 많다. '맛깔, 빛깔, 색깔, 성깔' 등이 그것이다. 그러나 이 단어의 경우는 좀 예외이다.

**정답다 vs. 정다웁다
올바른 표현_정답다

'따뜻한 정이 있다'는 뜻의 형용사는 '정답다'가 옳다. 이 형용사는 '정다워, 정다우니' 등으로 활용하는데, 이로 인해 착각을 일으켜 '정다웁다'를 기본형으로 파악하면 잘못이다.

정화수(井華水) vs. 정안수

올바른 표현_정화수(井華水)

이른 새벽에 길은 우물물로, 조왕에게 가족들의 평안을 빌면서 정성을 들이거나 약을 달이는 데 쓰는 물을 일컬어, 한자어 '정화수(井華水)'가 있다. 이를 '정안수'로 쓰는 경우가 흔히 있는데, 이는 잘못이다.

젖니 vs. 젖이

올바른 표현_젖니

한글맞춤법 제27항 〈붙임 3〉에 따르면, '이[齒, 蝨]'가 합성어나 이에 준하는 말에서 '니' 또는 '리'로 소리 날 때에는 '니'로 적는다. 따라서 '젖니'는 '젖이'로 적으면 잘못이다.

젖치다 vs. 젖히다[1]

올바른 표현_젖히다

뒤로 기울다의 뜻에 '젖다'가 있다. 이 단어에 사동접사 '-히-'를 붙여 된 사동사가 '젖히다'이다. 사동접사에 없는 '-치-'를 붙여 된 '젖치다'는 잘못된 표현이다.

젖퉁이 vs. 젖통이

올바른 표현_젖퉁이

젖꼭지를 중심으로 하여 젖꽃판 언저리로 넓게 살이 불룩하게 두드러진 부분을 일컫는 '젖무덤'을 낮잡아 이르는 말이 '젖퉁이'이다. '젖통'이라고도 한다. '젖통'에 몇몇 명사와 동사 어간의 결합형 뒤에 붙어 '사람', '사물', '일'의 뜻을 더하고 명사를 만드는 접미사(接尾辭) '-이'를 붙여 표현한 '젖통이'는 잘못된 표현이다.

제기랄 vs. 제길할

올바른 표현_제기랄

언짢을 때에 불평스러워 욕으로 하는 말은 '제기랄'이다. 소리대로 적는 것이 올바른 표현이다. 이를 '제길할'로 적는 경우가 흔한데, 잘못된 표현이다.

제끼다 vs. 젖히다[1]/제치다

올바른 표현_젖히다/제치다

뒤로 기울다의 뜻에 '젖다'가 있다. 이 단어에 사동접사 '-히-'를 붙여 된 사동사가 '젖히다'이다. 또 '거치적거리지 않게 처리하다'는 뜻의

'제치다'가 있다. 이들 단어들을 방언에서 '제끼다'로 쓰는 경우가 있는데, 상황에 맞게 '젖히다' 또는 '제치다'로 써야 한다.

**제방²(堤防) vs. 제방뚝 / 제방둑   올바른 표현_제방(堤防)

물가에 흙이나 돌, 콘크리트 따위로 쌓은 둑을 '제방(堤防)'이라 한다. 뜻 속에 '둑'이라는 의미가 있다. 따라서 '제방둑'이라 쓰는 것은 의미 중복이며 '둑'을 '뚝'으로 발음하는 것도 표준어가 아니다.

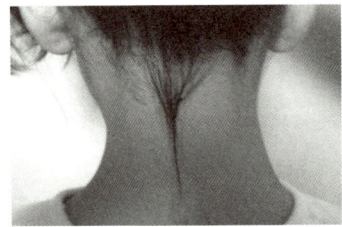
제비초리 사진

*제비초리 vs. 제비추리   올바른 표현_제비초리

뒤통수나 앞이마의 한가운데에 골을 따라 아래로 뾰족하게 내민 머리털을 일컬어, '제비초리'라 한다. 이를 '소의 안심에 붙은 고기'라는 뜻인 '제비추리'와 혼동하여 '제비추리'라 함은 잘못이다.

**제자리멀리뛰기 vs. 제자리넓이뛰기   올바른 표현_제자리멀리뛰기

도움닫기 없이 구름판 위에 두 발을 놓고 멀리 뛰는 육상 경기를 '제자리멀리뛰기'라 한다. 이를 흔히들 '제자리넓이뛰기'라 표현하는데, 잘못이다.

**제치다² vs. 젖히다¹   올바른 표현_젖히다

뒤로 기울다의 뜻에 '젖다'가 있다. 이 단어에 사동접사 '-히-'를 붙여 된 사동사가 '젖히다'이다. 이를 방언에서 '제치다'로 표현하기도 하는데, 잘못된 표현이다.

*조개젖꼭지 vs. 폐각근(閉殼筋) / 조개관자

올바른 표현_폐각근(閉殼筋)/조개관자

연체동물 부족류의 조개껍데기를 닫기 위한 한 쌍의 근육을 일컬어, '폐각근(閉殼筋)' 또는 '조개관자'라고 한다. 이를 방언에서 '조개젖꼭지'라 표현하는 경우가 있는데, 이는 잘못이다.

214

*조갯살 vs. 조갯속

올바른 표현_조갯살

순 우리말로 된 합성어로서 앞말이 모음으로 끝나고 뒷말의 첫소리가 된소리로 나는 것은 사이시옷을 넣는다. 따라서 '조갯살'이 옳다. 방언에서 이를 '조갯속'으로 쓰는 것은 잘못이다.

**조그만큼 vs. 조고마치 / 조그마치

올바른 표현_조그만큼

'매우 적은 정도로'란 뜻의 부사는 '조그만큼'이다. 이를 '조고마치'나 '조그마치'로 쓰는 것은 잘못된 표현이다.

**조그마하다 vs. 조그만하다

올바른 표현_조그마하다

'조금 작거나 적다', '그리 대단하지 아니하다'의 뜻으로 '조그마하다'가 있다. 어감(語感)이 센 말로 '조끄마하다, 쪼끄마하다'가 있으며, 어감(語感)이 약한 말로는 '자그마하다'가 있다. 이를 동사 뒤에서 '-ㄹ/을 만하다'가 붙어, 어떤 대상이 앞말이 뜻하는 행동을 할 타당한 이유를 가질 정도로 가치가 있음을 나타내는 말인 '만하다'와 착각해 '조그만하다'로 쓰는 것은 잘못이다.

*조로로 vs. 조르르

올바른 표현_조르르

'가는 물줄기 따위가 빠르게 흘러내리는 소리. 또는 그 모양', '작은 물건 따위가 비탈진 곳에서 빠르게 미끄러져 내리는 모양', '작은 발걸음을 재게 움직여 걷거나 따라다니는 모양', '작은 것들이 한 줄로 고르게 잇따라 있는 모양' 등을 일컬어 '조르르'라 한다. 어감(語感)이 센 말로 '쪼르르, 주르르'가 있다. 이를 발음의 편의를 위해 '조로로'로 발음하는 경우가 있는데, 잘못된 표현이다. '-로로'로 표현되는 단어는 대체로 올바른 표현이 아니다. '고로로'가 아니라, '골고루', '소로로'가 아니라, '소르르', '조로로'가 아니라, '조르르', '호로로'가 아니라, '호르르'가 올바른 표현이다. 단 '호로로'의 경우, 호루라기나 호각 따위를 부는 소리인 '후루루'를 약하게 표현할 때, 쓸 수도 있다.

*조마조마하다 vs. 조매조매하다

올바른 표현_조마조마하다

닥쳐올 일에 대하여 염려가 되어 마음이 초조하고 불안할 때, '조마조마하다'라고 한다. 이를 '조매조매하다'로 표현하는 것은 잘못이다.

*조몰락거리다 vs. 조모락거리다 / 조무락거리다

올바른 표현_조몰락거리다

작은 동작으로 물건 따위를 자꾸 주무를 때, '조몰락거리다'라고 한다. 어감(語感)이 센 말로 '주물럭거리다'가 있다. 모음조화를 잘 지키고 있는 단어들이다. 그러나 이 단어의 받침 'ㄹ'을 아무런 이유 없이 탈락시켜 표현한 '조모락거리다'나 이보다 모음조화마저 파괴한 형태인 '조무락거리다'는 잘못된 표현이다.

*조무래기 vs. 조무라기

올바른 표현_조무래기

자질구레한 물건이나 어린아이들을 낮잡아 이르는 말이 '조무래기'이다. 이를 'ㅣ'모음 역행동화한 단어로 파악해 그 현상 이전의 단어로 보아 '조무라기'로 표현하는 것은 잘못이다.

*조쌀[2] vs. 좁쌀

올바른 표현_좁쌀

과거에 초성 'ㅄ'이었던 것이 된소리 'ㅆ'로 되면서 'ㅂ'이 흔적으로 남아 앞 음절에 받침으로 들어간 경우가 몇 있다. '댑싸리, 멥쌀, 볍씨, 입때, 접때, 햅쌀, 입쌀' 등이 그것이다. 따라서 '조쌀'로 표현하는 것은 잘못이다.

**조제사(調劑師) vs. 약사[4](藥師)

올바른 표현_약사(藥師)

국가의 면허를 받아 약사(藥事)에 관한 일을 맡아보는 사람은 '약사(藥師)'이다. 이를 약을 조제(調劑)한다는 의미에만 치중해 '조제사'라 표현하는 것은 잘못된 것이다.

*조차떡 vs. 조찰떡

올바른 표현_조차떡

차조의 가루로 만든 떡을 '조차떡'이라고 한다. '조 + 찰- + 떡'으로 형태소 분석을 할 수 있다. 둘째 음절의 '찰–'에서 'ㄹ'이 탈락한 형태가 올바른 표기이다. 이를 탈락 없이 '조찰떡'으로 표현하면 잘못이다.

**조팝나무 vs. 누리장나무

올바른 표현_누리장나무

조팝나무 사진

마편초과의 낙엽 활엽 관목으로, 높이는 2~3m이며, 잎은 마주나고 달걀 모양인 수종(樹種)을 '누리장나무'라 한다. 반면에 '조팝나무'는 장미과의 낙엽 활엽 교목으로 높이는 1.5~2m이며 잎은 어긋나고 타원형으로 가장자리에 잔톱니가 있으며, 줄기는 밤색으로 능선이 있고 윤기가 난다. 그리고 8월에 연한 붉은색 꽃이 취산(聚繖) 꽃차례로 가지 끝에 피고 가을에 연한 푸른색 열매가 익는 것이 '누리장나무'이다. 반면에 4~5월에 흰 꽃이 산형(繖形) 꽃차례로 피고 열매는 골돌과이며 뿌리와 줄기는 약용하고 어린잎은 식용하는 것이 '조팝나무'이다. 엄연히 두 수종은 다른 종이다. 그러나 '누리장나무'를 '조팝나무'와 혼동하여 '조팝나무'로 명명하는 경우가 있다.

*족박 vs. 쪽박

올바른 표현_쪽박

작은 바가지를 일컬어 '쪽박'이라 한다. 그러나 이를 '족박'으로 표현하는 경우가 있다. 이는 어두 된소리 회피가 올바른 표기일 것이라는 사고방식에서 나온 것이다.

**졸때기 vs. 졸따구

올바른 표현_졸때기

한글맞춤법 제54항에 따르면, '–꾼, –때기, –꿈치, –빼기, –쩍다' 등의 접미사(接尾辭)는 된소리로 적는 것을 올바른 것으로 하였다. 따라서 '졸때기'가 올바른 표현이다.

*졸르다[3] vs. 조르다[1]

올바른 표현_조르다

특별한 이유 없이 'ㄹ'을 덧붙여 '졸르다'로 쓰거나 어두(語頭)의 청각적 인상을 강하게 하기 위해 '쫄르다'로 쓰는 것은 잘못이다. '조르다'가 기본형으로, 올바른 것이다.

**졸립다 vs. 졸리다¹

올바른 표현_졸리다

자고 싶은 느낌이 들 때, '졸리다'라 한다. 이를 방언에서 '졸립다'로 표현하는 경우가 있다. 잘못된 표현이다.

**좀¹ vs. 좀벌레¹

올바른 표현_좀

좀 사진

'좀'은 좀과의 곤충으로, 몸의 길이는 11~13mm이며, 흑갈색인데 비늘로 덮여 있다. 가슴은 크고 머리에 3~4개의 강모가 나 있다. 날개는 퇴화하여 없고 촉각과 꼬리는 각각 한 쌍이 있으며 꼬리 중앙에 긴 강모가 하나 있다. 의류와 종이의 해충이며 우리나라에만 분포한다. 결국 '좀'의 의미 속에는 '곤충, 벌레'라는 뜻이 있다. 따라서 '좀벌레'로 표현하는 것은 의미중복이 되는 셈이다. 따라서 올바른 표현은 '좀'이 옳다.

*좀상스럽다 vs. 좀스럽다

올바른 표현_좀스럽다

사물의 규모가 보잘것없이 작거나 도량이 좁고 옹졸한 데가 있을 때, '좀스럽다'고 한다. 이를 방언에서 '좀상스럽다'로 표현하기도 하는데, 잘못된 것이다.

**좀처럼 vs. 좀체로

올바른 표현_좀처럼

부정적인 의미를 가진 단어와 호응하여 '여간하여서는'의 뜻을 지닌 말이 '좀처럼' 또는 '좀체'이다. 이를 '좀체로'로 표현하는 것은 잘못된 것이다.

**종묘제례악 vs. 종묘악(宗廟樂)

올바른 표현_종묘제례악

종묘제례악 사진

무형 문화재 제1호로, 1996년에 유네스코 세계 문화유산으로 지정된 우리의 음악이 있다. 조선 시대에, 종묘에서 역대 제왕의 제사 때에 쓰던 음악인데, 바로 '종묘제례악'이다. 세종 말기에 창작한 정대업과 보태평을 최항이 손질하고 줄여서 채택하였다고 한다. 그런데 이 용어를 줄여 '종묘악'이라 하는 경우가 있는데, 잘못된 표현이다.

*좌우편 vs. 좌우컨

올바른 표현_좌우편

왼쪽과 오른쪽을 아울러 이를 때, '좌우편'이라 일컫는다. 이를 방언에서 '좌우컨'이라 함은 잘못이다.

*죄그맣다 vs. 조그맣다

올바른 표현_조그맣다

'조그맣다'를 방언이나 어감(語感)의 강조를 위해 '죄그맣다'나 '쬐그맣다'로 표현하는 경우가 있다. 이는 잘못된 표현이다. 어감(語感)이 센 말들로 '조끄맣다, 쪼그맣다, 쪼끄맣다, 자그맣다' 등이 있다.

*죄여지내다 vs. 쥐여지내다

올바른 표현_쥐여지내다

다른 사람에게 눌리어 자기 의견을 제대로 펴지 못하고 지낼 때, '쥐여지내다'라 한다. 방언에서 '죄여지내다'나 '쥐어지내다' 등으로 표현하는 경우가 있는데, 이는 잘못된 표현이다.

**주걱새 vs. 두견이

올바른 표현_두견이

문학작품에서 한(恨)을 표현할 때, 자주 등장하는 새가 바로 '두견이'이다. 별칭(別稱)도 많아, '귀촉도(歸蜀道), 두견(杜鵑), 두견새, 두백(杜魄), 두우(杜宇), 두혼(杜魂), 망제(望帝), 불여귀(不如歸), 사귀조(思歸鳥), 자규(子規), 주각제금, 주연(周燕), 촉백(蜀魄), 촉조(蜀鳥), 촉혼(蜀魂)' 등으로 불리어진다. 한편 고전문학의 해석에서 간혹 등장하는 '주걱새'도 잘못된 표현이다.

두견이 그림

*주는 소리 vs. 메기는 소리

올바른 표현_메기는 소리

민요를 부를 때 한 사람이 앞서 부르는 소리를 '메기는 소리, 메김 소리, 선소리, 앞소리'라 한다. 이를 '주는 소리'라 하지는 않는다. 방언에서 흔히 나타난다.

*주르륵 vs. 주루룩

올바른 표현_주르륵

소리나 모양을 표현하는 말은 대체로 '-르륵'으로 써야 올바른 표현이다. 따라서 '주르륵'이 옳지, 같은 모음을 연이은 '주루룩'은 잘못된 표현이다. '-르륵'으로 표현되는 단어들에, '까르륵, 꼬르륵, 끄르륵, 다르륵, 도르륵, 부르륵, 사르륵, 쓰르륵, 와르륵, 조르륵, 좌르륵, 찌르륵, 하르륵' 등이 있다. 그러나 '-루룩'으로 써야 옳은 표기로, '끼루룩, 뚜루룩, 어루룩, 우루룩, 후루룩' 등이 있다.

*주물럭거리다 vs. 주무럭거리다
올바른 표현_주물럭거리다

물건 따위를 자꾸 주무를 때, '주물럭거리다'가 옳은 표현이다. 이를 '주무럭거리다'로 쓰는 것은 잘못된 표현이다.

*주섬주섬 vs. 주엄주엄
올바른 표현_주섬주섬

'여기저기 널려 있는 물건을 하나하나 주워 거두는 모양', '조리에 맞지 아니하게 이 말 저 말 하는 모양', '재빠르지 못하고 조금 느리게 행동하는 모양' 등을 일컬어 '주섬주섬'이라 한다. 이를 방언에서 '주엄주엄'이라 표현하는 것은 잘못이다.

*주전부리 vs. 주점부리
올바른 표현_주전부리

때를 가리지 아니하고 군음식을 자꾸 먹거나 그런 입버릇을 일컬어, '주전부리'라 한다. 어감(語感)이 약한 말로 '조잔부리'가 있다. 이를 방언에서 '주점부리'로 표현하는 것은 잘못이다.

*주책[1] vs. 주착[1]
올바른 표현_주책

일정하게 자리 잡힌 주장이나 판단력 또는 일정한 줏대가 없이 되는대로 하는 짓을 일컬어, '주책'이라 한다. 이 말은 기원적으로 한자어 '주착(主着)'에서 온 말이다. 그러나 표준어 규정 제11항에 따르면, '주책'의 경우는 모음의 발음 변화를 인정하여, 발음이 바뀌어 굳어진 형태를 표준어로 삼는다는 규정에 따른 것이다. 참고로, '주책'에, 몇몇 명사 뒤에 붙어 '비하'의 뜻을 더하는 접미사 '-바가지'가 붙은 '주책바가지'도 주책없는 사람을 놀림조(놀리는 것과 같은 말투나 태도)로 이르는 말이다.

**주책없다 vs. 주책이다 올바른 표현_주책없다

표준어 규정 제25항에 의미가 똑같은 형태가 몇 가지 있을 경우, 그 중 어느 하나가 압도적으로 널리 쓰이면, 그 단어만을 표준어로 삼는다고 하였다. 한편 '주책'은 부정어와 호응해야 옳다. 따라서 '주책없다'가 옳은 표현이다.

**주쳇바가지 vs. 주쳇덩어리 올바른 표현_주쳇덩어리

주체하기가 매우 어려운 일이나 물건이나 그런 사람을 일컬어, '주쳇덩어리'로 써야 옳다. 이를 흔히 '주쳇바가지' 심지어 '주책바가지'로까지 쓰는 경우가 있는데, 잘못된 표현이다.

*주춧돌 vs. 주초돌(柱礎-) 올바른 표현_주춧돌

'주춧돌'은 한자어가 아니다. 순 우리말로 '기둥 밑에 기초로 받쳐 놓은 돌'이라는 뜻이다. 이를 한자어와 순 우리말의 합성으로 보아 '주초돌' 또는 '주춧돌'로 표현하는 것은 잘못이다.

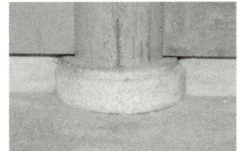

주춧돌 사진

*죽데기 vs. 죽더기/피죽 올바른 표현_죽데기

'죽더기/피죽'은 모두 잘못된 단어이다. 표준어 규정 제21항에, 고유어 계열의 단어가 널리 쓰이고 그에 대응하는 한자어 계열의 단어가 용도를 잃게 된 것은, 고유어 계열의 단어만을 표준어로 삼는다고 하였다. 이에 따라 '죽데기'가 옳은 표현이다. 또 이 단어는 'ㅣ'모음 역행동화를 인정하는 단어가 표준어인 경우이다.

*죽은깨 vs. 주근깨 올바른 표현_주근깨

얼굴의 군데군데에 생기는 잘고 검은 점을 일컬어, '주근깨'로 표기해야 옳다. 이를 소리대로 표기하지 않고, '죽은깨'로 표기하는 것은 잘못이다.

*죽쟁이 vs. 쭉정이 올바른 표현_쭉정이

껍질만 있고 속에 알맹이가 들지 아니한 곡식이나 과일 따위의 열매를 일컬어, '쭉정이'라 한다. 첫째 음절은 그동안의 관례를 존중하여 된소리 표기로 청각적 인상을 강하게 하였고, 셋째 음절 '-이'는 몇몇 명사와 동사 어간의 결합형 뒤에 붙어 '사람', '사물', '일'의 뜻을 더하고 명사를 만드는 접미사(接尾辭)이다. 이를 된소리 표기 없이 'ㅣ'모음 역행동화로 표현한 '죽젱이'는 수의적(隨意的) 현상으로 잘못된 표현이다.

**줄곧 vs. 줄창

올바른 표현_줄곧

'끊임없이 잇따라'의 뜻을 지닌 말이 '줄곧'이다. 이를 방언에서 '줄창'으로 표현하는 것은 잘못이다. 특히 강원 방언에서 '줄창'이라 흔히 쓴다.

**줏어든다 vs. 주워든다

올바른 표현_주워든다

귓결에 한 마디씩 언어들을 때, '주워든다'로 써야 옳다. 이를 방언에서 '줏어든다'로 쓰는 것은 잘못이다.

▲줏다 vs. 줍다

올바른 표현_줍다

'줏다'의 올바른 표기는 물론 '줍다'이다. 그러나 아래에 제시한 바와 같이 '줏다'가 고어(古語)로서 오랫동안 사용했을 뿐만 아니라, 요즘의 언중들은 '줏다'라는 말이 '줍다'보다는 훨씬 우세하게 사용하고 있는 실정이다.

그러면 고문헌에 등장하는 '줏다'의 용례를 보면, '쎠를 주서 〈석보상절(釋譜詳節) : 11,38〉, 湟槃은 주수미라 일홈ᄒ면 거두며 줏는 스시예 〈능엄경언해(楞嚴經諺解) : 1,19〉, 이삭 주수므란 〈두시언해 초간본(杜詩諺解 初刊本) : 7,18〉, 도토바믈 주스니라 〈두시언해 초간본(杜詩諺解 初刊本) : 24,39〉, 金 바늘 줏도다 〈금강경삼가해(金剛經三家解) : 4,18〉, 거두워 줏디 몯ᄒ야 〈금강경삼가해(金剛經三家解) : 5,16〉' 등이 나타난다.

'줏다'라는 표현은 인구(人口)에 회자(膾炙)되는 정지용 시인의 〈향수〉에도 나타나는데, 이는 그 시가 지어진 당시에도 '줏다'가 일반적으로 사용되었다는 단적인 증거이다. 〈향수〉가 발표된 『조선지광』(1927년)을 보면 '이삭 줏던 곳'으로 나타난다.

또 '줏다'는 방언형으로 여러 지방에서도 나타난다. 강원, 경기, 경남, 전남, 제주, 충청 등지에서 '줍다'의 방언으로 사용하며, 최근에는 서울지방에도 흔하게 통용되어 거의 전국적인 현상이 되었다.

한편 국립국어원 홈페이지의 〈묻고 질문하기〉라는 창에서 '줏다'와 '줍다'의 혼동에 대해 다음과 같은 답변을 주는데, 그 내용은 시사하는 바가 크다.

> 고어는 고어일 뿐 틀린 말은 아닙니다. 그리고 '줏어'와 '주워' 중에 어떤 것이 더 편한지 가릴 수는 없습니다. 또 사용에 편한 쪽으로 규범을 변화시킨다고 일정한 규범을 인정하면서 규범과 현실이 조화를 꾀하는 것이 가장 바람직한 일일 것입니다. 표준어 제정의 대원칙도 표준어 규정의 총칙에 나와 있습니다. 이 홈페이지에 '어문규정' 중 '표준어 규정'을 한번 읽어 보시기를 권합니다.

이러한 '줏다'와 비슷한 경우가 있는데, '천엽'이 그것이다. 그런데, 이 경우는 국립국어원에서 '줏다'에 대한 답변과는 또 다른 입장이다. 다음은 국립국어원의 홈페이지에 나오는 답변이다.

> '처녑'은 17세기 문헌에 '천엽'으로 기록되어 있어서 '천엽'이 '처녑'의 옛말이라고 볼 수 있습니다. 〈표준국어대사전〉에는 '처녑'과 함께 '천엽'도 동의어로 등재되어 있으며 두 단어 모두 사용 가능합니다.

'줏다'의 경우는, 고어(古語)는 고어(古語)일 뿐 틀린 말이 아니라고 하면서 결국 표준어로 인정하지는 않은 반면, '천엽'의 경우는 같은 고어이지만 '처녑'과 동의어(同義語)로 보아 표준어로 인정하고 있다. 표준어 제정 원칙에 일관성이 없이 자기모순(自己矛盾)에 빠진 경우이다. 따라서 '줏다[拾]'의 사용 빈도나 고어로서의 과거 경력을 참고한다면, 표준어로 인정해야 할 것이며, '천엽'과의 형평성도 맞는다. 그러나 현행 '줏다'는 잘못된 표현이다.

동의어(同義語)
뜻이 같은 말

한편 '줏다'가 '활자를 줏다'의 경우처럼 '필요한 것을 골라서 잡다'의 의미일 때는 '줏다'가 표준어로 쓰인다.

*중간치기(中間-) vs. 새치기 / 중간치
올바른 표현_새치기/중간치

순서를 어기고 남의 자리에 슬며시 끼어드는 행위를 일컬어, '새치기' 라 하고, '크기나 품질 따위가 여럿 가운데 중간이 되는 물건'을 일컬어, '중간치'라 한다. 이렇게 서로 뜻이 다른 '새치기'와 '중간치'를 '중간치기'라 표현하는 경우가 있는데, 이는 잘못된 표현이다.

*중긋거리다 vs. 쭝긋거리다

올바른 표현_쭝긋거리다

'입술이나 귀 따위를 자꾸 빳빳하게 세우거나 뾰족이 내밀다', '말을 하려고 입을 자꾸 달싹이다' 등의 뜻으로 '쭝긋거리다'를 쓴다. 어감(語感)이 약한 말로 '쫑긋거리다'가 있다. 어두(語頭)의 된소리를 회피하려는 생각에서 '중긋거리다'로 표현하는 것은 잘못이다.

*중둥밥 vs. 중동밥

올바른 표현_중동밥

팥을 달인 물에 흰쌀을 안쳐 지은 밥 또는 찬밥에 물을 조금 치고 다시 무르게 끓인 밥을 일컬어, '중동밥'이라 한다. 이를 '중둥밥'이라 쓰는 것은 잘못된 표현이다.

*중동치레 vs. 중동치장(中-治粧)

올바른 표현_중동치레

'쌈지, 주머니, 허리띠 따위로 허리 부분을 치장하는 일'을 일컬어, '중동치레'라 한다. 일명 '중동풀이'라고도 한다. 이를 '중동치장'으로 표현하는 것은 잘못이다.

*중모리 vs. 중몰이

올바른 표현_중모리

판소리 및 산조 장단의 하나로 진양조보다 조금 빠르고 중중모리보다 조금 느린 중간 빠르기가 '중모리'이다. 판소리나 산조 장단을 소리대로 적은 것이 올바른 표현이다. 따라서 '중몰이'로 표현하는 것은 잘못이다.

**중테기[2] vs. 중고기[1]

올바른 표현_중고기

중고기 사진

잉엇과의 민물고기로 몸의 길이는 10~16cm이고 가늘며, 옆으로 납작한 물고기가 '중고기'이다. 이를 방언에서 '중테기'라 표현하기도 하는데, 이는 잘못된 표현이다. 또 잉엇과의 민물고기로 몸의 길이는 8~15cm이고 방추 모양이며, 피라미와 비슷하나 입에 수염이 없고

비늘이 비교적 큰 물고기인 '버들치'를 방언으로 '중테기'라 표현하기
도 한다. 이 또한 잘못된 표현이다.

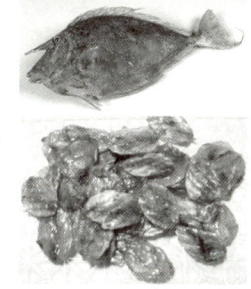

쥐치(위), 쥐포(아래) 사진

**쥐고기 vs. 쥐치/쥐포
올바른 표현_쥐치/쥐포

쥐칫과의 바닷물고기를 뜻하는 '쥐치'와 '말린 쥐치를 기계로 납작하게
눌러 만든 어포(魚脯)'인 '쥐포'를 언중들이 흔히 '쥐고기'라 부른다.
그러나 '쥐고기'는 잘못된 표현이다.

**쥐뿔같다 vs. 쥐똥같다
올바른 표현_쥐뿔같다

'아주 보잘것없다'의 뜻으로 '쥐뿔같다' 또는 '쥐좃같다'라는 표현이
있다. 이를 '쥐똥같다'로 쓰는 것은 올바른 표현이 아니다.

**쥐엄나무 vs. 쥐엽나무
올바른 표현_쥐엄나무

콩과의 낙엽 활엽 교목으로 높이는 20m 정도이며 잎은 깃모양 겹잎인
나무는 '쥐엄나무'이다. 이를 과거 문헌에서 '주염나모, 주엽나모' 등으
로 쓴 바 있으나 현재 올바른 표현은 '쥐엄나무'이다.

**즈려밟다 vs. 지르밟다
올바른 표현_지르밟다

김소월의 유명한 시 〈진달래꽃〉에 '즈려밟다'라는 표현이 있다. 워낙
유명하다보니 그 영향으로 '지르밟다'보다 '즈려밟다'가 표준어로 착각
될 정도이다. 올바른 표현은 '지르밟다'이다.

**즈봉(jupon) vs. 양복바지
올바른 표현_양복바지

'jupon'은 프랑스 어이다. 이를 우리나라에서 '즈봉, 스봉, 쓰봉' 등으
로 표현하는데, 잘못이다. '양복바지' 또는 '바지' 등으로 표현해야 옳
다. 순화되어야 할 단어이다.

*지게꾼 vs. 지겟군
올바른 표현_지게꾼

'나뭇군'이 아닌 것처럼, '지겟군'도 잘못된 표현이다. 한글맞춤법 제54
항에 따르면, '-꾼, -때기, -꿈치, -빼기, -쩍다' 등의 접미사(接尾辭)는

된소리로 적는 것을 바른 것으로 하였다. 따라서 '지게꾼'이 올바른 표현이다. 이와 비슷한 것으로 '익살꾼, 심부름꾼' 등이 더 있다.

**지난번 vs. 지난적
올바른 표현_지난번

'적'은 그 동작이 진행되거나 그 상태가 나타나 있는 때, 또는 지나간 어떤 때를 일컬으며, '지난번'은 말하는 때 이전의 지나간 차례나 때를 일컫는다. '지난번'의 의미로 '지난적'을 사용하면, '지나간다'는 의미가 중복된다. 따라서 '지난번'으로 써야 옳다.

**지르박 vs. 지루박
올바른 표현_지르박

'지르박'의 원어(原語)는 'jitterbug'이다. 그러나 이 단어는 관용 표기로 지정하여 '지르박'을 올바른 것으로 본다. 오랜 관용을 인정한 경우이나, 실제 언중들은 '지르박'보다는 '지루박'을 널리 사용한다. 굳이 관용을 존중했다면, '지루박'으로 했어야 더 나을 텐데, '지르박'을 올바른 표기로 본 경우이다.

**지리하다 vs. 지루하다[1]
올바른 표현_지루하다

'시간이 오래 걸리거나 같은 상태가 오래 계속되어 따분하고 싫증이 남'을 일컬어 '지루하다'고 해야 옳다. 그러나 가끔씩 '지리한 장마, 지리한 교통체증' 등으로 표현하는 경우가 있다. 모두 '지루하다'로 써야 옳다.

**지새우다 vs. 지새다[2]
올바른 표현_지새우다

가수 양희은의 노래 중에 〈아침이슬〉이 있다. '긴 밤 지새우고'로 시작하는데, 정확하게 정서법을 지켰다. 그런데 이런 경우에 '지새고'를 쓰면 잘못이다. '달빛이 사라지면서 밤이 새다'는 뜻의 '지새다'가 있긴 하다. 그러나 '지새다'는 목적어를 취하지 않는 자동사(自動詞)이므로 '밤을 지새다'는 잘못이다. '밤을 지새우다'가 옳다.

*지저지저 / 지절지절[1] vs. 지적지적
올바른 표현_지저지저/지절지절

'자꾸 지저귀는 소리나 그 모양'은 '지저지저', '낮은 목소리로 자꾸 지껄이는 소리이나 그 모양'은 '지절지절'이 옳다. 그러나 이들을 '지적지적'으로 표현하면 잘못이다. '지저지저'에 '-거리다'가 붙은 경우도, '지저거리다'가 옳고 '지적거리다'는 잘못이다.

**지쿠탱 vs. 짓고땡
올바른 표현_짓고땡

표준어 규정 제25항에 의미가 똑같은 형태가 몇 가지 있을 경우, 그 중 어느 하나가 압도적으로 널리 쓰이면, 그 단어만을 표준어로 삼는다고 하였다. 이에 따라 '짓고땡'이 옳은 표현이다. 또 '지어땡, 짓고땡이' 등도 잘못된 표현이다. '짓고땡'은 화투 노름의 하나로, 다섯 장의 패 가운데 석 장으로 열 또는 스물을 만들고, 남은 두 장으로 땡 잡기를 하거나 끗수를 맞추어 많은 쪽이 이기는 것이다.

*지팡이 vs. 지팽이
올바른 표현_지팡이

'ㅣ' 모음 역행동화는 대체로 표준어에서 인정하지 않는 수의적(隨意的) 현상이다. 이 단어 또한 '지팡이'가 옳은 표현으로 '지팽이'로 쓰는 것은 잘못이다.

**직방[1] vs. 곧바로
올바른 표현_곧바로

'곧바로'를 한자어로 직방(直放)이라 쓰면 잘못이다. '곧바로'는 바로 즉시를 뜻하는 말로 오히려 '즉시(卽時)'가 의미상 더 가깝다. '직방(直放)'이란 '어떤 결과나 효과가 지체 없이 곧바로 나타나는 일'을 나타내기 때문이다.

*직효(直效) vs. 즉효(卽效)
올바른 표현_즉효(卽效)

곧 반응을 보이는, 약 따위의 효험이나 어떤 일에 바로 나타나는 좋은 반응은 '즉효(卽效)'로 써야 옳다. 이를 '직효(直效)'로 쓰는 경우가 흔한데, 올바른 표현이 아니다.

*진작[1] vs. 진작에
올바른 표현_진작

'좀 더 일찍이, 바로 그때에'를 뜻하는 순 우리말 부사(副詞)는 '진작'이다. 체언에 붙은 부사격조사 '-에'를 굳이 연결하여 표현한 '진작에'

는 잘못된 표현이다.

**진정² vs. 진정코(眞正-)   올바른 표현_진정

'기어코'의 경우처럼 기원적으로 '眞正'이라는 한자어에 '코'를 붙여 만든 '진정코'가 올바른 표현인 양 보인다. 그러나 이 단어는 '진정'으로 써야 정확한 표현이다.

*진짓 vs. 짐짓¹   올바른 표현_짐짓

'마음으로는 그렇지 않으나 일부러 그렇게'의 뜻은 '짐짓'이다. 발음 면에서 '짐짓'은 '진짓'보다 어려운 편이다. 마치 학교 현장에서 '담임선생님'을 '[단임선생님]'으로 발음하는 경우와 비슷하다. 그렇다고 발음의 편의를 위해서 표현을 잘못해서는 안 되겠다. '짐짓'으로 정확하게 발음하는 것이 필요하다.

**진창만창 vs. 진탕만탕(-宕-宕)   올바른 표현_진탕만탕(-宕-宕)

'진탕만탕'은 둘째와 넷째 음절이 한자어 '宕'에서 유래한 말이다. '양에 다 차고도 남을 만큼 매우 많고 만족스럽게'라는 뜻이다. 흔히 이를 '진창만창'으로 표현하는데, 잘못된 것이다.

*진탕¹ vs. 진창¹   올바른 표현_진창

땅이 질어서 질퍽질퍽하게 된 곳이란 뜻은 '진창'이 옳다. 이를 '진탕만탕'의 준말로 보아, '진탕'으로 쓰면 잘못이다.

*질력나다 vs. 진력나다(盡力-)   올바른 표현_진력나다(盡力-)

'오랫동안 또는 여러 번 하여 힘이 다 빠지고 싫증이 나다'의 뜻으로 한자어 '진력(盡力)'에서 온 말이다. 따라서 이를 '질력나다'로 쓰는 것은 잘못이다.

**집게¹ vs. 집개²   올바른 표현_집게

단어 중에서 '-게'가 붙어 이루어진 말은 '집게'와 '지게'이다. 이를 제외한 것들은 모두 '-개'로 써야 옳다.

*집어뜯다 vs. 꼬집다
올바른 표현_꼬집다

'꼬집다'를 '집어뜯다'로 표현하는 경우가 있다. 특히 전남 방언에서 나타나는 단어이다. 그러나 정확한 표현이 아니다. '꼬집다'가 올바른 표현이다.

*집어세다 vs. 집어세우다
올바른 표현_집어세다

'체면 없이 마구 먹다', '말과 행동으로 마구 닦달하다', '남의 것을 마음대로 가지다' 등의 뜻으로 '집어세다'를 쓴다. 이를 '집어세우다'로 표현하는 것은 잘못이다.

*집터 vs. 집자리
올바른 표현_집터

집이 있거나 있었거나, 집을 지을 자리를 일컬어, '집터'라 한다. 이를 '집자리'로 표현하는 경우가 종종 있는데, 잘못된 표현이다.

**짓무르다 vs. 짓물다[2]
올바른 표현_짓무르다

표준어 규정 제17항에, 비슷한 발음의 몇 형태가 쓰일 경우, 그 의미에 아무런 차이가 없고, 그 중 하나가 더 널리 쓰이면, 그 한 형태만을 표준어로 삼는다고 하였다. 이에 따라 '짓무르다'가 옳은 표현이다. 뜻은 '피부가 몹시 헐어서 진물진물하게 되다'이다.

*짓쩍다 vs. 짓적다
올바른 표현_짓쩍다

한글맞춤법 제54항을 참고할 때, '적다[少]'의 의미가 없이 [쩍]으로 발음되는 경우는 모두 '-쩍다'로 써야 옳다. 따라서 '짓쩍다'가 옳은 것이다. 이와 비슷한 경우로, '맥쩍다, 해망쩍다, 겸연쩍다, 객쩍다' 등이 있다.

**징기스칸(Chingiz-Khan) vs. 칭기즈칸
올바른 표현_칭기즈칸

이 단어의 영어 표기는 'Jinghjs-Khan'이고, 영어 발음은 [ʤiŋgis-kan]이다. 이에 따르면, '징기스칸'이 옳은 표현이다. 그러나 이 단어는 몽골어 'Chingiz-Khan'에서 온 것으로, 발음은 [ʧiŋgiz-kan]이다. 이에 따라 '칭기즈칸'이 옳은 표기이다. 과거 '한대수'라는 아티스트가 '징기스칸'이라는 밴드와 노래를 만들어 유행시킨 적이 있다. 이에 강한 인상을 받은 언중들은 이에 따라 '징기스칸'으로 잘못 알고 있는 것이다. 그러나 현행 외래어 표기법에 따른 표기는 '칭기즈칸'이 옳은 것이다.

짚신 사진

**짚신 vs. 짚세기
올바른 표현_짚신

볏짚으로 삼아 만든 신을 일컬어 '짚신'이라 흔히 쓴다. 그런데 이를 제주도를 제외한 전국에서 '짚세기'로 표현하는 경우가 있는데, 잘못된 표현이다.

*짜르다[1] vs. 자르다[1]
올바른 표현_자르다

청각적 인상을 강하게 하기 위해 어두음(語頭音)을 된소리로 표현한 '짜르다'는 잘못된 것이다. 잘못된 된소리 발음은 표기에 반영하지 않고 원래 형태대로 쓰기 때문이다. 따라서 '자르다'가 옳은 표현이다.

**짜장면 vs. 자장면
올바른 표현_자장면

중국어로 국어(國語)의 '자장면'에 해당하는 단어가 '炸醬麵'이다. 이 단어의 중국음은 'Zhajiangmian'이며, 어두의 'zh[ㄐ]'를 'ㅈ'으로 표기하는 외래어 표기법에 따라 '자장면'이 옳다. 따라서 '짜장면'은 잘못된 표현이다. 참고로 '짬뽕'은 일본어로 'ちゃんぽん/チャンポン'에서 유래한 것으로 외래어 표기법 제3장 표기세칙에 따르면, '잔폰'이라 함이 옳다. 중국식 요리나 그 어휘는 일본어에서 유래한 경우이다. 이 말이 우리말에 들어오면서 '섞다'라는 뜻도 생긴 것이다. 〈표준국어대사전〉에는 '짬뽕'을 'champon'에서 온 것으로 보고, 음식의 의미일 때는 '초마면'으로, 서로 뒤섞음의 의미일 때는 '뒤섞기'로 순화하여야 한다고 설명한다.

**짜집기 vs. 짜깁기
올바른 표현_짜깁기

사전에 '짜깁다'는 있어도, '짜집다'라는 단어는 올라 있지 않다. 따라

230

서 '직물의 찢어진 곳을 그 감의 올을 살려 본디대로 흠집 없이 짜서 깁는 일'을 일컫는 말은 '짜깁기'가 옳다. 흔히 언중들이 쓰는 말은 '짜집기'인데, 이는 잘못이다.

*짝달막하다 vs. 작달막하다
올바른 표현_작달막하다

청각적 인상을 강하게 하기 위해 어두음(語頭音)을 된소리로 표현한 '짝달막하다'는 잘못된 것이다. 잘못된 된소리 발음은 표기에 반영하지 않고 원래 형태대로 쓰기 때문이다. 따라서 '작달막하다'가 옳은 표현이다.

**짝불알 vs. 토산불알
올바른 표현_토산불알

'산중으로 한쪽이 특히 커진 불알'을 '토산불알'이라 하는데, '토산'은 기원적으로 '퇴산(㿗疝)'에서 온 말이나 관용을 존중하여 그렇게 적은 것이다. 그러나 이것은 '짝'이 맞지 않은 것을 이르는 것이 아니기 때문에 '짝불알'로 쓰면 잘못이다.

**짝짜꿍 vs. 짝짝꿍
올바른 표현_짝짜꿍

'젖먹이가 손뼉을 치는 재롱'이나 '말이나 행동에서 서로 짝이 잘 맞는 일'을 일컬을 때, '짝짜꿍'이 옳다. '손뼉을 자꾸 치는 소리나 그 모양'을 뜻하는 '짝짝'과 연관하여 '짝짝꿍'으로 쓰는 것은 잘못이다.

**짤따랗다 vs. 짤다랗다 / 짧다랗다
올바른 표현_짤따랗다

한글맞춤법 제21항에 따르면, 명사나 혹은 용언의 어간 뒤에 자음으로 시작된 접미사(接尾辭)가 붙어서 된 말은 그 명사나 어간의 원형을 밝히어 적는다고 하였다. 그러나 겹받침의 끝소리가 드러나지 아니하는 '짤따랗다'와 같은 경우는 소리대로 적는다고 제시하였다. 이에 따라 '짤따랗다'가 옳은 표현이다.

*짤리다 vs. 잘리다[1]
올바른 표현_잘리다

청각적 인상을 강하게 하기 위해 어두음(語頭音)을 된소리로 표현한 '짤리다'는 잘못된 것이다. 잘못된 된소리 발음은 표기에 반영하지 않고 원래 형태대로 쓰기 때문이다. 따라서 '잘리다'가 옳은 표현이다.

**짭짤하다 vs. 짭잘하다
올바른 표현_짭짤하다

한 단어 안에서 같은 음절이나 비슷한 음절이 겹쳐 나는 부분을 같은 글자로 적는다. 이에 따라, '짭짤하다'가 올바른 표기이다.

**째째하다 vs. 쩨쩨하다
올바른 표현_쩨쩨하다

'너무 적거나 하찮아서 시시하고 신통치 않다', '사람이 잘고 인색하다'를 뜻하는 형용사는 '쩨쩨하다'가 옳다. 흔히 이를 '째째하다'로 쓰는데 잘못된 표현이다.

*쨀끔쨀끔 vs. 짤끔짤끔
올바른 표현_짤끔짤끔

유의어(類義語)
뜻이 서로 비슷한 말

'적은 양의 액체 따위가 조금씩 자꾸 새어 흐르거나 나왔다 그쳤다 하는 모양'을 일컬어, '짤끔짤끔'이라 한다. 이를 방언에서 '쨀끔쨀끔'으로 표현하는 것은 잘못이다. 유의어로 '찔끔찔끔'이 있다.

*쨋쨋하다 vs. 짯짯하다
올바른 표현_짯짯하다

'성미가 딱딱하고 깔깔하다', '나무의 결이나 피류의 바탕 따위가 깔깔하고 연하다', '빛깔이 맑고 깨끗하다'의 뜻은 '짯짯하다'이다. 이를 '쨋쨋하다'로 쓰는 것은 잘못이다.

*쩨걱쩨걱 vs. 제꺽제꺽²
올바른 표현_제꺽제꺽

'제꺼덕제꺼덕'의 준말로 시계 따위의 톱니바퀴가 자꾸 돌아가는 소리를 일컬을 때, '제꺽제꺽'이라 한다. 어감(語感)이 센 말로는 '쩨꺽쩨꺽'이, 약한 말은 '재각재각'이 있다. 이를 '쩨걱쩨걱'으로 표현하는 것은 잘못이다.

*쪼그리다 vs. 쪼구리다
올바른 표현_쪼그리다

'누르거나 옥여서 부피를 작게 만들다', '팔다리를 오그려 몸을 작게 옴츠리다' 등의 뜻이 '쪼그리다'이다. 어감(語感)이 센 말로 '쪼크리다,

쭈그리다'가 있다. 이를 '쪼구리다'로 표현하는 것은 잘못이다.

*쪼르륵 vs. 쪼로록
올바른 표현_쪼르륵

소리나 모양을 표현하는 말은 대체로 '-르륵'으로 써야 올바른 표현이다. 따라서 '쪼르륵'이 옳지, 같은 모음을 연이은 '쪼로록'은 잘못된 표현이다. '-르륵'으로 표현되는 단어들에, '까르륵, 꼬르륵, 끄르륵, 다르륵, 도르륵, 부르륵, 사르륵, 쓰르륵, 와르륵, 조르륵, 좌르륵, 찌르륵, 하르륵' 등이 있다. 그러나 '-로록'으로 써야 옳은 표기로, '호로록'만 있다.

*쪼무래기 vs. 조무래기
올바른 표현_조무래기

청각적 인상을 강하게 하기 위해 어두음(語頭音)을 된소리로 표현한 '쪼무래기'는 잘못된 것이다. 잘못된 된소리 발음은 표기에 반영하지 않고 원래 형태대로 쓰기 때문이다. 따라서 '조무래기'가 옳은 표현이다.

**쪽두리 vs. 족두리[1]
올바른 표현_족두리

부녀자들이 예복을 입을 때에 머리에 얹던 관의 하나를 일컬어, '족두리'라 한다. 특별한 이유 없이 청각적 인상을 강하게 하기 위해 '쪽두리'로 표현하는 것은 잘못이다.

족두리 사진

**쪽밤 / 쌍둥밤 vs. 쌍동밤
올바른 표현_쌍동밤

한 껍데기 속에 두 쪽이 들어 있는 밤을 일컬어 '쌍동밤'이라 한다. 이를 '쪽밤'이라 표현하면 잘못이다. 또 '쌍둥이'에 유추하여 '쌍둥밤'이라 쓰는 것도 잘못된 표현이다. 이 단어는 표준어 규정 제4절 제25항 단수 표준어로 제시되어 있을 뿐만 아니라, 제2부 표준 발음법 제3장 제6항에도 제시되어 있는 단어이다.

*쫌보(-甫) vs. 졸보(拙甫)
올바른 표현_졸보(拙甫)

재주도 없고 졸망하게 생긴 사람을 낮잡아 이르는 말이 '졸보'이다. 쫌스럽다는 생각에 '좀'을 된소리로 표현한 '쫌보'는 잘못된 표현이다.

233

*쫌팽이 vs. 좀팽이

올바른 표현_좀팽이

몸피가 작고 좀스러운 사람을 낮잡아 이르는 말이 '좀팽이'이다. 청각적 인상을 강하게 하기 위해 어두음(語頭音)을 된소리로 표현한 '쫌팽이'는 잘못된 것이다. 잘못된 된소리 발음은 표기에 반영하지 않고 원래 형태대로 쓰기 때문이다. 따라서 '좀팽이'가 옳은 표현이다.

*쭈그러지다 vs. 쭈구러지다

올바른 표현_쭈그러지다

'눌리거나 우그러져서 부피가 몹시 작아지다', '살이 빠져서 살갗이 쭈글쭈글해지다' 등을 뜻하는 말이 '쭈그러지다'이다. 이를 '쭈구러지다'로 표현하는 것은 잘못이다. 어감(語感)이 센 말은 '쭈크러지다', 약한 말은 '쪼그라지다'가 있다.

*쭈르륵 vs. 쭈루룩

올바른 표현_쭈르륵

소리나 모양을 표현하는 말은 대체로 '-르륵'으로 써야 올바른 표현이다. 따라서 '쭈르륵'이 옳지, 같은 모음을 연이은 '쭈루룩'은 잘못된 표현이다. '쭈르륵'은 '주르륵'보다 어감(語感)이 센 말이다. '-르륵'으로 표현되는 단어들에, '까르륵, 꼬르륵, 끄르륵, 다르륵, 도르륵, 부르륵, 사르륵, 쓰르륵, 와르륵, 조르륵, 좌르륵, 찌르륵, 하르륵' 등이 있다. 그러나 '-루룩'으로 써야 옳은 표기로, '끼루룩, 뚜루룩, 어루룩, 우루룩, 후루룩' 등이 있다.

**쭉지[1] vs. 죽지[1]

올바른 표현_죽지

청각적 인상을 강하게 하기 위해 어두음(語頭音)을 된소리로 표현한 '쭉지'는 잘못된 것이다. 잘못된 된소리 발음은 표기에 반영하지 않고 원래 형태대로 쓰기 때문이다. 따라서 '죽지'가 옳은 표현이다.

**찌개[1] vs. 찌게

올바른 표현_찌개

'찌개'는 '찌다'에 명사화 접미사 '-개'가 붙은 형태로 '찌개'로 써야 옳다. 흔히 식당에서 잘못 쓰는 단어이다. 이와는 별개로 식당에서 하는 음식 중에 '육개장'이 있다. 이를 '육계장'이라 쓰는 것도 잘못이다.

찌들다 vs. 찌들리다
올바른 표현_찌들다

'물건이 오래되어 때나 기름이 묻어 몹시 더럽게 되다', '세상의 여러 가지 어려운 일에 몹시 시달려 위축되다' 등의 뜻으로 '찌들다'를 쓴다. 그런데 흔히 이를 '찌들리다'로 쓴다. 잘못된 표현이다.

찌뿌둥하다 vs. 찌뿌듯하다
올바른 표현_찌뿌듯하다

'몸살이나 감기로 몸이 조금 무겁고 거북하다', '표정이나 기분이 밝지 못하고 조금 언짢다', '비나 눈이 올 것같이 날씨가 조금 흐리다' 등의 뜻으로 '찌뿌듯하다'를 쓴다. 그러나 이를 언중들은 흔히 '찌뿌둥하다'로 표현한다. 잘못된 표현이다.

찔찔매다 vs. 쩔쩔매다
올바른 표현_쩔쩔매다

어찌할 줄 몰라서 정신을 못 차리고 헤맬 때, '쩔쩔매다'라고 한다. 어감(語感)이 약한 말로 '절절매다'가 있다. 이를 전국적으로 방언에서 '찔찔매다'로 표현하기도 하는데, 잘못된 표현이다.

텔레비전 광고 속의 '새시(sash)'

    요즘은 TV 광고의 홍수 속에 사는 시대인가 보다. 어느 프로그램을 하기 전이나 한 이후에, TV 광고가 차지하는 시간은 지루할 정도까지 이르렀다. 단 15초 동안의 영상에 수많은 돈을 투자한 기업주들, 짧은 시간에 인상 깊은 선전광고로 시청자들에게 호소해야 하는 광고주들, 기업주는 상품의 다매(多賣)를 통해 이윤을 창출하고, 광고주는 좀 더 많은 광고기획을 수주(受注)해야 하는, 기업주와 광고주는 마치 톱니가 맞물려 공생공멸의 길을 갈 수밖에 없는 사이일 것이다.

    2006년 가을, 우연히 TV를 시청하는 필자는 모 대기업의 'ㅇㅇ종합화학'에서 만든 CF를 보게 되었다. '새시(sash), 장판, 유리' 등을 생산하는 업체의 광고였는데, 이들 생산품을 묶어 광고하는 CF이었다. 그런데 '새시'로 써야 할 '홈 새시'를 '홈샷시'로 버젓이 표기하는 것을 보고, 이것은 그냥 두어서는 안 되겠다고 생각해서 바로 그 회사의 홈페이지에 들어갔다. 그러나 그 회사의 홈페이지에는 시민 의견 게시판이 없었다. 한쪽 구석에 조그맣게 Master E-mail 주소가 있어 그 곳으로 메일을 보냈다. 특히 CF의 경우는 반복적인 경우가 많아, 이를 보는 언중들은 그것이 옳다고 생각할 가능성이 높다고 인식되는 것이 걱정이었다. 보낸 메일 내용의 골자는 '귀사의 CF 내용 중, 첫 화면에 등장하는 '홈샷시'라는 문구는 잘못되었으니, '홈 새시'로 바꿔 달라'는 것이다.

    그러나 아직까지(2006년 12월말 현재) 그 CF는 '홈샷시'를 그대로 둔 채, 광고하고 있다. 언제쯤 바뀔까 기다리는 마음으로 하루하루를 지낸다. 아니면, 내 의견이 묵살되고 그냥 이대로 계속 나갈지도 모르겠다.

**차간²(車間) vs. 찻간

올바른 표현_찻간

두 음절로 된 한자어는 사이시옷을 넣지 않는 것이 원칙이나, 다음 여섯 단어의 경우는 예외로 한다. '곳간(庫間), 셋방(貰房), 숫자(數字), 찻간(車間), 툇간(退間), 횟수(回數)'가 그것이다. 이에 따라 '찻간'이 올바른 표기이다.

*차상⁴ vs. 찻상

올바른 표현_찻상

'찻상'은 두 음절로 된 한자어의 결합으로 보기 쉬우나, 이는 '차'라는 순 우리말과 '밥상 상(床)'의 결합이다. 순 우리말과 한자어로 된 합성어로서 앞말이 모음으로 끝난 경우, 뒷말의 첫소리가 된소리로 날 때, 사이시옷을 넣어야 옳다. 따라서 '찻상'이 올바른 표기이다. 이와 비슷한 예로 '찻방(茶房)'도 있다.

찻상 사진

*차순갈 vs. 찻숟갈

올바른 표현_찻숟갈

'차'와 '숟갈'이 합성해 된 '찻숟갈'은 뒷말의 어두음(語頭音)이 된소리가 나기 때문에 사이시옷을 넣어야 옳은 표현이다.

*차조 vs. 찰조¹

올바른 표현_차조

찰기가 있는 조는 '차조'이다. 한글맞춤법 제28항에 따르면, 끝소리가 'ㄹ'인 말과 딴 말이 어울릴 적에 'ㄹ'소리가 나지 아니하는 것은 아니

나는 대로 적는다고 하였다. 이에 따라 '차조'가 옳은 것이다.

**참다랑어 vs. 참다랭이
올바른 표현_참다랑어

참다랑어 사진

'참다랑어'를 일명 '참치'라고도 한다. 이를 '참다랑이'에서 'ㅣ'모음 역행동화의 영향으로 '참다랭이'가 표현하는 것은 수의적(隨意的) 현상에서 비롯된 것이다. '참다랑어' 또는 '참치'가 올바른 표현이다.

**창난젓 vs. 창란젓
올바른 표현_창난젓

'명태의 창자에 소금, 고춧가루 따위의 양념을 쳐서 담근 젓'은 '창난젓'으로 순 우리말이다. 둘째 음절을 한자어로 인식해 '란(卵)'으로 표현하면 잘못이다. 물론 명태의 알로 담근 것은 '명란젓'이 옳은 표기이다. 그러나 창난젓의 '난'은 알과 무관하다.

*채곡채곡 vs. 차곡차곡
올바른 표현_차곡차곡

물건을 가지런히 겹쳐 쌓거나 포개는 모양을 일컬어 '차곡차곡'이라 한다. 이를 'ㅣ'모음 역행동화 현상에 의해 '채곡채곡'으로 표현하는 것은 잘못된 것이다.

*채이다 vs. 차이다
올바른 표현_차이다

'차다'에 피동접사 '-이-'가 붙으면 '차이다'가 된다. 그런데 이를 흔히 '채이다'라고 많이 쓴다. 이는 'ㅣ'모음 역행동화 현상에 의한 것인데, 수의적(隨意的) 현상으로 잘못된 것이다.

*챙피 vs. 창피(猖披)
올바른 표현_창피(猖披)

체면이 깎이는 일이나 아니꼬운 일을 당함 또는 그에 대한 부끄러움을 일컬을 때, '창피(猖披)'라 한다. 이를 'ㅣ'모음 역행동화로 '챙피'라 표현하는 것은 수의적(隨意的) 현상으로 잘못된 것이다.

*천진[1](天津) vs. 텐진
올바른 표현_텐진

외래어 표기법 제4장 제2절 제2항에 중국의 지명이 현재 지명과 동일한 것은 중국어 표기법에 따라 표기한다는 원칙이 있다. 따라서 이를 한국 한자음으로 읽어서는 옳지 않다. 따라서 '톈진'으로 써야 옳으며, 굳이 필요하다면 한자를 병기하는 방식을 취하여야 한다.

체신머리없다 vs. 채신머리없다   올바른 표현_채신머리없다

말이나 행동이 경솔하여 위엄이나 신망이 없을 때 쓰는 '채신없다'를 속되게 이르는 말이 '채신머리없다'이다. 이를 '체신머리없다'로 쓰는 것은 잘못된 표현이다. 이 단어는 부정어 '없다'와만 결합한다.

이처럼 부정어 '못하다', '아니다', '없다'와만 결합하여 만들어진 단어들이 있다. '안절부절못하다', '얼토당토아니하다', '가량없다', '가뭇없다', '가없다', '간곳없다', '간단없다', '간데없다', '온데간데없다', '값없다', '거침없다', '경황없다', '그지없다', '기탄없다', '까딱없다', '꼼짝없다', '꾸김없다', '끊임없다', '끝없다', '다름없다', '다함없다', '대중없다', '덧없다', '두서없다', '뜬금없다', '맥없다', '물샐틈없다', '보잘것없다', '볼썽없다', '볼품없다', '부질없다', '분별없다', '사정없다', '상관없다', '서슴없다', '소용없다', '속없다', '속절없다', '숨김없다', '스스럼없다', '싹수없다', '쓸데없다', '쓸모없다', '아낌없다', '아랑곳없다', '어김없다', '어이없다', '어처구니없다', '여지없다', '영락없다', '유례없다', '자발없다', '주책없다', '터무니없다', '틀림없다', '피차없다', '하잘것없다', '한량없다', '형편없다' 등도 이 단어와 같은 경우이다.

또 문장 속에서 부정어와 주로 호응하는 단어들이 있는데, 이에 대해 살펴보면, '칠칠하다'는 주로 '못하다', '않다'와 함께 쓰여 '주접이 들지 아니하고 깨끗하고 단정하다'를 부정하는 문장으로 흔히 쓰인다. '보통내기'도 '아니다'라는 부정어와 주로 호응한다. '결코'나 '전혀'도 부정어와 함께 호응한다. '감히'도 '못하다'와 많이 호응하며, '석연하다'나 '시답다'도 뒤에 '않다'나 '못하다' 등의 부정어와 호응한다. '찍소리'는 '않다, 못하다, 말다' 등의 부정어와 호응한다.

*처부수다 vs. 처부시다

'처부수다'는 '치다'와 '부수다'가 결합한 형태로 '처부수다'가 옳은 표현이다. 방언에서 나타나는 '처부시다'는 잘못된 표현이다. 특히 이 방언형은 경남, 평안도, 함경도에서 두드러지다. '부시다'는 '그릇 등을 깨끗이 하다'의 뜻이기에 어울리지도 않다. 본 용언 '부수다'에 보조용언 '버리다'가 뒤에 오는 경우도 '부셔 버리다'가 아니라 '부숴 버리다'가 옳다.

*초승달 vs. 초생달(初生-)
올바른 표현_초승달

초승에 뜨는 달은 '초승달'이 옳다. 물론 이 단어는 '초생(初生)'과 '달'이 합성한 경우이나, 어원에서 멀어져 굳어진 경우 관용에 따라 쓴다는 원칙에 따라, '초승달'이 올바른 표현이다. 마치 '폐렴(肺炎), 가난(艱難)' 등과도 같은 경우이다

*초싹거리다² vs. 촐싹거리다
올바른 표현_촐싹거리다

'주책없이 달랑거리며 자꾸 돌아다니다', '남을 부추기어 마음이 달막거리게 하다', '작은 물건 따위를 경망스럽게 자꾸 추켰다 내렸다 하다', '까치 따위의 새가 꽁지를 위아래로 자꾸 흔들다' 등의 뜻으로 '촐싹거리다'가 있다. 이를 방언에서 '초싹거리다'로 쓰는 것은 잘못된 표현이다. 이 방언형은 특히 전남에서 심하다.

**초콜릿(chocolate) vs. 초콜렛/초코렛
올바른 표현_초콜릿(chocolate)

이 단어는 발음이 [ʧɔːkələt]이다. 이에 따라, '초컬럿'으로 표기하는 것이 옳다. 그러나 둘째 음절을 '오'로 발음하는 경향과 셋째 음절을 '렛'이나 '릿'으로 발음하는 현상을 존중하여, '초콜릿'으로 적는 것이 옳다.

*총잡이 vs. 총잽이
올바른 표현_총잡이

'고기잡이, 오징어잡이'처럼 일부 명사 뒤에 붙어 무엇을 잡는 일의 뜻을 더하거나, '총잡이, 칼잡이'처럼 무엇을 다루는 사람의 뜻을 더할

때 쓰는 접미사(接尾辭)는 '-잡이'가 옳다. 따라서 'ㅣ'모음 역행동화 현상이 나타난 '총잽이'는 잘못된 표현이다.

*추근거리다 vs. 치근거리다
올바른 표현_치근거리다

성가실 정도로 은근히 자꾸 귀찮게 굴 때, '치근거리다'라 한다. 어감 (語感)이 약한 말로 '지근거리다'가 있다. 이를 방언에서 '추근거리다'로 흔히 표현한다. 잘못된 표현이다.

**추스르다 vs. 추슬리다
올바른 표현_추스르다

특별한 이유 없이 'ㄹ'을 덧붙여 '추슬리다/추슬르다'로 쓰는 것은 잘못이다. '추스르다'가 기본형으로, 올바른 것이다. '추슬리다'는 특히 강원 방언에서 잘 나타난다.

**치르다 vs. 치루다
올바른 표현_치르다

'치르다'를 과거 시제 선어말어미를 붙여 사용할 때, 흔히 '치루었다'나 '치뤘다'로 쓰는 경우가 허다하다. 그러나 이 말은 '치르다'가 기본형이다. 따라서 과거 시제 선어말어미가 붙는 경우, '치렀다'가 올바른 표현이다.

**치마끈 vs. 치맛고름
올바른 표현_치마끈

'치마'에 '저고리나 두루마기의 깃 끝과 그 맞은편에 하나씩 달아 양편 옷깃을 여밀 수 있도록 한 헝겊 끈'을 뜻하는 '고름'이 합성하여 '치마고름'으로 쓰는 것은 잘못된 표현이다. 당연히 '치마끈'으로 써야 옳다.

천안(天安)의 '용(龍)'

  필자는 충남 천안(天安)에 산다. 지명(地名)의 뜻이 '하늘 아래 가장 편안한 곳'이라고 한다. 이 지명은 고려의 태조 '왕건'이 930년에 '대록군'이었던 지명을 '천안도독부'로 바꾸면서 생겼다는 설이 지금까지는 가장 유력하다. 특히 천안 지역에는 용(龍)과 관련된, 갖가지 설화가 전하는데, '옛날에 천안에서 용이 승천(昇天)하는 것을 주민들이 보고, 용이 하늘로 가기 전에 잡아서 삽으로 죽였다'는 이야기도 있고, '천안에는 여기저기서 용이 많이 나와 승천했다'는 이야기도 있다. 쌍룡동 방축골에서는 지금도 새해 첫 용의 날에는 '용왕제'를 지내기도 한다.

  이러한 설화 때문이지, 천안 지역의 동명(洞名)에는 유독 '용(龍)'이 많이 들어간다. '쌍룡동(雙龍洞), 삼룡동(三龍洞), 오룡동(五龍洞), 구룡동(九龍洞)' 등이 바로 그것이다. 그런데, 한자 '龍'은 본음이 '룡'이다. 따라서 어두(語頭)에 올 때에는 두음법칙(頭音法則)의 영향을 받아, '용'으로 표현하지만, 둘째 음절 이후는 두음법칙이 적용되지 않기 때문에, 본음을 살려 '룡'으로 써야 옳다. 그런데, 천안의 동명(洞名) 중에 '쌍룡동'과 '삼룡동'은 각각 '쌍용동'과 '삼용동'으로 표기한다. 관공서 명칭을 비롯하여, 대다수의 표기가 그렇게 사용되고 있다. '쌍용동사무소, 쌍용○○학교, ○○○ 쌍용지점, ○○ 쌍용대리점' 등처럼 말이다. '삼용동'의 경우도 마찬가지이다. 맨 처음 누구부터 '쌍용동', '삼용동'으로 써서 내려왔는지는 몰라도, 이제는 올바르게 표기를 할 때가 되었다.

  이러한 착각은 모 대그룹의 명칭과도 무관하지 않다. 그 그룹에서 아직도 '룡(龍)'을 둘째 음절에서 '용'으로 표기하는데, 여기에서 영향을 많이 받지 않았나 한다. 물론 그 그룹의 명칭도 둘째 음절은 '용'이 아니라, '룡'으로 써야 옳다.

  대기업에서 애초부터 잘못 쓰기 시작한 말이 일반화된 경우가 또 있다. 바로 '굴삭기(掘削機)'가 그것이다. 삭(削)은 '깎거나 범하다'의 뜻만 있지, '뚫거나 캐다'는 뜻이 없다. 따라서 '삭' 대신 '착(鑿)'을 써야 옳다. '굴착기(掘鑿機)'로 써야 할 것을 어느 한 사람의 명명(命名) 실수로 지금까지 계속 써 내려오는 경우이다. 이 외에도 '초코렛폰, 오뚜기, 2%(프로)' 등은 잘못된 표현이다. '초콜릿폰, 오뚝이, 2%(퍼센트)'가 올바른 것이다.

  대기업은 엄청난 자금력으로 대대적인 홍보를 한다. 따라서 그 상품이나 기업명은 순식간에 대중화되기 쉽다. 따라서 명칭 하나 붙일 때도 그 파장을 생각해서 신중하게 결정하는 자세가 필요하다고 본다.

▲카라멜 vs. 캐러멜(caramel)

설탕이나 포도당 따위의 당류(糖類)를 빛깔이 변할 때까지 졸여서 만든 물질을 외래어로 '캐러멜'이라 일컫는다. 이 단어는 발음이 [kǽrəmel] 이다. 이에 따라 표기하면 '캐러멜'이 옳다. 이를 철자 중심으로 생각하여 '카라멜'로 발음하고 표기하는 것은 잘못된 표현이다.

▲카스텔라(castella) vs. 카스테라

밀가루에 설탕, 달걀, 물엿 따위를 넣고 반죽하여 오븐에 구운 양과자를 외래어로 '카스텔라'라 일컫는다. 이 단어는 포르투갈 어로 철자에 맞춰 표기한 '카스텔라'가 올바른 표기이다. 이를 흔히 '카스테라'로 발음하고 표기하는데, 잘못된 표현이다.

▲카렌다 vs. 캘린더(calendar)

'달력'을 외래어로 일컬어, '캘린더'라고 한다. 이 단어는 발음이 [kǽləndə] 이다. 이에 따라 표기하면, '캘린더'가 옳다. 그러나 둘째 음절은 그동안 관용을 존중해서 '린'으로 표기한다. 결국 '달력'에 해당하는 외래어는 '캘린더'가 올바른 것이다. 이를 흔히 '카렌다'로 표현하는데, 잘못된 것이다.

**카추샤[1] vs. 카투사(KATUSA)

이 단어는 발음이 [kətu : sə]이다. 이에 따라 올바르게 표기하면, '커투서’가 옳을 것이다. 그런데 〈외래어 표기 용례의 표기원칙〉에 따르면, 어말의 ‘-a[ə]’는 ‘아’로 적는다는 규정이 있다. 따라서 끝음절 ‘서’는 ‘사’가 올바른 표기이다. 첫째 음절 ‘카’는 언중들의 언어현실을 고려하여 관례에 따라 그렇게 표기한다. 따라서 ‘카투사’로 적어야 올바른 표현이다.

**카텐/커텐 vs. 커튼(curtain)

올바른 표현_커튼(curtain)

이 단어는 발음이 [kə : tn]이다. 이에 따라 ‘커튼’이 올바른 표기이다. 이를 ‘카텐, 커텐, 까텐, 까땡’ 등으로 상호나 상품명에 흔히 쓰고 실제 언중들도 자주 쓴다. 이는 잘못이다.

**카톨릭 vs. 가톨릭(Catholic)

올바른 표현_가톨릭(Catholic)

이 단어는 발음이 [kæθəlik]이다. 따라서 이에 따라 표기하면, ‘캐설릭’이 옳다. 그러나 우리나라 천주교에서의 표기를 존중하고 관례에 따라, ‘가톨릭’이 옳은 것으로 정하였다.

**캄푸라치 vs. 카무플라주(프.camouflage)

올바른 표현_카무플라주(프.camouflage)

‘불리하거나 부끄러운 것을 드러나지 아니하도록 의도적으로 꾸미는 일’을 일컫는 것으로 ‘거짓 꾸밈’이나 ‘위장’으로 순화하여야 할 단어이다. 이 단어는 프랑스 어의 발음을 중시하면 ‘카무플라주’가 옳다. 그러나 언중들은 ‘캄푸라치, 캄푸락찌’ 등으로 잘못 쓰는 경우가 허다하다.

*캉가루 vs. 캥거루(kangaroo)

올바른 표현_캥거루(kangaroo)

이 단어는 발음이 [kæŋgəru :]이다. 이에 따라, ‘캥거루’가 옳은 표기이다. 철자 중심의 표기인 ‘캉가루’는 잘못된 표현이다.

**캐러멜(caramel) vs. 캬라멜

올바른 표현_캐러멜(caramel)

이 단어는 발음이 [kærəmel]이다. 이에 따라, ‘캐러멜’로 적는 것이 옳다.

캥거루 사진

244

▲캐럴(carol) vs. 캐롤

올바른 표현_캐럴(carol)

크리스마스에 부르는 성탄 축하곡을 외래어로 일컬어, '캐럴'이라 한다. 이 단어는 발음이 [kǽrəl]이다. 따라서 '캐롤'이 아니라, '캐럴'로 써야 올바른 표현이다.

▲커닝(cunning) vs. 컨닝

올바른 표현_커닝(cunning)

시험을 칠 때 감독자 몰래 미리 준비한 답을 보고 쓰거나 남의 것을 베끼는 일을 외래어로 일컬어, '커닝'이라 한다. 이 단어는 '부정행위'로 순화하여야 할 단어이다. 이 단어의 발음은 [kʌ́niŋ]이다. 이를 올바르게 표기하면, '커닝'이 옳다. 그런데 이를 흔히 학교현장에서 '컨닝'이라 표현한다. 외래어 표기법에 맞는 표기는 '커닝'이며, '부정행위'로 순화하여 표현해야 할 것이다.

**커다랗다 vs. 커다마하다

올바른 표현_커다랗다

'매우 크다. 또는 아주 큼직하다'는 뜻으로 방언에서 '커다마하다'를 쓰는 경우가 있다. 그러나 이는 '커다랗다'로 써야 옳다.

▲커트(cut) vs. 컷

올바른 표현_커트(cut)

전체에서 일부를 잘라 내거나 탁구에서 쓰는 용어를 외래어로 일컬어, '커트'라 해야 옳다. 이를 '컷'으로 표현하는 것은 잘못이다. '컷(cut)'으로 표현하는 경우는 '필름의 한 컷'과 같은 경우에 써야 올바른 것이다.

**케이크(cake) vs. 케익

올바른 표현_케이크(cake)

이 단어는 발음이 [keik]이다. 외래어 표기법 제3장 제1절에 따르면, 영어는 짧은 모음 다음의 어말 무성 파열음은 받침으로 적는다. 그러나 그렇지 않은 경우는 '으'를 붙이는 것이 옳은 표기이다. 이에 따라, '케이크'로 적어야 옳다.

*코리탑탑하다 vs. 고리탑탑하다

올바른 표현_고리탑탑하다

'몹시 고리타분하다'의 뜻으로 '고리탑탑하다'가 있다. 이를 '코리탑탑하다'로 표현하는 것은 잘못된 것이다.

**코미디(comedy) vs. 코메디

올바른 표현_코미디(comedy)

이 단어는 발음이 [kɔmədi :]이다. 이에 따른 올바른 표기는 '코머디'가 옳다. 그러나 언중들의 언어현실에 따라, 관례를 인정하여 '코미디'를 옳은 것으로 본다. 특히 둘째 음절을 '미'로 적은 것은 'comedian'의 발음이 [kɔmi : diən]이 되면서 이에 대한 표기가 '코미디언'이 되기 때문에 이와의 연관성과 혼동을 고려하여 '미'로 적는 것을 옳은 표기로 본 것이 아닌가 한다.

**코주부 vs. 코보

올바른 표현_코주부

표준어 규정 제24항에, 방언이던 단어가 널리 쓰이게 됨에 따라 표준어이던 단어가 안 쓰이게 된 것은, 방언이던 단어를 표준어로 삼는다고 하였다. 이에 따라 '귀밑머리, 까뭉개다, 막상, 빈대떡, 생인손, 역겹다, 코주부' 등을 그러한 단어로 제시하였다. 따라서 원래 '코보'가 표준어이었지만, 언중들의 사용현실을 고려하여 '코주부'가 표준어로 되었다.

**콜렉션 vs. 컬렉션(collection)

올바른 표현_컬렉션(collection)

이 단어의 발음은 [kələkʃən]이다. 이에 따라 '컬렉션'으로 써야 옳다. 철자에 따라 표현한 '콜렉션'은 잘못된 표현이다.

컴퍼스 사진

**콤파스 vs. 컴퍼스(compass)

올바른 표현_컴퍼스(compass)

'컴퍼스'는 자유롭게 폈다 오므렸다 할 수 있는 두 다리를 가진 제도용 기구로 원이나 호를 그리는 데 주로 사용한다. 이 단어의 발음은 [kʌmpəs]이다. 따라서 '컴퍼스'로 써써 옳다. 철자에 따라 표현한 '콤파스'는 잘못된 표현이다.

*콧배기 vs. 코빼기

올바른 표현_코빼기

한글맞춤법 제54항에 따르면, '-빼기'라는 접미사는 된소리로 적는다. 이에 따라, '코빼기'가 옳다.

*콩다콩 vs. 콩닥콩

올바른 표현_콩다콩

둘째 음절에 내파음(內破音) [k]를 넣어 '콩닥콩'으로 표현하는 경우가 있다. 올바른 표현인 '콩다콩'과 청각적 인상은 큰 차이가 없다. 짧은 시간 동안에 내파음[k]는 들리지 않을 수도 있기 때문이다. 이에 따라 언중들은 어떻게 써야 할지 혼동할 수 있다. 그러나 정확한 표현은 '콩다콩'이 옳다.

내파음(內破音)
개방되지 않고 폐쇄 상태로 끝나는 음

**콩쿨 vs. 콩쿠르(프.concours)

올바른 표현_콩쿠르(프.concours)

'콩쿠르'는 음악, 미술, 영화 따위를 장려할 목적으로 그 기능의 우열을 가리기 위하여 여는 경연회를 일컫는다. 이 단어의 어말에 있는 [r]은 받침으로 적지 않고 '으'를 붙여 적어야 옳다. 이에 따라 '콩쿠르'가 옳은 표기이다.

**쿵후(gongfu/kungfu, 功夫) vs. 쿵푸

올바른 표현_쿵후(gongfu/kungfu, 功夫)

쿵후는 중국의 권법 중 하나이다. 외래어 표기법 중, 중국어의 주음부호와 한글대조표에 따르면 'gongfu'는 '공푸'가 옳고, 국제화된 통용어 'kungfu'에 따라 표기하면, '쿵푸'가 옳다. 그러나 이렇게 되면 언중들의 언어현실과 너무 동떨어지기 때문에 관례를 존중해 '쿵후'를 인정하였다. 이에 따라 '쿵후'로 씀을 옳은 표기로 본다.

**퀘퀘하다 vs. 퀴퀴하다

올바른 표현_퀴퀴하다

상하고 찌들어 비위에 거슬릴 정도로 냄새가 구릴 때, '퀴퀴하다'로 써야 옳다. 어감(語感)이 약한 말은 '쾨쾨하다'이다. 그러나 이를 흔히 '퀘퀘하다'로 쓴다. 잘못된 표현이다.

▲클라이맥스(climax) vs. 클라이막스

올바른 표현_클라이맥스(climax)

흥분·긴장 따위가 가장 높은 정도에 이른 상태를 외래어로 일컬어, '클라이맥스'라 한다. 이 단어는 발음이 [kláimæks]이다. 따라서 '클라이막스'가 아니라, '클라이맥스'로 써야 올바른 표현이다.

칭기즈칸과 바흐, 베토벤 그리고 모차르트

　세상에 알려진 여러 위인들 중에 청장년층들이 이름을 잘못 알고 있는 사람들이 있다. 바로 칭기즈칸(Chingiz-Khan), 요한 세바스찬 바흐(Johann Sebastian Bach), 베토벤(L. van Beethoven), 모차르트(Wolfgang Amadeus Mozart) 등이다. 이들을 각각, '징기스칸, 바하, 베에토벤, 모짜르트'로 알고 있는 것이다.

　'칭기즈칸'은 얼마 전, 세계적인 시사전문지 〈타임〉지에서 세계사(世界史)에 가장 큰 영향력을 끼친 인물로 선정된 위인이다. 전 세계의 반을 정복한 위인이니 그 영향이 어느 정도일까 추측할 수 있다. '칭기즈칸'은 우리나라의 경우, 과거 '한대수'라는 아티스트가 '징기스칸'이라는 밴드와 노래를 만들어 유행시킨 적이 있다. 이에 강한 인상을 받은 사람들은 이에 따라 '징기스칸'으로 잘못 알고 있는 것이다. 그러나 현행 외래어 표기법에 따라, 본래 그 나라의 발음을 중심으로 표현하면, 영어 발음에 따른 '징기스칸'이 아니고, 몽골어 발음에 따른 '칭기즈칸'이 올바른 표현이다.

　다음으로, 서양음악사에서 모든 서양의 음악가들에게 '음악의 아버지'로 일컬어질 만큼 음악의 지주였던 위인이 '바흐'이다. 그는 독일의 작곡가(1685~1750)로 많은 종교곡, 기악곡 소나타, 협주곡, 관현악 모음곡 등을 썼고, 대위법 음악을 완성하여 바로크 음악의 정상에 올랐다. 작품으로 〈마태 수난곡〉, 〈브란덴부르크 협주곡〉, 〈부활제〉 등이 있다.

　또, 많은 사람들에게 카리스마가 느껴지며, '화성의 아버지'로 일컬어지는 '베토벤'이 있다. 그 또한 독일의 작곡가(1770~1827)로 하이든, 모차르트의 영향과 루돌프 대공(大公) 등의 도움으로 작곡가로서의 지위를 확립하였다. 고전파 말기에 나와 낭만주의 음악의 선구가 되었다. 작품에 아홉 개의 교향곡과 현악 사중주곡 〈라주모브스키〉, 피아노 소나타 〈열정(熱情)〉, 〈월광(月光)〉 등이 있다.

　마지막으로, 하이든과 함께 빈 고전음악을 확립하였으며, 자신보다 앞선 전(前) 고전파(古典派)의 여러 양식을 통합해, 하이든과 구별되는 또 다른 음악 세계를 완성하였던, '모차르트'가 있다. 그는 오스트리아의 작곡가(1756~1791)로, 고전파의 양식을 확립하였다. 작품에 40여 곡의 교향곡, 각종 협주곡, 가곡, 피아노곡, 실내악, 종교곡이 있으며, 오페라 〈피가로의 결혼〉, 〈돈 조반니〉, 〈요술 피리〉 등이 있다.

　'바흐, 베토벤, 모차르트', 이들 세 명의 음악가들을 과거에 교육 받은 현재의 청장년층들은 각각 '바하, 베에토벤, 모짜르트'로 알고 배웠었다. 그 전의 교육은 영어에 치중하면서 영어식 발음을 기준으로 표기해서 일어난 현상이었다. 그러나 이들의 이름은 독일어이다. 따라서 원어(原語)의 발음을 표기에 중심으로 삼는 원칙으로 인해 바뀐 경우이다. 따라서 현재는 '바흐, 베토벤, 모차르트'가 올바른 표기인 것이다.

▲타깃(target) vs. 타겟

올바른 표현_타깃(target)

'궁술이나 사격에 쓰는 과녁이나 표적', '어떤 일의 목표 또는 공격이
나 비난의 대상'을 일컫는 외래어는 '타깃'이 옳다. 이 단어는 발음
이 [tá：git]이기 때문이다. 이를 '타겟'으로 표현하는 것은 잘못이다.

타깃 사진

**타월(towel) vs. 타올

올바른 표현_타월(towel)

무명실이 보풀보풀하게 나오도록 짠 천이나 그것으로 만든 수건을 일
컬을 때, 외래어로는 '타월'이 옳다. 이 단어는 발음이 [tau-əl]이다. 물
론 이 단어는 우리말 '수건'으로 순화할 대상이다.

**탈렌트 vs. 탤런트(talent)

올바른 표현_탤런트(talent)

이 단어는 발음이 [tǽlənt]이다. 따라서 '탤런트'가 올바른 표기이다.
이를 언중들이 흔히 '탈렌트'라 함은 잘못이다.

*탐닉(耽溺) vs. 탐익

올바른 표현_탐닉(耽溺)

단어의 첫머리 이외의 경우에는 본음대로 적는 원칙에 따라, '탐닉(耽
溺)'이 옳다. '溺'은 본음이 '닉'이기 때문이다.

▲택 vs. 턱

올바른 표현_턱

'택도 없다'의 '택'은 사전에 등재되어 있지 않고 현행 사전에 올라있

는 '턱'으로 쓰는 것도 의미상 맞지 않는다. '턱'에 대한 설명을 〈표준 국어대사전〉에서 찾아보면 다음과 같다.

> (주로 어미 '-을' 뒤에서 '없다'와 함께 쓰이거나, '있다'와 함께 반어형 으로 쓰여) 마땅히 그리하여야 할 까닭이나 이치.

- 영문을 알 턱이 없다.
- 그가 나를 속일 턱이 없다.
- 댁이 내게 무슨 친정붙이나 되시오? 무슨 턱에 내 집에 와 성화요. ≪이태준, 불우 선생≫
- 읍내에도 솔문이 세워져 있고, 가지가지 벽보가 나붙어 있기도 했다. 그러나 지금 영칠이에게 그런 게 눈에 들어올 턱이 없었다. ≪하근찬, 야호≫

　그러나 '택도 없다'라고 쓰는 경우는 '택' 앞에 관형형 어미 '-ㄹ'이 나 어미 '-을'이 결코 오지 않고 독립적으로 쓰인다. 따라서 '턱도 없다'가 현행 맞춤법에 옳은 표현이겠으나, 언중들은 턱[頤]과의 의도적 회피를 위해 '택'을 쓰는 것이라 생각한다. '택도 없다'의 '택'은 '어림' 의 뜻으로 '대강 짐작으로 헤아림 또는 그런 셈이나 짐작'을 나타낼 때, 사용한다.

　따라서 '턱'의 이형태 표기로 설정하든, 새로운 단어로 인정하여 사전에 등재하든, 이에 대한 조정이 있어야 한다고 생각한다.

**터뜨리다 vs. 터치다
올바른 표현_터뜨리다

'터지게 하다'의 뜻을 지닌 말은 '터뜨리다' 혹은 '터트리다'로 써야 옳다. 복수 표준어인 셈이다. 그러나 이를 경남과 전남 방언에서 '터치다'로 표현하기도 하는데, 이는 잘못이다.

**턱받침² vs. 턱받이¹
올바른 표현_턱받이

'흘리는 침이나 음식물이 옷에 떨어져 묻지 아니하도록 어린아이의 턱 아래에 대어 주는, 헝겊으로 만든 물건'이 '턱받이'이다. 이를 '턱받침'이라 쓰는 것은 물건에 대한 표현으로 적절하지 않다. 턱을 손으로 괴는 짓이 '턱받침'이며, 턱 아래 대어 주는 헝겊의 의미는 '턱받이'이다.

**털이개 vs. 먼지떨이

올바른 표현_먼지떨이

먼지를 떠는 기구를 일컬어 '먼지떨이'라 해야 옳다. 이를 흔히 '털이개' 또는 '먼지 털이개'로 표현하는데, 이는 잘못된 표현이다.

*텔레비전(television) vs. 테레비/텔레비젼

올바른 표현_텔레비전(television)

이 단어의 발음은 [teləviʒən]으로 이에 따라 표기하면, '텔러비전'이 옳은 것이다. 그러나 이 단어는 관용으로 굳어진 것을 인정해 '텔레비전'으로 씀을 옳은 표기로 한다. 특히 언중들은 '-전'을 '-젼'으로 표기하는 경우가 있는데, 발음 기호 [ə]를 보아도 'ㅓ'가 옳다.

먼지떨이 사진

**토박이 vs. 토배기²

올바른 표현_토박이

일부 명사 뒤에 붙어 무엇이 박혀 있는 사람이나 짐승 또는 물건이라는 뜻을 더하거나, 일부 명사 또는 동사 어간 뒤에 붙어 무엇이 박혀 있는 곳이라는 뜻을 더하거나 또는 한곳에 일정하게 고정되어 있다는 뜻을 더하는 접미사(接尾辭)가 '-박이'이다. 그리고 '두 살배기'처럼 어린아이의 나이를 나타내는 명사구(名詞句) 뒤에 붙어 '그 나이를 먹은 아이'의 뜻을 더할 때, '알배기'처럼 몇몇 명사 뒤에 붙어 '그것이 들어 있거나 차 있음'의 뜻일 때, 몇몇 명사 뒤에 붙어 '그런 물건'의 뜻을 더할 때 쓰는 접미사(接尾辭)가 '-배기'이다. 여기에서는 '-박이'의 뜻으로 사용한 경우로, '토박이'가 옳다.

**토속민요(土俗民謠) vs. 향토민요(鄕土民謠)

올바른 표현_향토민요(鄕土民謠)

토속(土俗)은 '그 지방의 특유한 풍속'을 일컫고, 향토(鄕土)는 '자기가 태어나서 자란 땅'이나 '시골이나 고장'을 일컫는다. 따라서 민요(民謠)가 뒤에 합성할 때, 의미상 '토속'보다는 '향토'가 어울린다. 따라서 '향토민요'가 올바른 표현이다.

**통숫간/똥수깐 vs. 뒷간
올바른 표현_뒷간

'뒷간'을 충남과 함경도 방언에서는 '똥수깐', 경남방언에서는 '똥싯깐', 경남, 충남, 황해에서는 '통싯간' 등으로 표현하는데, 모두 '뒷간'으로 써야 옳다.

**통채 vs. 통째
올바른 표현_통째

'나누지 않은 덩어리 전부'를 일컬을 때, '통째'가 올바른 표기이다. 언중들이 흔히 '통채'로 발음하나 이는 잘못이다. 특히 '통채'는 강원과 전남 방언에서 흔히 쓰인다.

**통틀다 vs. 통털다
올바른 표현_통틀다

'있는 대로 모두 한데 묶다'는 뜻은 '통틀다'이다. 이를 '통털다'로 쓰는 것은 잘못이다. 여기서 나온 부사(副詞) '통틀어'도 '통털어'로 쓰면 잘못이다.

*퇴퇴[1] vs. 퉤퉤
올바른 표현_퉤퉤

침이나 입 안에 든 것을 잇따라 뱉는 소리나 그 모양을 일컬을 때, '퉤퉤'가 옳다. 이를 '퇴퇴'나 '돼돼' 등으로 쓰면 잘못이다.

*툇자 vs. 퇴짜
올바른 표현_퇴짜

바치는 물건을 물리치는 일 또는 그 물건을 일컬어 '퇴짜'라고 한다. 이를 사잇소리 현상으로 인식하여 '툇자'로 쓰는 것은 잘못이다. 물론 이 단어는 어원적으로 '退字'에서 온 것으로 보인다. 그러나 어원(語源)에서 멀어져 그 의미가 사용되고 있다. 그리고 한글맞춤법 제5항에 따르면, 한 단어 항에서 뚜렷한 까닭 없이 나는 된소리는 다음 음절의 첫소리를 된소리로 적는다. 결국 '퇴짜'가 올바른 표기이다.

*튀기[1] vs. 트기[2]
올바른 표현_튀기

'종(種)이 다른 두 동물 사이에서 난 새끼' 또는 '혈종이 다른 종족 간에 태어난 아이'를 일컬어 '튀기'로 쓴다. 이를 '트기'로 쓰는 것은 잘못된 표현인데, 강원 방언에서 흔히 쓰인다.

▲트롯 vs. 트로트(trot)
올바른 표현_트로트(trot)

중장년층들의 대중가요를 외래어로 일컬어, '트로트'라 한다. 이를 '트롯'이라 표현하면 잘못이다. '트롯'으로 표기할 경우는 '승마에서, 말의 총총걸음을 이르는 말'로 쓰일 때이다.

*트림 vs. 트름
올바른 표현_트림

'먹은 음식이 위에서 잘 소화되지 아니하여서 생긴 가스가 입으로 복받쳐 나옴. 또는 그 가스'는 '트림'으로 써야 옳다. 이를 '트름'이라 하면 발음상 편의를 제공하겠지만, 잘못된 표현이다.

노래 부를 때, 한번만 주의를 기울일 것들

우리 민족은 예로부터 흥이나 신바람이 남다른 민족이라 일컬어 왔다. 일본문화라는 '가라오케'가 우리나라에서 대단한 히트를 치면서 우리 문화로 정착된 것만 보아도 가히 우리 민족이 가흥(歌興)이 뛰어난 민족임은 두 말할 나위 없다.

그런데 우리가 흔히 부르는 노래 중에 현행 맞춤법에 틀린 표현들이 몇 있다.

우선 〈고향의 봄〉이라는 노래가 그렇다. 첫 시작이 문제가 되는데, '나의 살던 고향은 꽃피는 산골…'은 문장 자체가 비문법적이다. '내 고향은 꽃피는 산골…'이거나 '내가 살던 고향은 꽃피는 산골…'이라고 해야 옳은 표현이다.

또 국민가요로 널리 알려진 노사연의 〈만남〉이라는 노래의 가사를 보자.

'우리 만남은 우연이 아니야. 그것은 우리의 바램이었어.'

여기서 '바램'은 '바람'의 잘못된 표현이다. 동사 기본형 '바라다'에 명사형 어미 '-ㅁ'이 붙었기 때문에 '바람'이라고 써야 하는 것이다.

이 외에도 '강승모'라는 가수가 부른 노래 '불나비'와 '김수희' 씨의 '불나비'라는 노래도 제목부터 일단 잘못되었다. 1988년에 고시된 〈한글맞춤법〉 제4장 제4절 제28항의 내용을 보면, "끝소리가 'ㄹ'인 말이 어울릴 적에 'ㄹ' 소리가 나지 아니하는 것은 아니 나는 대로 적는다."라는 내용이 있다. 이에 따라 우리의 단어 중에는 'ㄹ'이 혀끝소리 'ㄴ, ㄷ, ㅅ, ㅈ' 앞에서 탈락되는 경우가 있는데, '솔나무 → 소나무, 불삽 → 부삽, 불나비 → 부나비' 등이 옳은 것이다.

우리가 흥에 겨워 부르는 노래 가사도 이제는 한번만 더 생각해보며 부를 수 있는 여유가 있기를 하는 마음이다.

**파드닥 vs. 파다닥 　　　　　　　올바른 표현_파드닥

'작은 새가 힘차게 날개를 치는 소리나 그 모양', '작은 물고기가 힘차게 꼬리를 치는 소리나 그 모양' 등을 일컬어 '파드닥'으로 써야 옳다. 어감(語感)이 센 말은 '퍼드덕'이 있다. 모음조화를 잘 지켜 '파다닥'이라 쓰는 것은 잘못된 표현이다.

*파뜩 vs. 파딱² 　　　　　　　올바른 표현_파뜩

'어떤 생각이 갑자기 순간적으로 떠오르는 모양', '어떤 물체나 빛 따위가 갑자기 순간적으로 나타나는 모양', '갑자기 정신이 드는 모양' 등을 일컬어 '파뜩'이라 한다. 어감(語感)이 센 말은 '퍼뜩'이다. 이를 '파딱'이라 함은 잘못이다.

**판넬 vs. 패널(panel) 　　　　　　　올바른 표현_패널(panel)

'스커트 위에 이중으로 늘어뜨려 화려하게 보이게 하는 장식 헝겊', '벽널 따위의 건축용 널빤지', '콘크리트를 붓는 형틀' 등을 뜻하는 외래어는 '패널'이 옳다. 이 단어는 발음이 [pænl]이다. 이에 따라, '패늘'이 옳겠으나, 관례상 '패널'을 옳은 표기로 인정한다.

**판때기 vs. 판대기 　　　　　　　올바른 표현_판때기

한글맞춤법 제54항에 따르면, '-꾼, -때기, -꿈치, -빼기, -쩍다' 등의

255

접미사(接尾辭)는 된소리로 적는 것을 올바른 것으로 하였다. 따라서 '판때기'가 올바른 표현이다.

**팔굽 vs. 팔꿈치

올바른 표현_팔꿈치

'굽'은 '말, 소, 양 따위 짐승의 발끝에 있는 두껍고 단단한 발톱', '그 릇 따위의 밑바닥에 붙은 나지막한 받침', '나막신 바닥에 달린 두 개의 발', '구두 밑바닥의 뒤축에 붙은 발' 등의 의미이다. 그런데, 이 단어가 '팔'과 합성하여 '팔굽'을 이루었다면, 잘못된 표현이다. '팔꿈치'는 '팔의 위아래 마디가 붙은 관절의 바깥쪽'을 뜻하는 것이지, 받침이나 발, 발끝을 뜻하지 않기 때문이다. 따라서 '팔꿈치'가 올바른 표현이다. 또 다른 표현으로 '팔뒤꿈치'를 사용하기도 하는데, 이것 또한 잘못된 표현이다. '팔굽'이라는 방언은 강원, 경상, 전라, 충청, 평북, 함경 등지에서 흔히 나타난다.

*팔깍지 vs. 팔가락지

올바른 표현_팔가락지

'팔가락지'와 '팔찌'는 복수 표준어이다. 그러나 이를 '팔'과 열 손가락을 서로 엇갈리게 바짝 맞추어 잡은 상태를 뜻하는 '깍지'의 합성어로 보고, '팔깍지'로 표현하는 것은 의미상으로도 맞지 않다.

*팔뚝시계 vs. 손목시계

올바른 표현_손목시계

표준어 규정 제25항에 의미가 똑같은 형태가 몇 가지 있을 경우, 그 중 어느 하나가 압도적으로 널리 쓰이면, 그 단어만을 표준어로 삼는다고 하였다. 이에 따라 '손목시계'가 옳은 표현이다. '팔뚝시계'는 흔히 강원도에서 쓰이는 방언이다.

*팔삭둥이 vs. 팔삭동이

올바른 표현_팔삭둥이

명사에 붙어 명사가 뜻하는 특징을 지닌 어린이이거나 명사나 어근이 뜻하는 특징을 지닌 사람이나 짐승을 나타내는 접미사(接尾辭) '-둥이'는 어원적으로 '-동이(-童이)'에서 왔지만, '-둥이'를 표준어로 삼는다. 따라서 이러한 상황에서 붙는 접미사(接尾辭)는 모두 '-둥이'가 옳다.

*팔장 vs. 팔짱

올바른 표현_팔짱

두 손을 각각 다른 쪽 소매 속에 마주 넣거나, 두 팔을 마주 끼어 손을 두 겨드랑이 밑으로 각각 두는 일을 일컬어 '팔짱'이라 한다. 이를 '팔장'으로 표현하면 잘못이다. 한글맞춤법 제3장 제1절 제5항 'ㄴ, ㄹ, ㅁ, ㅇ' 받침 뒤에서 나는 된소리는 된소리로 적는 규정에 따라, '팔짱'이 옳은 것이다.

**팜플렛 vs. 팸플릿(pamphlet)

올바른 표현_팸플릿(pamphlet)

설명이나 광고, 선전 따위를 위하여 얄팍하게 맨 작은 책자를 일컬어 '팸플릿'이라 한다. '소책자'나 '작은 책자'로 순화해야 할 단어이다. 이 단어는 발음이 [pǽmflit]이다. 이에 따라 표기하면, '팸플릿'이 옳다.

팸플릿 사진

▲팻말 vs. 패말

올바른 표현_팻말

'팻말'은 패(牌)로 쓰는 말뚝을 일컫는다. 무엇을 표시하거나 알리기 위하여 말뚝에 패를 붙이기도 하고 말뚝 자체에 직접 패를 새기기도 한다. 이를 '패말'로 쓰는 것은 잘못된 표현이다.

**퍼래지다 vs. 퍼레지다

올바른 표현_퍼레지다

'퍼렇게 되다'의 뜻은 '퍼레지다'가 옳다. '퍼레-'가 '퍼렇게'의 준말로 보인다. 따라서 '퍼래지다'로 쓰는 것은 잘못이다. 물론 '파랗게 되다'의 뜻을 지닌 말은 '파래지다'가 옳다.

*펀뜻 vs. 언뜻

올바른 표현_언뜻

표준어 규정 제25항에 의미가 똑같은 형태가 몇 가지 있을 경우, 그 중 어느 하나가 압도적으로 널리 쓰이면, 그 단어만을 표준어로 삼는다고 하였다. 이에 따라 '언뜻'이 옳은 표현이다.

*팬터마임/판토마임 vs. 팬터마임(pantomime)

올바른 표현_팬터마임(pantomime)

이 단어의 발음은 [pǽntəmaim]이다. 이에 따라 '팬터마임'으로 표기하는 것이 옳다. 그 뜻은 '무언극'이다.

*평발치다 vs. 도사리다

올바른 표현_도사리다

'도사리다'는 여러 가지 뜻으로 사용되는데, 다양한 그 뜻과 사용된 예문을 함께 제시하면 다음과 같다.

두 다리를 모아 꼬부려 왼쪽 발을 오른쪽 무릎 아래에 괴고 오른쪽 발을 왼쪽 무릎 아래 괴고 앉다.

🗨 그녀는 얌전하게 다리를 도사리고 앉아 있다.

팔다리를 함께 모으고 몸을 웅크리다.

🗨 그는 몸을 도사리고 앉아 불안하게 주변을 둘러보았다.

긴 물건을 빙빙 돌려서 둥그렇게 포개어 감다.

🗨 뱀이 온몸을 도사리고 있다.

마음을 죄어 다잡다.

🗨 마음을 도사려 먹다.

감각 기관을 긴장시켜 온 신경을 한데 모으다.

🗨 귀를 도사리고 엿듣다.

일이나 말의 뒤끝을 조심하여 감추다.

🗨 그는 패기 없이 말끝을 도사렸다.

마음이나 생각 따위가 깊숙이 자리 잡다.

🗨 가슴속에 걱정이 도사리다.

장차 일어날 일의 기미가 다른 사물 속에 숨어 있다.

🗨 아직도 전 세계에는 평화와 안정을 위협하는 요인들이 도사리고 있다.

어떤 곳에 자리 잡고서 기회를 엿보며 꼼짝 않고 있다.

🗨 숲 속 어딘가에 복병이 도사리고 있다.

이상에 제시한 '도사리다'를 방언에서 '평발치다'로 나타나는 경우가 있다. 이는 잘못된 표현이다.

**폐염 vs. 폐렴(肺炎)

올바른 표현_폐렴(肺炎)

폐에 생기는 염증은 '폐렴(肺炎)'이 옳다. 둘째 음절은 본음이 '염'으로, '폐염'으로 써야 하지만, 어원적으로 멀어져 언중들이 오랫동안 관용적으로 쓴 경우이다. 따라서 '폐렴'으로 써야 옳다. 또 다른 예로 '간난(艱難)'에서 온 '가난'이 대표적이다.

▲표말 vs. 푯말

올바른 표현_푯말

푯말 사진

어떤 것을 표지하기 위하여 세우는 말뚝은 '푯말'이다. '금연구역 푯말을 보고 담배를 삼가다'처럼 쓰인다. 이를 '표말'이라 쓰는 것은 잘못된 표현이다.

**표지³(標識) vs. 표식³

올바른 표현_표지(標識)

한자어 '標識'의 둘째 음절 '識'는 '알다, 인정하다'의 뜻일 때는 음(音)이 '식'이지만, '표하다, 표시하다'의 뜻일 때는 음(音)이 '지'이다. 따라서 '표식'이 아니라, '표지'가 올바른 독법(讀法)이다.

**푸드득² vs. 푸드덕

올바른 표현_푸드덕

'큰 새가 힘 있게 날개를 치는 소리 또는 그 모양'이거나 '큰 물고기가 힘 있게 꼬리를 치는 소리 또는 그 모양'을 일컬을 때, '푸드덕'으로 써야 옳다. 어감(語感)이 약한 말로 '포드닥'도 있다. 이를 발음의 편리함 때문에 '푸드득'이라 하는 것은 잘못된 표현이다.

*푸르뎅뎅하다 vs. 푸르딩딩하다

올바른 표현_푸르뎅뎅하다

'고르지 않게 푸르스름하다'의 뜻은 '푸르뎅뎅하다'가 옳다. 어감(語感)이 약한 말로 '파르댕댕하다'가 있다. '푸르딩딩하다'는 잘못된 표현이다.

**푸른콩 vs. 청대콩

올바른 표현_청대콩

표준어 규정 제25항에 의미가 똑같은 형태가 몇 가지 있을 경우, 그 중 어느 하나가 압도적으로 널리 쓰이면, 그 단어만을 표준어로 삼는다고 하였다. 이에 따라 '청대콩'이 옳은 표현이다.

**푸성내 vs. 풋내

올바른 표현_풋내

새로 나온 푸성귀나 풋나물 따위로 만든 음식에서 나는 풀 냄새를 일컬어 '풋내'라 한다. 이를 푸성귀에만 나는 냄새에 치중하여 '푸성내'로 표현하는 것은 잘못된 것이다.

*풀거름 vs. 풋거름

올바른 표현_풋거름

'생풀이나 생나무 잎으로 만든, 충분히 썩지 않은 거름'은 '풋거름'이다. '풋감, 풋고추, 풋과실, 풋김치' 등처럼 '풋'은 일부 명사 앞에 붙어 '처음 나온', 또는 '덜 익은'의 뜻을 더하는 접두사(接頭辭)이다. '풀로 된 거름'이란 뜻으로 착각하여 '풀거름'이라 함은 잘못이다.

**풀숲 vs. 풀섶

올바른 표현_풀숲

'풀이 무성한 수풀'을 일컬어 '풀숲'이라 한다. 이를 '풀섶'으로 표현하는 경우가 있는데, 잘못이다. '섶'은 막대기나 나무를 뜻하거나 옷섶 등에 쓰이는 것으로 '숲'의 뜻이 전혀 없다.

**풀소 vs. 푿소

올바른 표현_푿소

'푿소'란 '여름에 생풀만 먹고 사는 소'를 일컫는다. 한글맞춤법 제29항에 따르면, 끝소리가 'ㄹ'인 말과 딴 말이 어울릴 적에 'ㄹ'소리가 'ㄷ'소리로 나는 것은 'ㄷ'으로 적는다. 따라서 '푿소'가 옳다.

*풋내기 vs. 풋나기

올바른 표현_풋내기

한글맞춤법 제2장 제9항에 따르면, 'ㅣ'역행 동화 현상에 의한 발음은 원칙적으로 표준 발음으로 인정하지 아니하되, 다만, 다음 단어들은 그러한 동화가 적용된 형태를 표준어로 삼는 규정이 있다. 다음 단어들

이 바로 '서울내기, 시골내기, 신출내기, 풋내기, 냄비, 동댕이치다' 등
이다. 따라서 이 단어는 '풋내기'가 옳다.

**풍신수길(豐臣秀吉) vs. 도요토미 히데요시

올바른 표현_도요토미 히데요시

외래어 표기법 제4장 제2절 제3항에, 일본의 인명과 지명은 과거와 현
대의 구분 없이 일본어 표기법에 따라 표기하는 것을 원칙으로 하고
있다. 이에 따라 한국 한자음으로 읽은 '풍신수길'은 잘못이다. '도요
토미 히데요시'가 올바른 표기이다.

**풍지박산 vs. 풍비박산(風飛雹散)

올바른 표현_풍비박산(風飛雹散)

'사방으로 날아가서 뿔뿔이 흩어짐'의 뜻일 때, '풍비박산'이 옳다. 이
를 흔히 '풍지박산'으로 쓰는데, 그 한자어를 잘 헤아려 보면 '풍비박
산(바람이 날리고, 우박이 흩어진다)'이 옳음을 알 수 있다.

▲프랑카드 vs. 플래카드(placard)

올바른 표현_플래카드(placard)

현수막(懸垂幕)을 외래어로 '플래카드'라 한다. 이 단어
는 발음이 [plǽkɑ : d]이다. 따라서 '프랑카드'가 아니
라, '플래카드'로 써야 올바른 표기이다.

플래카드 사진

**프러포즈(propose) vs. 프로포즈

올바른 표현_프러포즈(propose)

이 단어의 발음은 [prəpouz]이다. 따라서 '프로-'가 아니라, '프러-'이
다. 그리고 [pouz]는 '-포우즈'가 아니라 '-포즈'이다. 이는 외래어 표
기법에 [ou]는 '오'로 적는 것을 원칙으로 삼았기 때문이다.

**프리드로 vs. 프리스로(free throw)

올바른 표현_프리스로(free throw)

이 단어는 발음이 [fri : θrou]이다. 외래어 표기법에 따르면, 발음기호
중, 자음 앞의 [θ]은 'ㅅ'으로, [ou]은 '오'로 적는다. 따라서 '프리스로'
로 써야 옳은 표기이다.

**피래미 vs. 피라미

올바른 표현_피라미

피라미 사진

피라미는 별칭이 500가지가 넘을 정도로 일반적인 민물어종이다. 서유구의 「전어지(佃漁志)」에도 '필암어'라는 기록이 있다. 이 단어는 어원적으로도 '피라미'가 올바른 표현이다. 'ㅣ'모음 역행동화가 일어난 '피래미'는 잘못된 것이다.

**피아르 vs. 피알²

올바른 표현_피아르

'널리 알리는 일. 좁게는 관청, 기업체, 단체 따위가 일반 대중의 관심을 끌기 위하여 사업의 취지를 널리 알리는 선전'을 일컬을 때, '피아르'로 써야 옳다. 이 단어는 'public relation'의 약자 'PR'로 'R'은 [aː ɾ]로 발음하는 것이 원칙이다. 이에 따라 '피아르'로 써야 발음에 맞는 외래어 표기법이 된다.

*필림 vs. 필름(film)

올바른 표현_필름(film)

이 단어는 [film]으로 발음한다. 어중의 [l]이 모음 앞에 오거나, 모음이 따르지 않는 비음 앞에 올 때에는 'ㄹㄹ'로 적는다. 이에 따라 '필름'으로 표기하여야 한다. 이를 선행음절과 모음을 동화하려는 현상에서 나온 '필림'은 잘못된 표기이다.

조개껍질과 돼지껍데기

내리쬐는 햇빛, 드넓은 모래사장, 반짝이는 바다 물결. 무더운 여름날 해수욕장에 가면 느낄 수 있는 풍경들이다. 여기서 젊은이들은 패기와 낭만을 목청껏 외쳐 보기도 하고, 출렁이는 파도 소리를 벗 삼아 밤바다를 보며 우수(憂愁)를 떨어내기도 한다. 젊은 대학생들이 과별로 온 MT, 동아리 야유회 등의 명목으로 놀러와, 해수욕장의 모래사장에 둥그렇게 모여 앉아, 노래도 부르고, 장기자랑도 하며, 여름을 만끽한다. 옛날이나 지금이나 젊은이들이 노는 모습은 큰 차이가 없어 보인다. 그리고 부르는 노래도 공통적인 것들이 있다. 〈개똥벌레〉, 〈연가〉, 〈해변으로 가요〉, 〈라라라〉, 〈아파트〉, 〈남행열차〉, 〈만남〉 등의 노래들이 아직까지도 젊은이의 야유회에 감초처럼 애창되는 가요들이다.

그런데, 이들 가요 중에 〈라라라〉라는 노래의 가사를 보면, 좀 이상한 것을 느낄 수 있다. 첫 소절 부분의 가사 부분을 보면, '조개껍질 묶어 그녀의 목에 걸고…'라고 하였다. 이 노래 가사 중에서 첫 단어 '조개껍질'이 문제가 된다. 현행 규정에 따르면, '조개껍데기'가 옳은 말이고, '조개껍질'은 잘못된 표현이기 때문이다.

사전에 '껍데기'와 '껍질'을 찾아보면, 별개의 의미를 지녔음을 알 수 있다. 〈표준국어대사전〉 속의 뜻을 제시하면 다음과 같다.

껍데기 : 1. 달걀이나 조개 따위의 겉을 싸고 있는 단단한 물질
        2. 알맹이를 빼내고 겉에 남은 물건
껍   질 : 딱딱하지 않은 물체의 겉을 싸고 있는 질긴 물질의 켜

둘 단어의 의미를 비교해 보면 단단함이나 딱딱함의 유무(有無)에 따라 의미를 변별하고 있다. 물론 껍데기의 둘째 항 뜻풀이가 좀 다른 의미를 지니기는 한다.

그러면, 과연 이 말을 사용하는 언중들은 혼동하지 않고 정확하게 사용하고 있을까? 술 안주로 흔히 먹는 것에 '돼지껍데기'가 있다. 위의 사전적 정의에 따르면, 단단하거나 딱 딱하지 않기 때문에 '돼지껍질'이 응당 옳다. 그러나 이 경우에는 껍데기의 둘째 항의 정 의를 따라, '돼지껍데기'도 옳다고 보는 것이 현재 국립국어원의 입장이다.

다음은 국립국어원 홈페이지에 나오는 이에 대한 답변 부분이다.

알고 계신 것처럼 '껍데기'는 달걀이나 조개 따위의 겉을 싸고 있는 단단한 물질 을 의미하지만 '알맹이를 빼내고 겉에 남은 물건'이라는 의미도 있습니다. 따라서 '돼지 껍데기'는 '돼지의 살을 빼내고 겉에 남은 부위'라는 의미에서 '이불 껍데기, 베개 껍데기'처럼 사용하고 있는 듯합니다.

그러나 국립국어원의 답변 측면에서 본다면, 모든 껍질은 '껍데기'로 써도 무방하다는 이야기다. '귤껍질'도 귤만 쏙 빼고 겉에 남은 물건으로 본다면, '귤껍데기'가 옳을 수 있 다는 말이다.

따라서 이렇게 언중들이 껍데기와 껍질의 의미를 단단함의 유무(有無)로 구별하지 않고 혼동하여 사용함을 참고할 때, 필자는 '껍데기'와 '껍질'을 유의어(類義語)로 처리하는 것 이 바람직하다고 본다.

*하눌타리 vs. 하늘타리

올바른 표현_하눌타리

'하늘'과 접미사(接尾辭) '-다리'가 합성한 '하눌타리'는 '하눌[天]'이
ㅎ종성체언이기 때문에 '하눌타리'로 나타난다. 이 말은 박과의 여러
해살이 덩굴 풀을 일컫는데, 전국적으로 '하늘타리'라 통용되고 있다.
그러나 이 단어는 그동안의 관례를 적용하여 '하눌타리'를 표준어로 인
정한다. 그런데, 전국적인 통용을 고려하면 이 단어는 '하늘타리'로 표
준어를 재개정할 필요가 있다.

하눌타리 그림

**하마터면 vs. 하마트면

올바른 표현_하마터면

'하마터면'은 한글맞춤법 제40항에 따라, 소리대로 적는 부사(副詞)에
해당된다. 따라서 '하마트면'으로 쓰면 잘못된 표현이다.

*하염직하다 vs. 하얌직하다

올바른 표현_하염직하다

표준어 규정 제8항에 따르면, 양성모음이 음성모음으로 바뀌어 굳어진
단어는 음성모음 형태를 표준어로 삼는다고 하였다. 이에 따라 '하염직
하다'가 올바른 표기이다.

**하일라이트 vs. 하이라이트(highlight)

올바른 표현_하이라이트(highlight)

이 단어는 [hai-lait]로 발음한다. 이 단어의 [1]음이 설측음화(舌側音化)
의 영향으로 중복되어 표기하는 것은 올바른 표기가 아니다. 따라서

'하이라이트'로 써야 옳다.

*한꺼번에 vs. 한참에
올바른 표현_한꺼번에

'한꺼번에'로 써야 할 상황에서 간혹 '한참에'로 쓰는 경우가 있다. 전국적으로 방언에서 나타나는데, '한참에'로 표현하는 것은 잘못이다.

*한판씨름 vs. 단판씨름
올바른 표현_단판씨름

단 한 번에 승부를 내는 씨름은 '단판씨름'이다. 한 번이라는 의미에 치중해 '한판씨름'으로 쓰는 것은 잘못이다.

**할일없다 vs. 하릴없다
올바른 표현_하릴없다

달리 어떻게 할 도리가 없거나 조금도 틀림이 없을 때, '하릴없다'가 옳은 표현이다. 할 일이 없다는 뜻에서 온 것으로 착각하여 '할일없다'로 쓰는 것은 잘못이다.

*할퀴다 vs. 할키다
올바른 표현_할퀴다

손톱이나 날카로운 물건으로 긁어 상처를 내거나, 휩쓸거나 스쳐 지날 때, 올바른 표현은 '할퀴다'이다. 이를 '할키다'로 쓰는 것은 잘못이다.

*항간[1] vs. 행간[2](行間)
올바른 표현_행간(行間)

'글의 줄과 줄 사이 또는 행과 행 사이'를 뜻하는 한자어는 '행간'이 옳다. 이를 行을 '항'으로 읽는 경우는 '가다'의 뜻일 때이다. 따라서 '항간'은 잘못 쓴 것이다.

*항저우 vs. 항주[1](杭州)
올바른 표현_항저우

외래어 표기법 제4장 제2절 제2항에 중국의 지명이 현재 지명과 동일한 것은 중국어 표기법에 따라 표기한다는 원칙이 있다. 따라서 이를 한국 한자음으로 읽어서는 옳지 않다. 따라서 '항저우'로 써야 옳으며, 굳이 필요하다면 한자를 병기하는 방식을 취하여야 한다.

**해코지 vs. 해꼬지

남을 해치고자 하는 짓은 '해코지'이다. 이를 강원도와 전남 방언에서
수의적(隨意的) 표현으로 '해꼬지'라 발음하는 것은 잘못이다.

*해방둥이 vs. 해방동이

명사에 붙어 명사가 뜻하는 특징을 지닌 어린이이거나 명사나 어근이
뜻하는 특징을 지닌 사람이나 짐승을 나타내는 접미사(接尾辭) '-둥이'
는 어원적으로 '-동이(-童이)'에서 왔지만, '-둥이'를 표준어로 삼는다.
따라서 이러한 상황에서 붙는 접미사(接尾辭)는 모두 '-둥이'가 옳다.

*해우값 / 해우차 vs. 해웃값

기생, 창기 따위와 관계를 가지고 그 대가로 주는 돈으로, 일명 '화대^2
(花代)'라 하는 말의 올바른 표기는 '해웃값'이다.

**햇님 vs. 해님

한글맞춤법 제30항에 따르면, 이 단어는 표준 발음이 [해님]이다. 사이
시옷을 넣지 않는 것이 올바른 표기인 것이다.

*행꾼 vs. 보통내기

만만하게 여길 만큼 평범한 사람을 일컬어, '보통내기'라 한다. 주로
'아니다'와 함께 쓰인다. 이를 '행꾼'으로 표현하는 경우가 있는데,
잘못이다. 강원도에서는 '행내기'라 표현하는데, 이 또한 잘못된 표
현이다.

*행랑것 vs. 행랑붙이

'행랑것'은 예전에, 행랑에서 살던 하인을 낮잡아 이르던 말이다. 소설
이나 과거 이야기 속에 등장하는 '행랑붙이'는 잘못된 표현이다.

*행혀 vs. 행여

'어쩌다가 혹시'의 뜻은 '행여'이다. 이를 '행혀'로 쓰는 것은 잘못이다.

*향기롭다 vs. 향그롭다
올바른 표현_향기롭다

시어(詩語)로 간혹 사용하는 '향그럽다'는 시적(詩的) 허용(許容)일 뿐이
다. '향기롭다'로 써야 올바른 표현이다.

*허겁지겁하다 vs. 허겁대다
올바른 표현_허겁지겁하다

'허겁지겁하다'를 수의적(隨意的) 표현으로 '허겁대다'라 쓰기도 하는
데, 이는 잘못된 표현이다.

*허낙 vs. 허락(許諾)
올바른 표현_허락(許諾)

'허락'의 둘째 음절 '諾'은 그 음이 '낙'이지 '락'이 아니다. 따라서 '허
낙'으로 읽어야 올바른 표현으로 보인다. 그러나 청하는 일을 하도록
들어줌을 뜻하는 '허락(許諾)'은 활음조(滑音調)현상을 인정하여, 관용
으로 굳어진 속음을 표준어로 인정하는 경우이다.

특히 한글 맞춤법 제52항에, 한자어에서 본음으로도 나고 속음으로도
나는 것은 각각 그 소리에 따라 적는다고 하고, 본음으로 나는 것에 '승
낙(承諾)'을, 속음으로 나는 것에 '수락(受諾), 쾌락(快諾), 허락(許諾)' 등
을 제시하고 있다. 따라서 '허락'을 '허낙'으로 표현하는 것은 잘못이다.

**허드레 vs. 허드래
올바른 표현_허드레

그다지 중요하지 아니하고 허름하여 함부로 쓸 수 있는 물건을 일컬어,
'허드레'라 표현한다. 이를 '허드래'로 표현하는 것은 모음조화를 파괴
한 것이며, 올바른 표현도 아니다.

**허룩하다 / 헙수룩하다 vs. 허수룩하다
올바른 표현_허룩하다/헙수룩하다

머리털이나 수염이 자라서 텁수룩하거나 옷차림이 어지럽고 허름할
때, '허룩하다' 또는 '헙수룩하다'라고 표현한다. 이를 방언에서 '허수
룩하다'로 흔히 표현하는데, 잘못이다.

**허애지다 vs. 허예지다
올바른 표현_허예지다

'허옇게 되다'의 뜻을 지닌 말은 '허예지다'이다. 어감(語感)이 좀 약한

말은 '하얘지다'이다. 모음조화를 잘 지키는 단어이다. '허애지다'는 물론 잘못된 표현이다.

*허우대 vs. 허위대

올바른 표현_허우대

표준어 규정 제10항에 따르면, 다음 단어는 모음이 단순화한 형태를 표준어로 삼는다고 하고, 이에 따라 제시한 단어로, '괴팍하다, −구먼, 미루나무, 여느, 온달, 으레, 케케묵다, 허우대, 허우적허우적' 등을 제시하였다. 이에 따라, '허우대'가 올바른 표현이다.

*허위적허위적 vs. 허우적허우적

올바른 표현_허우적허우적

'손발 따위를 자꾸 이리저리 마구 내두르는 모양'이 '허우적허우적'이다. 이를 '허위적허위적'으로 쓰는 것은 잘못이다.

**허접쓰레기 vs. 허섭스레기

올바른 표현_허섭스레기

좋은 것이 빠지고 난 뒤에 남은 허름한 물건을 일컬을 때, '허섭스레기'가 옳다. 허름한 것이라 생각하여 '쓰레기'를 연상하고 발음상의 자연스러움까지 생각해 표현한 '허접쓰레기'는 잘못된 표현이다.

**헛점 vs. 허점(虛點)

올바른 표현_허점(虛點)

두 음절로 된 한자어는 사이시옷을 넣지 않는 것이 원칙이나, 다음 여섯 단어의 경우는 예외로 한다. '곳간(庫間), 셋방(貰房), 숫자(數字), 찻간(車間), 툇간(退間), 횟수(回數)'가 그것이다. 이에 따라 '허점'이 올바른 표기이다. 그런데 흔히 발음 때문에 표기를 '헛점'으로 쓰는 경우가 있다. 이 단어의 경우처럼, '대가(代價)'도 '댓가'로 흔히 잘못 쓴다.

*헤롱거리다 vs. 희롱거리다

올바른 표현_희롱거리다

'버릇없이 자꾸 까불다'의 뜻은 '희롱거리다'이다. 어감(語感)이 약한 말로 '해롱거리다'가 있다. 그러나 '헤롱거리다'는 사전에 없다. 잘못된 표현이다.

*헤매다 vs. 헤매이다

올바른 표현_헤매다

'갈 바를 몰라 이리저리 돌아다니다'는 '헤매다'이다. 필요 없는 '-이-'가 들어간 '헤매이다'는 잘못된 표현이다. 이렇게 언중들은 불필요하게 음절을 추가해 발음상의 편의를 추구하기도 하는데, '설레다' 대신 '설레이다', '날다'의 관형사형 '나는' 대신에 '날으는', '삼가다' 대신에 '삼가하다' 등도 모두 잘못 쓴 경우이다.

특히 이 단어는 대중가요의 노래 가사에서 흔히 잘못되어 나타나는데, 변진섭의 〈너에게로 또다시〉에 '닫아둔 채로 헤매이다 흘러간 시간', 이기찬의 〈널 잊을 수 있게〉에 '네 주위를 헤매이는 내 마음을', 변진섭의 〈네게 줄 수 있는 건 오직 사랑뿐〉에 '거릴 걸으며 헤매이는 너에게', 위치스의 〈떴다 그녀〉에 '여기저기 난데없이 헤메이다 나에게', 변진섭의 〈새들처럼〉에 '세찬 바람 맞고 거리를 헤메이네', 햇빛촌의 〈유리창엔 비〉에 '아주 많은 시간들 속을 헤매이던 내 맘은' 등이 모두 그것이다.

**헷갈리다 vs. 헛갈리다

올바른 표현은 문맥에 따라 다르다.

'갈피를 잡지 못하게 뒤섞이다'의 뜻일 때는 '헷갈리다'가 옳다. 그러나 '함부로 뒤섞여 분간할 수 없다'의 뜻일 때는 '헛갈리다'가 옳다. 이들을 구별해 사용한 예문은 다음과 같다.

- 📘 펜을 잡긴 했으나 지난번 일로 자꾸 정신이 헷갈려 공부를 하지 못했다.
- 📘 비슷한 것들이 모여 있어, 어느 것이 진짜인지 헛갈렸다.

**혀짤배기소리 vs. 혀짜른소리 / 혀짧은소리

올바른 표현_혀짤배기소리

혀가 짧아서 'ㄹ' 받침소리를 똑똑하게 내지 못하는 말소리를 '혀짤배기소리'라 한다. '혀짜래기소리'라고도 한다. 이를 '혀짜른소리' 또는 '혀짧은소리'라 표현하는 것은 잘못된 것이다.

**혁대^2(革帶) vs. 혁띠

올바른 표현_혁대(革帶)

'혁대'는 한자어로, 순 우리말은 '허리띠'이다. 이를 '혁띠'로 표현하는 것은 한자어와 순 우리말 사이의 혼동에서 착각을 일으킨 것이다.

*호두기 vs. 호드기[1]
올바른 표현_호드기

봄철에 물오른 버드나무 가지의 껍질을 고루 비틀어 뽑은 껍질이나 짤막한 밀짚 토막 따위로 만든 피리는 '호드기'이다. 이를 '호두기'로 표기해서는 안 된다. '호두기'는 주로 강원 지역에서 흔히 쓰는 방언이다.

*호듯하다 vs. 가냘프다 / 예쁘다
올바른 표현_가냘프다/예쁘다

'가냘프거나 예쁘다'의 뜻으로 '호듯하다'를 쓰는 것은 잘못이다. 그런데 이 단어는 우리말에 풍부함을 더하기 위해 옳은 말로 사전에 등재가 되었으면 한다. 그러나 현재까지는 사전에 없는 비표준어이다.

**호래자식 vs. 호로자식(-子息)
올바른 표현_호래자식

배운 데 없이 막되게 자라 교양이나 버릇이 없는 사람을 낮잡아 이르기를, '호래자식'이라 한다. 이를 '호노자식(胡奴子息)'이라고도 한다. '호노자식'과의 혼동 때문에, '호로자식'으로 표현하는 경우가 있는데, 이는 잘못이다.

**호루루기 vs. 호루라기
올바른 표현_호루라기

과거 1988년 이전의 한글맞춤법으로는 '호루루기'가 옳았다. 그러나 그 이후로 올바른 표기는 '호루라기'가 옳다. 언어현실을 감안해 표준어로 정한 경우이다.

*호졸근하다 vs. 호줄근하다
올바른 표현_호졸근하다

옷이나 종이 따위가 약간 젖거나 풀기가 빠져 보기 흉하게 축 늘어져 있는 것을 '호졸근하다'라고 한다. 어감(語感)이 센 말은 '후줄근하다'이다. '호졸근하다'와 '후줄근하다' 사이에서 혼동해 '호줄근하다'로 쓰는 것은 잘못이다.

*호청[1] vs. 홑청

올바른 표현_홑청

요나 이불 따위의 겉에 씌우는 홑겹으로 된 껍데기는 '홑청'이다. 짝이
나 겹을 이루지 않는다는 '홑'으로 써야 옳은 것이다. 이를 '호청'으로
표현하는 것은 잘못이다.

▲호치케스/스템플러 vs. 스테이플러(stapler)

올바른 표현_스테이플러(stapler)

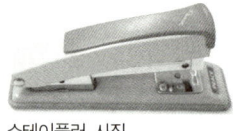

스테이플러 사진

'ㄷ'자 모양으로 생긴 철사 침(針)을 사용하여 서류 따위를 철하는 도
구를 외래어로 일컬어, '스테이플러'라 한다. 〈국립국어원〉에서는 '찍
개'로 순화를 유도하지만, 실제 언중들은 '찍개'란 말을 거의 사용하지
않는다. 'stapler'는 발음이 [stéiplə:]이다. 따라서 '스테이플러'로 써
야 옳지, '스템플러'라 표현하는 것은 잘못이다. 특히 과거부터 써 내
려온 '호치케스'는 이 도구를 처음으로 만든 일본회사 상표명에서 유래
한 말로 잘못된 것이다.

*호함지다 vs. 탐스럽다(貪-)

올바른 표현_탐스럽다(貪-)

마음이 몹시 끌리도록 보기에 소담스러운 데가 있을 때, '탐스럽다'고
써야 옳다. 함경도 방언에서 '호함지다'로 표현하는 경우가 종종 있는
데, 이는 잘못이다.

**혼구멍나다 vs. 혼꾸멍나다

올바른 표현_혼꾸멍나다

한글맞춤법 제3장 제1절 제5항 'ㄴ, ㄹ, ㅁ, ㅇ' 받침 뒤에서 나는 된
소리는 된소리로 적는 규정에 따라, '혼꾸멍나다'가 옳다. '혼구멍나다'
는 잘못 쓴 것이다.

**홀몸 vs. 혼잣몸

올바른 표현_홀몸

'배우자나 형제가 없는 사람. 단신'의 뜻일 때는 '홀몸'이다. 이를 풀이
하여 '혼잣몸'으로 쓰는 것은 잘못이다. 참고로 언중들은 이 단어를
'홑몸(아이를 배지 않은 상태의 몸)'과 혼동하여 흔히 잘못 쓴다.

*홀치다² vs. 훑이다   올바른 표현_훑이다

'훑이다'는 '부풋하고 많던 것이 다 빠져서 졸아들다'는 뜻으로 '훑다'의 피동사이다. 이를 경남, 강원, 충북 방언에서 '홀치다'로 쓰는 경우가 있으나, 잘못된 표현이다.

*홑옷 vs. 홑것   올바른 표현_홑옷

한 겹으로 지은 옷을 순 우리말로 '홑옷', 한자어로 '단의(單衣)'이다. 이를 '홑것'으로 쓰는 것은 '옷'을 나타내는 의미로 보기 어렵다. 따라서 '홑옷'으로 써야 옳다.

*홑홑하다 vs. 홋홋하다   올바른 표현_홋홋하다

'딸린 사람이 적어서 매우 홀가분하다'는 '홋홋하다'가 옳다. 이를 '홑홑하다'로 표현하는 것은 잘못이다.

*화렴(火廉) vs. 화염   올바른 표현_화렴(火廉)

廉은 본음이 '렴'이다. 물론 어두(語頭)에 올 경우는 두음법칙(頭音法則)의 적용을 받아 '염'으로 쓴다. 그러나 어두 이외에는 본음대로 적는 것이 원칙이다. 따라서 한자어 '火廉'은 '화렴'으로 써야 옳다. '화렴'은 '땅에 묻은 시체가 까맣게 변하는 일'을 뜻한다. 참고로 '화렴'은 〈한글 2002〉에서 잘못 쓴 단어로 나온다.

*회공굴 vs. 콘크리트(concrete)   올바른 표현_콘크리트(concrete)

'회공굴'은 석회를 뜻하는 '회(灰)'와 '콘크리트'의 일본어식 발음 '공굴'의 합성어로 잘못 결합한 단어이다. 이 단어는 '콘크리트'로 써야 옳다.

*후드득 vs. 후두둑   올바른 표현_후드득

'깨나 콩 따위를 볶을 때 크게 튀는 소리', '멀리서 총포나 딱총 따위가 매우 부산하게 터지는 소리', '나뭇가지나 검불 따위가 타들어 가는 소리', '굵은 빗방울 따위가 성기게 떨어지는 소리', '심장이 세게 뛰는 모양' 등을 나타낼 때, '후드득'으로 써야 옳다. 이를 첫째 음절 '우'의 영향으로 그 다음의 모든 음절의 모음을 '우'로 발음하면, 발음 면에서는 편할 수 있겠지만, 이는 잘못된 표현이다.

**후라이판 vs. 프라이팬(frypan)

올바른 표현_프라이팬(frypan)

이 단어의 발음은 [fraipæn]으로 외래어 표기법에 [f]는 'ㅍ'으로 표기하여야 한다. 따라서 '프라이팬'으로 써야 옳다.

**훤칠하다 vs. 훤출하다
올바른 표현_훤칠하다

'길고 미끈하다'나 '막힘없이 깨끗하고 시원스럽다'의 뜻일 때, '훤칠하다'고 쓴다. 이를 '훤출하다'로 쓰는 것은 잘못이다. 흔히 범하는 실수이다.

**훼살 vs. 훼사(毀事)
올바른 표현_훼사(毀事)

남의 일을 훼방함을 일컬어 '훼사'라 한다. 이 단어는 목적어로 많이 사용되며, '놓는다'와 주로 호응한다. 따라서 '훼사를'로 많이 나타나는데, 이를 줄여서 구어체(口語體)에서 '훼살'이라 쓰면서 그 원형을 혼동하는 경우에 해당된다. 원형은 '훼사'임을 분명히 알아야 할 단어이다.

구어체(口語體)
문장에서만 쓰는 특별한 말이 아닌, 일상적인 대화에서 쓰는 말로 된 문체

*휘두드리다 vs. 휘두들기다
올바른 표현_휘두들기다

무엇을 휘둘러서 마구 두들길 때, '휘두들기다'로 써야 옳다. 이를 '휘두드리다'로 쓰면 잘못이다. 이 단어의 활용도 '휘두들겨, 휘두들기니' 등이 옳지, '휘두들려, 휘두들리니'로 쓰면 잘못된 표현이다. '이리저리 마구 내두르다'나 '옷을 사치스럽게 입다'의 뜻인 '휘두르다'와 혼동해서도 안 된다.

*휘둥그레지다 vs. 휘둥그래지다
올바른 표현_휘둥그레지다

놀라거나 두려워서 눈이 크고 둥그렇게 될 때, '휘둥그레지다'가 옳다. 어감(語感)이 약한 말로 '회동그래지다'가 있다. 각각 모음조화를 잘 지키고 있다. 그러나 '휘둥그래지다'처럼 모음조화를 파괴한 경우는 잘못

274

된 표현이다.

*휘모리장단 vs. 휘몰이
올바른 표현_휘모리장단

판소리나 산조(散調) 장단에서, 가장 빠른 속도로 처음부터 급하게 휘몰아 부르는 장단은 '휘모리장단'이다. 소리대로 적으며 '장단'을 뒤에 붙여야 옳다. 판소리나 산조의 장단을 일컬을 때, 소리대로 적고 '장단'을 반드시 붙여야 옳은 표현이다.

**횡하니 vs. 횡허케
올바른 표현_횡허케

'다른 곳 가지 말고, 횡허케 다녀오너라'처럼 중도에서 지체하지 아니하고 곧장 빠르게 가는 모양을 일컬어, '횡허케'라고 표현한다. 흔히 쓰지 않는 글자들의 조합이다. 그 낯섦으로 인해 '횡하니'를 일반적으로 쓴다. 그러나 현행 맞춤법상 잘못된 표현이다.

**횡하다 vs. 휭하다
올바른 표현_횡하다

놀라거나 피곤하거나 또는 머리가 어지러워서 정신을 못 차릴 정도로 머리가 띵할 때, '횡하다'고 한다. 이를 '휭하다'로 쓰는 것은 잘못이다. 첫째 음절 '횡'이 잘 사용되지 않는 점 때문에 혼동하여 표기한다.

**휴게소(休憩所) vs. 휴계소
올바른 표현_휴게소(休憩所)

한자어 '休憩所'의 둘째 음절 '憩'는 그 음이 '게'이다. 따라서 '휴게실'로 써야 옳다. 흔히 '휴계실'로 표기하는 경우가 있다. 잘못된 표현이다.

**흉측(凶測) vs. 흉칙
올바른 표현_흉측(凶測)

몹시 흉악함을 일컫는 한자어는 '흉악망측(凶惡罔測)'이다. 이 말의 준말이 '흉측'이다. 따라서 '흉측'이 옳은 표현이다.

**흐리멍덩하다 vs. 흐리멍텅하다
올바른 표현_흐리멍덩하다

'정신이 맑지 못하고 흐리다', '옳고 그름의 구별이나 하는 일 따위가 아주 흐릿하여 분명하지 아니하다', '기억이 또렷하지 아니하고 흐릿하다', '귀에 들리는 것이 희미하다' 등의 뜻으로 '흐리멍덩하다'를 쓴다. 그런데 흔히 언중들이 이를 '흐리멍텅하다'로 쓴다. 대다수가 그렇게 쓰는 것으로 보인다. 각별히 주의가 필요한 단어가 '흐리멍덩하다'이다.

*흑싸리 vs. 흑사리(黑-)
올바른 표현_흑싸리

화투에서, 검은 싸리를 그린 화투장은 '흑싸리'가 옳다. '흑사리'로 쓰는 것은 잘못이다.

**흙구들 vs. 흙방(-房)
올바른 표현_흙방(-房)

방바닥과 벽에 장판을 바르거나 도배를 하지 아니하여 흙이 드러나 있는 방을 일컬어 '흙방'이라 한다. 이를 '흙구들'로 보아서는 안 된다. 방의 구조물인 구들로 방 전체를 표현하는 것은 잘못된 것이다. 따라서 '흙방'으로 써야 옳다.

*흙받기 vs. 흙받이
올바른 표현_흙받기

흙받기 사진

'흙손질할 때에, 이긴 흙이나 시멘트를 받쳐 드는 연장'은 '흙받기'이다. 이와 비슷한 단어로 '쓰레받기'도 있다. 그러나 '손톱깎이'는 '기'로 끝나지 않는다.

*흥겹다 vs. 흥거웁다
올바른 표현_흥겹다

형용사 '흥겹다'는 활용형으로 '흥거우니, 흥거워서' 등으로 나타나는데, 이 활용형의 영향으로 기본형을 '흥거웁다'로 잘못 보는 경우가 많다. 이때의 '-우-'는 둘째음절의 받침 'ㅂ'이 변한 형태이다. 따라서 올바른 기본형은 '흥겹다'가 옳다.

**흥뎅이치다 vs. 흥글방망이놀다
올바른 표현_흥글방망이놀다

남의 일이 잘되지 못하게 방해할 때, '흥글방망이놀다'라고 한다. 방언에서 '흥뎅이치다'로 표현하는데, 잘못된 것이다.

*흥보가(興甫歌) vs. 흥부가

올바른 표현_흥부가

표준어 규정 제8항에 따르면, 양성모음이 음성모음으로 바뀌어 굳어진 단어는 음성모음 형태를 표준어로 삼는다고 하였다. 이에 따라 '흥부가'가 올바른 표기이다. 몇몇 명사 뒤에 붙어 '그것을 특성으로 지닌 사람'의 뜻을 더하는 접미사(接尾辭)로 '-보'가 있다. 마치 '꾀보, 잠보, 털보' 등이 그것이다. 이처럼 흥부도 '흥한 사람'이라 생각하여 '흥보'가 옳은 표현이라 생각할 수도 있다. 설혹 기원적으로 그러한 연유에서 형성된 단어일지라도 현행 규칙으로는 '흥부'가 옳다.

**흥안령 산맥(興安嶺山脈) vs. 싱안링 산맥

올바른 표현_싱안링 산맥

외래어 표기법 제4장 제2절 제2항에 중국의 지명이 현재 지명과 동일한 것은 중국어 표기법에 따라 표기한다는 원칙이 있다. 따라서 이를 한국 한자음으로 읽어서는 옳지 않다. 따라서 '싱안링 산맥'으로 써야 옳으며, 굳이 필요하다면 한자를 병기하는 방식을 취하여야 한다. 이 산맥은 과거 우리말을 어족(語族)으로 나눌 때, 반드시 등장하던 산맥이다.

> **우리말의 어족(語族)**
> 과거 우리말을 '알타이 어족'이라 단정하여 주장한 학설이 정설(定說)이었으나, 근래는 '알타이 어족'에 가까운 독립된 언어로 보는 것이 정설이다.

**흥청망청 vs. 흥청방청

올바른 표현_흥청망청

'함부로 마구 써 버리는 모양'을 일컬을 때, '흥청망청'이 올바른 표현이다. 이를 잘못 알고 '흥청방청'으로 쓰는 것은 잘못이다.

**희끄스름하다 vs. 희읍스름하다

올바른 표현_희읍스름하다

산뜻하지 못하게 조금 회다는 뜻은 '희읍스름하다' 또는 '희읍스레하다'이다. '초승달의 달빛이 고샅을 희읍스름하게 비추고 있었다'처럼 사용한다. 이를 흔히들 '희끄스름하다'로 표현하는데, 잘못된 표현이다.

**희노애락 vs. 희로애락(喜怒哀樂)

올바른 표현_희로애락(喜怒哀樂)

한글맞춤법 제52항에 따르면, 한자어에서 본음으로 나고 속음으로도 나는 것은 그 소리에 따라 적는다. '희로애락'의 경우는 속음(俗音)으로 나는 것을 올바른 것으로 본다. 따라서 '희로애락'이 올바른 표기이다.

*희묽다 vs. 희물그레하다
올바른 표현_희묽다

'얼굴이 희고 보기에 여무지지 못하다'의 뜻은 '희묽다'가 옳다. 이를 '희물그레하다'로 표현하는 경우가 종종 있다. '희묽다'로 써야 올바른 표기이다.

**희죽희죽 vs. 헤죽헤죽[1]
올바른 표현_헤죽헤죽

거볍게 활갯짓을 하며 걷는 모양을 일컬어 '헤죽헤죽'이라 한다. 어감(語感)이 센 말로 '해죽해죽'도 있다. 이를 '희죽희죽'으로 표현하는 경우가 많다. 잘못된 표현이다.

*히끗히끗 vs. 희끗희끗 / 힐끗힐끗
올바른 표현_희끗희끗/힐끗힐끗

군데군데 흰 모양을 일컫는 '희끗희끗'과 '거볍게 자꾸 슬쩍슬쩍 흘겨보는 모양'을 일컫는 '힐끗힐끗'을 잘못 쓴 것이 '히끗히끗'이다. 발음상 편의 때문에 나타나는 현상이다.

**히히덕거리다 vs. 시시덕거리다
올바른 표현_시시덕거리다

'실없이 웃으면서 조금 큰 소리로 계속 이야기하다'를 뜻하는 말은 '시시덕거리다'가 옳다. 이를 구개음화하여, 수의적(隨意的) 표현으로 '히히덕거리다'라 하면 잘못이다. 특히 '히히덕거리다'는 경남에서 흔히 쓰이는 방언이다.

국립국어원 편(2003), 『21세기 세종기획 2003 한민족 언어 정보화』,
    문화관광부.
김진규(2005), 『맞춤법과 표준어』, 공주대 출판부.
김홍석(1996), 「한국산 어류명칭의 어휘론적 연구」, 공주대 석사학위논문.
김홍석(2006), 『형태소와 차자표기』, 도서출판 역락.
서울대 동아문화연구소 편(1989), 『國語國文學事典』, 신구문화사.
편집부(2006), 『1등급 어휘력』, 마더텅출판사.

사진이나 삽화를 제공하신 분들

다시 한번 이분들께 감사드립니다.

농업박물관 제공___극젱이 사진, 도롱이 사진, 무자위 사진
허정회 제공___누치, 까꿰, 염주비둘기, 종달새, 오디, 참취꽃, 노, 편자,
    물맴이, 두건이, 잎담배, 딱따구리, 연자매, 수뤼나물, 수꿩 등의 그림
한국고건축박물관 제공___마룻대 사진
해양수산부(수산경영과 최성국 씨) 제공___먹장어 사진, 우렁이 사진,
    고둥 사진, 임연수어 사진, 중고기 사진, 드렁허리 사진, 쥐치 사진,
    참다랑어 사진, 피라미 사진
서울국악사 제공___설장구 사진
청주동물원(관리담당 김용규 씨) 제공___스라소니 사진, 캥거루 사진

올바른 어휘 찾아보기 **283**

잘못된 어휘 찾아보기